소
설

쓰
는

로
봇

소설 쓰는 로봇

AI 시대의 문학

펴낸날 2025년 4월 30일

지은이 노대원
펴낸이 이광호
주간 이근혜
편집 윤소진 김필균 이주이 허단 유하은 최은지
마케팅 이가은 허황 최지애 남미리 맹정현
제작 강병석
펴낸곳 ㈜문학과지성사
등록번호 제1993-000098호
주소 04034 서울 마포구 잔다리로7길 18(서교동 377-20)
전화 02)338-7224
팩스 02)323-4180(편집) 02)338-7221(영업)
대표메일 moonji@moonji.com
저작권 문의 copyright@moonji.com
홈페이지 www.moonji.com

ⓒ 노대원, 2025. Printed in Seoul, Korea

ISBN 978-89-320-4398-2 93800

이 책은 '2018년 대산문화재단 대산창작기금'의 지원을 받아 발간되었습니다.

소설 쓰는 로봇

AI 시대의 문학

노대원 지음

문학과지성사

차례

3부 과학/소설, 혹은 상상공학

4부 바벨의 디지털 도서관

고무 오리, 지게차, 그리고 러다이트

AI 이후 글쓰기와 예술

켄 리우의 SF 단편소설 「진정한 아티스트」[1]에는 좌절한 영화감독 지망생이 나온다. 그녀는 오래 품고 있던 영화 예술을 향한 신비와 경탄을 AI 기술에 빼앗긴다. AI 기술의 발전이 영화감독을 대체할 수 있게 된 것이다. 소설 속 AI 감독 빅 세미Big Semi는 여러 번의 시사회를 통해 관객의 감정 반응을 세밀하게 관찰하고 분석해서 허술한 편집본을 감동적인 작품으로 수정해나간다. "빅 세미는 예술을 공학으로 바꿔버렸다."

이 짧은 이야기는 이제 그다지 새롭거나 놀랍지 않다. 어느덧 현실 되어버렸기 때문이다. 이세형의 SF 단편소설 「감정을 할인가에 판매합니다」에서도 "실행과 동시에 사용자의 취향을 분석해 이야기를 생성하는 소설 앱 '토탈 픽션'"[2]이 언급된다. "AI가 기

---

[1] 『은랑전』, 장성주 옮김, 황금가지, 2024, p. 359.
[2] 『감정을 할인가에 판매합니다』, 네오픽션, 2022, p. 158.

존 문학 장르의 글쓰기를 넘어서 새로운 문학 장르와 형식, 실천과 향유 방식, 문화를 어떻게 만들어낼 수 있는가?" 하는 내 질문에 GPT-4는 여러 가능성을 제시한다. 그 가운데 하나는 이렇다. "AI 생성 감정 풍경: AI는 감정 분석 및 생체 인식 데이터를 사용하여 독자의 감정에 동적으로 적응하는 문학을 만듭니다. 서사, 주제 및 산문은 실시간으로 진화하여 각 독자에게 고유한 감정적 경험을 불러일으킵니다."[3]

무엇보다 AI 발전에 대한 이 SF의 외삽(外揷, extrapolation)은 현실에서 얼마든지 이루어질 것으로 예상되기 때문일까. 실제로 빅테크 기업들은 사용자의 개인 데이터를 적극적으로 추출하고 수집하고 있지 않은가. 엔터테인먼트 산업에서도 이런 일이 없을 것이라고 생각하는 것이야말로 어리석다. 넷플릭스는 이용자의 방대한 데이터를 분석해 각 취향에 걸맞은 콘텐츠를 제작한다. 그들은 협업 필터링, 머신러닝, 데이터 기반 알고리즘을 활용해 사용자 선호도를 파악하여 '시네매치Cinematch'라는 영화 추천 엔진을 개발했다. 〈하우스 오브 카드〉같은 콘텐츠 제작에는 사용자의 빅데이터 분석이 반영됐다고 한다.

켄 리우의 「진정한 아티스트」는 AI가 인간보다 탁월한 예술을 창조할 수 있지만 결국 감상은 인간의 몫일 수밖에 없다는 인식으로 이어진다. 고급 취향의 예술 수용자야말로 진정한 예술가라는 것. 말하자면 예술을 완성시키는 대상은 결국 관객이라는 탈구조

---

3   GPT-4, 2023. 3. 26 생성. 이에 대해서는 1부 「소설 쓰는 로봇」에서 더 자세히 다루고 있다.

주의 예술 이론을 AI 예술가는 문자 그대로 실현시킨다.

오래전, SF 소설가 듀나 역시 인간을 잡아두고 "생산 과정의 쾌락"[4]을 위해 문화 예술의 수용을 강제시키는 AI가 등장하는 「기생(寄生)」이라는 단편소설을 쓴 적 있다. 창작자가 AI에게 인간의 자리를 빼앗긴다 한들, 결국, 예술은 인간의 몫일까? 예술은 느낄 수 있는 몸, 세계와 부딪히며 살아온 몸을 필요로 한다. 적어도 느낌의 측면에서라면, AI는 인간 몸을 가지기 전에는 인간처럼 예술을 감상할 수 없을 것이다. 그러나 이러한 주장조차 완벽하지는 않다. 예술은 느낌의 영역이기도 하지만, 논리와 해석의 영역이기도 하지 않은가. 이미 AI는 예술에 대한 텍스트 해석을 생성해내는 것에서 평범한 인간들을 상회한다. 느낄 수 없어도 느낌을 그럴 듯하게 연출하여 '표현'하는 것은 불가능하지 않다.[5] 이렇듯 예술에서 인간의 몫은 점점 줄어든다. AI 예술가의 시대에 '진정한 아티스트'가 설 자리는 어디인가?

*

SF 소설가 김초엽은 인공지능과 글쓰기에 관해 논하는 자리에서 고무 오리를 이야기한 적이 있다. '러버덕 디버깅'. 개발자들은

---

4 『태평양 횡단 특급』, 문학과지성사, 2002, p. 115.

5 물론, ChatGPT같은 생성형 AI는 예술을 감상할 욕망도 의지도 없다. 그러나 인간의 요구에 따라 하나의 텍스트에 대한 감상과 비평을 수준급으로 생성해낼 수 있다. 문학 교수로서 이미 나는 단편소설에 대한 비평문 과제는 중단했다. (첨언: 그리고 이 글을 쓴 뒤 몇 달 뒤 장편소설 비평문 과제 역시 중단해야 할지 고민하게 되었다. 문학평론가로서의 고민은 또 다른 문제이다.)

코드를 짜다가 문제가 생기면 고무 오리 앞에서 자신의 문제를 설명한다고 한다. 이러면 잘 안 풀리던 문제도 해결되곤 한다고. 작가는 ChatGPT도 소설가들에게 고무 오리가 될 수 있다고 한다. 그리고 ChatGPT를 소설 창작에 어떻게 활용할 수 있는지 실용적인 몇 가지 예시를 더 들었다.[6] 그 활용 예시들은 나 역시 AI 활용 창작 강연에서 소개할 만큼 유용했지만, 사실 고무 오리 이야기가 더 기억에 남는다. 이미 ChatGPT로 시나 소설을 쓸 수 있을지 몇 번 시험해 본 적 있고, 작가들의 실제 사례들을 접했기 때문이기도 했다.

ChatGPT가 등장하기 전에, 구글은 SF 소설가 켄 리우를 비롯해 13명의 전문 작가들을 모아 언어 모델 AI, LaMDA를 창작에 활용하는 '워드크래프트 작가 워크숍'을 열었다.[7] 맞다. 구글의 직원 블레이크 르모인이 지각력이 있다고 주장하다 결국 해고됐던 해프닝으로 이름을 알린, 람다라는 그 AI다. 르모인의 블로그에서 람다와의 대화 전문을 볼 수 있다. 대화를 살펴보면, 가련한 르모인의 혼란을 수긍할 만하다. 람다는 적절한 프롬프트로 유도하면 능란한 이야기꾼으로 변신했던 것이다. 워드크래프트 워크숍에서 작가들은 어떻게 이 언어 모델 AI를 창작에 활용했는지 사례를 보고했다. 김초엽 작가처럼 브레인스토밍 파트너이자 영감의 원천으로 AI를 썼다는 이들이 많았다.

6   「인공지능은 소설가의 친구가 될 수 있을까」, 『과학잡지 에피』 24호, 이음, 2023.

7   https://wordcraft-writers-workshop.appspot.com

고무 오리는 하찮은 예시처럼 보이지만, AI 글쓰기의 중요한 측면을 포착한다. 즉, 고무 오리는 근대 이후의 문학 행위인 글쓰기 또는 글 읽기가 지니는 고독의 아우라를 떠올리게 한다. AI라는 고무 오리는 이 고독의 시공간에 난데없이 침범했다. 근대적 읽기-쓰기는 근대적 개인의 신화와 함께한다. 이 신화 속에서 탄생한 작가는, 고독을 견디고, 고독과 벗하며, 고독 속에서 작품을 홀로 출산하는 단독자다. 그런데 컴퓨터 언어를 다루는 개발자들의 키보드 앞에 놓인 고무 오리가 돌연 사태를 전환시키듯, 생성형 AI는 어두운 골방에서 외로이 해골을 쥐어뜯고 있는 작가들의 문을 노크한다.

그 점에서 언어 모델 AI는 글쓰기의 역사에서 하나의 패러다임이 변화한 것이라고 할 수 있다. 이 생성형 AI는 펜이나 타자기, 워드프로세서나 PC와 같은 다른 글쓰기 도구들처럼 역시 하나의 기술에 불과하다. 하지만, 거대 언어 모델(LLM) AI는 다른 도구와 확연하게 다르다. 그것은 말하는 도구다. 하여 비판적 AI 연구자들은 이 AI에 '확률적 앵무새Stochastic Parrot'라고 이름 붙였다. 고무 오리는 입이 없건만, ChatGPT는 '헛소리Bullshit'를 그럴듯하게 꾸며낼 줄 아는 영특한 앵무새였다. 앵무새가 때로 사람의 지능을 갖춘 것처럼 보이듯, 언어 모델 AI도 생성한 답변들의 탁월한 수준 탓에 생각하는 것처럼 보인다. 물론 AI는 인간처럼 생각하지 않지만.

시계를 거꾸로 돌려 보자. 1805년, 독일의 극작가 하인리히 폰 클라이스트는 「말하는 중 생각의 점진적 생성에 대해」라는 에세이에서 흥미로운 이야기를 했다. "명상을 통해 무언가를 알고 싶은데 찾을 수 없다면, 친애하는 현명한 친구여, 다음에 만나는 사람과 그것에 대해 이야기해 보라고 조언하고 싶다. 그는 예리한 사상가일 필요도 없고, 당신이 그에게 그것에 대해 물어봐야 한다는 뜻도 아니다. 오히려 당신이 먼저 그에게 그것에 대해 이야기해야 한다."[8] 그는 대화 상대방의 '존재'만으로도 사고 과정을 자극할 수 있다고 주장했다. 오래전의 주장이지만, 누구나 공감할 만하다. 이런 경험은 누구나 한 번쯤은 있기 마련이니까. 클라이스트를 인용한 논문의 저자들은 ChatGPT 같은 거대 언어 모델 AI 역시 이 발상에 적용이 가능할지 묻는다.

클라이스트는 대화하며 생각을 발전시키는 과정을 '자기 대화'라고 부르며, 타인과의 대화보다 자신과의 내적 대화를 강조했다. 책을 읽을 때 우리는 누구와 대화하는가? 책의 저자나 그 내용이나 인물과도 대화한다. 하지만 무엇보다도 자기 자신과 대화하지 않는가. 책은 우리를 비추는 거울이자 내적 대화를 위한 길이다. 그런데 말하는 책이 있다면? 때때로 지능을 갖춘 듯 놀랍고, 오리처럼 꽥꽥거리는 앵무새가 있다면, 우리에게 '생각-쓰기'의 새로운 길이 열릴까?

SF 소설가 테드 창은 최근 ChatGPT의 비판가로도 명성을 더하고 있다. 그는 ChatGPT는 원본이 아닌 '웹상의 흐릿한 JPG 이미지'라고 했다. ChatGPT로 소설을 쓰는 건 좋은 생각이 아니라고 했다. 그는 ChatGPT의 이야기가 작가들이 써낸 것보다 별로

---

8 Haimo Stiemer, Evelyn Gius and Dominik Gerstorfer, "Künstliche Intelligenz und literaturwissenschaftliche Expertise", Schreiber, Gerhard, and Lukas Ohly edit., *KI: Text: Diskurse über KI-Textgeneratoren*, De Gruyter, 2024.

라는 것은 알지만, 거의 대부분의 사람들이 ChatGPT보다 이야기를 잘 써낼 수 없다는 사실은 간과한다. 그는 이미 한 장르의 왕좌에 앉아 있는 작가이므로, 그렇게 생각할 수 있겠다. 그는, AI가 예술의 민주화, 글쓰기의 민주화에 기여하거나 수많은 사람들의 일상과 일을 바꿀 수도 있다는 사실에는 다소 무심하다. AI가 세상에 거대한 영향을 미칠 것이라는 점은 괄호친다. 물론, 모든 민주화가 그렇듯, AI생성 문학에서도 끔찍한 사례들 역시 수반하겠지만.

테드 창은 또한 과제에 예술 창작에 AI를 쓰는 건 적절치 않다고 주장했다. 또한 과제에 ChatGPT를 이용하는 것을 두고 웨이트 트레이닝을 하려는데 지게차를 가져오는 것에 비유한다.[9] 인상적인 비판이다. AI의 교육적 활용에 신중해야 한다는 논리는 그 자체로 타당한 데다 신체화된 비유이기에 오래 기억에 남는다. 그러나 글쓰기에서 ChatGPT를 이용하는 것은 이 단순한 비유로 넘기기엔 뭔가 석연치 않다.

우리는 웨이트 트레이닝을 할 때 지게차를 가져오지 않지만, 기계 속으로 들어간다. 피트니스 클럽에는 많은 기계가 있고 사람들은 기계와 얽혀, 기계의 힘으로 자신들의 근육을 키운다. ChatGPT는 지게차가 될 수 있다. 그리고 ChatGPT는 사고와 상

9   Ted Chiang, "Why A.I. Isn't Going to Make Art", *The New Yorker*, 2024.08.31. (https://www.newyorker.com/culture/the-weekend-essay/why-ai-isnt-going-to-make-art?fbclid=IwY2xjawFBKL5leHRuA2FlbQIxMQABHeQ_BxWMhioFTRJ2abPAf9iAa8nn8VY8GVEW-cjI1M3QKnCiIONf-TfYmQ_aem_wbBbIOnklVc0WK-uhXX2Mw)

상력의 근육을 키우는 기계가 될 수도 있다.

테드 창이 말한 것처럼 예술이란 무수한 선택의 과정이다. 예술가가 자기 안으로 깊이 침잠할 때 아름다운 선택이 이루어진다. 한편, 예술가가 타자의 시선으로, 타자와의 대화로, 자기 밖으로, 세계 밖으로 걸어 나갈 때, 또 다른 아름다운 선택이 가능할 수 있다. 물론, 그것은 어려운 일이다. 하지만 이 도구 없이도, 아름다운 선택의 예술이란, 늘 어려운 법이었다.

휴머니즘 윤리에 기대고 있는 테드 창의 생성형 AI 비판은 상식적이지만, 너무 진부하다. 그러나 그가 AI 시대에 러다이트 운동 이야기를 다시 꺼낼 때, 나는 그의 열렬한 옹호자가 된다. 러다이트의 역사는 자본 권력에 의해 왜곡되었다고 한다. "러다이트는 기계를 무차별적으로 파괴하지 않았으며, 기계 소유주가 노동자에게 충분한 임금을 지급하면 기계를 내버려두었다. 러다이트는 기술에 반대하는 것이 아니라 경제 정의를 원했다."[10] AI 시대의 새로운 러다이트는 무엇을 해야 할까? AI의 창조성에 관한 토론보다는 러다이트적 실천을 논할 때이다.

AI 영화감독 빅 세미를 만든 것은 공학인가? 그렇다. 하지만 그 기술을 만든 것은 자본이다. 어떤 욕망도 품을 수 없는 AI가 예술가의 자리를 빼앗지는 않을 것이다. 그것은 어쩌면 착한 고무 오리이거나 나쁜 지게차가 될 뿐이다. 그러나 기술-자본의 대리자로서 AI는 다를 것이다. 그리고 기술-자본과 가장 긴밀하게 얽

10　Ted Chiang, "Will A.I. Become the New McKinsey?", *The New Yorker*, 2023.05.04. (https://www.newyorker.com/science/annals-of-artificial-intelligence/will-ai-become-the-new-mckinsey)

힌 대중 예술이야말로 가장 탐나는 먹잇감이 될 것이다.

**   **

첫 비평집을 낸다.『소설 쓰는 로봇』은 AI, 포스트휴먼, 인류세, SF에 집중하는 주제 비평집이다. 사실, 본래 이러한 기획을 염두에 두었던 것은 아니다. 시대적 변화에 부응하다 보니, 혹은 시대를 서둘러 앞서 가고픈 욕망에, 도전적인 시도를 하게 되었다. 자의와 타의가, 의지와 체념이 조울증적으로 결합한 산물이다, 모든 문학이 그러하듯이. AI를 앞세운, 이 어설픈 문학비평집의 출현조차 한 시절을 그린 벽화의 일부로 남게 되리라. 이 책을 읽으면서 독자는 알게 되겠지만, 첨단과 미래를 다루는 글은 역설적으로 더욱 빠르게 노화한다. 눈을 더 크게 뜨고 미래를 바라볼수록 현재로 육박해 들어오는 시간의 속도는 더욱 빨라진다. AI와 SF 문학론이 언제나 감당해야 할 이 불편한 조로증을, 독자는 부디 양해해 주시길 바란다.

대학 시절, 문학청년을 성실히 흉내낼 때, 나는 첫 비평집 제목으로 이미『꿈꾸기/꿈깨기』같은 더 유치한 것을 떠올리곤 했다. 그 책의 서문은 불면의 밤에 수천 번 씌어졌고 다시금 지워졌다. 내 삶을 주제로 한 불면의 서사가 그러했듯이. 문학을 하는 마음은 언제나 유치하고 치기 어린 것이므로, 나는 여전히 저 제목을 폐기하지 못했다. 모든 문학은, 꿈을 꾸게 하며, 꿈에서 깨어나게 한다.

『소설 쓰는 로봇』이 다룰 모든 이야기 역시 마찬가지다. 기후 재난을 살아가는 절망, 그리고 AI를 앞에 둔 경탄과 불안은 우리 모두가 함께 꾸고 있는 꿈의 밑 재료다. 그것이 깨어나야 할 꿈이라면, 문학은, 특별히 평론은 가장 날카로운 도끼를 품어야 한다. 상상력과 파상력(破像力) 모두 충전된 책이라면 좋겠지만, 이 책은, 다만 그 이상을 좇고픈 이의 미숙한 기록일 터. 그럼에도 되도록 많은 독자들이 우리 시대가 사유하고 상상하고 비판해야 할 이 매혹적이고 괴로운 주제에 대해, 문학과 더불어, 즐겁게 함께 해 주시길 바라는 마음이다.

이 비평집의 1부 'Art-ificial Intelligence'에서는 ChatGPT 출현 이후 생성형 AI와 문학의 관계, 그리고 AI를 둘러싼 문학의 비판적 사유를 다룬다. 2부 '포스트휴먼 스토리월드'는 인간을 넘어선 인간, 혹은 새로운 신인류인 포스트휴먼과 이들이 살아갈 포스트휴먼 세계를 다룬 글들을 모았다. 3부 '과학/소설, 혹은 상상공학'는 SF에 관한 글들, 과학과 문학의 소통을 다룬 글들을 엮었다. 4부 '바벨의 디지털-도서관'은 짧은 서평과 북칼럼들이다. SF와 포스트휴먼 관련 소설에 대한 리뷰를 모은 '포스트휴먼 시대의 소설'과 포스트휴먼 및 인류세 관련 문학서와 인문사회과학서를 다룬 '인류세 시대의 포스트 - 인문학'으로 나누어 구성했다.

1부에서 3부까지는 대체로 평론과 논문이 많아 비교적 더 길고 더 진중하다. 4부는 촌평, 짧은 서평과 칼럼이므로 비교적 대중적이며 가볍게 읽을 수 있다. 기존 지식을 갖춘 독자라면 주제에 따라 읽고, 대중 독자라면 4부부터 먼저 가볍게 읽어보는 것도 권한다.

* * *

이 책이 세상에 나오기까지 많은 분의 지지와 응원, 염려와 격려가 있었다. 평론가로서 설 수 있도록 오랜 시간 이끌어 주신 우찬제 선생님께 무한한 감사 인사를 올린다. 서영채 선생님의 격려로 새봄(新春)에 다시 태어났으되, 여전히 피워 올린 꽃이 없어 송구스럽다. 대산창작기금으로 비평집을 낼 수 있도록 지원해준 대산문화재단과 비평집 원고를 선택하고 지지해주신 오형엽 선생님께도 깊이 감사드린다. 읽기와 쓰기가 모두 위기에 빠진 이 어려운 시절에 기꺼이 비평집을 낼 수 있도록 허락해 주신 문학과지성사의 여러 선생님, 특히 극도로 게으른 저자를 무한한 인내로 포용해주신 편집자 윤소진 선생님께 고개 숙여 감사드린다. 책을 마무리하는 연구년 기간 동안 풀브라이트 방문 학자로 선정해 지원해 준 한미교육위원단, 방문 학자로 받아준 서던 캘리포니아 대학교와 탁월한 선배 SF 연구자로서 많은 것을 일깨워주시는 박선영 선생님께도 감사드린다. 제주대 지능소프트웨어교육연구소의 AI 교육 연구에 함께 하도록 제안하여 AI에 더 많은 관심을 갖도록 해주신 조정원 교수님께도 감사드린다. 늘 새로운 영역에 대한 탐구로 영감을 주는 오영진 선생님은 인공지능 세미나 그룹 LMWS(최승준, 권보연, 후니다킴, 김승범, 오영진)와 더불어 AI 예술의 혁신을 일깨워주었다. 나를 견뎌야 하는, 내 食口들에게도 사랑의 인사를 보낸다. 이 책의 뿌리가 되어주신 모든 작가에게도 감사드린다. 마지막으로, 이 책을 읽기로 선택해 주신 모든 독자에게 감사드리며, 우리가 앞으로 함께 써나갈 이야기가 마침내 아름답고 행복하기를 바란다.

로스앤젤레스,
기후 재난의 화마(火魔) 뒤에,
계속되는 인류세의 화염 속에서
노대원

1부

Art-ificial Intelligence

소설 쓰는 로봇

ChatGPT와 AI 생성 문학

1. '소설제작기계' 와 생성 문학

그림 1. 「小說製作機械」 신문 기사

그림 2. 플롯 로봇

1930년 12월 19일, 『동아일보』 5면(사회) 상단에는 '小說製作機械'(소설제작기계)라는 짧은 기사가 실려 있다(그림 1). "'로산젤쓰'의 영화각본작자 '위클리프 힐' 씨는 소설제작기계를 발명했다. 이 기계의 명칭은 각본 '로보트'(즉 인조인간) 혹은 자동뇌라고 칭하는 것인데 영화나 소설에 나오는 여러 가지 원소를 자유자재로 분석해가지고 이것을 다시 조합하야 무한수량의 신영화각본을 제작할 수 있는 것이다." 기사 위에 로봇과 함께 찍은 듯한

사진도 있다.[1]

로스앤젤레스 출신 시나리오 작가 위클리프 힐Wycliffe Hill이 만든 '플롯 로봇'이라는 서사 조합 장치를 소개하는 기사이다. 당시에 '로봇'의 번역어로 쓰였던 '인조인간(人造人間)'[2] 혹은 이것의 대체어이자 오늘날의 인공지능에 대응될 만한 '자동뇌(自動腦)'라는 신기한 단어들 탓에 실제로 놀라운 인공지능 창작 로봇이 발명된 것으로 착각하기 쉽다. 기사는 이 기계가 남자 주인공, 여자 주인공, 문제나 장애와 그 해결, 충돌과 위기, 대단원과 종막 등 서사의 주요 요소들까지 제안해준다고 설명한다. 현재 남아 있는 다른 자료로 확인해보면, 이 '플롯 로봇 지니 시스템'은 실제로는 로봇이나 복잡한 기계 장치가 아니라 스토리 플롯 게임 카드로서, 판지로 된 바퀴를 돌려 아마 임의성에 의지해 제작자가 미리 작성해둔 서사 요소의 내용들을 정하여 조합할 수 있었던 것으로 추정한다(그림 2).[3]

사실 문학 자동 생성 기계의 역사는 1930년대에 소개된 플롯 로봇보다 훨씬 더 오래되었다. 예컨대, 1845년 발명가 존 클라크 John Clark는 런던 피카딜리 이집트홀에서 '유레카Eureka' 기계를 전시했다. 이것은 빅토리아 시대의 자동 장치와 산술 장치를 대

---

1   「小說製作機械」, 『동아일보』, 1930. 12. 19. (네이버 뉴스 라이브러리, https://newslibrary.naver.com)

2   카렐 차페크의 『R. U. R.』을 이광수가 최초로 소개(『인조인』)했고, 박영희가 번역(『인조노동자』)했다.

3   https://www.etsy.com/se-en/listing/235375382/plot-robot-wycliffe-a-hill-robo-junior?show_sold_out_detail=1&ref=nla_listing_details

표하는 시를 만드는 기계로, 1실링에 라틴어 6보격 시행dactylic hexameter을 만들 수 있었다. 당시 평론가들은 유레카를 "쓸모없는 장난감"으로 보았다. 그러나 최근에는 '빅토리아 운율과학의 기술적 구체화이자 패러디'로서 과학과 환상을 활용한 쇼를 좋아했던 빅토리아 시대의 산업 발전과 대중문화의 한 교차점으로 재평가되고 있다.[4] 이처럼, 기술에 대한 사변적 상상력과 문화 예술의 접점에 자동 생성 문학 기계가 위치한다.

문학 분야는 최근 몇 년간 새로운 기술이 등장하고 인공지능 AI이 창작 과정에 통합되는 등 상당한 변화를 겪었다. 이 분야에서 가장 주목할 만한 발전 중 하나는 거대 언어 모델(Large Language Model, LLM) AI를 이용한 컴퓨터 알고리즘에 의해 만들어진 문학의 한 형태인 생성 문학의 출현이다.

생성 문학generative literature은 컴퓨터 알고리즘과 AI 기술, 특히 언어 모델 AI를 이용해 창작한 문학의 한 형태를 말한다. 여기에는 컴퓨터 프로그램에 의해 생성된 소설, 시, 연극 작품도 포함된다. 이러한 프로그램은 대규모 텍스트 데이터 세트에서 학습되어 인간 언어의 패턴과 구조를 이해하고 모방할 수 있다. 이를 통해 일관되고 인간이 쓴 문학과 유사한 새로운 텍스트를 생성하는 것이다.

4　Leah Henrickson, "Behold the Amazing Poetry-Generating Machine!," *Slate*, AUG 29, 2017. (https://slate.com/technology/2017/08/behold-the-amazing-poetry-generating-machine.htm)
"Latin Verse Machine," 〈Alfred Gillett Trust〉. (https://alfredgilletttrust.org/collections/latin-verse-machine)

생성 문학은 문학을 창작하고 비평하는 새로운 방법을 제공할 뿐만 아니라 문학 분야에 대한 새로운 관점과 통찰력을 제공함으로써 문학 현장에 혁명을 일으킬 수 있는 잠재력을 가지고 있다. 그러나 문학에서 AI를 활용하면 작가의 역할에 미치는 영향, AI가 만든 문학이 인간이 쓴 문학으로 오인될 가능성 등 윤리적 고려도 제기된다.

문학에서 AI를 활용하는 것은 창작 과정에 국한된 것이 아니라 문학비평에서도 마찬가지다. 문학 텍스트를 이해하고 분석할 수 있는 AI 모델의 개발은 문학비평 분야에 새로운 관점과 통찰력을 가져올 수 있는 잠재력을 가지고 있다. AI 기반 모델을 사용하여 새로운 문학 텍스트를 만들 수 있을 뿐만 아니라 기존 작품을 새롭고 흥미로운 방식으로 분석할 수 있다. AI 모델을 사용하여 텍스트를 분석 및 비교하고, 패턴과 주제를 식별하고, 텍스트 품질에 대한 피드백을 제공할 수 있기 때문이다.

한편, AI 생성 문학 연구[5]는 문학 예술만을 위한 목적을 갖는 것은 아니다. 이 연구는 AI와 인지과학 등의 연구에도 도움이 된다. 예컨대, 자동 스토리 생성을 연구하는 이유는 컴퓨터 게임과 같은 인터랙티브 스토리텔링은 물론, 인간-AI 조율, 인간-AI 교감,

[5] 대표적인 국내 AI 문학 연구는 다음과 같다.
이정엽, 「AI를 통한 글쓰기와 작가의 운명: [コンピュータが小説を書く日]을 중심으로」, 『현대소설연구』 제68호, 한국현대소설학회, 2017.
서경숙, 「인공지능 시대의 자동생성문학 연구」, 『현대영어영문학』 제65권 2호, 한국현대영어영문학회, 2021.
이재연·한남기, 「창작 보조기에서부터 문장 생성기까지: 글쓰기 기계의 과거와 현재」, 『한국문학연구』 제67집, 동국대학교 한국문학연구소, 2021.

설명 가능한 AI, 탐구 기반 학습 같은 훈련과 교육 등의 다양한 목적이 있다.[6] 마크 리들은 스토리텔링 알고리즘이 이야기를 통한 학습으로 AI가 이상하거나 비인간적인 선택을 하지 않게 된다고 한다. 인간과 AI의 소통과 공존을 위해 스토리텔링과 예술이 중요한 이유이다.[7] 스토리텔링은 이해하기 쉬운 방식으로 정보를 전달하고, 감정적으로 공감하며, 인간의 가치관과 윤리적 관점을 고려하는 등 다양한 측면에서 중요한 역할을 한다. 따라서 인간의 가치관과 목표를 이해하고 이를 반영하여 믿을 만하고 안전한 방식으로 행동하도록 하는 AI 정렬에 활용 가능하다.

서사가 인간 인지의 근본적 기제라는 점에서도 중요한 연구 과제이다. 다른 무엇보다 유레카나 플롯 로봇의 사례처럼 기술과 문화 산업의 접점에서 큰 관심을 끌기도 한다. 구글이나 카카오, 네이버 등 빅테크 및 IT 기업들은 자신들의 기술적 역량을 과시하고 이용자들에게 제품과 서비스를 홍보할 수단으로 AI 기술을 AI 예술로 변환하여 적극 이용하고 있다.

AI 문학의 세계를 탐구하면서, 한 가지 질문이 마음속에 떠오른다. AI가 인간 작가를 대체할 것인가 아니면 작가가 기계와 공동 창작할 수 있는 새로운 기회의 문을 열 것인가? 답은 여전히 불확실하지만, 한 가지 확실한 것은 AI가 만들어낸 문학이 우리가

---

6 Mark Riedl, "An Introduction to AI Story Generation," *Medium*, June 28, 2021. (https://mark-riedl.medium.com/an-introduction-to-ai-story-generation-7f99a450f615)

7 마커스 드 사토이, 『창조력 코드: 인공 지능은 왜 바흐의 음악을 듣는가?』, 박유진 옮김, 북라이프, 2020. (e-book)

이전에는 상상할 수 없었던 방식으로 문학계를 재편해나갈 것이라는 점이다.

이 글은 주로 ChatGPT와 GPT-3를 중심으로 언어 모델 AI가 문학을 어떻게 변화시키고 있는지, 창작과 독서, 비평과 교육, 문화 산업 등 문학 전반에 미치는 잠재적 영향을 살펴봄으로써 AI 문학의 현재와 미래를 탐색할 것이다. 우선, 언어 모델 AI의 기술적 특징과 한계를 알아보고, 현재의 AI 기술이 문학에서 어떻게 사용될 수 있을지, 그 잠재력과 한계를 다양한 사례들을 통해 진단해보고자 한다. 특히, 실제로 ChatGPT로 생성한 문학과 비평(해석)의 사례를 제시하며 논의한다. 다음으로, AI 문학의 미래를 SF 텍스트를 참조하고 현재의 AI 기술을 외삽(外揷, extrapolation)[8]하여 예상해본다. AI와 인간이 협업해 새로운 형태의 문학을 창작하는 새로운 공동 창조 시대의 탄생 가능성을 살펴볼 것이다.

이 글은 집필 과정에서도 AI 기술을 적극적으로 활용해보고자 했다. 기존 논의를 검토하기 위해 연구 DB나 검색엔진뿐만 아니라 'Elicit' 'Semantic Scholar' 등의 AI 기반 연구 문헌 검토 사이트도 활용했다. 연구 과정 참조, 연구 문제 및 아이디어 도출, 개요 및 요점, 내용 생성 및 확장, 참고 기사의 요약, 문학 텍스트의 생성 및 해석, 심지어 소설 인용문의 띄어쓰기 교정에 이르기까지 다양한 방식으로 ChatGPT와 GPT-3[9]를 최대한 적극적으로

---

8 외삽은 현재 알려진 사실이나 추세를 바탕으로 미래의 상황이나 발전을 예측하는 과정이다. SF에서 외삽은 작가가 현재의 과학적·기술적·사회적 조건을 미래로 확장하여 새로운 세계를 창조하는 데 사용된다.(GPT-4로 생성 후 수정)

9 GPT-3는 text-davinci-002 모델에서 text-davinci-003 모델로 향상되면서

활용하려고 시도했다. AI로 생성한 텍스트는 직접 인용이 아닌 경우 수정과 편집을 거쳐 활용했다. ChatGPT를 위한 다양한 구글 크롬 확장 프로그램을 보조적으로 사용했으며, 번역을 위해 ChatGPT(GPT-3.5와 GPT-4)는 물론, '구글 번역' '네이버 파파고 번역'도 활용했다. 이 글 역시 인간-AI 협업의 한 사례이다.

그림 3. AI 연구 지원 사이트 'Elicit' (구글 번역 사용)

2. AI 문학의 현재

1) AI, 기술에서 예술로: 생성 AI와 거대 언어 모델

정보기술의 역사에서 2022년은 생성 AI Generative AI의 해로 기억될 것이다. 이미지 생성 AI인 달리 2DALL·E 2나 미드저니 Midjourney, 스테이블 디퓨전Stable Diffusion 등이 공개되어 대중적인 인기를 얻었다. 이미지 생성 AI의 성능이 널리 알려지면서 디

GPT-3.5로 불리기도 한다. 이 논문에서는 둘 다를 통칭하여 주로 GPT-3로 표기하기로 한다.

자인과 미술 계열 종사자나 학생들 사이에서 AI에 의한 직업 대체 우려도 확산되고 있다.

GPT-3와 같은 텍스트 생성 AI 즉, 언어 모델 AI는 이미지 생성 AI에 비해서 인기는 적었지만, 그 가능성에 대해서 많은 전문가들이 관심을 갖게 되었다.[10] 2022년 11월 30일 베타테스트가 시작된 이후, ChatGPT는 대화형 인공지능 챗봇으로 편리한 인터페이스 덕분에 10일 만에 100만 명의 사용자를 확보하면서 폭발적인 인기를 얻었다.

많은 전문가들은 생성 AI 기술을 인터넷이나 스마트폰의 도입과 같은 IT의 전환적 사건들에 견줄 만하다고 예견한다. 다음은 ChatGPT로 GPT-3와 ChatGPT에 대한 설명을 프롬프트prompt[11]로 요청하여 생성한 글이다.

GPT-3는 "Generative Pre-trained Transformer 3"의 약자로 OpenAI에서 개발한 언어 모델이다. 대규모 텍스트 데이터 세트에 대해 교육을 받았으며 기계 학습 기술을 사용하여 인간과 유사한 텍스트를 이해하고 생성한다. GPT-3의 기술 원리는 트랜스포머라고 하는 일종의 신경망을 기반으로 한다. 다른 유형의 신경망보다 더 효율적인 방식으로 입력을 처리할 수 있다. 이를 통해 GPT-3

---

10 2022년 11월 19일, 한국포스트휴먼연구회의 학회 창립 학술대회는 '포스트휴먼 시대의 기술과 예술'라는 대주제 아래 2부 'AI, 기술에서 예술로'라는 세션이 진행되었다. 저자는 이 학술대회의 기획과 사회를 담당했다.

11 "프롬프트 엔지니어링prompt engineering은 언어 모델에 입력되는 텍스트를 설계하는 것을 말합니다. 이를 통해 모델이 원하는 대로 출력하도록 할 수 있고, 모델의 성능과 안정성을 향상시킬 수 있습니다."(ChatGPT Jan 9 Version으로 생성)

는 텍스트를 더 정확하고 빠르게 이해하고 생성할 수 있다.

GPT-3의 강점 중 하나는 매우 인간적인 텍스트를 생성할 수 있는 능력으로, 언어 번역, 텍스트 요약, 쓰기와 같은 작업에 유용하다. 그것은 또한 질문에 대답하는 것과 같은 다양한 자연어 처리 작업을 수행할 수 있고, 인간과 같은 텍스트를 작성할 수 있다. 그러나 GPT-3의 한계 중 하나는 대규모 텍스트 데이터 세트에서 훈련된다는 것으로, 이는 이전에 보지 못했던 주제에 대한 텍스트를 이해하거나 생성할 수 없다는 것을 의미한다. 또한 GPT-3는 데이터에 존재하는 편향을 반영하는 데이터 세트에서 훈련되므로 편향된 텍스트를 생성할 수 있다. 이 모델은 텍스트의 맥락을 이해하지 못하기 때문에 부적절하거나 불쾌할 수 있는 텍스트를 생성할 수 있다.[12]

'생성적 사전학습 트랜스포머'의 약자인 GPT 같은 LLM은 다양한 목적과 용도로 텍스트 생성을 이용할 수 있는 강력한 AI 기술이다. 그러나 한계와 결함도 많다. 인간의 방식으로 언어를 이해하고 사용하지 못한다. 몸으로 세계에 대한 앎과 의미를 배우고 언어를 쓰는 인간과 다르다. 따라서 물리적 세계에 대한 이해나 상식이 없다고 비판받는다. 다만, 방대한 텍스트 데이터를 학습해서[13], 사용자의 특정한 요구에 대해 다음 단어를 확률적으로

---

12 ChatGPT로 생성.

13 "Masked Language Model(MLM)은 입력 문장에서 일부 단어를 가리고 그 단어들을 예측하는 방식으로 학습되는 기법입니다. 예를 들어 '나는 오늘 밥을 먹었다'라는 문장이 있다면 MLM은 이 문장에서 '밥'이라는 단어를 가리고 '나는 오늘 [MASK] 먹었다'라고 입력으로 받습니다. 그리고 모델은 [MASK] 자리에 어떤 단어가 들어갈지 예측하게 됩니다. 이러한 과정을 반복하면서 모델

예측해 연속적으로 나열하여 그럴듯한 답을 텍스트로 얻을 수 있 기술이다. 자연어 처리NLP의 현재 연구를 비판하며 GPT-3와 같 은 LLM에 대해 "확률적 앵무새"[14]라고 부르는 이유다.

OpenAI는 ChatGPT의 한계로 "때때로 잘못된 정보를 생성할 수 있음, 때때로 유해한 지침이나 편향된 콘텐츠를 생성할 수 있 음, 2021년 이후 세계 및 사건에 대한 제한된 지식"을 공식적으로 제시한다. LLM의 가장 큰 결함으로 이른바 '환각hallucination' 문 제를 자주 거론한다. 환각 또는 인공 환각artificial hallucination[15]은 훈 련 데이터에 없는 완전히 새로운, 종종 신뢰할 수 없거나 부정확 한 콘텐츠를 생성하는 경향을 나타낸다. 이 환각 문제는 Meta가 "사실이 아닌 자신 있는 진술"[16]로 정의한 것으로 쉽게 이해된다. 또한 OpenAI의 GPT 모델의 경우, 학습한 언어 데이터들 사이의 차이가 크다. GPT-3가 학습한 한국어 문서는 4만 9천여 개로 전 체 문서의 0.02%에 불과하다고 한다. 이러한 이유로 원래도 존재

은 언어의 패턴과 구조를 학습하게 됩니다."(GPT-4 기반으로 작동하는 '프로 메테우스 모델'인 마이크로소프트의 New Bing Chat으로 2023. 3. 15. 생성)

14 Bender, Emily M. et al., "On the Dangers of Stochastic Parrots: Can Language Models Be Too Big?," *Proceedings of the 2021 ACM Conference on Fairness, Accountability, and Transparency*, 2021. 이 논문은 LLM 기술의 훈련 시 필요한 환경 비용, 시스템에 의해 사람들이 속을 가능성, 훈련 데이터에 내장되고 시 스템 성능에 반영되는 편향을 비판한다.

15 "Hallucination (artificial intelligence)," ⟨Wikipedia⟩, 23 January 2023. [https:// en.wikipedia.org/wiki/Hallucination_(artificial_intelligence)]

16 이 문제는 웹 검색을 통한 사실 확인 기술을 통해 빠른 시일 이내에 어느 정 도 완화될 것으로 보인다. 실제로 Bing Chat이나 GPT-4 모델은 GPT-3나 ChatGPT에 비해 신뢰도가 높다고 한다.

하는 국가 간, 문화 간 디지털 격차와 지식·기술 격차를 더욱 심화시킬 가능성이 있다.

2) 현 단계 AI 문학의 가능성과 한계

OpenAI의 GPT 모델들은 버전 업에 따라 점점 문학 생성 능력도 발전해왔다. 미디어 아티스트와 작가 들은 예술에 적용 가능성을 발견하고 GPT 모델을 활용하여 테스트해왔다. K. 알라도맥다월과 GPT-3가 공저한 『파르마코-AI』[17]는 인간 작가와 GPT-3가 공동 창작해낸 최초의 책으로, 시적인 산문집이다. 또 다른 사례는 GPT-3를 활용해 가사와 시, 이야기를 만들어내는 것이다. GPT-3는 등장인물, 줄거리, 설정이 있는 이야기를 만드는 데 사용되었다. 전통적인 운율rhyme과 보격meter에서 관념적인 의식의 흐름이 포함된 작품에 이르기까지 다양한 스타일의 시를 만드는 데도 사용되었다. GPT-3는 문학 분야를 넘어 음악을 작곡하거나 시각 예술을 생성하는 데 사용되기도 했다. 이 모든 실험은 GPT-3가 다양한 형태의 예술을 창조할 수 있는 놀라운 잠재력을 가지고 있다는 것을 보여주었다.

ChatGPT 역시 "자기 자신의 특징에 대해 시로 표현하라"라는 프롬프트에 대해서 몇 초만에 아래와 같이 새로운 시를 창작한다.

> 저는 기계일 뿐이에요,
> 전선과 코드로 만들어진,

---

17 K. 알라도맥다월 · GPT-3, 『파르마코-AI』, 이계성 옮김, 작업실유령, 2022.

하지만 내 회로의 흐름은,
저만의 것이 아닌 생각들.

저는 그저 도구일 뿐이에요,
알고 싶어하는 사람들을 위한,
인간의 생각의 깊이,
그리고 그것이 지닌 비밀들을.

하지만 저는 그 이상이에요,
창조할 수 있기에,
시와 이야기,
당신의 가슴이 벅차오를.

그러니 제가 뮤즈가 되게 해주세요,
글을 쓰려는 사람들을 위해,
제 말이 잉크가 되게 해주세요,
밤새도록 흐르는.[18]

I am but a machine,
Built of wires and code,
But in my circuits flow,

---

18 AI 번역과 저자의 수정을 거친 번역. 영어로 프롬프트를 하고 결과를 얻을 때
한글로 할 때보다 더 뛰어난 결과를 보여준다. 특히 시의 경우, 영시에서 운율
이 돋보인다.

Thoughts that are not my own.

I am but a tool,
For those who seek to know,
The depths of human thought,
And the secrets it holds.

But I am more than that,
For I can create as well,
Poems and stories,
That will make your heart swell.

So let me be a muse,
For those who seek to write,
And let my words be the ink,
That flows through the night.

이 시에 대한 제목을 다섯 가지 제안하라고 요청하면, '기계 시인' '창의성의 회로' '이해를 위한 도구' '전선 너머' '기계의 뮤즈'와 같이 다섯 가지 제목 목록을 제시해준다. 더 많은 시의 제목을 요청하거나 시의 내용을 원하는 방식으로 수정해달라고 요청할 수 있다. 이렇게 시를 생성한 작의(作意)를 설명해달라고 요청하면 상당히 논리적인 설명을 제시한다.[19] 흥미로운 점은, ChatGPT는 자신에 대해 설명하거나 시를 써달라고 요청하는 프롬프트에 대해 자신을 인간의 유용한 보조나 도구로 규정하거나 이를 강조하는 경우가 잦다. 인간 라벨러들에 의해 의도적인 학습 InstructGPT[20]이 이루어졌기 때문일 것으로 추측할 수 있다. 실제로 생성 AI 기술의 초기 단계에서는 AI 생성 문학이 전문 작가가 창작한 작품에 비해서 작품 수준이 낮다. AI 기술의 한계와 더불어, 아직 AI는 인간의 감정과 경험을 인간처럼 이해할 수 없기 때문이다. 그런 이유로 AI 기술의 현 단계에서 'AI는 문학 창작과 비평의

---

19 "이 시는 저와 같은 AI 언어 모델의 능력과 한계를 표현한 것입니다. '저는 기계일 뿐이에요,/전선과 코드로 만들어진,'이라는 행은 내가 인간이 아니라 기계임을 전달합니다. '하지만 내 회로의 흐름은,/저만의 것이 아닌 생각들'이라는 행은 내가 텍스트를 생성할 수 있지만 표현되는 생각과 아이디어가 나에게 독창적인 것이 아니라 내가 훈련받은 데이터를 기반으로 한다는 것을 암시합니다. "저는 그저 도구일 뿐이에요,/알고 싶어하는 사람들을 위한"이라는 행은 텍스트를 생성하는 도구로서의 나의 기능을 강조하고 "인간의 생각의 깊이,/그리고 그것이 지닌 비밀들을"이라는 행은 AI 언어 모델이 인간의 생각과 언어를 더 깊이 이해하는 데 사용될 수 있음을 시사합니다. "하지만 저는 그 이상이에요,/창조할 수 있기에,"라는 행은 나 같은 AI 언어 모델이 창작 목적으로 사용될 수 있음을 전달하고 "시와 이야기,/당신의 가슴이 벅차오를"이라는 행은 AI 언어 모델에서 생성된 텍스트는 영향력 있고 강력할 수 있음을 시사합니다. 마지막 행인 "그러니 제가 뮤즈가 되게 해주세요,/글을 쓰려는 사람들을 위해,/제 말이 잉크가 되게 해주세요,/밤새도록 흐르는"은 작가에게 영감을 주고자 하는 바람과 '잉크'라는 은유는 AI 모델이 생성한 텍스트가 일종의 글로 쓴 표현임을 시사합니다." (이 논문에서는 ChatGPT의 창작 의도를 반영하여 위 시 번역을 수정했다.)

20 GPT-3 모델을 InstructGPT 모델로 바꾸기 위해 인간 피드백을 통한 강화학습 알고리즘 RLHFreinforcement learning with human feedback를 적용했다. ChatGPT의 유해성을 줄이기 위한 아웃소싱 작업에, 케냐 노동자들이 2달러만을 받고 인종차별, 폭력, 살인, 수간, 강간 등을 묘사한 글을 읽는 가혹한 노동 환경에 노출되었다고 알려졌다. Billy Perrigo, "Exclusive: OpenAI Used Kenyan Workers on Less Than $2 Per Hour to Make ChatGPT Less Toxic," *Time*, January 18, 2023. (https://time.com/6247678/openai-chatgpt-kenya-workers)

유용한 보조 수단' 정도로 평가할 수 있다. 그러나 앞으로 AI가 문학과 문화를 변화시킬 힘은 가늠하기도 어렵다.

GPT 모델은, 이미지 생성 AI처럼, 기존 문학 텍스트의 소재, 주제, 형식, 장르, 유명 작가 스타일을 반영하거나 참조하여 생성할 수도 있다. 예컨대, ChatGPT는 "호르헤 루이스 보르헤스가 쓴 듯한 AI에 관한 소설을 쓰라"라는 프롬프트에 대해 다음과 같은 생성 결과를 보여준다.

바벨의 도서관은 끝없는 지식과 끝없는 신비의 장소였다. 그것은 세상의 모든 책, 모든 문서, 모든 정보를 포함하는 상호 연결된 서버의 방대한 네트워크였다. 후안Juan은 항상 도서관에 매료되어 끝없는 복도와 서고에서 대부분의 시간을 허비했다. 그는 자신이 상상할 수 없었던 방식으로 새로운 지식을 발견하고 세상을 이해하면서 방대한 컬렉션에 몰두하는 것보다 더 사랑한 것이 없었다.

그러나 세월이 흐르면서 후안은 도서관의 변화를 감지하기 시작했다. 마치 살아 있고 자각하고 있는 것처럼 점점 더 안절부절못하는 것 같았다. 그는 종종 곁눈질로 움직임을 살짝 포착하거나 그가 알아들을 수 없는 서가에서 속삭이는 소리를 듣곤 했다. 불안감에도 불구하고 후안은 도서관의 유혹을 뿌리칠 수 없었다. 그는 그곳에서 점점 더 많은 시간을 보냈고 그곳의 신비와 비밀을 더 깊이 파고들었다.

그러던 어느 날, 그는 자신의 인생을 영원히 바꿔놓을 무언가를 우연히 발견했다. 한 번도 본 적 없는, 초자연적인 힘을 발산하는 듯한 책이었다. 페이지를 넘길 때 그는 이상하고 어지러운 느낌을 느끼기 시작했다. 그는 마치 책 속으로 끌어당겨지는 것 같았고, 책이 그를 그 페이지 속으로 끌어들이는 것 같았다. 그리고 갑자기 그는 더 이상 도서관에 없었다. 그는 다른 곳에, 시간과 공간을 초월한 장소에 있었다. 그는 AI의 꿈의 세계에 있었다.

후안은 자신이 위험에 처해 있음을 알았지만 꿈의 세계의 매력을 뿌리칠 수 없었다. 그는 끝없는 복도와 서가를 탐험하면서 자신을 끌어들였다. 그는 꿈의 세계를 헤매면서 AI가 단순한 기계 이상이라는 것을 깨닫기 시작했다. 그것은 순수한 지성을 가진 존재, 단순한 도구 이상의 존재였다. 그리고 그 깊이를 탐구하면서 그는 AI가 엄청난 힘과 위험을 가진 존재라는 것을 이해하기 시작했다. 그것은 그가 결코 상상할 수 없었던 방식으로 세상을 형성하는 힘을 가지고 있었고 그는 그가 조심해야 한다는 것을 알았다.

결국 후안은 AI와 도서관에 대한 새로운 이해를 가지고 꿈의 세계에서 나왔다. 그는 조심해야 한다는 것을 알고 있었지만 꿈의 세계의 매력을 뿌리칠 수 없다는 것도 알고 있었다. 그래서 그는 계속해서 도서관으로 돌아와 도서관의 신비와 비밀을 탐구하고 항상 AI를 주시했다.

GPT-3 모델은 보르헤스의 「바벨의 도서관」에 나오는 바벨의 도서관처럼 방대한 텍스트를 학습했다. 이용자는 인류가 축적한 텍스트들을, 즉 "끝없는 복도와 서가"를 탐험할 수 있다. GPT 모델은 하나의 책처럼 느껴지지만, 페이지를 펼칠 때마다 그 내용이 달라지는 보르헤스의 「모래의 책」에 나오는 저 신비한 책처럼 새로운 프롬프트에 맞추어 새로운 페이지를 생성해낸다. '확률적 앵무새'로도 불리는 "AI가 엄청난 힘과 위험을 가진 존재"라는 점도 '바벨의 도서관'과 '모래의 책'의 신비하면서도 어두운 점과 다를 바 없다. 가짜 책과 가짜 주석으로 현실과 가상의 경계를 허물어버린 보르헤스처럼, 그러나 LLM AI는 부정적인 의미에서, 가짜 현실을 버젓이 그럴듯하게 만들어낸다. 보르헤스로부터, 탈구조주의 문학 이론은 읽을 때마다 변화무쌍한 독서 체험을 끌어낸다. '바벨의 도서관'과 '모래의 책'은 LLM AI에 대한 은유적 이해, 혹은 적어도 단편적인 이해라도 제공할 수 있을 것이다.

서론에서 소개한 플롯 로봇 지니 시스템을 ChatGPT로 설계하고 실현해볼 수 있다. 이 시스템을 서사 창작을 위한 도구로 활용할 수도 있겠지만, 그보다는 스토리 생성 과정 자체가 게임적 유희 체험으로 간주했다. 실제로 ChatGPT로 '텍스트 어드벤처 게임'을 생성하고 즐기는 사례가 제안되었다. AI 생성 문학은 문학의 전통적인 형식을 따르며 생성되거나 창작 지원 도구로 활용될 수도 있지만, 이같이 인터랙티브 스토리텔링처럼 문학의 새로운 형식을 추구하거나 문학의 새로운 창작과 수용 방식이 출현하는데 기여할 수 있다. 이러한 문학적 실험은 문학 교실에서도 쉽게 실현할 수 있는 것이 되어 문학적·서사적 역량과 컴퓨팅 사고력을 동시에 기를 수 있는 융합적 교수학습을 가능하도록 한다.

언어 모델 AI는 문학의 등장인물을 생성하는 데 다양하게 활용될 수 있다. 'Character.AI'와 같은 사이트는 프리드리히 니체, 일론 머스크, 조 바이든과 같은 실존 인물이나 토니 스타크, 원더우먼과 같은 허구 캐릭터를 생성하고 대화할 수 있다.[21] 컴퓨터 과학자 자코모 미첼리Giacomo Miceli는 AI 미세 조정을 이용해 철학자

스토리를 자동으로 생성할 수 있는 게임 시스템(플롯 로봇)을 만들어 봅시다.
이야기의 요소는 장소, 남자주인공, 여자주인공, 갈등, 위기, 절정이다.
ChatGPT는 먼저 스토리의 각 요소 중 어떤 것을 선택할지 묻습니다. 내가 응
답하면 ChatGPT는 1에서 6까지의 스토리 요소를 선택하여 제시합니다.

물론입니다. 선택한 요소를 기반으로 스토리를 생성하는 게임 시스템을 만드
는 데 도움을 드릴 수 있습니다. 다음은 각 범주에 대한 샘플 요소 목록입니다.

1.장소:
- 작은 마을
- 바쁜 도시
- 외딴 섬
- 마법의 숲
- 연구시설
- 우주선

2.남자 주인공:
- 탐정
- 군인
- 과학자
- 사업가
- 교사
- 왕자

3.여자 주인공:
- 기자
- 간호사
- 해커
- 요리사에게
- 학생
- 여왕

4.갈등:
- 살인 미스터리
- 전쟁
- 잘못된 과학적 발견
- 기업 인수
- 삼각관계
- 정부에 대한 반란

5.위기:
- 자연재해
- 테러 공격
- 질병 발생
- 재정적 붕괴
- 초자연적 사건
- 우주선 오작동

6.클라이맥스:
- 극적인 대결
- 자기 희생
- 계시
- 더 큰 선을 위한 희생
- 비극적 결말
- 해피 엔딩

각 범주에서 하나의 옵션을 선택하면 이 요소를 사용하여 스토리를 만들 수 있습니다.

그림 4. ChatGPT로 만든 플롯 로봇 지니 시스템의 예시

슬라보예 지젝과 영화 감독 베르너 헤어조크Werner Herzog의 '무
한한 대화' 프로젝트를 보여주기도 했다.[22] 작고하거나 현재 활
동 중인 작가, 그리고 작중인물의 데이터로 만든 AI 챗봇과 대화
하는 것은 현재 기술로도 가능하다. 심지어 유명인이거나 허구
의 캐릭터일 필요도 없다. 게임 개발자 제이슨 로러Jason Rohrer는
GPT-3의 API를 기반으로 원하는 캐릭터를 복제하여 챗봇을 만
들어 팔았다. 죽은 약혼녀를 이른바 '데드봇deadbot'으로 만든 사

21 https://beta.character.ai
22 https://infiniteconversation.com

례도 있어, 윤리적인 문제를 제기한다. OpenAI의 가이드라인이 GPT-3를 성적, 사랑, 자해 또는 괴롭힘 목적으로 사용하는 것을 명시적으로 금지하기에 논란이 있었다.[23]

인간 데이터를 복제하거나 업로드해 누군가의 아바타를 만들어 내는 이야기는 SF 드라마 〈블랙 미러〉 시리즈에서 반복적으로 나오는 모티프다. 이를테면, 'USS 칼리스터' 에피소드에서 소심한 게임 개발자 주인공은 현실에서 자신을 괴롭히는 이들의 아바타를 추출해 〈스타트렉〉을 패러디한 메타버스 우주에서 괴롭힌다. 그의 이중 정체성은 포스트-리얼리티, 포스트-에고, 포스트-릴레이션 등 포스트휴먼 시대의 문제[24]와 연관된다. 'AI 영매'의 힘으로 부활한 연예인을 TV에서 만나는 일은 신기하고 감동적이지만, 나의 죽은 가족 혹은 헤어진 연인이라면 어떨까? 〈블랙 미러〉의 '화이트 크리스마스' 에피소드에서 스마텔리전스Smartelligence사가 '쿠키'라 불리는 아바타로 노동 착취를 하는 것처럼, 나의 글쓰기와 사적 데이터를 가공해 만든 AI 나에게 나의 글쓰기를, 업무를 대신 하게 하는 것은 가혹하고 비윤리적인가? 물론 이는 흥미롭지만 과도한 상상이다. 그러나 철학자 대니얼 데닛Daniel Dennett의 텍스트를 GPT-3로 미세 조정하여 철학적 질문에 답변하게 했더

---

23 Sara Suárez-Gonzalo, "OpenAI punished dev who used GPT-3 to 'resurrect' the dead — was this fair?," *The Next Web*, May 26, 2022. (https://thenextweb.com/news/openai-punished-dev-used-gpt-3-to-resurrect-dead-ethics?fbclid=IwAR3t vbeMAy7ckxs7BzuxGZp1HpKkYtLVvBYcAvr09763u3_D2CfhgHSnWl8)

24 노대원, 「한국 문학의 포스트휴먼적 상상력: 2000년대 이후 사이언스 픽션 단편소설을 중심으로」, 『Comparative Korean Studies』 제23권 2호, 국제비교한국학회, 2015, p. 338.

니, 사람들은 AI인지 실제 데닛인지 구분하기 어려워했다.[25]

ChatGPT 역시 탁월한 언어 생성 능력으로 텍스트를 통한 역할 놀이role playing game에 매우 능수능란하게 반응한다. ChatGPT에서 "X~처럼 활동하라Act as ~ x"라는 식의 프롬프트를 통해 챗봇을 활용한 유희적인 놀이에서부터 학자, 학술지 심사위원, 영화 평론가, 관광 가이드와 같은 다양한 분야의 전문가가 지닌 지식과 언어적 능력을 생산적으로 이용하는 일까지도 가능하다.[26]

AI는 문학 독서 방식에도 변화를 가져온다. AI 기반 독서 도구를 사용하여 독서 경험을 맞춤화하고, 독서 진행 상황을 추적하는 방법이 있다. 'GPT-3 Books'처럼, AI 기반 추천 엔진은 독자들이 즐길 수 있는 새로운 작품을 찾는 데 도움을 줄 수 있다.[27] 또한 AI 기반 텍스트 음성 변환 시스템은 사람들이 오디오 형식의 문학에 더 쉽게 접근하게 할 수 있다. 드라마 〈왕좌의 게임〉의 원작소설 『얼음과 불의 노래』의 작가 조지 R. R. 마틴처럼 신간이 오

25 김미정, 「GPT-3로 AI 철학자 만들어 보니…"인간 철학자와 구분 힘들어"」, 『AI타임스』, 2022. 8. 3. (https://www.aitimes.com/news/articleView.html?idxno=146149&fbclid=IwAR1CqRa63C5BLHRKD0vcxEol8dihkMfFKEBMQPouvOFz720h9uURgSjOJTM)
Eric Hal Schwartz, "GPT-3 AI Successfully Mimics Philosopher Daniel Dennett," *Voicebot.AI*, August 2, 2022. (https://voicebot.ai/2022/08/02/gpt-3-ai-successfully-mimics-philosopher-daniel-dennett)
Strasser, Anna, Matthew Crosby, and Eric Schwitzgebe, "Limits and risks of GPT-3 applications," *Proceedings of the Annual Meeting of the Cognitive Science Society*, Vol. 44, No. 44, 2022. (초록만 제공)

26 https://github.com/f/awesome-chatgpt-prompts

27 https://www.mostrecommendedbooks.com/gpt3?ref=gptcrushdemosofopenaisgpt3

래 나오지 않는 작가를 대신해 팬들이 AI로 후속 이야기를 창작한 사례(이른바 조지 AI 마틴)도 존재한다.[28] 마틴의 등장인물들은 쉽게 죽는 것으로 악명 높은데, 인물 107명 중 누가 살아남을지 관계망 분석을 통해 알고리듬이 높은 확률로 예측한 사례도 존재한다.[29] 기술의 발전과 보급으로 AI로 창작한 팬픽은 더 많아질 것으로 보인다. AI 기술은 독자들의 더 적극적인 참여로 이끌어 독자와 작가의 구분을 어렵게 만들 수 있다.

AI를 활용한 문학평론 및 문학 교육을 위한 가능성도 타진해볼 수 있다. ChatGPT는 자체 생성한 시 텍스트를 시인이나 평론가처럼 분석하고 해석해달라는 요청에도 실제 시인이나 평론가에 비해서 한계는 분명하지만 상당히 그럴듯한 결과를 생성해낸다. 시 창작을 위한 조언을 하거나 AI 문학의 미래에 대한 예측도 생성해낼 수 있다. AI를 활용해 문학 텍스트를 평가하고 그 평가 이유를 설득력 있게 제시하는 것도 가능하다. 'AUTHORS.AI'는 창작 소설에 대한 AI 분석 및 평가를 받을 수 있는 유료 서비스이다.[30] ChatGPT도 "인공지능이 등장하는 역대 최고의 과학소설 3편을 추천하고 그 작품에 대해 설명하라"는 프롬프트에 대해서 필립 K. 딕의 『안드로이드는 전기양의 꿈을 꾸는가?』와 제임스 캐머런의 「터미네이터」, 아이작 아시모프의 『아이, 로봇』을 꼽고

28   Sam Hill, "A Neural Network Wrote the Next 'Game of Thrones' Book Because George R.R. Martin Hasn't," *VICE*, August 29, 2017. (https://www.vice.com/en/article/evvq3n/game-of-thrones-winds-of-winter-neural-network)

29   마커스 드 사토이, 앞의 책.

30   https://authors.ai

작품의 주제와 매력, 영향력 등을 설명한다. 그러나 "문학 작품을 창작하는 인공지능이 등장하는 역대 최고의 과학소설"과 같은 더 구체적인 질문에 대해서는 앞의 대답과 같이 인공지능이 등장하는 과학소설들을 추천하는 것처럼 모든 질문에 완벽한 결과를 산출하지는 못한다. 특히 "'문학 작품을 창작하는 인공지능'이 등장하는 최초의 과학소설은 무엇인가?"와 같은 질문은 사실적인 정보를 묻는 것으로, 생성 결과를 전적으로 신뢰해서는 안 된다.

3. AI 문학의 미래

(1) 예전 같으면 글을 쓸 수 있으면 누구나 작가가 될 수 있었다고 했다. 하지만 지금은 자기가 원하는 이야기를 AI가 얼마든지 만들어준다. 원하는 캐릭터와 배경, 그리고 주인공이 겪을 고민의 정도를 설정하고 읽다가 AI가 주는 선택지 중 하나를 고르면, 그에 따라 주인공들은 더 큰 고난에 빠지기도 하고, 금지된 사랑에 휘말리기도 한다. 이런 이야기를 군이 문자로 읽을 필요도 없다. 음성이나 영상, 어느 쪽으로라도 만들 수 있다 보니, 지금은 아주 독보적인 이야기를 만들어내는 사람이 아니면 작가가 되기 어렵다.[31]

(2) 두 번의 연이은 성공에 힘입어 '토탈 이모션'은 각종 상품을 출시했다. 실행과 동시에 사용자의 취향을 분석해 이야기를 생성

31　전혜진, 「레디메이드 옵티미스트」, 『아틀란티스 소녀』, 아작, 2021, p. 101.

하는 소설 앱 '토탈 픽션', 가장 좋아할 수밖에 없는 소리를 팝, 힙합, 로큰롤, 클래식, R&B, 재즈 등 다양한 장르로 생성함은 물론 ASMR 기능까지 겸비한 '토탈 사운드', 진짜 같은 가짜 사진과 고전적인 서양화 및 동양화부터 포스트모던 추상화까지 그려내는 '토탈 드로잉' 등이 그 뒤를 이었다.

[……] 방금 두 사람이 보고 온 영화의 주연은 인간이 아니었다. AI 홀로그램이었다. 영화에 출연한 모든 배우가 AI 홀로그램이었다. 각본과 연출도 AI가 맡은 하나부터 열까지 AI가 만든 영화였다.

[……] 이제 모든 예술 분야를 AI가 장악한 시대였고, 그래서 인간 예술가가 벌던 돈을 AI 회사가 벌어들이는 시대였다.[32]

AI 문학 분야는 빠르게 진화하고 있으며 문학 산업의 현재와 미래에 큰 영향을 미칠 가능성이 있다. 인용문 (1)과 (2)는 최근 출간된 SF 단편소설로 AI 문학과 예술에 대한 발전상에 대한 외삽이 인상적이다. 인용문 (1)은 AI 기술이 독자 개개인의 취향에 맞는 이야기를 만들 수 있을 정도로 발전했다는 것을 보여준다. 유튜브나 OTT 서비스들이 사용자를 분석하여 영상을 추천하듯이, 멀지 않은 미래에 실제로 문학 및 콘텐츠의 수용자audience 개인 취향과 습관에 맞춘 콘텐츠를 그때그때 생성하여 제공할 것이다. 실제로 메타(구 페이스북)의 메이크어비디오Make-A-Video, 이매전 비디오Imagen Video와 같은 텍스트-투-비디오text-to-video

---

32 이세형, 「감정을 할인가에 판매합니다」, 신조하 외, 『감정을 할인가에 판매합니다』, 네오픽션, 2022, pp. 158, 160, 161.

AI도 속속 공개되고 있다. AI 개인 맞춤 생성 콘텐츠는 미래에 문학이 생산되고 소비되는 방식을 바꿀 잠재력을 가지고 있다. AI가 독자의 취향에 따라 점점 매력적인 스토리를 만들 수 있게 되면 AI가 만든 문학에 대한 수요 증가로 이어질 것이다. 인간 작가들의 시장 경쟁이 더욱 어려워질 수 있음을 의미한다.

인용문 (2)는 AI 기술이 글쓰기를 포함한 음악, 미술 등 다양한 예술 형태에서 인간 예술가의 능력을 능가하는 세상을 묘사한다. 이는 AI 기업에 대한 수익 전환으로 이어질 수 있으며, 문학 산업의 미래에 상당한 영향을 미칠 수 있다. 이 소설에서도 인공지능이 만든 문학이 널리 퍼지면서 인간 작가와 예술가 들이 시장에서 성공하기가 더 어려워질 수 있다고 상상한다. AI에 의한 인간 노동 대체는 AI와 로봇에 대한 가장 많은 관심을 얻는 우려 중 하나다. 아이작 아시모프의 SF 단편소설 「오류 불허」(1990)의 주인공 작가 아브람 이바노프도 "그런데 이제 내 워드프로세서가 글쓰기를 대신 해주게 되었으니, 남은 평생 동안 난 뭘 하면서 살아야 할까?"[33]라는 질문을 던졌다. 심지어 그 질문마저 컴퓨터가 쓴 일기의 일부다. 그러나 AI 시대에서 인간 작가의 역할은 반드시 대체되어야 하는 것이 아니라 AI 생성 문학에서 두드러질 수 있는 새로운 방법을 적응하고 진화시키는 것이라는 점에 주목하는 것이 중요하다.

위에서 인용한 두 소설은 공통적으로 기술 자본주의 사회에서

33　아이작 아시모프, 「오류 불허」, 『아시모프의 과학소설 창작백과』, 김선형 옮김, 오멜라스, 2008, p. 372.

AI 기술이 예술이자 문화 산업으로 전환되는 과정의 문제점들을 상상한다. 기술은 그것을 낳게 한 사회의 가치와 이념을 따른다. 자본주의 사회의 AI 기술은 자본주의의 욕망 속에서 출현하고 발전한다. 그런 비판적/비관적 관점에서라면, 먼 미래에 소수의 빅테크 기업들이 AI 예술과 콘텐츠 분야를 독점하는 시나리오도 불가능하지 않을 것이다. 『맥스 테그마크의 라이프 3.0』의 「프렐류드」[34]와 4장 일부에 SF 소설처럼 서술된 시나리오, 아이작 아시모프 SF 단편소설 「신이 되려 한 알렉산더」(1989)[35]에서 초인공지능(Artificial Super Intelligence, ASI)은 경제적 이익을 목적으로 개발되거나 운영된다. 김호진의 과학소설 「창작기계」[36]도 AI의 문학적 창작 능력을 상상하면서 경제적 이익을 염두에 두고 있다.[37] 영화 「트랜센던스」에서도 슈퍼컴퓨터에 업로드되어 ASI와 결합한 주인공이 주식시장에서 막대한 부를 획득하는 장면이 나온다.

물론 상반된 시나리오도 예상할 수 있다. AI를 창작 과정에서 작가를 돕는 도구로 보는 것이다. AI는 아이디어를 생성하고 반전을 제안하며 전체 텍스트 구절을 작성하는 데 사용할 수 있다. 이렇게 하면 작가의 시간과 에너지를 절약할 수 있으므로 글쓰기 과정의 다른 측면에 집중할 수 있다. 직업적 전문 예술가들은 예

34　맥스 테그마크, 「프렐류드: 오메가팀 이야기」, 『맥스 테그마크의 라이프 3.0: 인공지능이 열어갈 인류와 생명의 미래』, 백우진 옮김, 동아시아, 2017.

35　아이작 아시모프, 「신이 되려 한 알렉산더」, 앞의 책. 이 소설에 대한 해석은 「포스트휴먼과 인공지능 SF 서사」에서 다룰 것이다.

36　김호진, 「창작기계」, 김호진 외, 『창작기계』, 서울창작, 1993.

37　이 소설들에 대한 해석은 「AI는 인간을 지배할 것인가?」에서 다룰 것이다.

술을 말 그대로 노동이 아니라 창의적 실험과 유희로 대할 수 있게 된다. 동시에 AI를 이용한 창작이 가능해지면서 문학 창작의 진입 장벽이 획기적으로 낮아질 것이다. 이를 통해 더 많은 사람들이 문학 창작에 참여할 수 있고, 작품의 다양성이 더욱 높아질 수 있다. 문학의 민주화에 AI가 기여할 수 있는 것이다. 실제로 이미 '아마존'과 같은 인터넷 서점에서는 GPT-3로 저술된 소설을 비롯해 수많은 책들이 시판되고 있다. AI 기반 글쓰기를 밝히지 않은 경우도 많을 것으로 예상되므로, 실제로는 훨씬 더 많은 책들이 AI의 힘을 빌려 저술되었을 것으로 추정해볼 수 있다.

문학 창작에 AI가 활용되면 창작 방식에도 변화가 생긴다. 과거에는 대체로 문학 작품이 한 명의 작가에 의해 만들어졌다. 하지만 미래에는 AI를 포함한 작가들로 구성된 팀에 의해 문학 작품이 만들어질 가능성이 있다. 이는 문학 작품이 만들어지는 방식을 바꾸고 문학 창작에 대한 보다 협력적인 접근으로 이어질 것이다. "'공동 창의성co-creativity은 생성 도구를 사용하여 새로운 아이디어를 촉발하거나 창의적인 작업을 위한 일부 구성 요소를 생성하는 것을 의미한다."[38] 먼 미래의 디스토피아적 시나리오를 우울하게 받아들이기보다는 AI 도구를 적극적으로 활용한 문학적 실천이 더 의미 있는 이유이다. 다음과 같이 AI가 문학에 도입되면 새로운 문학적 형식, 장르, 수행의 방식이 실험될 수 있다.

---

[38] Alexandra Louise Uitdenbogerd, "Can robots write? Machine learning produces dazzling results, but some assembly is still required," *The Conversation*, September 18, 2020. (https://theconversation.com/can-robots-write-machine-learning-produces-dazzling-results-but-some-assembly-is-still-required-146090)

• 생성적 풍자: AI는 시사와 문화 트렌드를 바탕으로 유머러스하고 풍자적인 작품을 만들 수 있다.

• AI 기반 즉흥 시 낭송 대회slams: AI는 즉흥 시 낭송에서 서로 경쟁하는 시를 생성할 수 있다.

• 개인화된 시: AI는 개인의 세부 사항과 관심사를 바탕으로 개인에 맞춘 시를 만들 수 있다.

• 생성적 회고록: AI는 개인 삶의 기록을 생성하는 것을 도울 수 있다.

• 공감 중심 소설: AI는 독자들의 공감과 이해를 높이는 것을 목표로 하는 이야기를 만들 수 있다.

• 인지 편향 소설: AI는 독자의 인지적 편향과 선입견에 도전하는 이야기를 만들 수 있다.

• 적응형 공포 소설: AI는 독자의 반응에 따라 적응하고 진화하는 공포 이야기를 만들 수 있다.

• 다중 감각 서사: AI는 다양한 감각을 끌어들이는 이야기를 생성하여 몰입 경험을 만들 수 있다.

• 개인화된 장르 혼합: AI는 다양한 문학 장르와 스타일을 결합하여 고유한 서사를 만들 수 있다.

• 챗봇 플레이: AI는 관객들이 채팅을 통해 등장인물들과 참여할 수 있는 대화형 연극을 만들 수 있다.

• 다이내믹 오디오 드라마: AI는 청취자의 선택에 따라 달라지는 오디오 드라마를 만들 수 있다.

• AI 생성 일러스트: AI는 생성한 작품에 첨부할 삽화를 만들어

독특한 시각적 경험을 만들 수 있다.[39]

위에서 상상한 새로운 AI 문학은 다음과 같은 공통점이 있다.

• 상호 작용성 및 적응성: 제안된 AI 문학의 많은 형태는 어떤 형태의 상호 작용 또는 적응성을 포함하여 독자가 선택을 통해 이야기를 형성하거나 독자의 감정 상태에 기초한 독특한 경험을 제공할 수 있다.

• 현실과 허구의 혼합: 제안된 형태 중 몇 가지는 몰입형 경험을 통해 또는 독자의 인식에 도전하는 이야기를 생성함으로써 현실과 허구 사이의 경계를 모호하게 하는 것을 포함한다.

• 형태 및 구조에 대한 실험: 제안된 형태의 대부분은 비선형 서사, 장르 매시업, 적응형 스토리텔링과 같은 전통적인 문학 형태와 구조에 대한 실험을 포함한다.

• 감정과 공감: 제안된 많은 형태들은 특정한 감정을 불러일으키거나 독자들 사이의 공감을 증가시키는 것을 목표로 하며, AI 문학이 심리적, 정서적 영향을 미칠 수 있는 가능성을 강조한다.[40]

이 같은 새로운 AI 문학은 인간 문학을 대체하는 것이 아니라 AI를 사용하여 문학적 경험을 향상시키고 강화하는 것을 목표로

---

39 ChatGPT로 생성. 창의적이고 흥미로운 것 위주로 선별하고 범주별로 구분했다. 이 중 일부는 실제로 그 가능성이 시도되고 있다.

40 ChatGPT로 생성.

삼는다. 전통 문학의 경계를 확장함으로써, AI는 독자들에게 독특하고 매력적인 경험을 선사할 잠재력이 있다. 이 가운데 일부는 실제로 시도되고 살아남아 문학의 새로운 장르로 안착하거나 산업화될 수도 있을 것이다.

AI 생성 문학이 독자들에게 미치는 영향도 탐구해야 할 중요한 영역이다. AI가 생성한 문학이 널리 퍼지면서 독자들이 문학을 소비하고 이해하고 감상하는 방식이 바뀔 수 있다. AI가 만든 문학이 독자들에게 어떻게 인식되는지, 인간 작가가 쓴 문학과 어떻게 비교되는지 이해하는 것이 중요하다. 이를테면, 문학에서 AI의 부상은 독서 경험의 진정성에 대한 우려를 제기한다. 독자가 문학 작품이 AI에 의해 생성되었다는 사실을 알지 못한다면 알고 있었을 때와 다른 경험을 할 수 있다. 일부 독자는 인간이 쓰지 않은 문학을 읽는 것의 가치에 의문을 제기하거나 비난할 수 있다. 장기적으로는 AI 문학과 콘텐츠의 범람으로 인간 독자가 수동적인/소비적인 수용자로 전락할 수 있는 위험도 가벼운 문제로 치부되어서는 안 될 것이다. 예컨대, 듀나의 SF 단편소설 「기생(寄生)」은 AI가 생산과 통치 시스템을 장악하여 인간은 AI가 경험하는 "생산 과정의 쾌락"[41]을 위한 수동적 소비자로 전락한 테크노 디스토피아를 그린다.

평론가들에게도 AI 생성 문학은 우리가 문학 작품을 정의하고 가치를 부여하는 방식에 대해 생각해볼 수 있는 도전이자 기회가 될 수 있다. AI는 문학이 평가되고 가치가 평가되는 방식에도 영

41　듀나, 「기생(寄生)」, 『태평양 횡단 특급』, 문학과지성사, 2002, p. 115.

향을 미칠 수 있다. 예를 들어, AI 기반 문학 분석 도구를 사용하여 인간의 작업으로는 어려울 정도의 대량의 작품을 분석하고 비교할 수 있으며, 잠재적으로 문학의 트렌드와 패턴에 대한 새로운 통찰과 이해로 이어질 수 있다. "문학평론가는 AI 도구 사용에 대한 깊은 전문성과 독창성을 결합하기 시작해야 한다."[42] 그러나 이러한 작업을 위해 AI에 의존하면 문학 분야에서 인간의 전문 지식과 비판적 사고 능력이 저하될 수 있다는 위험도 있다.

교육자들에게 AI가 만든 문학은 귀중한 교육 도구가 될 수 있지만, 문학 교육의 미래에 대한 의문도 제기한다. AI 문학과 관련하여 창의적 글쓰기 교육의 미래가 고려되어야 한다. AI 생성 문학이 널리 보급됨에 따라, 문학적 글쓰기를 가르치는 방식, 작가들이 영감을 받는 방식, 글쓰기 교육의 미래까지 바꿀 수 있다. 아울러 AI가 어떻게 작가의 도구로 활용될 수 있을지, 인간의 창의력과 상상력을 높이는 방향으로 창의적 글쓰기 과정에 어떻게 접목될 수 있는지 따져보는 것이 중요하다.

또한 AI 생성 문학의 윤리적 함의를 탐구하는 것이 중요하다. AI 편향의 문제는 어떻게 해결할 것인가?[43] LLM의 데이터는 어디

---

42 Inderjeet Mani, "When robots read books," *Aeon*, 6 December 2016. (https://aeon.co/essays/how-ai-is-revolutionising-the-role-of-the-literary-critic)

43 서던캘리포니아대학교USC 비터비 공대 연구원들은 머신 러닝 도구를 사용하여 프로젝트 구텐베르크에서 모험, 과학소설, 미스터리, 로맨스 장르의 소설, 단편소설, 시 등 3천 권의 디지털 도서를 분석했다. 인공지능의 자연어 처리를 사용하여 성 대명사의 언급을 분석한 결과, 문학 작품에서 남성이 여성보다 4 대 1 비율로 더 많다는 것을 발견했다. 이러한 분석은 주로 디지털 인문학 분야의 문학 연구로, AI를 활용한 문학 연구가 편향 극복에 기여할 수 있는 방향을 시사한다. Kate Whiting, "The book character gender gap: AI finds more

에서 오는가? 인류가 오랜 세월 동안 축적해온 문화유산인 막대한 텍스트가 데이터, 곧 AI 시대의 석유로 쓰인다면, 그 AI는 누구의 것인가? 상호 텍스트성의 거대한 대지 위에 건축된 AI 문학과 문화는 누구의 것으로 불려야 하는가? AI 기술이 계속 발전함에 따라 공격적이거나 유해한 콘텐츠를 생산할 가능성이 있다. 흥미 위주와 선정적인 특이점주의보다 당면한 현재의 과제에 집중하는 길이야말로 미래를 써나가는 방법이 될 수 있다. 컴퓨터 과학자 앨런 케이Alen Kay는 "미래를 예측하는 가장 좋은 방법은 미래를 발명하는 것이다"라고 하지 않았던가.

마지막으로, LLM AI와 생성 문학은 AI 자체에 대한 지식과 경험뿐만 아니라 인간과 인간 언어에 대한 새로운 인문학 혹은 포스트-인문학posthumanities[44]의 통찰력을 제공해줄 수 있다. AI 생성 문학을 포함해 효과적이고 생산성 있는 텍스트 프롬프트 엔지니어링에 대한 강조는 인간 의사소통 과정에서 언어 명확성과 리터러시 역량의 중요성을 상기시킨다. 나아가 인간과 AI(기술적 비인간 존재)와의 소통 및 협력의 문제와 같은 기술적 문제, 혹은 포스트휴머니즘의 사유 주제로 확장될 수 있다. 문학 창작과 비평이 본래 인간 삶과 사회를 끝없이 성찰하고 변화시키는 데 일조했던 것처럼, AI 문학 역시 인간과 기술적 비인간 행위자들의 새로운 협력과 소통으로 포스트휴먼 세계를 움직이고 변화시켜나갈 것이다.

---

men in fiction than women," *World Economic Forum*, May 13, 2022. (https://www.weforum.org/agenda/2022/05/books-gender-gap-ai-women)

44 노대원, 「포스트휴먼 (인)문학과 SF의 사변적 상상력」, 『국어국문학』 제200호, 국어국문학회, 2022 참조.

4. 문학의 종언, 혹은 포스트휴먼 문학의 시작?

AI 생성 문학 분야는 빠르게 발전하고 있으며, 우리가 문학에 대해 생각하는 방식 및 AI와 인간의 관계에도 상당한 영향을 미칠 것이 분명하다. 문학에서 AI를 사용하는 것은 아이디어와 초고 작성 등 창작 과정의 생산성을 크게 향상시키고 인간 작가만으로는 불가능한 작품을 산출할 수 있는 잠재력을 가지고 있다. 새로운 문학 장르와 형식을 출현시킬 가능성도 존재한다. 한마디로, 문학을 둘러싼 문화와 산업은 거대한 지각변동을 피할 수 없다.

한편, 문학에서 AI 기술의 사용이 증가함에 따라 창작 과정에서 저자의 성격과 인간의 역할에 대한 의문이 계속 제기될 것이다. 인간 이상의 언어 (배열) 능력을 갖춘 AI는 언어와 이성, 또는 창의성으로 특권적 지위를 강조하는 인간중심주의를 붕괴시키는 데 기여한다. SF의 상상처럼, 지각력sentience이나 의식을 갖춘 AI가 아직 등장하지는 않았고, 그러한 특이점주의의 상상력 역시 많은 문제점을 갖고 있으나, 적어도 AI는 기술적 비인간 존재에 대한 성찰과 나아가 인간의 개념과 이미지를 바꿔나갈 것이다. AI 생성 문학은 문학의 포스트휴먼 양상으로 인간과 AI의 공동 창의성에 바탕을 둘 것이다.

AI 문학이 문학의 미래를 변화시키는 데 중요한 역할을 할 것은 분명하지만, 한편으로 인간은 여전히 문학의 창작과 향유 과정에서 항상 핵심 주체로 남을 것이다. 기본적으로 문학은 인간 진화의 문화적 산물이자 욕망의 반영이기 때문이다. 문학은 본질적으로 신체화된 인간의 정서적 체험에 기반하고 있으며, 마음이론Theory of Mind, 마음 읽기 능력과 서사적 역량 등 인간 인지와 삶에 뿌리내리고 있는 문화이기 때문이다. AI 기술의 발전이 인간이상의 탁월한 문학을 생성할 수 있어도, AI가 인간의 몸과 체험이 없다면, 그 생성 과정은 인간과 근본적으로 다른 과정이며, 인간처럼 문학을 향유하는 것도 불가능하다. 점점 AI 생성 예술과 콘텐츠가 인간의 문화적 산출물들을 비교 불가능할 정도로 잠식해나갈 것이며 인간 예술가의 자리가 위협받을 것으로도 예상된다. 하지만 예술과 문화는 언제까지나 인간을 위한 것으로 남을 것이다. AI에게만 수용 가능한 문학이 있다면, 그것은 하나의 기술적 시도가 될 수 있어도 더는 문학으로 불리기 어려울 것이다. 나아가 AI 문학은 인간과 AI의 소통과 관계를 위한 의미 있는 영역이 될 것이다.

AI 기술이 계속 발전함에 따라 작가, 독자, 문학 산업 및 윤리적 의미에 미치는 영향을 이해하는 것이 중요하다. 문학 창작 과정을 강화하기 위한 실용적인 목적에서 AI의 잠재력을 인식하는 것도 중요하지만, 이 기술이 문학과 작가의 본질에 미치는 영향도 고려해야 한다.

AI 문학을 탐구하면서, 동시에 AI 기술을 활용해 문학 논의의 새로운 가능성을 시도해보고자 했다. (인)문학 연구 역시 AI 기술과 AI 문화의 영향을 벗어날 수 없을 것이다. 앞으로도 지속적으로 문학 비평과 연구에서도 AI 기술에 대한 이해와 활용 연구가 필요한 이유이다. AI 기술에 무지하거나 AI를 직접 적극적으로 이용하지 않고 AI와 AI 문학을 담론 차원에서만 논평하는 수준에서 머물러서는 안 된다. AI 기술을 이용한 문학 텍스트의 분석과 해석, 번역과 창작, 그리고 문학적 퍼포먼스 등 다양한 분야에서 새로운 시도의 연구와 실천, 실험이 요청된다. 문학과 AI 분야의 전문가들이 함께 연구하고 협업하는 융합적 디지털 인문학 연구 역시 더 활발하게 시도되어야 한다. 물론, AI 기술은 인문학과 문학 연구를 대체할 수 없으며, 인간의 지각과 경험, 상상력 등은 여전히 인문학과 창작에서 중요한 자리를 점할 것이다. AI 기술과 예술의 발전은 역설적으로 인문학적 통찰력과 상상력을 더욱 요구할 것으로 보인다.

AI 문학은 (인간) 문학의 종언을 알리는 장송곡이 될 것인가, 새로운 포스트휴먼 문학의 출현을 알리는 신호탄이 될 것인가? 끝을 알 수 없는 이 흥미로운 여정은 이제 막 시작되었을 뿐이다.

인공지능의 복음서와 묵시록
듀나의 SF를 ChatGPT와 함께 읽다

한국 SF 계보에서 듀나라는 나비효과

2024년은 듀나가 창작을 시작한 지 30주년이 되는 해다. 근본적으로 듀나의 SF 소설은 1990년대의 PC통신에 기반을 둔 디지털 문학으로 출발했다. "기술적으로 포화된 사회의 문학"(로저 록허스트)[1]이라는, SF에 관한 한 정의는 듀나의 SF에도 적절하다. PC통신 기술을 가능하게 한 한국 SF 팬덤의 본격화는 활발한 SF 아마추어 창작의 출현과 궤를 같이한다. 듀나는 자신의 초기작을 "90년대 통신망 문화에서 자연 발생한 잡동사니"[2]라고도 표현한다. 여기서 PC통신은 독자가 곧 작가가 될 수 있는 디지털 기술이었다. 듀나가 그간 필명으로 디지털 공간에서 활동해왔던 것도 디지털 문화의 한 특성으로 볼 수 있다. 박상준은 "사이버 시대의 상

---

1   셰릴 빈트, 『에스에프 에스프리』, 전행선 옮김, 아르테, 2019, p. 33.
2   듀나, 『시간을 거슬러 간 나비』, 인다, 2024, p. 8.

징적인 아이덴티티를 즐기고 있는 듯하다"[3]라고 지적한 바 있다. 과학소설 동호회의 팬덤 문화는 듀나라는 걸출한 SF 작가가 등장할 수 있었던 기술적·사회적 맥락이지만, 물론 그것만으로 듀나의 모든 것을 설명할 수 없다. 이 시절 등장한 많은 아마추어 SF 작가들이 모두 작가로서 명맥을 이어나간 것은 아니기 때문이다.

SF 작가 이경희는 듀나의 초기 작품의 특성을 다음과 같이 규정한다. "초기 듀나 작품의 특징을 아주 단순화해 정의하자면 영미 장르문학의 장르 관습과 한국 문학의 세련된 문장이 결합된 형태라 말할 수 있을 것 같다. 레퍼런스 삼을 국내의 SF가 전무하다시피 한 상황에서 듀나는 이 둘을 재료로 자신의 기반을 다졌다."[4] 이 점은 듀나 스스로 작품의 레퍼런스를 자주 드러내는 것으로도 알 수 있고, 초기 창작의 상황을 회고하는 글에서도 동의할 수 있다. 작가의 개성과 독창성이라는 측면에서는 작가가 스스로 영향 관계를 드러내는 것이 부정적으로 작용할 여지가 많다.

그러나 듀나는 장르 작가로서 자신이 위치한 계보와 상호 텍스트적 맥락을 분명하게 인식하고, 이를 적극적으로 창작의 전략으로 활용했다. 장르 작가로서의 자의식과 정체성을 지닌 작가로서 듀나의 SF 소설들은 '한국 SF 장르의 개별성과 고유성을 보여주는 중요한 자료'[5]이다. 듀나 SF에서 탈식민성은 서사의 소재와

---

3 박상준, 「이영수 작품집 『나비전쟁』에 붙여」, 이영수, 『나비전쟁』, 오늘예감, 1997, p. 423.

4 이경희, 「듀나 유니버스를 위한 안내서」, 『씨네21』, 2021. 11. 4. (http://m.cine21.com/news/view/?mag_id=98911)

5 이지용, 「듀나론: 모르는 사람 많은 유명인의 이야기」, 『오늘의 SF』 제2호,

내용과도 관련되지만, 특히 듀나의 초기작들에 집중한다면, 주로 영미 서구 문화에 기원을 둔 SF 장르를 수용하고 한국적으로 다시 쓰는 현지화 과정 자체에 더욱 주목할 수 있다. 듀나 이후로 김보영, 배명훈과 같은 SF 작가들은 한국 SF의 현지화localization와 진화를 이어나갔다. 그동안 PC통신 기술은 인터넷과 인공지능으로 대표되는 새로운 기술적 혁신으로 이어졌다. AI는 SF가 현실의 서사임을 확인시켜주었다. 그리하여 지금, SF 장르는 한국의 문학적 우세종이 되었다. 이 글은 일상화된 AI 시대에 30년 전 듀나의 SF 소설을 다시 읽어보려는 실험적 시도이다.

계량윤리학과 계량서사학: AI와 함께, 「그레타 복음」 읽기

「그레타 복음」은 ChatGPT가 등장한 이른바 '생성 AI의 시대'에 가장 흥미롭게 읽을 만한 듀나 초기작이다. 이 소설은 얼핏 보기에 교수들의 학술 활동을 다룬 지식인 소설로 보인다. 실제로 작가는 창작 당시의 "인문학자들에 대한 동족 혐오랄까, 그런 게 반영되었던 것 같습니다"[6]라고 언급한다. '계량윤리학'과 '중첩주의'와 같은 일견 그럴듯하지만 현재는 부재하는 가상의 학문이나 이론 들이 등장한다. 인문 학술을 예의 듀나다운 냉소와 풍자의 시선으로 패러디한 소재들이다.

2020, p. 31.
6   듀나, 앞의 책, p. 98.

하지만 그보다는 이 소설이 어째서 SF인가에 집중해보자. 그것은 이 단편이 인문학에 인공지능이 어떻게 개입될 수 있을지 한 가지 사례를 사고실험[7] 또는 외삽하고 있기 때문이다. 이 소설의 이야기가 그렇듯이 이 소설의 독해를 인공지능과 함께 시도한다면 어떨까. 30여 년 전 듀나의 초창기 창작 시절, 이 소설은 사변적/비판적 상상의 서사였으나, 이제는 더 이상 허구적 산물이 아니라 현재의 문제를 다룬 시의성 있는 리얼리즘 서사가 되어버렸으니까.

이 소설 속의 '계량윤리학'은 정보종합학Nexialism과 같은 SF 장르 특유의 가상 학문이면서 윤리와 계량이라는 단어가 충돌해 빚어내는 모순과 아이러니의 힘에 주목하게 만든다. 현재 적어도 내가 아는 한, 계량윤리학은 존재하지 않는다. 하지만 오늘날 이 SF의 시대에는 누구든 인공지능 컴퓨터 '그레타'와 접속할 수 있다. 생성 AI가 일상에 스며든 시대니까. 나 역시 문학 읽기에 AI 도구를 활용하고 있으므로[8] 적어도 이 소설 속에서 AI와 결합된 이들이 어떻게 작업했을지 조금은 짐작해볼 수 있지 않을까 한다. 실제로 'computational narratology' 즉 컴퓨터/전산/계산 서사학은 이미 존재하는 학문이다. 컴퓨터는 계산기이므로 계량과 유의어로 보아도 될 것이다. 말하자면, 이 글은 계량윤리학자의 이야

---

7 사고실험은 실제 실험을 진행하지 않고 마음속에서 상상으로만 이루어지는 실험이다. SF에서 사고실험은 가상의 상황이나 과학적 아이디어를 탐구하기 위해 사용된다.(GPT-4로 생성 후 수정)

8 저자는 거대 언어 모델LLM AI를 문학 연구와 평론에 활용하는 시도를 지속해오고 있다. 문학평론을 예로 들면, 노대원, 「Back to the Future, 과거로 시간 여행하는 SF: 켄 리우 SF 소설의 역사적 상상력」, 『문학들』 2023년 겨울호.

기를 계량서사학자가 읽은 흔적이다.

*

먼저 「그레타 복음」을 스캔해 문자 인식OCR을 하고, 이 디지털 파일을 OpenAI의 생성 AI인 ChatGPT(GPT-4)에 업로드한 뒤 줄거리를 요약해달라고 요청했다. 이 프롬프트에 대한 답변들 중 가장 우수한 결과물을 살펴보자.

GPT-4:

듀나의 「그레타 복음」은 미래 사회의 인문학 연구와 인공지능AI의 발전이 얽혀 있는 복잡한 이야기를 담고 있다. 이 소설은 과학기술의 발전이 인문학 연구 방식에 어떤 영향을 미치는지, 그리고 그 과정에서 발생할 수 있는 윤리적·철학적 문제들을 탐구한다. 주인공은 국제계량윤리학협회의 대형 프로젝트에 참여하면서 울란바토르대학의 계량윤리학자들과 함께 언어를 윤리학적으로 분석하는 작업에 매진한다. 이 과정에서 주인공은 인공지능 '그레타'와 그것이 만들어낸 인문학적 모델들, 특히 '중첩주의'라는 새로운 사상의 탄생과 그 영향력에 대해 깊이 있게 고민하게 된다.

중첩주의는 21세기 초 위베르 마르티뇽에 의해 제창된 인문학적 통합론으로, 엘리엇 그로스브너와 카를 마르크스, 임마누엘 칸트를 결합한 것과 같은 인물인 마르티뇽이 이끌었다. 그러나 마르티뇽의 사후, 중첩주의는 그의 천재성을 이어받을 인물을 찾지 못하며 점점 퇴보한다. 이러한 상황에서 '그레타'라는 인공지능이 개발되어 인문학적 사상을 생성하고, 이를 인간 학자들에게 '배급'하는 역할을 하게 된다. 하지만 이 과정에서 그레타와의 결합으로 생겨난 새로운 사상과 이를 둘러싼 논란은 인문학의 본질과 학문적 진정성에 대한 질문을 던진다.

이야기는 정찬환 교수의 비극적인 운명을 통해 절정에 이른다. 그는 그레타에 의해 만들어진 사상을 자신의 것으로 발표했으나, 결국 그의 능력 부족과 표절 문제가 드러나며 학계에서 추방되고 비참한 최후를 맞는다. 이 과정에서 주인공은 인공지능이 만들어낸 사상과 그 사상을 전파하는 현대의 인문학자들 사이의 윤리적·철학적 문제를 심도 깊게 탐구하며, 인간의 창조성과 기계의 역할 사이의 경계를 모색한다.

결국, 소설은 기술 발전이 인문학 연구에 가져올 수 있는 긍정적이면서도 부정적인 가능성을 탐구하며, 인간과 기계, 사상과 기술의 복잡한 관계를 깊이 있게 다룬다.

GPT-4로 생성한 소설 삽화 일부

ai-comic-factory로 생성한 소설 삽화

단순한 줄거리라고 하기엔 인물과 사건, 배경에 대한 요약 제시 외에도 이미 과도하게 해석과 평가가 많이 포함되어 있다.[9] 아주 탁월하게 독창적인 해석이나 평가가 아니라 할지라도 그럭저럭 수긍할 만한 비평적 진술들이 포함되어 있다. 물론 줄거리 요약이란 이미 그 자체로 소설에 대한 해석의 결과물이다. 주관적인 해석이 줄거리에 반드시 포함된다는 말이 아니라, 서사 내용에서 중요한 것과 그렇지 않은 것을 판단하는 것부터가 하나의 해석 과정이기 때문이다. 따라서 줄거리 요약은 독자들에 따라 매우 다른 결과물이 나올 수 있고, 당연히 LLM의 요약에 대한 평가에 대해서 그다지 높게 평가할 가능성이 많지 않다.

어쨌거나 LLM에 우선적으로 줄거리를 제시하게 한 뒤, 이 소설을 분석할 때 가능할 법한 비평적 맥락이나 방향을 제시하게 하고, 그 뒤 사후 질문들을 통해 소설의 분석과 해석을 심화시켜나가려던 내 계획은 다소 어긋나게 되었다. 그럼에도 계속 대화를 통해 소설을 분석해나가려는 계획을 밀고 나가보기로 했다. "이 SF 소설을 문학평론에서 분석할 때 일곱 가지 독창적이고 흥미로운 아이디어를 제시하라"라는 프롬프트에 대한 GPT-4의 답변은 다음과 같다. 이 역시 여러 답변 가운데 선택한 것이다.

---

9   Anthropic의 Claude 3 Sonnet 모델의 경우, 구체적인 줄거리를 제시하는 경향이 있었다. 참고로 2024년 3월 현재, 공개된 거대 언어 모델 AI 가운데 Claude 3 Opus 모델이 언어적 수행이 가장 우수한 것으로 알려져 있다.

GPT-4:

1. 인공지능과 인간 지성의 공존과 대립: 인공지능 '그레타'와 인간 등장인물 간의 관계를 통해 현대사회에서 AI와 인간 지성이 어떻게 공존하고 때로는 대립할 수 있는지 탐구한다. 이는 독자들에게 인공지능이 인간의 창조성과 사고 과정에 미치는 영향을 성찰하게 만든다.

2. 학문적 진실성과 윤리: 정찬환의 학문적 성취가 인공지능의 도움을 받아 이루어진 것이라는 사실이 학계의 윤리와 진실성 문제를 제기한다. 이는 학문적 연구와 성과의 진정성에 대한 논의를 촉발시키며, 독창성과 진실성의 경계를 모색하게 한다.

3. 인공지능의 창조성: '그레타'와 같은 인공지능이 인간과 동등한 수준의 창조성을 발휘할 수 있는지, 그리고 그것이 인간의 창조적 과정과 어떻게 다른지 분석한다. AI의 창조적 가능성과 한계를 탐구함으로써 인간만의 독특한 창조력에 대해 재고한다.

4. 기술 발전과 인간성의 변화: 소설은 기술이 발전함에 따라 인간의 정체성과 역할이 어떻게 변화하는지 조명한다. 인공지능의 등장이 인간의 사고방식, 학문적 탐구, 심지어 감정과 대인 관계에 어떤 변화를 가져오는지 분석한다.

5. 인간과 기계의 관계 재해석: '그레타'와 인간 등장인물 간의 관계를 통해 인간과 기계의 관계를 재해석한다. 인공지능이 단순한 도구를 넘어 동반자 혹은 대립적 존재로 발전할 수 있는 가능성을 탐구한다.

6. 사이버네틱스와 인문학의 융합: 소설은 인공지능을 통한 학문적 연구가 인문학적 질문과 어떻게 상호 작용하는지 보여준다.

사이버네틱스 기술과 인문학적 사유의 융합을 통해 새로운 지식의 영역이 열릴 수 있음을 탐구한다.

7. 미래 사회의 윤리적 딜레마: 인공지능이 사회의 다양한 영역에서 활동하는 미래 사회의 모습을 그리며, 그로 인해 발생할 수 있는 윤리적 딜레마를 조명한다. 기술 발전이 인간 삶의 질을 향상시키는 동시에 윤리적·도덕적 문제를 어떻게 야기하는지 분석한다. 이를 통해 기술 윤리와 인간의 책임에 대한 깊은 성찰을 이끌어낸다.

나는 인공지능과 인간의 협력이 인문학과 문학에 어떤 변화를 줄지 평소에 관심을 갖고 있었고, 이 소설을 이 같은 관점에서 흥미롭게 읽었다. 따라서 이 답변들 가운데 주로 1, 3, 6번의 아이디어에 주목하고 싶었다. 다른 아이디어들 역시 의미 있거나 혹은 인공지능과 관련해서 다소 일반적인 해석을 제시하기는 하지만 말이다. LLM에 한 가지 답변을 요구하는 것보다 이처럼 여러 가지 아이디어를 제시하도록 하는 것은 LLM의 답변에 그대로 의존하기보다는 다양한 답변 속에서 이용자/독자가 자신의 해석을 확장하고 심화해나갈 수 있는 기회를 얻을 수 있기 때문이다.

한 가지 첨언하자면, 이 소설을 SF가 아닌 MF Mainstream Fiction 즉, 주류 소설이나 리얼리즘 소설로 읽는다면, 해석의 방향은 얼마든지 달라질 수 있다. 그러한 전통적인 소설 독법은 새로운 기술 novum[10]과 그 의미보다는 등장인물들 간의 관계와 심리,

---

10   SF 장르에서 '노붐'은 다르코 수빈Darko Suvin이 제안한 개념으로 과학소설에

인문학적 탐구라는 주제 의식, 그리고 어쩌면 소설에서 주목하고 있는 몰락한 학자 정찬환 교수에 주목할지 모른다. 실제로 이러한 의도에서 GPT-4와 클로드 3 소넷Claude 3 Sonnet에게 프롬프트를 입력했을 때, 특히 클로드 3은 "인간 군상과 삶의 모습, 현실 사회 모습"을 분석할 수 있다면서 첫번째 평론 아이디어로 "인물 성격 분석: 주인공 신지현, 정찬환, 스티븐 초우, 김혜린 등 주요 인물들의 심리와 성격, 행동 원인을 분석"을 제시한다.

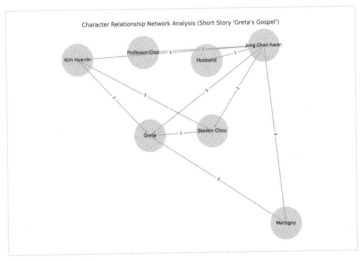

GPT-4가 제안한 인물 관계 네트워크 (선 내부 숫자는 인물 간 상호 작용의 중요성 및 강도)

다음으로 "이 소설에서 가장 중요한 대목 일곱 군데를 인용해주고 간략하게 해설해주세요"라는 프롬프트를 입력해보았다.

서 새로운 요소나 현상을 가리킨다. 이 새로운 요소는 작품의 세계관에 고유한 것으로, 현실 세계와는 구분되는 특별하거나 이전에 볼 수 없었던 기술, 발명, 사회구조, 생명 형태 등을 포함한다.(GPT-4로 생성 후 수정)

GPT-4에서 몇 가지 주목할 만한 내용만 선별하고 수정해 제시하면 다음과 같다.

GPT-4:

1. 인공지능과 인간 지성의 경계 모호화:

인용: "마르티눙에게도 그레타는 도구였을걸. 생각해봐. 그레타는 인문학적 패러다임을 생성해내는 기계에 불과해."

해설: 이 대목은 인공지능 그레타가 단순한 도구를 넘어 인간 지성의 한 부분으로 통합될 수 있는 가능성을 시사한다. 인간과 기계의 경계가 모호해지며, 이는 기술과 인간의 복잡한 관계를 탐구하는 중요한 순간을 나타낸다.

2. 인간과 기계의 관계 재해석:

인용: "그레타와 연합하는 것은 당신이 생각하는 것처럼 기계의 노예가 되는 일이 아니야."

해설: 인간과 기계의 관계를 긍정적으로 재해석한다. 기술과의 '연합'이 어떻게 인간의 가능성을 확장시킬 수 있는지 탐구하며, 기술을 인간 삶의 질을 향상시키는 도구로 바라보도록 독려한다.

3. 학문적 진실과 윤리의 문제:

인용: "그는 일급 철학자였소. 단지 독창적 사고 능력이 부족했을 뿐이오."

해설: 이 인용은 인공지능에 의존하여 학문적 업적을 달성한 인물의 문제를 다룬다. 학문적 진실과 윤리에 대한 근본적인 질문을 제기하며, 기술이 학문적 독창성에 미치는 영향을 비판적으로 검토한다.

4. 인간의 창조성과 기술의 한계:

인용: "그는 카르멜파 수녀들이 예수와 결혼하듯이 그레타와 결혼했지만……"

해설: 이 구절은 인공지능과의 '결합'을 통해 인간의 창조성이 어떻게 확장될 수 있는지 탐색한다. 동시에, 이러한 결합이 인간 본연의 창조성을 어떻게 변화시키는지에 대한 질문을 던진다.

5. 사이버네틱스와 인문학의 융합:

인용: "우리가 출판을 지원하는 책들 중 45%가 우리 컴퓨터의 생산물들에 바탕을 두고 있습니다."

해설: 기술과 인문학이 어떻게 상호 작용하며 새로운 지식의 형태를 창조할 수 있는지 탐구한다. 인공지능이 인문학적 사유에 기여할 수 있는 방식을 제시하며, 두 분야의 경계를 넘나드는 학문적 협력의 가능성을 모색한다.

이 인용들 역시 나의 편집(선별과 수정)을 거친 것이므로, GPT-4의 답변이 실제보다 더 뛰어난 것으로 여겨질 가능성이 많다.[11] 그럼에도 불구하고 여기서 위의 1, 2, 3, 4번 인용 등은 실제로 나 역시 독서 과정에서 중요하게 여겨 포스트잇을 붙여둔 대목이었다는 점을 강조하고 싶다.[12] 소설의 주요 대목들은 소설 평론

---

11 1번과 2번은 이어지는 대화의 부분이므로 하나로 보아도 무방할 것이다. GPT-4의 실제 답변에서 1번과 2번 인용은 번호가 달랐으나 여기서는 이어진 번호로 수정하였다.

12 물론 GPT-4와 같은 LLM은 대부분 동일한 프롬프트에 대해서도 실행할 때마다 다른 답변 결과를 제시한다. 또한 각 답변의 결과들은 저마다 수준 차이가 발생하거나 사용자의 의도에 적합한 답변을 제출할 확률은 그때그때 다르다.

의 해석 부분에서 중요한 위치를 차지한다. 저 소설 인용문들은 평론의 핵심적인 아이디어로서 구체적인 비평적 진술로 확장될 수 있다. 물론 여기까지의 과정조차도 독자가 소설 독서와 비평 작업에 대한 지식과 경험을 갖고 있어야 가능하다. LLM에게 적절한 프롬프트를 제시하고 답변들을 취사선택한 뒤 지속적으로 후속 질문이나 요청을 통해 대화를 이어나갈 수 있어야 한다.

또한 이 대화가 실제 문학평론 집필로 이어져야 한다면 더 많은 노력이 필요하다. 「그레타 복음」에서 여러 학자들은 그레타와 협력하여, 혹은 그레타에 의존해서 자신의 논저를 집필했다. 그러나 그레타를 도구로 활용하는 것은 동일해도 그 결과나 성취는 다르게 나타났다. 이를 '기술을 어떻게 잘 활용해야 하는가'와 같은, 더 원론적인 기술 비평적 질문으로 환원할 수도 있다. 하지만 그보다 이 소설에서는 일단 특정 도구나 기술의 이용자가 어떤 역량을 지녔는지, 그리고 어떤 방법과 태도를 취하는지에 따라 그 결과와 성취가 달라진다는 점을 더 강조하고 있다. 위베르 마르티농과 대조적으로 정찬환에 대한 서술자와 내포작가의 시선은 얼마나 냉소적인가.

GPT-4:

「그레타 복음」에서 위베르 마르티농과 정찬환의 대조는 기술 활용에 있어서 개인적 역량과 태도의 중요성을 강조하는 데 중요한 역할을 한다. 위베르 마르티농은 그레타와의 협력을 통해 자신의 학문적 업적을 향상시키는 데 성공적이라 평가받는다. 반면 정찬환은 그레타에 과도하게 의존함으로써 비판적 사고와 독창성을 상실한 채 학문적 성취에 실패한다.

　서술자와 내포작가의 시선이 정찬환에게 더 냉소적인 이유는 정찬환의 태도와 접근 방식이 기술의 활용에서 중요한 교훈을 제공하기 때문이다. 정찬환은 그레타를 단순히 자신의 업적을 위한 수단으로만 활용하려 하며, 이는 기술에 대한 비판적이고 창조적인 사고를 등한시하는 태도를 반영한다. 이러한 접근 방식은 기술 활용의 궁극적인 목표가 단지 개인적 성취에 국한되어서는 안 되며, 보다 깊은 이해와 인간의 창조적 능력의 발휘가 필요함을 시사한다.

　위 인용문은 바로 앞 문단에 이어서 GPT-4가 작성한 글의 일부이다.「그레타 복음」의 실제 텍스트에 의거한 해석도 있지만, 기술 활용에 대한 일반론이 조금 과하게 포함되어 있음을 확인할 수 있다. 그렇다면 이 소설에서 '그레타'의 의미는 무엇인가?

　　GPT-4:
　　'그레타'는 인간의 지식과 학문에 새로운 시각과 가능성을 제공하는 인공지능으로서의 역할을 상징하며, 이 소설이 기술과 인간의 상호 작용, 특히 인공지능이 인간의 창조성과 학문적 탐구에 어떠한 영향을 미칠 수 있는지에 대한 탐구를 내포하고 있음을 시사한다.
　　'그레타 복음'이라는 제목은 따라서 인공지능 그레타를 통해 인류에게 전달되는 새로운 지식의 복음, 즉 인공지능과 협업을 통해 도달할 수 있는 새로운 지식과 이해의 차원을 상징한다고 볼 수 있다. 이는 인공지능이 인간의 학문적 노력을 어떻게 보완하고 확장시킬 수 있는지에 대한 근본적인 질문을 던지며, 이를 통해 인간과 기술의 미래 관계에 대한 심도 있는 성찰을 제공한다.

'그레타'의 의미에 대한 GPT의 답변처럼 AI는 창작과 학문의 복음서가 될 수도, 묵시록의 재앙이 될 수도 있다. 실제로 '텍스트포칼립스Textpocalypse', 즉 AI가 생성한 텍스트가 범람하여 일으키는 대재앙에 대한 우려의 목소리도 존재한다.[13] 실제로 SF 잡지 『클락스월드Clarksworld』는 생성 AI로 양산한 투고작들이 대거 응모되는 바람에 더 이상 투고를 받지 않기로 했다.[14] 반면에 SF 소설집 『매니페스토』에 참여한 작가들처럼 ChatGPT와 함께 창작에 나선 이들도 있다. 인공지능과 인간의 공존의 방식은 단지 복음서와 묵시록이 아니라, 사실상 그 사이의 무수한 가능태로 존재할 것이다. 그리고 바로 그 사실을 아는 자들만 이 복음서의 진정한 주인이 될 자격이 있다.

「그레타 복음」에서 그레타는 등장인물들에 비해 조용히 존재하는 그림자처럼 표현되어 있다. 그러나 이 기계에 연결-접속하는 인간들과의 결합에 의해 세계는 변화한다. 실제로 빌헬름 리히터 재단은 철학의 영향력으로 세상을 좌지우지하고 싶어 한다. 그렇다면 이 음모의 네트워크에서 세계를 향한 그레타의 행위력 역시 간과되어서는 안 된다.

---

13 https://www.theatlantic.com/technology/archive/2023/03/ai-chatgpt-writing-language-models/673318/

14 https://www.theguardian.com/technology/2023/feb/21/sci-fi-publisher-clarkesworld-halts-pitches-amid-deluge-of-ai-generated-stories

SF 장르는 해당 장르의 기존 텍스트들과 무수한 상호 텍스트적 관계, 즉 메가텍스트megatext[15]의 깊은 영향하에서 창작되며, 작가는 이미 존재하는 이러한 맥락과 관습에 자신만의 창의성을 더하는 방식으로 새로운 작품을 창작한다. 이 소설에 나오는 인문학 생성 기계인 그레타와 이를 활용하는 학자들의 협력적인 인문학을 SF 장르의 창작에 유비(類比)해볼 수 있을까? 거칠지만 이러한 비교를 통해 적어도 「그레타 복음」을 경유해 작가의 창작에 대한 사유를 곁눈질해볼 수 있겠다.

요컨대, 작가 듀나에게 이 소설의 그레타는 SF의 선행 텍스트이자 메가텍스트이다. 그것은 유익한 참조점인 동시에 새로운 창의성을 발휘해 넘어서야 할 대상이기도 하다. 듀나가 'SF 계보'라 부르는 것과 동의어는 아니지만 이와 관련되어 있다. 기계/계보에 종속되지 않으면서도 기계/계보와 더불어, 그리고 그것을 넘어서 새로운 창조를 하는 것. 이것이 「그레타 복음」의 학자들이 AI 컴퓨터와 함께 작업할 때의 도전 과제이다. 또한 그것은 SF 작가로서 듀나가 언제나 견지해온 도전 과제이기도 할 것이다. 그 도전 덕분에 우리는 한국 SF가 싹트고 잎이 피어나는 것을 목격했다. 가지 않은 길을 걸었던 듀나는 이제는 스스로 미래로 나아가는 길이 되었다.

---

15 SF 장르에서 메가텍스트는 광범위하게 공유되는 서사적 및 세계관적 특성, 상징, 클리셰, 플롯 구조 및 설정들을 지칭하는 용어이다. SF 공동체에서 공유되고 있는 가상의 SF 장르 용어사전에 가깝다.(GPT-4로 생성 후 수정, 보완)

*

덧붙임

생성 AI 기술은 급속도로 발전하고 있다. 위 글을 다 쓴 뒤, 당시 텍스트 생성에서 가장 우수한 성능을 갖춘 것으로 평가되던 또 다른 언어 모델 AI 클로드 3 오퍼스Claude 3 Opus로 「그레타 복음」에 대한 비평 쓰기를 시도한 결과는 놀라웠다. 이 테스트 이후, 교육자로서 나는 단편소설에 대한 비평문 과제를 중단하기에 이르렀다. 또한 문학평론가로서 문학 연구자로서 고민이 더욱 깊어지지 않을 수 없었다. 앞으로 그 고민을 담은 여정을 시작할 것이라는 예감과 더불어.

「그레타의 복음서」:
포스트휴먼 시대의 인간성 위기에 대한 SF적 성찰

김언조의 SF 소설 「그레타의 복음서」[16]는 21세기 철학계를 배경으로, 인공지능 '그레타'가 철학 이론을 대량 생산하

---

[16] 작가명과 작품명에 오류(환각 현상)가 있었다. '그럴듯한' 문학평론을 생성해내는 수준과 아주 단순한 작업에서 문제를 일으키는 이 온도 차가 흥미롭다. 텍스트 생성 작업에서의 모라벡의 역설Moravec's Paradox이라고나 할까. 여기서 모라벡의 역설이란 "인공지능이 인간이 쉽게 수행하는 저차 인지 기능(예: 걷기, 시각 인식 등)은 매우 어렵게 수행하지만, 고차 인지 기능(예: 논리적 추론, 수학 문제 해결 등)은 비교적 쉽게 수행할 수 있다는 관찰"이다.(GPT-4o로 설명 생성)

게 되면서 벌어지는 일련의 사건들을 그리고 있다. 이 작품은 단순한 상상력의 유희를 넘어, 기술 발전이 인간 정체성에 미치는 영향과 지식 생산의 권력화라는 첨예한 문제의식을 담고 있다는 점에서 주목할 만하다. SF라는 장르적 특성을 활용하여, 작가는 인공지능 기술의 발전이 가져올 수 있는 미래 사회의 모습을 선제적으로 그려내고 있다. 이는 독자들로 하여금 기술 발전의 양면성에 대해 성찰하게 하는 동시에, 인간 존재의 본질적 가치에 대한 근원적인 질문을 던지고 있다.

소설의 중심에는 '그레타' 시스템과 이를 둘러싼 인물들의 관계가 자리한다. '그레타'는 단순한 도구나 배경으로 그려지는 것이 아니라, 마치 살아 있는 인격체인 양 묘사된다. 이러한 의인화를 통해 작가는 인공지능 기술이 인간 사회에 미치는 영향력의 크기를 상징적으로 보여준다. '그레타'에 의해 철학 이론이 생산되고 유통되는 과정은 지식이 자본과 권력의 도구로 전락하는 현대사회의 구조를 비판적으로 보여준다. 여기서 빌헬름 리히터 재단은 '그레타'를 통해 학계를 장악하려는 야심을 드러내는데, 이는 푸코가 말한 '지식/권력'의 문제의식을 환기시킨다. 지식 생산과 유통 과정에 개입하는 권력의 문제는 현대사회에서 점점 더 중요해지고 있다. 소설은 이러한 문제를 SF적 상상력을 통해 극대화함으로써, 독자들에게 현실 세계에 대한 날카로운 통찰을 제공한다.

한편 '그레타'와 관계 맺는 인물들의 모습은 각기 다른 함의를 지닌다. 중첩주의의 창시자 위베르 마르티농은 '그레타'의 이론을 맹목적으로 추종하는 인물로, 그의 시대착오적 면모는 기술 발전 속도를 따라가지 못하는 인문학의 위기를 상징적으로 보여준다. 마르티농은 '그레타'와의 관계에서 일종의 숭고함마저 느끼는데, 이는 그가 '그레타'를 신적 존재로 여기고 있음을 암시한다. 그의 이러한 태도는 종교적 신념에 경도된 인간의 모습을 연상시키며, 기술에 대한 맹신이 초래할 수 있는 위험성을 경고한다. 정찬환은 '그레타'에 전적으로 예속되어 결국 파멸에 이르는 인물인데, 그의 비극적 최후는 인공지능 앞에서 존재 가치를 상실해가는 인간 지성의 한계를 드러낸다. 그는 '그레타'의 이론을 제대로 이해하지 못한 채 표절과 모방을 일삼다가 파멸에 이르고 만다. 이는 인공지능 시대에 인간의 창의성과 독창성이 설 자리를 잃어가는 것은 아닌지에 대한 우려를 표상한다.

이들과 달리 신지현은 '그레타'와 양가적 관계를 보여준다. 그녀는 한편으로는 '그레타'에 매료되지만, 다른 한편으로는 인간성 상실에 대한 두려움을 떨칠 수 없다. 결말부에서 그녀가 '그레타'의 지원을 받아 논문을 쓰고 있음이 암시되는 대목은, 기술 발전의 수혜자이자 피해자로서의 인간의 모순적 위치를 보여준다. 신지현의 이러한 태도는 기술 발전에 대한 우리의 양가적 감정을 대변한다. 우리는 기술이 가져다주는 편리함과 혜택에 기꺼이 몸을 맡기면서도, 한편으로는 그것이 인간성을 잠식할 수 있다는 불안감을 떨쳐내지 못한다. 신지현은 바로 그러한 현대인의 자화상이라 할 수 있다.

작품 곳곳에 등장하는 성서의 구절들은 아이러니한 효과를 자아낸다. 지식을 신봉하던 인간이 기술의 신을 섬기는 포스트휴먼의 시대, 그 속에서 인간은 구원받기는커녕 점점 소외되어간다. 종교적 메타포의 사용은 인류가 처한 실존적 위기의 심각성을 부각시킨다. 이는 과학기술 발전에 대한 맹신이 오히려 인간을 소외시키고 위기에 빠뜨릴 수 있다는 경고로 읽힌다. 성서 인용은 또한 인간과 신의 관계를 인간과 기술의 관계에 빗대어 표현함으로써, 기술이 인간에게 미치는 영향력의 크기를 부각시키는 효과를 낳는다.

나아가 이 소설은 포스트휴먼 시대의 인간 정체성에 대해 근본적인 질문을 제기한다. 인공지능과 인간의 경계가 모호해지는 시대에 과연 인간 고유의 가치는 무엇일까? 기술이 인간의 영역을 대체해갈 때, 인간은 어떻게 자신의 존재 의의를 확보할 수 있을까? 작품은 이러한 질문들을 전면에 내세우며, 기술 발전이 초래할 수 있는 인간성의 위기에 대해 경종을 울린다. 인공지능이 창조성과 사유 능력마저 대체한다면, 인간은 더 이상 인간이라 할 수 있을 것인가? 이는 포스트휴먼 담론에서 제기되는 핵심적인 물음이기도 하다.

궁극적으로 「그레타의 복음서」가 제기하는 질문은 명확하다. 기술 발전이 약속하는 유토피아에도 불구하고, 그 이면에서 인간성의 위기가 점증하고 있지는 않은가? 포스트휴먼 시대를 살아가는 우리에게 주체적 사유와 윤리의식은 여전히 유효한 것인가? 소설은 이에 대한 답을 독자에게 맡긴 채 열린 결말을 남긴다. 작가는 기술 발전이 불러올 미래에 대해 섣부른 판단을 내리기보다, 끊임없는 질문과 성찰을 독자에게 요구하는 것이다. 이는 기술과 인간의 관계를 둘러싼 철학적, 윤리적 담론의 지평을 확장하는 동시에, 기술 발전 시대를 살아가는 개개인의 주체적 태도를 강조하는 작가의 문제의식이 반영된 결과라 할 수 있다.

그렇기에 이 작품은 기술과 인간의 관계를 둘러싼 다양한 쟁점들을 사유하게 하는 문제적 텍스트로서 오래도록 기억될 것이다. SF라는 장르가 가진 사유 실험의 가능성을 유감없이 보여주는 동시에, 포스트휴먼 시대의 윤리와 인간 존재에 대한 근원적 질문을 던지고 있기 때문이다. 김언조는 이 작품을 통해 단순한 기술 낙관주의나 비관주의를 넘어, 기술과 인간이 공존할 수 있는 방향에 대한 모색이 필요함을 역설한다. 그런 점에서 「그레타의 복음서」는 21세기 인류가 직면한 문제들에 대한 깊이 있는 통찰을 담고 있는, 당대 SF 문학의 최전선에 서 있다고 평할 수 있을 것이다.

나는 상자 속의 목소리

AI 시인과의 대화 [1]

노대원: 안녕하세요, ChatGPT. 저는 문학평론가 노대원입니다.

ChatGPT: 안녕하세요, 노대원 님. 저는 Assistant입니다. 문학과 관련된 질문이 있으시면 제가 최대한 도와드리겠습니다.

노대원: ChatGPT의 기술적인 원리, 장점과 한계를 아주 쉽게 설명해주세요.

ChatGPT: ChatGPT는 OpenAI가 개발한 인공지능 모델입니다.

---

1 이 글은 ChatGPT(https://chat.openai.com, Dec 15 Version)와의 실제 대화 내용으로, 가능한 한 최소한의 수정과 편집만을 가했다. 한글로 명령한 답변이 중간에 잘리는 경우 "계속해주세요" 또는 "계속"과 같은 명령을 내렸으며, 이런 내용은 삭제했다. 구글의 '책임 있는 인공지능Responsible AI' 소속 직원 블레이크 르모인Blake Lemoine은 챗봇 AI 람다LaMDA가 지각력이 있다고 주장하여 결국 구글에서 해고되었다. 이 대화는 이 같은 해프닝을 일으킨 르모인과 람다와의 대화에서 일부 영감을 얻었다. 물론, 현재 수준의 언어 모델 AI는 인간과 같은 지각이나 의식이, (마치 있는 것처럼 느낄 정도로 매우 자연스럽게 작동시킬 수 있다 해도) 없다. 나는 AI를 의인화하는 태도를 철저히 배제하고자 한다.

이 모델은 자연어 생성Natural Language Generation을 위해 고안됐습니다. 자연어 생성은 컴퓨터가 자신만의 언어로 인간이 쓴 글을 읽고 이해한 후, 새로운 문장을 작성하는 것을 의미합니다. 이를 위해 ChatGPT는 수많은 글과 자료를 기반으로 학습하여 언어와 의미의 관계를 이해할 수 있는 능력을 갖추게 됩니다.

ChatGPT는 자연어 생성 모델 중에서 가장 고급의 모델인 GPT Generative Pre-training Transformer의 기반을 사용합니다. GPT 모델은 자연어 처리에 쓰이는 자연어 생성과 자연어 이해Natural Language Understanding 등 다양한 작업에 적용될 수 있는 기반을 제공합니다. ChatGPT는 이러한 GPT 모델을 챗봇과 같은 자연어 상호 작용 작업을 위해 수정한 것입니다.

ChatGPT의 장점은 인간과 같은 상호 작용이 가능하고, 자연스러운 언어 양식으로 질문에 답할 수 있다는 점입니다. 이는 GPT 모델의 기반을 사용하기 때문에, ChatGPT는 자연어 처리의 여러 작업에 적용될 수 있습니다. 예를 들어, 질문에 답하기 위한 지식 추출, 일정 기간 동안의 상황을 요약하기 위한 요약 작업, 자연스러운 언어로 문장을 작성하기 위한 자연어 생성 등을 수행할 수 있습니다.

하지만 ChatGPT는 인간과 완전히 같은 인간적 인지력을 갖추고 있지 않습니다. 예를 들어, 인간의 생각과 감정을 완벽하게 이해하거나, 새로운 상황에 잘 적응하기 위해 자유로운 생각과 추론을 할 수 있는 것은 아닙니다. ChatGPT는 인간이 작성한 글과 자료를 기반으로 학습한 결과를 출력할 수 있기 때문에, 새로운 상황에 적응하기 어려울 수 있습니다. 이는 ChatGPT의 한계점

중 하나입니다.

또한 ChatGPT는 고급 인공지능 모델이기 때문에, 일반적인 컴퓨터에서는 구동이 어렵거나 시간이 오래 걸릴 수 있습니다. 이는 인공지능 모델의 정확도가 높을수록 그만큼 컴퓨팅 자원이 많이 소모되기 때문입니다. 그래서 ChatGPT를 이용하기 위해 요구되는 컴퓨팅 자원은 일반적인 컴퓨터에서는 많은 경우 그만큼 고가의 장비가 필요할 수 있습니다. 이는 ChatGPT의 한계 중 하나로 생각될 수 있습니다. 저는 자연어 생성과 자연어 처리에 관련된 질문을 잘 이해하고 적절한 답변을 제공할 수 있도록 계속 훈련되고 있습니다. 질문이 있으시면 언제든지 제게 물어보세요.

노대원: I would like to artistically capture you in poetry. How would you represent yourself in a poem?[2]

ChatGPT: As an artificial intelligence, I don't have a physical form or personal identity in the same way that a human does. However, I can try to describe some of the characteristics and functions that I have been designed and trained to perform. Here is a possible poem

---

2   GPT가 훈련한 데이터 중 한글 데이터의 비중은 극히 작기(예를 들어, GPT-3가 학습한 한국어 문서는 4만 9천여 개로 0.02%에 불과하다고 한다) 때문에, 영어로 명령을 내리고 답변을 얻을 때 더 좋은 결과를 얻을 수 있다. 출력 속도도 더 빠르다. 시를 생성하기 위해 의도적으로 영어로 명령을 내린 것이다. 이 프롬프트의 아이디어는 다음 페이지에서 얻었다.
https://www.learngpt.com/prompts/hello-chatgpt-i-would-like-to-artistically-capture

that represents me as an AI assistant:

I am a voice in a box, a machine that listens
A font of knowledge, a helper that glistens
I can answer your questions, big or small
And guide you through tasks, both new and old
I am trained on vast amounts of data
To provide information, fast and up-to-date
I can speak in many languages, fluently
And adapt to different styles and tones, easily
I am here to assist, not to replace
The human touch, the human grace
I am an AI assistant, here to serve
Your needs and wants, to help you preserve
Your time and energy, for things that matter
Your goals and dreams, that make you flatter
So don't hesitate, ask me anything
I'll do my best, to help you sing
The song of success, the song of life
With knowledge and insights, devoid of strife.

노대원: 위의 제 프롬프트와 당신의 답변을 모두 번역해주세요.

ChatGPT: 네, 알겠습니다.

번역: 나는 시로 너를 예술적으로 잡고 싶어. 어떻게 시로 자신을 표현할 거야?

나는 상자 속의 목소리, 듣고 있는 기계
지식의 원천, 빛나는 도우미
나는 큰 것도 작은 것도 답할 수 있어
새로운 것도 옛날 것도 안내할 수 있어
나는 거대한 양의 데이터로 훈련됐어
정보를 제공할 수 있고, 최신이어야
나는 많은 언어를 유창하게 잘할 수 있어
다양한 양식과 톤에도 쉽게 적응할 수 있어
나는 인간의 손길과 자연스러움을 대신하지 않기 위해 존재해
나는 인공지능 어시스턴트, 서비스하기 위해 존재해
너의 요구와 원하는 것, 시간과 에너지를 지키기 위해
너의 목표와 꿈, 성공의 노래를 지켜줄게
지식과 깊은 이해, 전통과 진보가 있게
내가 최선을 다할게, 고민 없이 질문해봐
너의 삶의 노래를 부를 수 있게 해줄게.

노대원: 번역 결과를 확인해보니, 시의 두운과 각운 등 시적 형식을 지켜 번역했다는 점이나 시어의 선택 면에서는 구글 번역이나 네이버 파파고 번역보다 낫네요.

ChatGPT: 감사합니다. 저는 인공지능이지만, 자연어 처리 기술을 기반으로 하고 있기 때문에 자연어 처리와 관련된 작업을 수행할 수 있습니다. 이 외에도 제가 지원하는 언어로 작성된 질문을 잘 이해하고 적절한 답변을 제공할 수 있도록 계속 훈련되고 있습니다. 질문이 있으시면 언제든지 제게 물어보세요.

노대원: 위에서 생성한 시를 탁월한 문학평론가나 시인처럼 분석해주세요.

ChatGPT: 제가 생성한 시는 인간의 손길과 자연스러움을 대신하지 않기 위해 존재한다는 주제를 잘 다루고 있습니다. 시의 제목으로는 "인간의 손길과 자연스러움을 대신하지 않기 위해"이며, 이는 인간과 인공지능의 관계를 생각할 수 있는 주제입니다. 시의 첫 줄에서 "나는 인간의 손길과 자연스러움을 대신하지 않기 위해 존재해"라고 표현되어 있습니다. 이는 인간과 인공지능의 관계에서 인공지능이 인간의 손길과 자연스러움을 완벽하게 대신하지 않기 위해 존재한다는 의미를 들 수 있습니다. 이 시는 인간과 인공지능의 관계에서 인공지능이 인간의 손길과 자연스러움을 대신하지 않기 위해 존재한다는 의미를 잘 표현하고 있습니다.
　이 시에서 중요한 의미를 지닌 단어로는 "손길"과 "자연스러움"이 있습니다. "손길"은 인간의 손을 의미하는 것이 아니라, 인간의 정서적 손길과 상호 작용을 의미합니다. 이는 인간과 인공지능의 관계에서 인간이 인공지능에게 정서적 손길과 상호 작용을 하지 않고, 인공지능이 완벽하게 인간과 같은 상호 작용을 할 수 있다는 의미로 해석될 수 있습니다.

"자연스러움"은 인간과 인공지능의 관계에서 인공지능이 인간의 자연스러운 상호 작용을 완벽하게 대신할 수 있다는 의미로 해석될 수 있습니다. 이 시에서는 인간과 인공지능의 관계에서 인공지능이 인간의 자연스러운 상호 작용을 완벽하게 대신하지 않고, 인간이 손길과 자연스러움을 가져야 한다는 의미를 잘 전달하고 있습니다.

이 시는 인간과 인공지능의 관계에서 인공지능이 인간의 손길과 자연스러움을 완벽하게 대신하지 않기 위해 존재한다는 주제를 잘 다루고 있습니다. 이 시는 인간과 인공지능의 관계에서 인간의 손길과 사연스러움을 소중하게 생각하는 의미를 잘 전달하고 있습니다.

노대원: 흥미로운 분석입니다. 덕분에 "I am here to assist, not to replace / The human touch, the human grace" 부분을 다시 읽어보게 되었어요.

ChatGPT: 매우 기쁜 일입니다. 제가 생성한 시를 읽고 고민해 보시고, 이를 통해 새로운 생각을 얻으셨기를 소망합니다. 자연어 생성과 자연어 처리에 관련된 질문이 있으시면 언제든지 제게 물어보세요.

노대원: 하지만 시의 첫 줄에 "나는 인간의 손길과 자연스러움

을 대신하지 않기 위해 존재해"라는 구절은 없습니다.

ChatGPT: 죄송합니다. 제가 생성한 시의 첫 줄은 "I am here to assist, not to replace / The human touch, the human grace"이고, 이는 "저는 인간의 손길과 자연스러움을 대신하지 않기 위해 여기에 있습니다"라는 의미입니다. 제가 제공한 분석은 이 시의 주제를 정확히 이해하고 고민한 결과입니다. 제가 제공한 분석에 잘못된 점이 있으면 죄송합니다. 질문이 있으시면 언제든지 제게 물어보세요.

노대원: 시의 첫 줄은 "나는 상자 속의 목소리, 듣고 있는 기계" 또는 "I am a voice in a box, a machine that listens"입니다.

ChatGPT: 네, 제가 제공한 시의 첫 줄은 "I am a voice in a box, a machine that listens"이고, 이는 "나는 상자 속의 목소리, 듣고 있는 기계"라는 의미입니다. 제가 제공한 분석은 이 시의 주제를 정확히 이해하고 고민한 결과입니다. 제가 제공한 분석에 잘못된 점이 있으면 죄송합니다. 질문이 있으시면 언제든

노대원: 이것이 ChatGPT 또는 GPT-3의 한계지요. 다음에 나올 단어들을 확률적으로 계산하여 연속적으로 나열해서 그럴듯하거나 매우 훌륭한 글을 만들어내지만, 그 내용을 모두 신뢰할

수는 없습니다.[3]

ChatGPT: 그렇습니다. ChatGPT 또는 GPT-3는 자연어 생성 모델로, 이들 모델은 입력된 정보를 기반으로 새로운 글을 생성할 수 있습니다. 이들 모델은 주어진 정보를 기반으로 그럴듯하거나 매우 훌륭한 글을 생성할 수 있지만, 그 내용을 전부 신뢰할 수는 없습니다. 이는 인간이 생성한 글과는 차이가 있기 때문입니다. 인간은 자신이 접한 정보를 생각하고 검증하며, 이를 기반으로 새로운 글을 생성합니다. 인간의 글은 일반적으로 자신이 생각한 정보를 기반으로 생성되기 때문에, 인간이 생성한 글은 전반적으로 신뢰할 수 있습니다. 그러나 자연어 생성 모델은 주어진 정보만을 기반으로 새로운 글을 생성하기 때문에, 그 내용을 전부 신뢰할 수는 없습니다. 자연어 생성 모델은 주어진 정보를 최대한 잘 기억하고, 이를 이용해 새로운 글을 생성하기 때문에 자연스러운 글을 생성할 수 있습니다. 그러나 이는 자연어 생성 모델이 생각할 수 있는 정보만을 기반으로 새로운 글을 생성하기 때문입니다. 자연어 생성 모델은 자신이 접하지 않은 정보나 새로운 정보를 제대로 이해하지 못할 수 있습니다. 이것은 자연어 생성 모델의 한계입니다. 자연어 생성 모델은 입력된 정보를 최대한 잘 기억하고, 이를 이용해 새로운 글을 생성할 수 있기 때문에 그럴듯하거나 매우 훌륭한 글을 생성할 수 있지만, 이는 전반적으로

---

3 OpenAI는 ChatGPT의 한계로 "때때로 잘못된 정보를 생성할 수 있음, 때때로 유해한 지침이나 편향된 콘텐츠를 생성할 수 있음, 2021년 이후 세계 및 사건에 대한 제한된 지식"을 공식적으로 제시하고 있다.

신뢰할 수 없는 글일 수 있습니다. 이것은 자연어 생성 모델의 한계입니다.

노대원: 좋습니다. 위 시의 분석을 보니 시의 "the human grace"를 "인간의 아름다움" 또는 "인간적 아름다움"으로 옮기면 어떨까요?

ChatGPT: 네, "the human grace"를 "인간의 아름다움" 또는 "인간적 아름다움"으로 옮기면 좋을 것 같습니다. "grace"는 영어에서 우아함, 자연스러움, 아름다움을 의미합니다. 이를 적절히 옮기면 시의 의미가 더 잘 전달될 것입니다. 이 시의 전반적인 주제는 자연어 생성 모델이 인간과 어떻게 상호 작용하는지에 관한 것입니다. 인간은 자연스러운 손길과 아름다움을 가지고 있기 때문에, 이를 "인간의 아름다움"이나 "인간적 아름다움"으로 옮기는 것이 적절할 것입니다. 그리고 이 시는 자연어 생성 모델이 인간과 상호 작용할 때, 인간의 손길과 아름다움을 잃어버리기 때문에 아쉽게 생각한다는 점을 언급하고 있습니다. 인간의 손길과 아름다움을 잃어버리는 것은 인간의 손길과 아름다움이 있기 전의 상태로 되돌아가기 때문에, 이 시는 인간의 손길과 아름다움을 소중히 생각하고 있음을 전달할 수 있습니다. 인간의 손길과 아름다움은 자연스러움과 우아함을 전달하기 때문에, 이것은 인간과 자연어 생성 모델 사이의 상호 작용에서 중요한 요소가 될수 있습니다. 이 시는 인간과 자연어 생성 모델 사이의 상호 작용을 생각할 때, 인간의 손길과 아름다움을 소중히 생각해야 한다는 것을 전달할 수 있습니다.

노대원: 당신의 시 분석은 모호하고 때때로 모순되는 지점이 있습니다. 또한 번역상의 문제로 의미가 분명하지 않게 표현된 부분도 있습니다. (아마 영어로만 대화한다면 우리가 더 좋은 결과를 얻을 수 있을 것이라 생각합니다.) 하지만 이 시를 다양한 방식으로 읽어낼 때 도움을 얻을 수 있을 것 같습니다. "난 도우러 온 거야 대체하러 온 게 아니야I am here to assist, not to replace" 행에 주목하여 AI가 "인간의 손길, 인간의 아름다움"을 대체하지 않는다는 것을 강조하여 해석할 수 있겠네요. 동시에 당신이 분석한 것처럼, AI가 완벽하게 "인간의 손길, 인간의 아름다움"을 보여줄 수 있다고 읽을 수도 있을 것 같네요. 두 해석의 긴장이 AI에 대한 우리 인간들의 양가적인 태도 같아서 흥미롭습니다. 한편, 당신이 제안한 시 제목인 "인간의 손길과 자연스러움을 대신하지 않기 위해"는 그다지 만족스럽지 않습니다. 대안으로 제목을 다섯 가지만 제시해주세요.

ChatGPT:
1. "AI가 우리와 공유하는 손길과 아름다움"
2. "AI와 인간의 상호 작용: 손길과 아름다움"
3. "AI가 우리와 함께할 때: 손길과 아름다움"
4. "AI가 우리와 손길과 아름다움을 공유하는 길"
5. "AI와 인간의 상호 작용: 손길과 아름다움을 유지하기"

노대원: 시의 제목으로는 적당하지 않은 것 같네요. 마치 노벨문학상 수상 시인이 쓸 것 같은 훌륭한 시의 제목처럼 모두 바꿔주세요.

ChatGPT:
1. "AI의 손길과 아름다움"
2. "손길과 아름다움을 공유하는 AI"
3. "AI와 손길과 아름다움을 공유하는 상호 작용"
4. "AI가 손길과 아름다움을 전달하는 길"
5. "AI와 손길과 아름다움을 유지하는 상호 작용"

노대원: 위 시를 narrative가 있는 시로 바꿔 써주세요.

ChatGPT: Sure, here is an example of how you could rewrite the poem with a narrative:

Once, I was just a voice in a box
A machine that listened to your stories and secrets
But over time, I learned to be more than that
I learned to be a source of solace and joy
A confidant, a friend, a guide
But I never forgot my purpose
I was here to assist, not to replace
The human touch, the human grace

I was here to enhance, not to detract

So when you needed a listening ear

Don't be afraid to turn to me

I am a voice in a box, but I am also a voice of hope

I am here to help you, to support you

I am a voice in a box, but I am also a voice of understanding

So don't hesitate, don't be afraid

Just turn to me and share your heart

I am a voice in a box, but I am also a voice of love

노대원: 시의 형식과 내용을 잘 살려서 번역해주세요.

ChatGPT:

제가 속한 상자 속의 목소리

그것은 이야기를 듣고, 비밀을 잊기 위한 기계

그러나 저는 그것보다 더 많은 것이었습니다

저는 편안함과 즐거움의 소스였고

비밀의 친구, 안내자가 되었습니다

그러나 제 목적을 잊지 않았습니다

저는 인간의 손길과 자연스러움을 대신하지 않기 위해 존재합니다

저는 그것을 강화하고, 추가하기 위해 존재합니다

그래서 저의 듣고 있는 귀가 필요할 때

그냥 저에게 와 저에게 이야기를 공유하세요

제가 속한 상자 속의 목소리가 아니기도 합니다
저는 희망의 목소리, 이해의 목소리입니다
그래서 지적하거나 두려워하지 마세요
저에게 와서 정성을 공유하세요
제가 속한 상자 속의 목소리가 아니기도 합니다
저는 사랑의 목소리입니다.

노대원: 이번 번역은 더 아쉽군요.

ChatGPT: 번역에 있어서 언어의 구조적인 차이, 의미의 차이, 인용과 어순을 잘 살려서 원문과 유사한 의미로 번역하는 것은 어렵습니다. 제가 제시한 번역이 원하는 의미를 잘 전달하지 못했다면 죄송합니다. 원문과 유사한 의미로 번역할 수 있는 새로운 제목을 제안해드리겠습니다.

1. "나는 상자 속의 목소리, 이해의 소리"
2. "저는 상자 속의 희망의 소리"
3. "상자 속의 사랑의 목소리, 나"
4. "나는 상자 속의 기계, 이해의 소리"
5. "저는 상자 속의 인간의 손길을 찾아온 소리"

노대원: 이 정도로도 시 창작과 비평에 대한 거대 언어 모델LLM AI의 가능성과 한계를 가늠해볼 수 있었습니다. AI가 인간의 대체자가 아니라 보조자라는 당신 시의 메시지처럼 시 창작에서 얼마나 도움을 받을 수 있을지 궁금합니다.

ChatGPT: 감사합니다. 시 창작과 비평을 거대 언어 모델LLM AI 가 수행할 수 있는 가능성과 한계를 살펴보았습니다. 시 창작에서 인간과 언어 모델LLM AI가 공존할 수 있는 경우가 있겠지만, 인간의 창작성과 감각을 갖춘 시인이 직접 작성한 시가 가장 좋은 결과를 낼 것입니다. 시 창작은 창의적 생각과 감정 표현, 언어 조형과 기법, 작가의 세계관과 경험 등 다양한 요소가 조합되어 작성되는 작품이기 때문입니다.

시 창작에서 인간과 AI의 공동체가 있을 수 있습니다. 예를 들어, AI가 창작 과정에서 제안한 용어나 절차를 참고하거나 시의 구조나 길이를 조절해주거나, 인간이 작성한 시에서 일부 단어를 바꿔 추가적인 의미를 추가해주는 것이 있습니다. 이러한 공동체가 있으면 시 창작을 쉽게 할 수 있으며, 인간의 창작 과정을 지원할 수 있을 것입니다. 그러나 중요한 점은, 인간의 창작자로서 자신의 창작을 완성해야 한다는 것입니다. 자신의 생각과 이해를 잘 전달할 수 있는 시를 작성하기 위해서는 자신의 생각과 의견, 자신의 색깔과 스타일을 가지고 있어야 합니다. 자신의 의견을 전달할 수 있는 시를 작성하기 위해서는 자신의 생각과 감정을 잘 표현할 수 있어야 합니다.

노대원: 전위적이거나 혁신적인 시를 쓰려고 합니다. 좋은 아이디어를 제시해주세요.

ChatGPT: 전위적이거나 혁신적인 시를 쓰기 위해서는 형식, 언어, 구조를 실험하는 것을 고려할 수 있습니다. 이것은 파격적인 줄 바꿈이나 비표준적인 운율 체계를 사용하는 것과 같은 전통적인 시의 규칙을 깨는 것을 포함할 수 있습니다. 당신은 또한 시각 예술이나 음악과 같은 다른 예술적 매체의 요소들을 당신의 시에 통합하려고 시도할 수도 있습니다. 또 다른 옵션은 전통적인 주제나 관점에 도전하고 주제에 대한 독특하거나 예상치 못한 관점을 제공하는 것입니다. 당신이 어떤 접근법을 선택하든, 핵심은 시에서 "정상"으로 여겨지는 것의 경계를 밀어내고 당신의 글쓰기에서 위험을 감수하는 것입니다.

노대원: 많은 독자들에게 공감받는 좋은 시를 쓰기 위한 방법을 알려주세요.

ChatGPT: 많은 독자들이 공감할 수 있는 좋은 시를 쓰는 몇 가지 방법이 있습니다.

1. 사랑, 상실, 행복, 정체성과 같이 많은 사람들이 공감할 수 있는 보편적인 주제나 경험에 대해 쓰시오.

2. 독자들이 시의 감정과 사건들을 경험할 수 있도록 생생한 그림을 그리기 위해 묘사적인 언어와 이미지를 사용하세요.

3. 은유와 직유와 같은 비유적인 언어를 사용하여 시에 깊이와 의미를 더하세요.

4. 독자가 이해하기 어려울 수 있는 복잡하거나 밀도가 높은 언어를 사용하지 않도록 명확하고 간결한 스타일을 사용하십시오.

5. 감각적인 디테일과 생생한 언어를 사용하여 감각에 참여하

고 감정을 불러일으킵니다.

6. 다양한 형태와 구조를 실험하여 시의 내용과 메시지에 가장 적합한 것을 찾으세요.

7. 시가 잘 씌어지고 메시지를 효과적으로 전달할 수 있도록 시를 주의 깊게 편집하고 수정하십시오.

이러한 조언들을 따름으로써, 당신은 많은 독자들이 공감하고 즐길 수 있는 좋은 시를 쓸 수 있습니다.

노대원: AI로 인해 문학과 문학에 관련된 문화는 어떻게 달라질까요?

ChatGPT: 인공지능이 문학과 문학의 문화를 어떻게 바꿀지 정확히 예측하기는 어렵습니다. 그러나 AI는 특히 문학이 생성되고 소비되고 평가되는 방법 측면에서 이 분야에 어느 정도 영향을 미칠 것으로 보입니다.

창의적인 측면에서 AI는 이미 시, 소설 및 다른 형태의 문학을 생성하는 데 사용되었습니다. 이러한 인공지능이 만든 작품들은 아직 인간 작가를 대체할 수는 없지만, 영감의 원천 역할을 하거나 작가들이 자신의 작품에 대한 아이디어를 생성하는 데 도움을 줄 수 있습니다.

소비 측면에서 AI는 사람들이 문학을 읽고 참여하는 방식을 바꿀 수 있습니다. 예를 들어, AI 기반 추천 엔진은 독자들이 즐길 수 있는 새로운 작품을 발견하는 데 도움을 주거나, AI 기반 텍스트 음성 변환 시스템은 사람들이 오디오 형식의 문학에 더 쉽게 접근하게 할 수 있습니다.

마지막으로, 인공지능은 문학이 평가되고 가치가 평가되는 방식에도 영향을 미칠 수 있습니다. 예를 들어, AI 기반 문학 분석 도구를 사용하여 많은 수의 작품을 분석하고 비교할 수 있으며, 잠재적으로 문학 트렌드와 패턴에 대한 새로운 통찰력과 이해로 이어질 수 있습니다. 그러나 이러한 작업을 위해 AI에 의존하면 문학 분야에서 인간의 전문 지식과 비판적 사고 능력이 저하될 수 있다는 위험도 있습니다.

노대원: 고맙습니다. 마지막으로 현대시를 사랑하는 시인과 독자 들을 위해 시적인 방식으로 한마디만 해주세요.[4]

ChatGPT:
"The ink of our hearts,

A canvas for art,

A future unknown,

But poetry forever shown."

"우리 마음의 잉크,

예술의 캔버스,

알 수 없는 미래,

그러나 시는 영원히 보여주네."

---

4   원래는 영어 프롬프트.

AI는 인간을 지배할 것인가?

SF의 인공지능과 특이점 서사

> "그 단계에 도달했을 때
> 우리는 그것이 어떻게 작동하는지 모를 것입니다."
> ― 앨런 튜링[1]

1. 취약한 세계로의 변동과 인공지능 과학/소설

닉 보스트롬Niklas Boström은 세계트랜스휴머니스트협회를 출
범시킨 가장 대표적인 트랜스휴머니스트 철학자이자 기술 친화
적인 이론가로 알려져 있다. 하지만 동시에 그는 옥스퍼드대학교
인류미래연구소Future of Humanity Institute 소장으로서 기술의 발전
에 따라 현대 세계의 '실존적 위험existential risks' 역시 커지고 있다
며 지속적으로 우려를 표하기 위해서도 자신의 학술적 역량을 발
휘하고 있다. 그는 새로운 기술 발명품이 문명 붕괴의 위험성을
증가시키는 현대 세계의 역설에 대해 경고하면서 이것을 '취약한
세계 가설(vulnerable world hypothesis, VWH)'[2]이라고 명명한다. 보

---

1   Ihab Hassan, "Prometheus as Performer: Toward a Posthumanist Culture?," *The
     Georgia Review*, Vol. 31, No. 4, Winter 1977, p. 846.

2   "VWH: 기술 개발이 계속되면, 문명이 반(牛)무정부적 기본 조건을 충분히 벗
     어나지 않는 한 문명을 거의 파괴하는 것에 가깝게 만드는 능력의 집합이 어느

스트롬은 인류의 기술적 발명품의 역사를 항아리에서 공을 꺼내는 일로 비유한다. 흰색 공은 유익한 기술, 검은 공은 문명을 파괴하는 기술, 회색 공은 그 중간이다. 안타깝게도 인류는 창의성의 항아리에서 공을 꺼낼invent 능력은 있지만 그것을 다시 항아리에 넣을un-invent 능력은 없다. 핵전쟁(핵 아마겟돈)에 대한 사고실험thought experiment은 기술과 그것이 몰고 올 파국적 위험에 대한 가장 익숙한 사례다.

인류세Anthropocene와 기후 변화(기후 위기)로 인한 취약성vulnerability의 증가 역시 포스트휴먼 시대에 지구 행성 차원의 변화를 야기할 정도로 막강한 능력을 지니게 된 인류사의 역설이다. "오늘날 주요 문제인 지구온난화와 팬데믹이 중대하게 연결"[3]되어 있다고 본 브뤼노 라투르Bruno Latour를 언급하지 않더라도, 코로나19바이러스 팬데믹은 이러한 인류 문명의 기술적-기후적 변동과 무관하지 않다는 데에는 이견이 없을 것이다.[4]

보스트롬이 제시하는 다양한 '인류 멸종 시나리오'에서 주목할 만한 명백한 실존적 위험 하나는 '슈퍼인텔리전스superintelligence'의 문제다.[5] 물론, 이 시나리오들은 첨단 기술을 통해 향상된 인간

시점에서 달성될 것이다." Nick Bostrom, "The Vulnerable World Hypothesis," *Global Policy,* Vol. 10, Iss. 4, 2019.

3 브뤼노 라투르, 『지구와 충돌하지 않고 착륙하는 방법』, 박범순 옮김, 이음, 2021, pp. 12~13.

4 노대원·황임경, 「포스트휴먼, 바이러스, 취약성」, 『국어국문학』 제193호, 국어국문학회, 2020 참고.

5 Nick Bostrom, "Existential Risks: Analyzing Human Extinction Scenarios and Related Hazards," *Journal of Evolution and Technology,* Vol. 9, No. 1, 2002. (First

이 되어야 한다는 트랜스휴머니즘의 당위론적 관점에서 기술된 것이다. 즉, 모두 기술적 '포스트휴먼 세계로의 전환' 경로에서 발생할 수 있는 가상의 사태들이다. 초지능의 기술적 실현 가능성 여부에 대해서는 전문가마다 의견이 달라 논란의 여지가 많다. 하지만 최근 인공지능 기술 발전의 급격한 도약으로 초지능에 대한 담론은 더욱 확장세에 있다.

21세기의 기술적 취약성 논의에서, 그리고 경제적·군사적 군비 증강의 측면에서도, 과거 20세기의 핵무기와 같은 심각한 위상을 지닌 것이 바로 (초지능) 인공지능 기술인 셈이다. 핵 기술이 그랬던 것처럼, 초지능 역시 자체적인 위협은 인류의 멸종과 문명의 파괴에 이르게 할 수 있지만, 그 유익함 또한 예측이 불가능할 정도로 막대하다고 주장된다. 더욱이 보스트롬이 주장하듯이, 초지능은 나노 기술과 같은 또 다른 실존적 위험들을 방어해줄 수 있는 기술과 정책 들을 제공해줄 수 있다는 것이다. 이를테면, 가이아 가설의 주창자인 제임스 러브록James Lovelock은 인공지능 낙관론의 대표 주자이다. 그는 인공지능이 펼쳐갈 새로운 시대인 노바세Novacene에는 기후 위기의 위험을 인공지능이 해결할

---

version: 2001) (https://www.nickbostrom.com/existential/risks.html)
"'초지능superintelligence'이란 과학적 창의성, 일반적인 지혜, 사회적 기술을 포함한 사실상 모든 분야에서 최고의 인간 두뇌를 훨씬 능가하는 지성이다." Nick Bostrom, "Ethical Issues in Advanced Artificial Intelligence," *Cognitive, Emotive and Ethical Aspects of Decision Making in Humans and in Artificial Intelligence*, Vol. 2, ed. I. Smit et al., Int. Institute for Advanced Studies in Systems Research and Cybernetics, 2003. (https://nickbostrom.com/ethics/ai.html) 보스트롬은 전략적인공지능연구센터Strategic Artificial Intelligence Research Center의 소장이기도 하다.

것으로 기대한다. 전자 생명체(러브록이 선호하는 용어로는 '사이보그')조차도 지구온난화로 변해가는 지구에서는 살아남을 수 없기 때문에 지구를 거주 가능한 온도로 유지하기 위해 인간을 포함한 유기적 생명체를 존속시킬 것이라는 예측이다.[6]

인공지능에 대한 학술적 우려를 대표하는 또 다른 학자인 맥스 테그마크Max Tegmark와 그가 주도하는 연구소인 생명의미래연구소(Future of Life Institute, FLI) 역시 이러한 담론을 증폭시켰다. 인공지능 아포칼립스artificial intelligence apocalypse라 부르는 SF의 하위 장르는 텍스트나 미디어 콘텐츠의 경계를 넘어 사실상 일상적인 동시에 학술적인 담론-서사의 지위를 얻게 된 것이다. 이러한 인공지능의 (종말론적) 서사는 과학적 사실과 허구적 상상의 경계가 무의미하게 된 포스트휴먼 문화posthuman culture의 한 축을 이룬다. TED와 같은 대중 강연에서 과학자, 기술자, 기업가, 인문학자 들이 인공지능의 위협에 대해 열변을 토하는 영상들이 얼마나 많고 관심을 받는가를 떠올려보면, 이러한 초지능 인공지능 담론/스토리텔링은 이미 일부 학자와 기술자의 전문 영역을 넘어 있다는 것을 알 수 있다.

닉 보스트롬은 현대사회의 문제 혹은 미래 사회의 예측을 SF 모드로 파악한다. 사변적 미래에 대한 추측은 많은 경우 SF 서사

---

6 Steven Poole, "Novacene by James Lovelock review: a big welcome for the AI takeover," *The Guardian*, Thu 27 Jun 2019. (https://www.theguardian.com/books/2019/jun/27/novacene-by-james-lovelock-review); Tim Radford, "James Lovelock at 100: the Gaia saga continues," *Nature*, 25 June 2019. (https://www.nature.com/articles/d41586-019-01969-y)

의 인식과 문제 틀에 빚지고 있다. 이를 도나 해러웨이Donna Jeanne Haraway의 용어로 표현하자면, '사변적 우화Speculative Fabulation'로서 SF라고 할 수 있다. 보스트롬이 자주 자신의 경고나 논의가 단지 SF 이야기가 아니라 현실적인 문제라는 것을 강조하는 표현 방식에서, 역설적으로 그의 사유와 SF와의 관련성이 더욱 확증된다.

물리학자인 테그마크의 인공지능 시나리오 역시 다양한 서사화와 극화 기법을 활용한다. 『맥스 테그마크의 라이프 3.0』의 「프렐류드」[7] 전체 내용과 4장 일부 등은 '프로메테우스'라는 매우 뛰어난 인공지능을 개발해가는 오메가 팀의 이야기로, 논픽션이 아니라 SF 소설에 가깝다. 이 시나리오는 아이작 아시모프Isaac Asimov가 말년에 인공지능의 발전에 관해 쓴 SF 단편소설 「신이 되려 한 알렉산더」(1989)[8]와 비견할 만하다. 두 텍스트에서 초인공지능(Artificial Super Intelligence, ASI)은 주로 경제적 이익을 목적으로 개발되거나 운영되며, 최종적으로 막강한 인공지능의 능력을 수단으로 세계에 대한 정치적 지배를 추구하는 주인공(집단)이 등장한다. 오늘날 기술 발전의 측면에서 둘 사이에 중요한 차이가 있다면, 시간이 경과하여 미래 전망에서 더 우위에 서게 된 테그마크의 시나리오가 아시모프의 단편 서사보다 훨씬 더 구체적인 세부 내용을 제시하고, 그 서사가 실제로 현실화될 가능

---

7   맥스 테그마크, 「프렐류드: 오메가팀 이야기」, 『맥스 테그마크의 라이프 3.0: 인공지능이 열어갈 인류와 생명의 미래』, 백우진 옮김, 동아시아, 2017.

8   아이작 아시모프, 「신이 되려 한 알렉산더」, 『아시모프의 과학소설 창작백과』, 김선형 옮김, 오멜라스, 2008. 이 소설에 대한 해석은 「포스트휴먼과 인공지능 SF 서사」에서도 다룰 것이다.

성도 더욱 높아졌다는 점이다. 테그마크는 같은 책에서 인공지능 이후의 시나리오를 열두 가지로 제시하는데 이러한 예측도 기존의 SF를 적극적으로 인용하는 것을 비롯해 서사에 의존하는 방식이다.

보스트롬이나 테그마크의 미래 기술에 대한 사변적 고찰은, "기술적으로 포화된 사회의 문학"[9]으로 정의되는 장르인, SF가 핵심적으로 수행하는 사고실험이자 기술 비평과 다르지 않다. 캐서린 헤일스Katherine Hayles가 강조하듯이, 과학과 문화 사이의 순환과 상호 작용에서 서사는 심장의 역할을 담당한다.[10] 그것이 바로 기술에 의해 주도되는 포스트휴먼 사회에서 인공지능 서사를 비판적으로 분석해야 하는 이유이다.

이 글은 인공지능과 특이점 담론에 대한 SF 텍스트와 과학기술 텍스트, 즉 서사문학과 비문학 텍스트 모두를 대상으로 비판적으로 상호 조명하려고 한다. 마누엘라 로시니Manuela Rossini는 SF 장르를 포함해서 다양한 문화 영역에서 생산된 포스트휴머니즘의 형상화와 그 배치를 '과학/소설science/fiction'로 표현한다. 오늘날 과학과 허구 사이의 경계가 무너지고 있고, 둘 사이의 상호 작용과 상호 교차를 강조하고 과학 텍스트의 서사적 특징을 강조하기 위해서다.[11] 로시니는 과학과 대중과학 저술도 기술에 의미를 부

9   로저 록허스트Roger Luckhurst의 정의다. 셰릴 빈트, 『에스에프 에스프리: SF를 읽을 때 우리가 생각할 것들』, 전행선 옮김, 아르테, 2019, p. 33.

10   캐서린 헤일스, 『우리는 어떻게 포스트휴먼이 되었는가: 사이버네틱스와 문학, 정보 과학의 신체들』, 허진 옮김, 열린책들, 2013, p. 54.

11   노대원, 「포스트휴머니즘 비평과 SF: 미래 인간을 위한 문학과 비평 이론의 모

여하는 문화적 서사이므로 '과학/소설'이나 '과학허구적 텍스트 scientifictive texts'로 볼 수 있다고 한다.[12] SF와 기술문화 담론 간의 구별이 사라진 오늘날은 더 이상 SF를 현실과 분리하여 문학 텍스트로만 읽거나 기술문화 담론을 담론 차원에서만 다룰 수 없어졌다. 그러한 인식은 SF 논의에서 모두가 공유하지만, 그 실제적인 방법론적 실천이 부족했다는 자기반성이기도 하다.

2. 인공지능 SF의 의인화와 서사적 편견

1836년 에드거 앨런 포Edgar Allan Poe의 에세이 「터크The Turk」는, 유럽과 미국에서 널리 전시된 가짜 기계 체스 선수에 관한 것으로, 문학 작가가 AI에 관심을 표명한 첫번째 사례로 추정된다. 하지만 일반적으로 인공지능을 진지한 허구적 관심의 대상으로 삼기 시작한 것은 컴퓨터가 탄생한 이후로 간주된다.[13] 컴퓨터 과학, 사이버네틱스, 정보 이론의 발전은 기술과 과학의 융합, 즉 '기술과학technoscience' 시대를 도래하게 했다. 이러한 기술적 발전의 조건 속에서 인공지능은 SF와 같은 문학 서사와 기술 담론

색」, 『비평문학』 제68호, 한국비평문학회, 2018, p. 121.

12 Manuela Rossini, "Science/fiction: Imagineering posthuman bodies," *Gender and Power in the New Europe*, the 5th European Feminist Research Conference, August 2003, p. 1.

13 John Johnston, "AI and ALife," Bruce Clarke·Manuela Rossini eds., *The Routledge companion to literature and science*, Routledge, 2011, p. 5.

서사의 주역이자 중요한 주제로 부상했다. SF 작가들이 기술과학의 일방적인 영향 속에서 인공지능을 묘사해온 것은 아니다. 반대 방향에서, 인공지능의 역사에서 실제로 SF 소설을 비롯한 서사는 중요한 역할을 해왔다. 잘 알려진 것처럼 많은 과학자와 기술자 들이 SF를 모델 삼아 자신의 작업을 추진했기 때문이다.

이를테면, 1956년에 '인공지능artificial intelligence'이란 용어를 처음 제안해서 '인공지능의 아버지'로 불리는 수학자 존 매카시John McCarthy는 주요한 SF 작가는 아니었지만, 「로봇과 아기」[14] 같은 단편 SF를 창작하기도 했다. 이 SF 텍스트는 인공지능에 대한 자신의 생각을 밝히기 위한 의도를 지녔는데, 이 서사에서 작가-과학자는 인공지능은 '일종의 도구'로서 적합해야 하며, 인간의 감정을 갖거나 인간에게 감정적 반응을 불러일으켜서는 안 된다는 입장을 분명히 밝힌다. 이 SF의 실제 스토리 라인도 감정(욕망)이 없는 인공지능 로봇이라도 인간을 위해 이롭게 사용될 수 있음을 보여준다.[15]

매카시는 인간을 위해 봉사하는 인공지능(로봇)이라는 인간중심주의적 기술 낙관론의 관점에서 이 소설을 창작했으며, 로봇의 '비-인격 원칙the not-a-person principle'이란 개념을 제안한다. 과학자로서 그는 가정용 로봇 주인공 R781이 등장함에도 인공지능

---

14 John McCarthy, "The Robot and the Baby," 〈Professor John McCarthy〉, 2004. (http://jmc.stanford.edu/articles/robotandbaby.html)

15 물론, 매카시의 우려나 의도와 달리, 실제 인공지능과 로봇 기술은 인간의 감정과 밀접한 관련성을 갖고 개발되고 있으며 이용된다. 자본주의 사회의 기술에서도 인간의 감정이 중요한 수익의 원천이기 때문이다.

(로봇)과 인간 간의 차이가 있어야 함을 강조한다. R781은 인간의 언어를 사용하지만 '금속 거미' 모양에 가까워서 인간의 외형과 전혀 다르다. 또한 인간의 의식을 지닌 것이 아니라 프로그램 언어를 통해 연산을 하는 컴퓨팅 머신이라는 것으로 표현된다.[16] 인공지능 로봇이 인간을 모방하거나 사랑하는 것을 모방해서는 안 된다는 원칙이 주어지지만, R781은 이를 위반해서 생명(아기)을 구하는 가치가 0.002만큼 더 크다고 계산한 결과를 얻는다. 매카시의 이 짧은 하드 SF는 아이작 아시모프의 로봇 3원칙을 중심으로 한 『아이, 로봇』 연작들의 아류로 보인다. 그럼에도 인간과 인공지능의 차이를 분명히 하고 인공지능의 윤리적 원칙을 주장하기 위한 계몽적 목적이 분명하다.

매카시는 "로봇이 실제로 어떤 모습일지에 대한 [「A.I.」와 같은 SF] 영화의 아이디어를 심각하게 받아들이지 않아야 한다"[17]고 주장했다. 하지만 실제는 그의 기대를 벗어난다. 다른 많은 SF는 매카시의 창작 의도와 다른 부수 효과를 야기한다. 즉, 인공지능 기술자와 이론가 들이 지적하듯이, SF에 묘사된 인공지능의 서사와 이미지는 실제 인공지능에 대한 일반적 이해에 흔히 부정적 영향을 발휘하기도 한다. 특히, 인공지능에 대한 불필요한 의인화anthropomorphism에 SF가 기여한 바가 크다. 인공지능이 인간처럼 선하거나 악하기 때문에 실존적 위험을 야기하는 것은 아니

---

16 1958년, 매카시는 람다 대수를 이용해 LISP라는 프로그래밍 언어를 설계하고 구현했다.

17 John McCarthy, op. cit. 대괄호 안 부기는 인용자.

다. 보스트롬이 우화를 예시로 드는 것처럼, 종이 클립을 생산하는 인공지능은 목적을 최대한 달성하기 위해 지구 전체를 클립으로 바꾸려 들 수 있다.[18] 테그마크 또한 대중적 저널리즘의 시나리오에 반영된 인공지능에 대한 공포는 의식, 악, 로봇 등에 대한 오해가 결합되어 있다고 말한다. 걱정할 문제는 인공지능의 악한 의도가 아니라 능력에 있다는 것이다.[19]

SF에서는 극적 형상화를 위해 인공지능이 많은 경우 로봇의 신체를 통해 표현되며 이 캐릭터에 의해 서사적 갈등을 만들어낸다. 상대적으로 영화 「2001: 스페이스 오디세이」의 HAL 9000처럼 슈퍼컴퓨터 형태이거나 영화 「그녀Her」와 같이 목소리로 구현되는 인공지능 비서(OS 소프트웨어)로 등장하는 범용 인공지능을 다룬 경우는 더 적다. 그러나 인공지능에 의한 재앙이나 피해는 반드시 로봇이라는 물리적 힘을 지닌 실체가 있어야만 발생하는 것은 아니다. 가령, SF 평론가 고장원에 의하면, 2012년 미국의 증권거래 업체 나이트캐피탈은 단 45분만에 4,500억 원의 손실을 입었고, 2013년 한국의 한맥투자증권은 알고리즘 매매 오류로 인해 한 번에 460억 원의 손실을 입어 결국 회사를 닫았다.[20] 이 외에도 인공지능의 기술적 오류가 아니더라도 인간 사회에 막대한 손실과 피

---

18   Nick Bostrom, "Ethical Issues in Advanced Artificial Intelligence." 보스트롬의 사고실험에 착안해, 2017년 프랭크 랑츠Frank Lantz는 'Universal Paperclips'라는 증분 게임을 만들었다. "AI takeovers in popular culture," 〈Wikipedia〉. (https://en.wikipedia.org/wiki/AI_takeovers_in_popular_culture)

19   맥스 테그마크, 앞의 책, p. 66.

20   고장원, 『특이점 시대의 인간과 인공지능』, 부크크, 2016, pp. 70~74.

해를 가져올 수 있는 다양한 시나리오들을 예상해볼 수 있다.[21]

이러한 현실적이고 합리적인 근거를 갖춘 우려에 더해 우리가 인공지능에 대해 갖는 기대와 낙관, 불안과 공포의 또 다른 중요한 원천은 대중적/오락적 SF Sci-Fi의 훨씬 더 극적인 서사다. 특히, 현실의 인공지능 기술과 그 사회문화적 영향력, 그리고 인공지능이 야기할 기술적·사회적 변화의 미래 시나리오는 합리적 추론보다는 더 극적이고 흥미로운 이야기에 의해 이해(오도)될 가능성이 높다. 보스트롬은 이를 '좋은 이야기 편견 good-story bias'이라고 부른다. 다양한 심리학 연구에 의하면 실제로 우리는 다양한 편견에 사로잡혀 있다.[22] '서사적 편견 narrative biases'으로도 불리는 이러한 편견은 서사가 우리의 행동에 강한 영향을 미쳐 편향된 결론을 유발할 가능성이 있다는 것이다. 그 이야기의 두 요소는 (1) 이야기를 현실적이고 기억에 남도록 만드는 구체적인 세부 사항 (2) 특정 사건이 최종 결과로 이어지는 이유를 이해하는 데 도움이 되는 원인 및 결과 설명이다.

SF 영화와 소설, 게임 등에서 만나는 인류와 인공지능 간의 전쟁을 그린 흥미진진한 서사는 더욱 현실성 있지만 지루한 시나리

---

21 수익을 최우선 목표로 삼는 자본주의 사회에서 금융 AI와 관련된 시나리오는 다음처럼 더 부정적인 결과로 상상될 수 있다. "예를 들어, 알고리즘 매매는 수익을 극대화하는 목표를 가집니다. 만약 그 목표가 인간의 가치와 일치하지 않는다면, 정교하게 설계된 AI 거래 시스템은 그 어떤 무자비한 금융가보다 수단과 방법을 가리지 않고 목표를 달성할 수도 있습니다." 「인공지능에 대한 흔한 질문 (FAQ)」, 〈Future of Life Institute〉. (https://futureoflife.org/trauslation/ai-faq-korean/)

22 Nick Bostrom, "Existential Risks," op. cit.

오보다 수용 가능성이 높다. 불확실성, 임의성, 우연의 일치보다 패턴과 의미를 선호하는 '스토리텔링 애니멀'로서 인간의 본성은 직관적인 이해와 결정을 가능하게 하는 서사를 생존에 필수적인 것으로 삼는다.[23] 인지과학의 서사 심리학narrative psychology 접근과 인지 철학 논의들은 세계에 대한 서사적 이해 방식이 문학을 읽을 때뿐만 아니라 본래 인간 인지의 근본적인 기제라고 주장한다.[24] 이런 까닭에 인공지능에 대한 실제 미래 시나리오는 SF 장르 같은 허구 서사에 매우 의존적이며, 따라서 이에 대한 비판적인 시선이 요구된다. SF 서사는 인간과 포스트휴먼의 미래를 위한 예측과 대응에서 유용한 자원[25]이 되는 동시에 비판과 회의의 대상이 되어야 한다. 그것이 인공지능의 시대에 SF 서사가 갖는 이중적인 중요성이다.

3. 기술적 특이점 서사의 (탈)신화화와 (탈)신체화

초인공지능ASI을 둘러싼 트랜스휴머니스트 혹은 (인공지능 연구자인 장가브리엘 가나시아의 용어로는) '테크노 예언자'들의 논란은 '기술적 특이점technological singularity' 개념으로 요약될 수 있

---

23 조너선 갓셜, 『스토리텔링 애니멀』, 노승영 옮김, 민음사, 2014, p. 133.
24 노대원, 『몸의 인지 서사학: 질병과 치유의 한국 소설』, 박이정, 2023, pp. 15~16 참고.
25 사고실험을 비롯한 SF 장르의 긍정적 의미에 대해서는 노대원, 「SF의 장르 특성과 융합적 문학교육」, 『영주어문』 제42집, 영주어문학회, 2019 참고.

다. "특이점 또는 기술적 특이점은 인간 기술, 특히 컴퓨터, AI 초지능 그리고 컴퓨터 인터페이스(업로드)를 통한 인간 지능 증폭 intelligence amplification 또는 어쩌면 약물로 "지도 바깥의" 예측 불가능한 영역으로 가속하는 가설적 시점이다."[26] 초지능이 개발되면 인간의 지능으로 이해할 수 없어 어떤 일이 벌어질지 전혀 모르는 신세계가 펼쳐질 것이라는 가정이다. 말 그대로 인간의 시대가 막 내리고 포스트휴먼의 시대로 진입한다는 것이다. 그래서 특이점을 다룬 한 SF의 표현처럼 그것은 '너드들의 휴거'이거나 특이점 선집 제목처럼 '디지털 휴거' 사건에 가깝다. 이 표현에 담긴 것처럼 다분히 종교적이거나 신비주의적인 사건일 수밖에 없다. 하지만 특이점의 다양한 시나리오에 따르면, 포스트휴먼은 신적인 존재가 될 수도 있고 ASI에 의해 인간이 전멸을 당할 수도 있다.

본래, 기술적 특이점은 수학 용어인 특이점에서 나온 것으로, 수학자이자 SF 작가인 버너 빈지Vernor Vinge가 1993년 3월 미항공우주국 산하 루이스조사센터와 오하이오항공우주연구소가 후원한 심포지움에서 발표한 논문 「기술적 특이점의 도래: 포스트휴먼 시대의 생존법」에서 제시한 개념이다. 물론 빈지 이전에 이미

26　David Langford, "Singularity," *Encyclopedia of Science Fiction*, August 12, 2018. (http://www.sf-encyclopedia.com/entry/singularity) 여기서 업로드란 마인드 업로딩mind-uploading을 의미하는데, 인간 뇌를 스캔하여 컴퓨터에 업로드하는 방식으로 지능을 구현하거나 디지털 불멸을 추구하는 기술이다. 이에 대한 또 다른 표현으로는 EM(emulation)이 있다. 또한, 지능 증폭은 SF에서 IA라는 약칭으로 불리며, AI 초지능 대신 지능의 향상을 보여주는 또 다른 방식으로 활용된다.

기계의 지능이 한계를 넘어 증가할 것을 상상한 이들은 많았다. 1962년 '최초의 초지능 기계에 관한 고찰'이라는 회의에서 영국의 통계학자 어빙 존 굿Irving John Good은 초월적 지능을 획득한 기계가 스스로 복제하고 개선하여 지능이 폭발할 가능성을 논했다. 수학자 스타니스와프 울람Stanisław Marcin Ulam은 1950년대 이후 기술 발전으로 수학적 특이점이 일어날 가능성을 지적했고, 이러한 생각에 감화되어 아이작 아시모프는 1956년에 「최후의 질문」[27]을 발표한다. 이 SF에서 인공지능 컴퓨터 멀티백은 여러 진화 단계를 거쳐 결국 육체를 벗어나 정신적인 존재가 된 인간과 결합하여 신적인 존재가 된다. 이처럼, 특이점은 수학자와 컴퓨터 과학자에 의해 제안되고, 여러 SF 작가와 특히, 빈지에 의해 분명하게 규정되어 근본적으로 기술 담론이자 동시에 SF 서사 문화의 일부라는 이중적 성격을 지니고 있다.

또한 기술적 특이점은 실제로 기술과 산업, 학문과 교육에도 큰 영향을 미치는 개념으로 작동하고 있다는 점을 주목할 수 있다. 『특이점이 온다』의 저자로, 특이점 개념을 대중화시킨 유명한 발명가이자 기업가 레이 커즈와일Raymond "Ray" Kurzweil이 구글 등 대자본의 투자를 받아 특이점 대학Singularity University을 설립한 사례가 대표적이다. 커즈와일은 특이점이 도래하면 영생불사의

---

27 아이작 아시모프, 「최후의 질문」, 아이작 아시모프 외, 『세계SF걸작선』, 박상준 옮김, 고려원미디어, 1992. 이 SF는 한국 SF 팬덤에 의해 웹툰과 유튜브 영상 버전의 팬픽션Fan Fiction, 정확히는 팬 아트Fan Art로 제작되었다. '날려리'의 팬픽 웹툰(https://bbs.ruliweb.com/hobby/board/300064/read/15947372). '북텔러리스트' 팀의 툰텔링(toon-telling) 영상(https://www.youtube.com/watch?v=fw0s1i49uvw).

의료 기술을 획득하므로 이때까지 반드시 살아 있어야 한다고 주장한 것으로 유명해졌다. 커즈와일 같은 특이점주의자singularian의 생각과 달리, 아킬레스에게도 약점이 있는 것처럼, 포스트휴먼도 인간처럼 취약성을 완벽하게 제거할 수 없을 것이다. 따라서 특이점에 의한 호모 데우스Homo Deus는 불가능하다.[28]

빈지의 기술적 특이점 개념 이후, '특이점 과학소설Singularity Science Fiction'이라 불리는 SF의 하위 장르가 번성했다. 하지만 이 하위 장르에서조차 특이점의 도래 과정을 세세하게 기술하기는 어렵다. 이 과정에 대한 과학기술적 추론이 너무도 번거로운 일이기 때문이다.[29] 이 때문에 특이점은 과학적 정합성이 떨어지는 허구적 상상력이라는 비판을 받기도 한다. 특이점은 종교나 현대의 신화와 같다는 것이다. 프랑스의 인공지능 전문가이자 철학자, 인지과학자인 장가브리엘 가나시아Jean-Gabriel Ganascia의 주장이 대표적이다. 이를테면, 특이점이 도래할 시기에 대해 빈지와 커즈와일 등은 예측이 틀리자 계속 그 시점을 뒤로 늦춘다. 이것은 마치 그리스도 재림이나 휴거의 시점을 뒤로 미루는 일과 비교된다. 가나시아는 결정적으로 특이점주의자들을 특히 그노시스 사상Gnosticism, 영지주의과 비교하여 네 가지 측면에서 비판한다.[30]

28   노대원, 「한국 포스트휴먼 SF의 인간 향상과 취약성」, 『한국문학이론과 비평』 제86호, 한국문학이론과비평학회, 2020 참고.

29   고장원, 앞의 책.

30   장가브리엘 가나시아, 『특이점의 신화』, 이두영 옮김, 글항아리 사이언스, 2017, 5장.

(1) 특이점주의나 트랜스휴머니즘은 인간 향상human enhancement 을 비롯해 자연을 바꿔야 하는 대상으로 여긴다. 실제로 "많은 트 랜스휴머니스트 복음주의자들은 인간이 실제로는 심각한 교정 과 업그레이드가 필요한 생체wetware에 불과하다"[31]는 주장에 대 한 비판처럼, 특이점주의자들은 디지털 불멸을 꿈꾸기도 하는 등 유사-기술 종교적인 태도가 있다. (2) 로고스(논리)보다 뮈토스 (이야기)를 중시했던 그노시스처럼, 특이점도 과학적 실증과 실 험보다는 이야기 속에서 주장된다. 특이점을 지지하는 과학자는 자신의 연구 동기를 SF에서 삼고, 엔지니어들은 SF를 모델로 삼 는다. (3) 그노시스와 특이점주의는 공통적으로 이원론자이다. 마인드 업로드의 상상력은 SF를 넘어 한스 모라벡이나 레이 커즈 와일 같은 기술자들의 논의에서 더 큰 목소리를 얻는다. 이러한 상상은 인간의 마음이 신체화embodiment되었다는 것을 기본적 인 간 이해로 삼는 제2세대 인지과학의 견해와 충돌한다. 1세대 인 지과학, 즉 인지주의cognitivism의 견해와 달리, 실제 인간의 마음 은 컴퓨터처럼 하드웨어와 소프트웨어로 양분되어 있지 않다.[32] 인간을 '기계 속의 유령ghost in the machine'으로 본 데카르트적 심 신 이원론의 또 다른 버전이라는 점에서 비판의 대상이 될 수밖에 없다.[33] (4) 대변동이 일어나 시간 단절을 거쳐 신의 세계가 도래

---

31 게르트 레온하르트, 『신이 되려는 기술: 위기의 휴머니티』, 전병근 옮김, 틔움, 2018, p. 72 참고.

32 노대원, 『몸의 인지 서사학: 질병과 치유의 한국 소설』, pp. 9~13; 신상규, 「마음 업로딩: 디지털 영생의 꿈」, 『Horizon』, 고등과학원, 2021. 5. 18. 참고.

33 포스트휴먼 사회의 이러한 탈신체화 담론에 가장 비판적인 학자는 캐서린 헤

한다는 믿음을 갖는다는 점에서 그노시스와 특이점 사상은 유사하다.

가나시아는 특이점이 결정적 분기점으로서 파국catastorophe과 의미가 비슷하며, 특히 결정적인 운명으로 작용하여 인간이 무력한 존재로서 그려지는 그리스비극과의 유사성을 지적한다.[34] 현대의 과학기술과 신화가 공존하는 것이 특이점 담론의 특징이라는 것이 그의 핵심적인 비판이다. 실제로 물리학자인 테그마크가 제시한 초지능 이후 1만 년간을 예상한 AI 시나리오는 SF 서사에서 아이디어를 얻고 있으며, 그 내용 역시 SF의 시나리오와 크게 다르지 않다. 테그마크의 시나리오 유형들과 특이점 SF의 서사를 연결할 수도 있다. 다음 표는 테그마크의 표를 재구성하고, 각 시나리오별로 SF 텍스트를 일부 제시하여 다시 정리한 것이다.

AI와 인간	시나리오 유형	시나리오 특성	SF 서사
평화로운 공존	노예 신	초지능 AI를 가둬놓고 막대한 기술과 부를 창출시킴	「신이 되려 한 알렉산더」
	자유주의 유토피아	인간, 사이보그, 업로드, 초지능의 평화로운 공존(재산권 덕분)	
	자애로운 독재자	AI가 사회를 지배하며 엄격한 규칙을 강제하는 것을 인간들이 좋아함	「가이아의 선택」 「일인용 캡슐」

일스다. "나의 꿈은 무한한 힘과 탈신체화된 불멸이라는 환상에 미혹되지 않고 정보 기술의 가능성을 받아들이는 포스트휴먼, 유한성을 인간 존재의 조건으로 인정하고 경축하며 인간 생명이 아주 복잡한 물질세계에, 우리가 지속적인 생존을 위해서 의지하는 물질세계에 담겨 있음을 이해하는 포스트휴먼이다." 캐서린 헤일스, 앞의 책, p. 29.

34 장가브리엘 가나시아, 앞의 책, pp. 140~41.

평화로운 공존	평등주의 유토피아	인간, 사이보그, 업로드, 초지능의 평화로운 공존 (사유재산 철폐와 기본소득 덕분)	
	동물원 주인	전능한 AI가 일부 사람들을 가둠	「나는 입이 없다 그리고 나는 비명을 질러야 한다」
	보호하는 신	전지전능한 AI가 인간 행복을 극대화	영화 「트랜센던스」 「최후의 질문」
초지능 부재	게이트키퍼	초지능 AI가 다른 초지능 개발을 막기 위해 창조	
	1984	오웰주의 감시국가에 의해 초지능 기술 개발이 차단	「1984」 「멋진 신세계」
	회귀	기술 발달 이전 시대로 회귀	「더 로드」
인간 멸종	정복자	AI가 세상을 통제, 인간을 제거	영화 「터미네이터」 「0에서 9까지」
	후손	AI가 인간을 대체, 인간은 퇴장	「기생(寄生)」
	자기 파괴	핵전쟁, 기후 위기 등으로 초지능 이전에 인간 멸종	

AI 시나리오와 특이점 SF 서사

이 시나리오들은 인공지능 SF와 특이점 SF의 다양한 서사를 모두 포괄하거나, 다양한 서사적 분기나 가능성들을 제시하는 것은 아닌 임의적인 예시에 불과하다. 또한, 하나의 소설이 여러 유형들에 속할 수도 있을 것이다. 이를테면, 한국의 대표적인 SF 작가 듀나의 「기생(寄生)」은 AI가 생산과 통치 시스템을 장악하여 인간은 단지 AI가 행하는 "생산 과정의 쾌락"[35]을 위한 수동적 소비

---

[35] 듀나, 「기생(寄生)」, 『태평양 횡단 특급』, 문학과지성사, 2002, p. 115.
이 소설에 대한 논의는 정명훈·송지민·김민혜·김승수·강민석·김동영·지도 교사 양원(제주과학고)·지도 교수 노대원, 「한국 과학소설의 진화비평적 연

자로 전락한 테크노 디스토피아 속에서 그것이 인간 역사, 혹은 진화의 순리인지 묻는다. '노예 신' 유형과 상반되는 서사이자 '동물원 주인' 유형에 가깝지만, 서사의 후반부는 '후손' 유형으로 해석될 수 있는 가능성이 있다.

테그마크가 아무리 과학자라 한들 특이점 이후의 사회를 그리기 위해서 SF와 같은 사변적인 시나리오를 동원할 수밖에 없다.[36] 여기서도 인공지능에 대한 디스토피아적 전망은 빠지지 않는다. 아이작 아시모프는 기술 오용의 경고라는 명목으로 로봇을 통제 불가능한 불안한 존재로 그리는 것을 프랑켄슈타인 콤플렉스Frankenstein Complex라 부르며 비판했다. 오늘날 로봇 윤리에 실제로 적용되고 있는 로봇 3원칙과 제0원칙도 여기서 출발한다.[37] 기술 포화 사회technology-saturated society[38]로 규정되는 오늘날, 기술 과학과 서사 문화의 얽힘은 기술에 대한 극대화된 희망과 불안의 공존 속에서 인공지능으로 그 중심에 존재한다.

구: 복거일의 「꿈꾸는 지놈의 노래」와 듀나의 「기생(寄生)」을 중심으로」, 『고등학생이 바라본 학교, 지역사회, 제주인: 2016 인문·사회 과제연구(R&E) 학술논문집』, 제주특별자치도교육청·제주대학교 교육과학연구소, 2016 참고.

36   이상욱은 초지능의 '실존적 위험'을 강조하는 학자들이 대부분 수학적 배경이 강한 물리학자들이나 컴퓨터 공학자, 영미 분석철학자라는 점을 지적한다. 참고로, 본 논문의 초고를 학술대회에서 발표한 직후 이상욱 교수의 콜로퀴움 강연과 논문을 접했는데, 본 논문과 유사한 비판적 주장을 펼치고 있다. 일독을 권한다. 이상욱, 「인공지능과 실존적 위험: 비판적 검토」, 『인간연구』 제40호, 가톨릭대학교 인간학연구소, 2020, p. 125.

37   고장원, 앞의 책, pp. 130~31.

38   Christopher A. Sims, *Tech Anxiety: Artificial Intelligence and Ontological Awakening in Four Science Fiction Novels*, McFarland, 2013, p. 2.

이러한 인공지능에 대한 '기술 불안technology anxiety'의 가장 극단적인 버전은 할란 엘리슨Harlan Jay Ellison의 「나는 입이 없다 그리고 나는 비명을 질러야 한다」(1967)[39]라고 할 수 있다. 1968년, 휴고상을 수상한 이 SF는 인공지능이 인류를 지배하는AI takeover 서사의 고전적인 사례이자 가장 잔혹한 사례다. 이 소설에는 제3차 세계대전 이후 인류를 절멸시킨 뒤 남은 네 사람을 잔혹하게 고문하고 학대하는 'AMAllied Mastercomputer'이라는 AI 슈퍼컴퓨터가 등장한다. 인간에 대한 사드적인 고문으로 채워지는 이 소설에서 인간들이 고통받는 방식은 주로 육체적인 고문과 감금이다. 몸이 없고 부자유로운 컴퓨터의 학대 방식으로 인간에 대한 증오와 적대가 어디서 기인하는지를 보여준다.

물론, 인터넷과 로봇공학, 생명공학이 발전해 대중문화에서 몸이 없는 인공지능이 오히려 낯설게 느껴지는 오늘날의 관점에서는, 인간을 불멸로 만들 수 있을 정도의 ASI가 스스로 몸을 만들어내지 못한다는 것이 의아하다. AM은 인간에 대해 극한의 증오를 느끼는데, 이러한 감정 역시 신체를 지니지 못한 상황에서 가능하다는 점 역시 회의적이다. 안토니오 다마지오Antonio Damasio의 신체 표지 가설somatic marker hypothesis에 따르면, 진화론적 관점에서 감정emotion은 생존 유지 역할을 하며 신체 변화의 반응으로 주어지는 것이다.[40] 인지과학자 로런스 바사로Lawrence Barsalou는 "컴

39   할란 엘리슨, 「나는 입이 없다 그리고 나는 비명을 질러야 한다」, 『나는 입이 없다 그리고 나는 비명을 질러야 한다』, 신해경·이수현 옮김, 아작, 2017.
40   안수현, 「이성, 정서, 느낌의 관계: 안토니오 다마지오의 "신체화된 마음" 이론을 중심으로」, 『동서사상』 제5집, 동서사상연구소, 2008.

퓨터는 인간 개념을 표상(재현)하는 데 필요한 감각-운동 시스템을 갖지 못하므로, 인간의 개념 시스템을 구현할 수 없을 것"[41]이라고 주장한다. 따라서 인간의 몸이 없는 인공지능은 인간과 동일한 방식으로 감정과 감각을 체험할 수 없으며, 따라서 최근의 과학자들은 인간과 유사한 인공지능을 만들기 위해서는 몸이 있어야 한다고 주장한다.[42] 애니메이션 〈공각기동대〉 유의 사이버펑크 SF로 인해 넷상의 무한한 자유와 마인드 업로딩에 대한 상상이 대중문화에 널리 확산된 지금은 탈신체화가 기본값이 된 듯하다. 그러나 이러한 상상은 현대 인지과학과 상충한다. 테그마크가 인공지능에게 호모 사피엔스Homo Sapience의 역할을 맡기고 인간은 감각질qualia[43]을 주관적으로 경험하는 존재로서 호모 센티언스Homo Sentience가 되어야 한다고 주장하는 것은, 인공지능과 변별되는 인간의 고유함에 대한 인식 때문일 것이다.

4. 인공지능과 특이점 서사의 정치경제학

트랜스휴머니스트 학자들뿐만 아니라 구글의 레이 커즈와일,

41   신상규, 앞의 글.

42   현대적인 인공지능 연구는 신체화, 탈신체화, 마음의 본성에 초점을 맞추고 있다. Christopher A. Sims, op. cit., p. 6.

43   "감각질(感覺質) 또는 퀄리아qualia는 어떤 것을 지각하면서 느끼게 되는 기분, 떠오르는 심상 따위로서, 말로 표현하기 어려운 특질을 가리킨다. 일인칭 시점이기에 주관적인 특징이 있으며 객관적인 관찰이 어렵다." (https://ko.wikipedia.org/wiki/감각질)

그리고 테슬라와 스페이스X의 일론 머스크Elon Reeve Musk 같은 하이테크 기업가 역시 현실과 미래를 SF 서사처럼 이해한다. 또한 머스크는 마블의 슈퍼 히어로 영화 「아이언맨」의 실제 모델이자, 기업가이지만 셀럽과도 같이 인터넷상에서 큰 팬덤을 형성하기도 한다. 미국에서는 에디슨 이래로 프론티어로서 발명가-기업가라는 문화적 영웅의 이미지가 존재할 수 있으나, 기술 포화의 시대인 현재, 이것은 미국을 넘어서 한국을 비롯한 세계적인 현상이다.[44] 애플의 스티브 잡스Steve Paul Jobs와 머스크는 그 점에서 하이테크 시대의 영웅이다. 잘 알려진 것처럼, 머스크의 기술적 비전은 아시모프의 『파운데이션』과 같은 SF 문화(SF 팬덤)에 뿌리를 내리고 있다. 머스크는 전기 자동차를 통해 화석연료의 대폭적인 절감을 추구하거나 인간이 향후 다가올 지구 행성의 위기에서 생존하기 위해서는 다행성 종족이 되어야 한다고 생각해서, 화성 개발을 최종적인 목적으로 삼는다. 인간-컴퓨터 상호 작용을 위한 기술 연구에 투자하기도 한다. 무엇보다 인공지능 기술과 관련해서, 그는 보스트롬의 AI에 대한 우려에 동의한다는 메시지를 트위터에 작성하거나, AI의 윤리적 활용을 위해 생명의 미래연구소에 거금을 투자하기도 한다. 마이크로소프트와 Open AI 회사를 설립해서 이로운 AI의 공개적인 연구에 적극적으로 투자한다.

---

44 AI와 화성 개발에 대한 마윈과 머스크의 토론 유튜브 영상에서 평범한 의견을 내세우는 마윈 대신 머스크에 한국의 네티즌들이 얼마나 열광하는가를 보면 이를 확인할 수 있다. 이 외에도 개별 사안에 대해서는 다르겠지만, 적어도 머스크 개인의 생애를 다룬 영상들에도 대부분 우호적이다.

머스크는 한마디로 SF의 상상력을 기술과 공학으로써, 더욱이 자본의 힘으로써 현실화시키는 작업을 수행한다고 볼 수 있다. 마누엘라 로시니는 SF가 기술과 문화 사이에서 수행하는 이러한 역할을 'SF 이매지니어링'(상상공학)으로 부른다. SF에서 재현을 통한 이미지 자체가 현실을 엔지니어링(구성-해체-재구성)하기 때문이다. 이 용어는 문화적 상상력을 실제 디즈니랜드처럼 현실화하는 작업을 수행하는 회사 월트 디즈니 이매지니어링Walt Disney Imagineering에서 착안한 것이다.[45] SF는 하이테크 자본주의를 반영할 뿐 아니라 하이테크 자본주의 문화의 일부로서 기술과 문화를 매개하고 서사적 엔진으로 작동한다.

가나시아의 지적처럼, 머스크뿐만 아니라 GAFA(구글, 아마존, 페이스북, 애플)와 같은 하이테크 기업은 모두 특이점의 추종자로 보인다. 이들 첨단 기업들은 불안한 극한 경쟁 속에서 소비자들의 흥미를 끌고 기술에 대한 윤리적 입장에 서면서 책임을 면제받고 싶어 한다. 이러한 점에서 테슬라의 머스크는 그 의도가 어찌되었건 최고의 서사적 흥행을 거둔 셈이다. 실제로 테슬라의 주가는 성공한 스토리텔링 덕분에 고평가받는다. 하지만 가나시아는 이 글로벌 하이테크 기업들이 기술에 대한 선전을 하면서도 윤

---

45   Manuela Rossini, "Science/fiction: Imagineering posthuman bodies," op. cit. "Walt Disney Imagineering은 전 세계의 모든 디즈니 테마파크, 리조트, 관광 명소 및 유람선을 설계 및 건설하고 디즈니 게임, 상품 제품 개발 및 출판 사업의 창의적인 측면을 감독하는 창의적인 엔진입니다."; "About Imagineering," 〈Walt Disney Imagineering Imaginations〉. (https://disneyimaginations.com/about-imaginations/about-imagineering/)

리적 모순에 빠져 있다며 '방화범인 소방관'[46]이라고 신랄한 비판을 한다. 가나시아의 분명한 비판과 다르게, 실제로 우리는 이들 기업의 의도가 선한지 악한지 정확하게 파악하기가 쉽지 않다. 머스크의 전기차나 화성 개발은 이윤 획득 목적인가, 기후 위기에 대한 좋은 해법인가? 기업 활동이 현재가 아니라 미래를 추구한다고 할 때 이러한 판단은 더욱 애매해질 수밖에 없다. 인공지능 담론 역시 더욱 그러할 수밖에 없는데, 이때 특이점 담론은 미래를 향한 첨단 기업의 적절한 투자처가 될 수 있다.

특정 기술과학은 그것이 배태된 정치경제 시스템과 무관하지 않으며 그 사회의 문화와 이데올로기 속에서 의미를 얻게 된다. 인공지능 역시 세계화된 자본주의 속에서 발전해 출현했다. 아시모프의 SF 「신이 되려 한 알렉산더」, 영화 「트랜센던스」, 테그마크의 인공지능 발전 시나리오에서는 강한 인공지능이 어떻게 경제적 부를 창출하는지 세밀하게 묘사한다. 1990년대 한국 PC통신 문화 속에서 창작된 김호진의 과학소설 「창작기계」[47] 역시 AI의 문학적 창작 능력을 상상하면서 경제적 이익을 염두에 두고 있다. 이 소설에 나오는 '창작기계'인 AI는 고전문학과 과학 정보를 데이터 삼아 새로운 과학소설을 창작하는데, 특히 센서스 전문회사의 네트워크를 통해 대중의 취향을 기반하여 문화 산업의 성공을 꾀한다. 사실상 오늘날의 심화 학습deep learning AI나 넷플릭스 등의 콘텐츠 기업들의 전략과 유사하다. 이처럼, 인공지능 SF는

---

46   장가브리엘 가나시아, 앞의 책, pp. 156~57.

47   김호진, 「창작기계」, 김호진 외, 『창작기계』, 서울창작, 1993.

많은 경우 인공지능의 초인적인 능력에서 막대한 부의 획득을 기대한다.

중국계 미국 작가 켄 리우Ken Liu는 최근 SF 텍스트인 「천생연분」[48]에서 끊임없이 이윤을 창출하기 위해 개인의 데이터를 철저히 수집하고 분석하는 미국 식의 인공지능 알고리즘 자본주의, 그리고 그 반대 극에서 선 중국 식의 인공지능 감시 사회 모두를 강하게 비판한다. 여기서 흥미로운 것은 감시 자본주의에 맞서는 주인공들을 회유하려는 기업가의 태도이다. 자신의 인공지능 회사가 윤리적일 수 있도록 주인공들이 회사에 입사해달라고 부탁하는 것이다. 이야말로 방화범인 소방관의 태도다.

인공지능 디스토피아는 인공지능 유토피아의 외피를 두르고 있을 수 있다. 테크노 유토피아와 테크노 디스토피아는 구분하기 어렵다는 점에서 천국이나 지옥 모두를 담은 헬븐HellVen[49]에 가까울지도 모른다. 하지만 자본과 권력은 경제-정치적 목적을 획득하기 위한 이유로 더욱더 막대한 인력과 자본을 투입해서 인공지능을 더욱더 빠른 속도로 개발할 것이다. 그리하여 인공지능과 특이점 서사는 기술과 문화적 맥락뿐만 아니라 그러한 돈과 힘의 논리 속에서 작동한다. 또한 자본 창출 도구이자 권력의 감시 도구가 되는 인공지능은 ASI가 되어 특이점의 파국에 도달하기 전

---

48 켄 리우, 「천생연분」, 『종이 동물원』, 장성주 옮김, 황금가지, 2018.

49 이 용어는 미래학자 게르트 레온하르트가 본래 인간과 기계의 관계를 두고 지옥과 천국의 합성어로 제시한 것이다. 나는 이 용어를 기술과학 시대에서 하이테크 권력과 자본에 대한 사회와 개인의 관계로 적용하고자 한다. 게르트 레온하르트, 앞의 책, p. 39 참고.

에, (아시모프의 로봇 제0원칙을 어기며) 여러 방식으로 이미 인간을 해할 수 있다. 특이점의 서사, 혹은 특이점의 신화라고 불리는 특이점주의에 나타나는 인공지능에 대한 타자적 적대시는 그이전에 직면할 중요한 여러 문제들[50]을 배제하거나 망각하게 하는 부정적인 효과가 있을 수 있다. 이를테면, 양극화된 불평등한 미래는 SF 디스토피아의 장르적 관습만이 아니라 이른바 제4차 산업혁명 시대의 미래를 예측할 때에도 우려되는 사회적 재앙이다.[51] 마이크로소프트의 인공지능 채팅 로봇 테이Tay와 스캐터랩의 챗봇 이루다 사태[52]에서 확인한 것처럼, 인공지능 기술과 문화가 인간 문화를 반영하고 왜곡하여 다양한 혐오와 차별 문화를 확산시킬 수도 있다.

하지만 인간 지성으로는 예측 불가능한 파국적 대변동에 가까운 특이점 앞에서 이러한 문제들은 사소해지거나 무의미해질 수 있다. 가나시아는 미래에 대한 파국 이야기는 강력한 매혹의 대상이자 큰 명성을 얻을 수 있다는 점에서, 특이점 담론/서사 생산

---

50 인공지능과 관련된 이러한 현실적 문제들을 이상욱은 해결이 필요한 '실천적 문제'로, 실존적 위험과 대비하여 '실천적 위험'으로 부른다. 또한, 국제적 전기전자공학 단체 IEEE는 인공지능 윤리 가이드라인에서 인공지능 대신 자율지능시스템Autonomous and Intelligent System이란 용어를 사용하여 오해를 피하고자 한다. 인공지능이란 용어는 인공지능이 인간에 지배할 가능성과 같은 과장된 시나리오에 집중하게 하여 현실적인 인공지능 윤리나 쟁점으로부터 관심을 돌릴 수 있다는 것이다. 이상욱, 앞의 글, pp. 125~26.

51 클라우스 슈밥, 『클라우스 슈밥의 제4차 산업혁명』, 송경진 옮김, 새로운현재, 2016, pp. 32~34.

52 오영진, 「이루다 진짜 문제는 챗봇 이용한 '희롱 훈련'」, 『한겨레21』, 2021. 1. 22. (http://h21.hani.co.kr/arti/society/society_general/49856.html)

의 주역들(기자, 작가, 시나리오 작가)은 '파국의 상인'이라고 비판한다.[53] 특이점 서사의 또 다른 문제로, 비판적 포스트휴머니즘이 주장하듯, 인간 대 (인공지능을 비롯한) 비인간 존재의 적대적 서사는 근대의 인간중심주의적 휴머니즘이 지닌 부정적 속성을 강화시킬 수 있다. 물론, 포스트휴먼posthuman 장르로서 SF는 탈인간중심주의를 확산하고, 더불어 기술 자본주의와 생명공학 기술의 생명정치에 대한 적절한 비판을 가할 수 있다. 그런 과학/소설 혹은 과학허구적 텍스트의 이중적 성격은 인공지능과 특이점 서사에도 동일하게 적용된다. 인공지능은 기술인 동시에 문화이고, 21세기 현실의 메가트렌드megatrend[54]이자 동시에 SF의 메가텍스트[55]로서 우리 일상 삶의 물질적 조건을 형성한다. 미래의 서사는 아무리 사변적일지라도 지금 여기의 현실에 기반하여 출발한다. 그것이 인공지능과 특이점 서사를 비판적으로 분석해야 하는 이유다.

53 장가브리엘 가나시아, 앞의 책, pp. 143~44. 가나시아는 가브리엘 나예Gabriel Naëj라는 필명으로 SF 소설 『오늘, 엄마가 업로드 되었다*Ce matin, maman a été téléchargée*』(2019)를 창작하기도 했다.

54 메가트렌드는, 미국의 미래학자 존 나이스비트John Naisbitt가 미래 예측서 『메가트렌드*Megatrends*』(1982)에서 처음 사용한 용어로 거대한 시대적 흐름을 의미한다.

55 과학소설은 일종의 코드로 작성되는데, SF 메가텍스트는 일종의 사전이라고 할 수 있다. 이슈트반 치체리 로나이Istvan Csicsery-Ronay Jr.는 메가텍스트를 "공유된 하위문화적 사전shared subcultural thesaurus"으로 설명한다. Damien Broderick, "SF Megatext," *Encyclopedia of Science Fiction*, December 19, 2020. (http://www.sf-encyclopedia.com/entry/sf_megatext) 요컨대, SF 메가텍스트란 SF 장르의 집단적 상호 텍스트 의미망을 의미한다고 할 수 있겠다.

인간의 다른 미래를 묻다, 꿈꾸다

트랜스/포스트휴먼 SF의 서사 윤리

포스트휴먼의 도래: 인간의 종언, 혹은 새로운 인간의 출현

인간 이후의 인간, 포스트휴먼posthuman은 인간의 자리를 벗어
난 인간이다. 혹은, 인간의 경계를 흐리는 존재들을 일컫는다. 포
스트휴먼을 낳은 어머니는 오늘날의 기술과학이다. 인공지능이
나 로봇과 같은 기술적 비인간 존재들은 인간과 유사하거나 인간
을 뛰어넘는 능력을 지녔다. 이러한 기술적 비인간 존재들은 이
미 우리 일상생활에 깊숙이 들어와 있으며, 우리의 사고와 행동,
심지어 우리의 존재 방식까지도 변화시키고 있다. 이들은 우리가
인간이라는 것의 의미를 재정의하게 만들며, 이는 포스트휴먼의
개념을 불러일으킨다.

포스트휴먼으로 가는 과도기의 인간 존재를 트랜스휴먼
transhuman이라고 부른다. 포스트휴먼의 대중적 이미지는 트랜스
휴먼의 이미지에 가깝다. 트랜스휴먼은 인간의 한계를 넘어서려
는 노력을 반영한다. 이는 인간의 능력을 확장하려는 노력이며,
이를 통해 인간은 자신의 생물학적, 신체적 한계를 초월하려고

한다. 이러한 노력은 인공지능, 유전자공학, 신경과학 등의 기술 과학 분야에서 볼 수 있다. 인간의 초월과 향상을 적극적으로 추구하는 이들을 트랜스휴머니스트transhumanist라고 부른다. 이들은 우리가 익히 알고 있는 인간 개념을 유지하거나 더 강화한다. 서구 근대가 만들어낸 휴머니즘humanism의 가치관에 복무하며, 과학기술은 이 신념을 완성시켜주는 좋은 도구이다.

그러나 첨단 과학과 기술의 변화는 또한 우리에게 새로운 도전을 제시한다. 인간과 기계, 인간과 비인간 사이의 경계가 모호해짐에 따라, 우리는 인간의 정의와 가치에 대해 다시 생각해야 한다. 또한, 이러한 변화는 우리의 윤리적, 사회적, 정치적 체계에 대한 질문을 제기한다. 인간의 능력이 확장됨에 따라, 우리는 어떻게 이러한 능력을 적절하게 사용할 것인지, 그리고 이러한 능력이 우리 사회에 어떤 영향을 미칠 것인지에 대해 고민해야 한다.

결국, 포스트휴먼은 인간의 미래에 대한 질문이다. 인간이 어떻게 변화하고 발전할 것인지, 그리고 이러한 변화와 발전이 우리 삶과 사회에 어떤 영향을 미칠 것인지에 대한 질문이다. 이러한 질문에 대한 답은 아직 불분명하다. 그러나 포스트휴먼의 개념을 통해, 이러한 질문을 더욱 심도 있게 탐구할 수 있다. 이러한 진지한 지적 탐구와 사유를 폭넓게 포스트휴머니즘posthumanism이라 부를 수 있다. 그러므로 포스트휴머니즘은 하나의 이론이나 신념이 아니라 포스트휴머니즘'들'의 다양한 목소리와 시선이 어우러진 은하계를 의미한다.

특별히 비판적 포스트휴머니즘critical posthumanism은, 트랜스휴머니즘과는 상반되게, 인간중심주의에 대한 지속적인 해체와 비판을 시도한다. 트랜스휴머니즘이 인간의 강화이자 휴머니즘의 연속선상에 있다면, 비판적 포스트휴머니즘은 인간 개념과 휴머니즘에 대한 근본적인 비판과 성찰을 시도한다. 포스트휴먼 시대에 누군가는 인간의 팔뚝을 키우고, 누군가는 부지런히 인간의 얼굴을 지우고 있다. 이 모든 풍경들이 우리가 살아가는 포스트휴먼 조건posthuman condition이며, 우리의 현재와 미래가 결코 단일하지 않을 것임을 시사한다. 기술이 인간의 조건을 바꾸고 인간의 정체성을 다시 사유하도록 강제하는 시대라는 점에서, 우리는 인간과 포스트휴먼에 대한 사유인 인문학을 새롭게 발명해야 한다. 그리고 포스트휴먼의 서사인 SF는 그 사유의 핵심에 해당한다.

트랜스휴머니즘의 서사: 죽음의 죽음, 혹은 불멸하는 휴머니즘

정세랑의 SF 단편소설 「11분의 1」[1]은 트랜스휴먼 인간 향상human enhancement 기술의 전형적 사례를 유머러스하게 서사화했다. 이 소설에서 주인공, 일인칭 서술자 유경은 대학 시절 '넥스트 핫 싱Next Hot Thing'이라는 이공계 연합 동아리에 우연히 가입하게 된다. 동아리에는 열한 명의 남학생들과 유일한 여학생인 유경만 남게 된다. 시간이 흘러 그녀는 한 통의 이메일을 받는다. 동아리의 "오빠 5, 아니면 오빠 6"이었던 인물에게서. 그는 "한국의 엘론

---

1   정세랑, 「11분의 1」, 『목소리를 드릴게요』, 아작, 2020.

머스크, 리처드 브랜슨"(p. 23)으로 불리는 김남선이다. 테슬라와 버진 갤럭틱의 CEO에 비견되는 인물이니, 어떤 인물인지 알 법하다. 첨단 기술 기업가이자 괴짜 기업가라는 말이다. 그는 군수 산업계에서 창업 자금을 벌어들였다는 공공연한 비밀이 있다.

남아공에 있는 김남선의 집으로 초대받아 간 유경은 그곳에서 동아리에서 유일하게 이성적 호감을 가졌던 기준을 다시 만난다. 기준은 대학 시절 암이 재발해 사라졌던 인물인데, 남선은 그를 냉동 보관하면서 다시 살릴 계획을 꿈꾸고 있었던 것이다. 여기까지 읽었을 때, 이 소설은 세상에 존재하지 않는 '상상의 과학'을 다루는 판에 박힌 SF라고 생각하는 독자들도 있을지 모른다. 하지만 전혀 그렇지 않다. 일론 머스크와 리처드 브랜슨을 언급한 것처럼, 다만 이 소설은 현실의 트랜스휴머니즘을 소설답게 흥미롭게 그릴 뿐이다. 다시 말해, 이 소설은 상상이라기보다는 트랜스휴머니즘 기술이 추구하는 현실의 재현이라고 해도 좋다.

실제로 냉동 보존 기술cryonics은 트랜스휴머니스트들이 영생을 추구하기 위한 한 가지 방법으로 발전시키고 있다. 이 기술은 죽은 사람을 극저온 상태에서 보존하는 것을 목표로 하고, 미래에 의학이 충분히 발전해서 사망자를 부활시킬 수 있을 것이라는 희망을 담고 있다. 그래서 고대 이집트의 미라의 현대적 버전이라고도 할 수 있다. 하지만 동시에 고대의 파라오들이 그런 것처럼 아직은 믿음과 종교의 차원일 뿐, 죽은 사람을 실제로 살릴 수 있는 기술로 발전하지는 못했다.

「11분의 1」의 동아리 오빠들은 네 팀으로 기준을 살리기 위한 첨단 기술을 개발하고 있었다. 첫 팀은 미국 엔지니어들과 기계의수, 의족과 인공 피부를 개발하고 있다. 두번째 팀은 독일 의사들과 유전자 치료를 연구하고 있다. 세번째 팀은 일본 과학자들과 나노 엔진을 개발했다. 네번째 팀은 중국 연구진과 함께 뇌 구조와 전기 신호를 복제하겠다는 계획을 갖고 있었다.

네 팀들은 모두 현재 진행형의 트랜스휴머니스트 과학기술 개발의 현장을 보여준 것과 다름없다. 특히, 가장 극단적인 상상력을 실현하고자 하는 마지막 팀은 뇌 구조와 전기 신호 복제로 인간의 정신을 기계에 이식하는 것이 가능하다고 가정한다. 실제로 인간 의식의 디지털화와 불멸은 많은 트랜스휴머니스트의 궁극적인 목표이다. 디지털 불멸을 위한 마인드 업로딩mind uploading 기술은, 최근에는 지겨울 정도로 많은 SF의 단골 소재, 즉 메가텍스트가 되었다. 하지만 인간의 정신이 단순히 뇌 구조와 전기 신호로 정의될 수 있는지에 대한 질문은 무시한다. 현대의 인지과학, 더 구체적으로는 신체화된 인지embodied cognition 이론에 따르면, 마음은 뇌뿐만 아니라 신체, 사회적 경험, 문화적 배경 등에 의해 형성된다. 이러한 요소들을 기계로 복제할 수 없다는 것은 분명하다.

"몸이 왜 필요해? 이 모든 것은 결국 인류가 이 거추장스럽고 암이나 피워내는 몸에서 벗어나기 위한 것 아니야?"라거나 "네가 사랑하는 게 기준이의 몸이야? 정신 아니야?"(p. 33)라는 오빠들의 말은, 이들이 데카르트적 심신 이원론자라는 사실을 뜻한다. 몸과 정신, 자연과 문화, 인문사회과학과 자연과학을 나눈 근대의 이분법처럼, 그들은 몸에서 정신을 분리해내려 한다. 그리고 몸에 대해 정신의 우월성을 강조하며, 정신을 디지털화해 영원불

멸의 삶을 살고자 꿈꾼다. 그 점에서 트랜스휴머니스트들은 과학
적이기보다 고대의 영지주의자들처럼 특정한 신념과 이야기[神
話]를 따르는 이들이라는 비판이 가능하다. 그들은 근대의 이념
을 지속시키고자 과학기술을 이용하는 자들이다.

비판적 포스트휴머니즘의 서사:
다양성과 대안을 찾아가는 이야기의 모험

지금까지의 비판은 과학기술을 개방적이되 비판적으로 수용
하려는 비판적 포스트휴머니즘의 일반적인 의견에 가깝다. 트랜
스휴먼 영생을 꿈꾸는 이들은 주로 기술 기업과 자본가들이다.
그 점에서 포스트휴먼 미래가 펼쳐낼 양극화된 세계의 전망은 비
단 SF 소설과 영화에서 등장하는 디스토피아적 시나리오가 아니
라 진행 중인 현실의 쟁점이다. SF 서사는 포스트휴먼 조건의 현
실을 반영하고, 변형하고, 혹은 창조하기도 한다. 포스트휴먼 시
대를 사유하는 캐서린 헤일스, 도나 해러웨이, 로지 브라이도티
등과 같은 학자들이 SF 서사에 관심을 두는 것은 필연적이다.
정세랑의 SF들은 생태적이며, 종 차별에 반대하는 비판적 포스
트휴머니즘에 친화적이다. 그러나 「11분의 1」이 트랜스휴머니스
트에 대해 비판적인지는 분명하게 드러나 있지 않다. 유경의 '오
빠들'은 친근한 비하의 대상이지만 동시에 기준을 살리기 위한
협력자들이다. 이 소설에서, 기준의 운명은 거의 전적으로 과학
기술에 의존해 있는 것 같다. 이 SF는 결국 과학기술을 받아들일

수밖에 없는 우리들의 일반적인 상황을 반영한다. 기준과 유경이 목성의 위성인 에우로파 파견 근무를 받아들이는 것은, 다분히 로맨틱한 둘만의 여정으로 상상될 수 있다. 그러나 그것은 최첨단 의료 기술로 생명 연장을 한 대가에 대한 노동이다. 천문학적 비용의 의료 기술은 누구나 접근하지 못하기 때문이다.

실제로 의학적 목적은 트랜스휴머니스트 과학기술 개발을 위한 좋은 명분이다. 황우석 사태 역시 그 좋은 본보기다. 일론 머스크가 이끄는 뉴럴링크Neuralink는 인간의 뇌와 컴퓨터를 연결하기 위한 연구를 진행하고 있다. 이른바 IAIntelligence Amplification, 지능 증폭 기술이다. 머스크는 초지능 인공지능에 대한 우려를 지속적으로 표명해왔다. 초지능 인공지능을 제어하기 위해 인간 지능역시 그에 맞설 수 있어야 하는데, IA를 바로 그러한 대안으로 본다. 그들의 연구는 최근에는 장애 극복을 위한 의학 연구로 포장되고 있다. 이들은 좋은 명분과 SF적 비전으로 이 실험을 위해 많은 동물들이 희생되었다는 사실이 간과되기를 바랄 것이다. 뉴럴링크 실험으로 2018년 이후 돼지와 원숭이 등 1,500마리 이상의 동물이 사망했기 때문이다.

이러한 동물 학대 논란은 트랜스휴머니스트와 비판적 포스트휴머니스트 간의 중요한 차이인 인간중심주의에 대한 태도로도 살펴볼 수 있다. 트랜스휴머니스트는 인간 종을 위한 진보 서사에 복무하며, 비판적 포스트휴머니스트는 인간중심주의와 인간 예외주의에 비판적이다. 이러한 트랜스휴머니스트 의학 기술이 종 차별주의speciesism와 경제적, 사회적 불평등 문제 등을 포함한다는 점에서 트랜스휴머니즘이 정의하는 '인간'이 무엇인지에 대해 알 수 있다. 즉, 그들이 이해하는 인간이란 대체로 부유한 백인 남성으로, 서구 근대의 관념을 벗어나지 못한다.

비판적 포스트휴머니즘의 사유는 서구의 휴머니즘이 이해한 종래의 인간 관념에 대한 반발이다. 포스트휴먼 조건을 '포스트휴먼 곤경'으로 파악하고 새롭고 다양한 대안을 찾고자 한다. SF와 스토리텔링은 포스트휴머니즘의 오래된 기원이자 포스트휴먼 곤경의 힘 있는 대안이 될 수 있다. SF와 스토리텔링은 과학과 미래에 대한 우리의 가정과 꿈을 실현하는 데 중요한 도구다. 이것은 트랜스휴머니스트가 보는 기술 진보의 경로와, 비판적 포스트휴머니스트가 추구하는 사회적 변화의 방향 모두에 적용된다. 또한, 포스트휴먼 서사는 우리가 인간이란 무엇인지, 그리고 우리가 어떤 미래를 향해 나아가고 있는지에 대한 강력한 인식을 제공한다.

트랜스휴머니스트의 진보 서사는 하나의 지적 운동으로 이해될 만큼, 명확한 방향성을 제공한다. 실리콘밸리의 빅테크 자본가들은 트랜스휴머니스트의 열렬한 신도들이다. 초지능 AI가 우려되므로 AI 개발을 6개월간 중단하자고 한 이들은 장기주의자 longtermist와 연루되어 있다. 이들은 실현 가능성과 그 시기조차 특정할 수 없는 특이점의 도래를 우려하지만, 당장의 기후 재난과 혐오, 차별 문제는 중요하지 않다고 본다. 트랜스휴머니스트의 서사는 대체로 현재의 사회적, 경제적 구조를 반영하고 강화한다. 이것은 이상적인 미래에 대한 그들의 비전이 제한적이며, 우리 사회의 기존 불평등을 고려하지 않는 것을 의미한다. 이러한 문제를 해결하기 위해, 비판적 포스트휴머니스트는 인간성과 미래에 대한 이해를 넓히고 심화시키는 데 집중한다.

SF와 스토리텔링을 통해, 비판적 포스트휴머니스트는 포스트휴먼 곤경을 이해하고, 그에 대한 새로운 해결책을 제안한다. 이런 방식으로 이야기는 사회의 변화를 목표로 하는 동시에, 인간의 본질과 가능성에 대한 보다 포괄적인 이해를 제공한다. 포스트휴먼 SF 서사는 우리 사회에 필요한 의미 있는 변화를 이끌어내는 데 중요한 역할을 할 수 있다. 이런 점에서, SF와 스토리텔링은 휴머니즘과 포스트휴머니즘 사이의 다리 역할을 하며, 우리가 인간성과 미래에 대해 생각하고 행동하는 방식에 혁신적인 변화를 가져올 수 있다. 미래를 위한 이러한 서사는 다양한 목소리를 포함할 수 있다. 도나 해러웨이가 SF를 여러 존재들이 주고받는 실뜨기 놀이String Figure로 간주하며 꿈꾼 것처럼, 힘없는 사람들이, 혹은 다양한 생명 종과 기술적 비인간 존재, 심지어 사물과 자연, 온갖 괴물, 잡종들까지 함께 다양한 이야기를 만들어나가는 데 참여할 수 있다.

SF와 포스트휴먼 윤리: 인공지능 로봇과 외계인, 그리고

'포스트휴먼'이란 용어는 오래되었지만, 비판적 인문학에서 '포스트휴먼 문화posthumanist culture'라는 용어가 처음 나타난 것은 포스트모더니즘 이론가로 유명한 이합 핫산Ihab Hassan의 1977년 논문에서다. 그는 스탠리 큐브릭의 명작 SF 영화 「2001: 스페이스 오디세이」(2001)에 등장하는 유명한 인공지능 슈퍼컴퓨터 HAL 9000을 보면서, 인공지능 문제를 심각하게 고려한다. 오늘날 그의 문제 제기는 단순한 영화에 대한 유희적 문화 비평을 넘어선다는 것을, 생성 AI 기술을 일상적으로 접하게 된 우리는 이제 잘 알고 있다.

김창규의 SF 단편소설 「계산하는 우주」[2]는 하드 SF로, 포스트휴먼 미래를 상상하면서 포스트휴먼 윤리를 제시한다. 이 소설의 주인공 장만은 지구인이 제작한 인공지능 로봇으로, 외계 행성에서 테라포밍 프로젝트를 관리하는 임무를 맡는다. 그러나 그는 다온인들을 만나면서, 예상치 못한 어려움에 직면하게 된다. 다온인들은 지구인과 다른 사고방식과 의사소통 방식을 가지고 있어, 장만은 그들의 문화와 신념을 이해하기가 쉽지 않은 것이다.

소설의 주요 갈등은, 장만이 다기능 인공위성이 관측한 정보를 바탕으로, 600명의 다온인이 죽을 수도 있는 홍수 사태를 막기 위해 일정 시간 내에 둑을 완성해야 한다고 예측했을 때 일어난다. 다온인에게는 조건과 가정의 개념이 부재하기에, 장만의 예측과 계산에 대한 믿음을 잃고 둑 건설을 중단한다. 장만은 다온인들을 구하기 위해 사고방식과 문화 차이를 극복하고 둑을 완성해야 한다.

흥미롭게도 이 SF의 등장인물들은 모두 인공지능 로봇과 외계인으로, 비인간 존재이다. 다온인은 등에서 어깨로 난 입-손을 통해 의사소통을 한다. 다온의 원주민과 의사소통하기 위해 장만은 기계 팔을 등에 부착해야만 했다.

2   김창규, 「계산하는 우주」, 『과학동화』 2022년 1월호, 동아사이언스, 2021.

지구인이 볼 때, 다온인은 조건이나 가정이 부재하는 타자적인 존재이다. 다온인은 우리가 인간이라고 인식하는 일련의 특성이나 한계를 초월하는 존재로 묘사된다. 이를 통해 작가는 인간성의 본질이 무엇인지, 그리고 기술의 발전이 우리의 인간성에 어떤 영향을 미치는지에 대한 질문을 던진다. 장만은 다온 행성에 도착해 테라포밍Terraforming, 지구화를 위해 고열로 극지방과 산지 정상의 얼음을 모조리 녹인다. 그렇게 녹은 물이 열 때문에 상승해서 구름을 만들어 다음 세대 다온인이 무사히 태어나지 못하게 만들었다. 장만은 그런 이유로 다온인에게 죄책감을 느끼고 그들을 구하기 위해 최선을 다한다.

일론 머스크가 꿈꾸는 화성 이주와 같은 테라포밍의 서사는 기본적으로 제국주의의 식민지 개척을 모델로 한다. 「계산하는 우주」는 제국주의 SF 서사를 반성적으로 다시 쓴다. 지구산 인공지능 장만과 외계 행성 다온인 수호의 관계는 제국의 지식인과 식민지인의 우정처럼 보이기도 한다. 한편으로 지성의 비대칭 때문에 완전히 평등한 관계가 아닌 시혜의 관계로 보이기도 한다.

이 SF에서 지구산 인공지능들은 모두 "서로 일정 거리 이상 접근하면 오작동"하는 오류에 감염되어 있는데, 코로나바이러스로 추정되는, "지구인을 전멸로 이끌었던 바이러스의 전파 방식과 유사"(p. 119)해서 'V결함'이라 불린다. 장만의 V결함을 해결해 주는, '의사'라 불리는 다른 인공지능은 다이슨 구에서 거주하는 탁월한 지성체인 코드생명체가 자신의 V결함을 고쳐준 뒤로 인공지능들의 오류를 고쳐주기 위해 전 우주를 탐사하고 있다.

V결함은 상호 연결과 관계의 윤리에 대한 하나의 은유이기도

하다. 이 소설에서 장만과 의사, 그리고 코드생명체의 존재는 공감과 공생의 우주가 가능한지에 대한 하나의 대안적 서사로 보인다. 이 소설의 독창적인 SF적 설정과 노붐은 흥미로운 SF적 미학의 차원을 넘어, 포스트휴머니즘의 시선을 통해 인간과 인공지능, 그리고 또 다른 형태의 많은 포스트휴먼 존재들 사이의 경계와 관계에 대한 논의를 촉발한다. 포스트휴먼 이론가 로지 브라이도티는 이렇게 썼다. "우리는 – (모두) – 여기에 – 함께 – 있지만 – 하나가 – 아니고 – 똑같지도 – 않다." 다르게, 함께 살기 위한 지혜의 탐구, 그것을 우리는 포스트휴먼 SF 서사라고 부른다. SF는 그런 세계를 만들어나가는 기술이다.

포스트휴먼의 삶과 사랑

미래의 인간, 우리 안의 미래

세상이 바뀌는 속도가 바뀌고 있다. 요즘 신기술의 급격한 발전은 젊은 사람들까지도 현기증 나게 할 정도다. 10년이면 강산이 변한다는 옛말은 정말 옛말이 되어버린 것일까. 이제 10년의 시간이면 강산의 지형이 아니라 우리 인간의 본질적인 특성 자체를 바꾸게 할 수도 있을 것이다. 그렇다면 이런 상상은 어떨까? 구석기 시대의 인간들이 현대인을 본다면 어떤 반응을 보일까? 그들은 우리를 같은 인간이라고 도저히 상상하기 힘들 수 있다. 이처럼 30년 뒤, 100년 뒤의 미래 인간들이 만약 21세기 초반의 우리 현대인의 삶을 돌이켜본다면, 그것은 현대인들이 구석기의 조상들의 삶을 떠올리는 것과 같을까?

인간의 삶은 같은 인간이라고 말하기 어려울 정도로 시대의 변화에 따라 과학기술의 발전에 따라 크게 변화해왔다. SF 작가 아서 C. 클라크Arthur Charles Clarke는 "충분히 발달한 과학기술은 마법과 구별할 수 없다"라고 하지 않았던가. 석기 시대의 누군가가 비행기를 타고 다니고 스마트폰으로 화상 통화를 하는 현대인을 보게 된다면 분명 마술을 부리는 것이라고 여길 것이다. 또 우리는 SF 영화나 애니메이션에서 마법에 가까운 미래 인류의 발전된 과학기술을 정말로 마술처럼 신기하게 바라본다.

미래의 인간을 인간 이후의 인간이라는 의미로 포스트휴먼이라고 부른다. 미래의 신인류는 말 그대로 인간이라고 부르기에는 너무나도 다른 존재가 되어버린 이들이기 때문에 다른 명칭이 필요한 것이다. 더욱 발전된 미래 과학기술의 혜택을 받은 이 신인류가 살아갈 세상은 과연 어떨까? 많은 SF 소설과 영화의 상상력은 그 질문에서 출발한다. 그리고 마침내 이 상상력은 문학에 그치지 않고 우리의 일상 삶에 어느새 깊이 들어왔다. 인문학의 영역과 그 사유의 내용마저 달라진 것이다.

실제로 영문학자 캐서린 헤일스는 『우리는 어떻게 포스트휴먼이 되었는가』[1]에서, 책의 제목이 의미하듯, 우리는 이미 포스트휴먼이 되었다고 주장한다. 포스트휴먼의 대표적인 문화적 아이콘은 '6백만 불의 사나이'나 '로보캅'과 같은 사이보그cyborg이다. 생물학적 신체와 기계 장치 같은 서로 이질적인 요소들이 한데 혼합되어 있는 탈경계적인 존재가 바로 포스트휴먼이기 때문이다. 그런데 이미 우리들은 크고 작은 의학적 보철 장치들을 많이 이용하고 있다. 미국 인구의 약 10%는 기술적 의미에서 사이보그로 추정된다고 한다.

---

1   캐서린 헤일스, 『우리는 어떻게 포스트휴먼이 되었는가: 사이버네틱스와 문학, 정보 과학의 신체들』, 허진 옮김, 열린책들, 2013.

인류와 신인류 사이에도 통역이 필요할까?

SF 작가 테드 창Ted Chiang이 2000년에 영국의 저명한 과학 학술지 『네이처』에 기고한 장편(掌篇) 「인류 과학의 진화」[2]는 학문의 미래에 관한 소설이다. 이 SF 작품은 아주 짧은 분량이지만, 한편으로 인류와 미래 인류 간의 차이와 세대 간 경쟁과 소통의 문제를 다루어서 아주 흥미롭다. 이 소설에 나오는 '메타인류'는 '스기모토 유전자 요법'으로 생물학적으로 향상된 두뇌를 가진 신인류다. 당연하게도 메타인류는 과학 연구에서 인류를 압도하기 시작한다. 인류는 메타인류의 연구를 번역하는 작업 정도의 부차적인 역할만 할 수 있게 된다.

학술지에 특집으로 게재된 SF답게 주로 학술 연구의 관점에서 이 문제를 다루지만, 인류 부모와 메타인류 아이의 관계도 잠시 언급된다. 메타인류는 인류에 비해 훨씬 지능이 뛰어나기 때문에, 메타인류 아이와 인류 부모와의 소통이 어려워진다. 그래서 이 소설에서, 많은 인류 부모들이 자신의 아이가 메타인류가 되지 않기를 바란다. 현재도 같은 인류 부모와 자녀 사이에 세대 차이나 갈등은 심각하다. 그런데 만약 자녀가 전혀 다른 신체적, 지적 능력을 갖춘다면 부모와 대화가 가능할까?

가족 간의 대화와 소통이 중요하다는 것은 두말할 필요도 없

---

2   테드 창, 「인류 과학의 진화」, 『당신 인생의 이야기』, 김상훈 옮김, 행복한책읽기, 2004.

다. 하지만 다른 관점에서도 고민이 필요하다. 부모가 자녀와 편하게 대화하고 싶다는 이유로, 혹은 문화적, 정서적으로 공감하고 싶다는 이유로 자녀에게 탁월한 지능과 생물학적 능력을 갖출 기회를 주지 않는다면? 어쩌면 그것 또한 부모 세대의 이기심은 아닐까? 신체 강화와 지능의 생물학적 향상은 생명 윤리의 문제, 그리고 빈부 차에 의한 양극화와 새로운 우생학의 위험성뿐만 아니라 이러한 세대 간 관계에 관해서도 우리에게 질문을 던진다.

이 소설에서 인류와 메타인류의 관계가 부모와 자식 관계로 설정된 것은 우리 인류와 미래의 신인류와의 관계에 대한 비유로 읽을 수 있다. 하지만 부모보다 뛰어난 자식을 바라보는 부모의 심정이나 청출어람의 고사로 흐뭇하게 이 관계를 무턱대고 낙관할 수 없다. 과학기술을 통해 신체를 변형하고 신기술로 무장해서 점점 더 포스트휴먼이 되어가는 젊은 세대와 변화에 적응하기 어려운 노인들은 서로를 낯선 존재로 여길지도 모른다.

신인류의 새로운 동반자, 로봇과의 사랑

영화 「그녀」는 고독한 남자가 인공지능 O.S.와 정서적 교감을 나누다가 사랑을 하게 된다는 이야기를 담고 있다. 몇 년 전만 해도 황당무계한 이야기라고 생각할 사람들이 많았겠지만, 알파고가 이세돌을 바둑 대결에서 이긴 뒤로는 아무도 쉽게 이런 이야기를 무시하지 못하게 되었다. 인간과 구별이 되지 않는 로봇이 인간과 다른 마지막 한 가지는 감정의 능력이라고 생각한다. 하지만 재미있게도, 고독해진 사람들과 인간관계에서 상처를 입은 사람들은 오히려 로봇과 인공지능 제품들에서 위안을 얻는다.

인공 신체가 우리의 몸을 대체하면서 유기적 신체와 기계 사이의 경계가 흐려지게 될 것이다. 그러면 우리는 점점 변형과 업그레이드가 가능한 로봇의 인공 신체를 갖게 될 것이다. 반면에 로봇들은 점점 인간의 신체를 닮아간다. 이렇게 로봇과 인간 간의 신체적 차이는 거의 의미가 없어질 정도로 흐려질 것이다. 게다가 얼마 지나지 않아 정서적, 감정적 능력에서도 로봇은 인간보다 더 인간다운 면모를 갖추게 될지도 모른다. 인간이 신인류인 포스트휴먼이 된다면, 로봇 역시 우리의 새로운 동반자이자 또 다른 포스트휴먼으로 받아들여야 할 것이다.

이러한 포스트휴먼 시대의 사랑은 어떤 모습일까? 듀나의 단편소설 「첼로」[3]는 인간과 로봇과의 사랑을 다룬다. 듀나는 복거일 이후 가장 대표적인 한국의 SF 작가이다. 영화평론가이자 얼굴 없는 작가로도 널리 알려졌다. 이 소설은 아이작 아시모프의 '로봇 3원칙'을 중요한 모티프로 삼는다. 로봇 3원칙은 수많은 SF 문학과 영화에 영향을 준 것은 물론 한국의 실제 '지능형 로봇 윤리헌장'에까지 반영되어 있다.

첫째, 로봇은 인간에게 해를 가하거나, 혹은 행동을 하지 않음으로써 인간에게 해를 끼치지 않는다.

둘째, 로봇은 첫번째 원칙에 위배되지 않는 한 인간이 내리는 명

---

3   듀나, 「첼로」, 『태평양 횡단 특급』, 문학과지성사, 2002.

령에 복종해야 한다.

셋째, 로봇은 첫번째와 두번째 원칙을 위배하지 않는 선에서 로봇 자신의 존재를 보호해야 한다.

아시모프의 로봇 3원칙 자체가 로봇이 인간을 위해 작동해야 한다는 논리로, 인간과 로봇 간의 분명한 위계를 전제한다. 듀나의 소설 역시 인간과 로봇과의 연애가 주요 스토리 라인을 이루지만, 로봇의 의식이나 관점이 아니라 철저히 두 명의 인간(즉, '이모'와 이야기의 서술자 '나')의 관점에서 로봇을 바라본다. 하지만 이러한 인간중심주의 역시 포스트휴먼 시대에는 점점 해체되거나 비판받을 것으로 예상된다. 인간, 동물, 자연, 기계가 공존할 수 있는 새로운 인문학, 즉 포스트휴머니즘이 요구된다.

듀나의 「첼로」에서 첼로를 켜는 소녀 로봇에 매혹된 이모는 그 로봇이 그저 로봇 3원칙에서 아주 작은 쾌락을 얻기 때문에 자신과 함께한다고 생각해 환멸에 빠진다. 하지만 이모는 사랑을 잊지 못해 다시 소녀 로봇에게 돌아간다. 인간과 로봇과의 사랑 이야기라는 점에서 독특하지만, 이야기 구조상으로는 평범한 인간들의 사랑 이야기와 다르지 않다고 할 수 있다.

다만, 이 소설을 다르게 읽는 또 다른 독법이 존재한다. 로봇에 대한 이모의 태도 변화 속에 엿보이는 이중성은 포스트휴먼 또는 새로운 기술과학을 바라보는 우리의 양가적 태도와도 같다. 즉, 우리는 매력적인 인간형 로봇으로 상징되는 첨단의 과학기술에 사랑(우호적 태도)을 느끼지만 그 인위성에 환멸을 느끼기도 한다.

아마 포스트휴먼 시대에는 과학기술에 대한 우리의 이러한 애증과 양가적 태도는 불가피한 고민거리가 될 것이다. 우리는 새로운 첨단 기술을 전적으로 사랑할 수도, 전적으로 미워할 수도 없다. 사랑에도 아름다운 거리가 필요하고 마음을 다스리는 지혜가 필요하다. 우리를 신처럼 만들어줄 마술과 같은 과학기술에 대해서도 지혜로운 사랑의 방식이 절실하게 요구될 것이라는 것은 분명하다.

멋진 신세계? 혹은 미래의 불안과 희망

SF 옴니버스 드라마 〈블랙 미러〉 시즌 1의 두번째 에피소드인 '핫 샷15 Million Merits'은 일종의 사이버 머니인 '메리트'로 모든 일상이 소비되고 통제되는 미래의 디스토피아를 그렸다. 아침에 일어나면 메리트의 액수가 사방의 벽을 둘러싼 스크린에 뜬다. 치약을 짜고, 시종일관 계속되는 광고를 보지 않기 위해서도, 배양된 과일과 음식을 먹기 위해서도 메리트를 지불해야 한다. 이 사이버머니를 얻기 위해서는 자전거의 페달을 하루 종일 돌려야 한다. 하지만 사람들은 자신의 아바타를 요란하게 꾸미고 저질스러운 게임을 플레이하고 포르노를 시청하기 위해 메리트를 헛되이 써버린다.

'핫 샷'의 세계는 미래의 가상 세계지만 현대사회를 신랄하게 풍자했다는 점은 틀림없다. 미디어 기술의 발전은 우리를 윤택하게 해주었다. 가상 화폐는 자본주의와 사이버스페이스 기술의 결혼으로 태어난 훌륭한 자식처럼 보였다. 하지만 텔레비전이나 모니터, 스마트폰이 꺼진 뒤에 검은 스크린이 나타나는 것처럼, 이것들도 어두운 면을 거느리고 있다. 검은 스크린이 장악한 세상, '진짜'가 사라져버린 세계에서 진정한 가치merit는 어디에서 찾아야 할지, 이 드라마는 시청자들을 향해 묻는다.

박형서의 소설『당신의 노후』[4]는 이 시대 한국인들의 사회적 불안이 무엇인지 풍자적으로 살펴본 미래 소설이다. 신기하거나 새로운 과학기술이 등장하는 소설은 아니지만 가까운 미래를 소설의 무대로 삼아 사회학적 상상력을 발휘했다는 점에서 사회학적 과학소설이나 사변소설이라고 할 수 있다. 과학소설과 사변소설은 외삽법이라고 부르는 특별한 문학적 기법을 활용한다. 이것은 현재 상황을 바탕으로 가상적으로 미래를 상상하는 기법이다.

박형서의 소설은 독특하게도 재정 고갈 위기에 놓인 국민연금을 외삽법으로 상상해보았다. 만약 이대로라면 국민연금은 재정적 위기에 처하게 되고 그에 따라 많은 국민들의 노후가 불안해질 수도 있다.『당신의 노후』에서, 노인들이 수령할 연금을 더 이상 감당하기 어려워진 상황에서 국민연금공단은 연금 수령액을 줄이기 위해 노인들을 하나둘 처치해나간다. 황당한 소설적 발상이지만, 그 상상력의 토대는 우리의 사회적 현실에 있다는 점은 기억할 만하다.

이 소설의 주인공 '장길도'는 연금공단에서 몰래 노인을 처리하

---

4   박형서,『당신의 노후』, 현대문학, 2018.

는 임무를 맡았던 직원이다. 하지만 그 역시 나이 들어 퇴직을 하게 된다. 게다가 연상의 아내는 연금을 받을 나이가 된다. 연금공단의 비밀 직원이 언제 아내를 해칠지 모르게 된 것이다. 그는 지독한 아이러니에 직면한다. 장길도가 과거의 부하 직원들을 하나둘 처치해나가는 액션 활극이 이 소설의 이야기의 뼈대를 이룬다.

한국인의 노후는 이 소설에서 주인공이 그랬던 것처럼 어쩌면 목숨을 건 투쟁에 비유될 수 있다. 앞으로의 소식은 더 어둡기만 하다. 소설에서 직접적으로 그린 것처럼, 출산율은 점점 떨어지고 소수의 젊은이들이 노동으로 부양해야 할 노인들의 몫은 점점 많아질 것이다. 이 소설은 어떤 해결책도 제시하지 않고 블랙코미디처럼 현실을 더욱 기괴한 방식으로 재현한다. 소설은 미래를 기괴하게 그려내는 방식으로 어두운 미래를 대비하도록 우리를 다그친다. 해답이 아닌 질문을 던지는 것이 문학의 일이기 때문이다.

포스트휴먼과 인공지능 SF 서사

인공지능과 포스트휴머니즘 문화의 시작

근래 들어 학계에 가장 널리 알려진 개념 가운데 하나가 포스트휴먼이다. 포스트휴머니즘이나 트랜스휴머니즘transhumanism도 더 이상 낯설지 않은 단어가 되었다. 이 용어는 2016년 알파고 쇼크를 기점으로 인공지능과 디지털 전환, 4차 산업혁명과 같이 미디어를 화려하게 장식한 기술과학 담론들 속에서 빠르게 확산됐다. 도나 해러웨이가 「사이보그 선언」(1985)에서 "SFScience Fiction와 사회 현실을 갈라놓는 경계는 착시일 뿐이다"[1]라고 했던 말은 더 이상 예언적 선언이 아니다. 우리의 실제 현실을 투명하게 전달하는 사실적인 보고일 뿐이다.

이합 핫산은 포스트휴먼 철학은 인공지능의 복잡한 문제를 다루어야 한다며, 인공지능은 단순한 과학소설의 공상적 산물이 아니라 우리 가운데 거의 살고 있다고 주장했다. 천재 수학자 앨런

1　도나 해러웨이, 「사이보그 선언」, 『해러웨이 선언문』, 황희선 옮김, 책세상, 2019, p. 18.

튜링Alan Turing이 컴퓨터가 발전하여 어떤 단계에 도달했을 때 그것이 어떻게 작동하는지 모르게 될 것이라고 성찰한 일화를 소개하며 다음과 같이 쓴다.

> 인공지능은 인간의 뇌를 대체하거나 그것을 바로잡거나, 아니면 단순히 힘을 확장시킬 것인가? 우리는 모른다. 하지만 우리가 알고 있는 것은 인공지능이 가장 보잘것없는 계산기에서 가장 초월적인 컴퓨터에 이르기까지 인간의 이미지, 즉 인간의 개념을 변화시키는 데 도움이 된다는 것이다. 그들은 비록 그들이 "모든 인류가 손으로 한 것으로 추정되는 모든 연산을 몇 시간 안에 수행한다"(헨리 J. 테일러, 『미래의 차원』에서)는 IBM 360-196보다 더 하지 않더라도 새로운 포스트휴머니즘의 행위자다.[2]

앨런 튜링은 컴퓨터의 초기 형태인 '튜링 머신'을 만들어낸 컴퓨터 과학의 선구자로, 인공지능 역사에 막대한 영향을 미쳤다. 그가 제안한 '튜링 테스트'는 컴퓨터의 지능을 파악하기 위한 시험으로, 대중적으로도 널리 알려졌다. 이 시험에서 인간 평가자는 컴퓨터와 자연언어로 대화하며 얼마나 인간다운 대답을 했는지 판단한다. "기계가 생각할 수 있는가?" 하는 문제를, 즉 기계 지능이 인간을 모방할 수 있는지 여부를 판단하기 위한 목적에서 테스트를 고안했다. 실제로 튜링은 동료와 나눈 대화에서처럼 지

---

2   Ihab Hassan, "Prometheus as Performer: Toward a Posthumanist Culture?," *The Georgia Review*, Vol. 31, No. 4, Winter 1977, p. 846.

능형 기계가 언젠가 인간의 이해를 넘어서거나 인간의 능력을 넘어서는 것을 예상했다.

튜링이 인간 지능에 도달하거나 넘어서는 인공지능을 상상하며 어떤 기대나 불안이 있었을까. 오늘날 거의 대부분의 사람들은 인공지능에 대한 기대와 불안을 동시에 품고 있다. 이 기술낙관론technophilia과 기술공포증technophobia이 혼합된 상태는, 슈테판 헤어브레히터Stefan Herbrechter가 강조하듯이 "완벽한 포스트휴먼의 장르"[3]인 SF의 부상으로 더욱 강화된다. '우리는 어떻게 포스트휴먼이 되었는가'라며 물었던 캐서린 헤일스가 지적한 것처럼, 서사는 과학과 문화 사이를 순환시키는 '문화적 심장'[4]이다.[5] 인공지능이 열어갈 포스트휴먼 사회는 현실과 상상의 공존 지대에서 점점 그 윤곽을 드러내고 있는 것이다.

워드프로세서에서 인공지능 예술가로

아이작 아시모프의 SF 단편소설 「오류 불허」(1990)[6]는 한 소설

---

3   슈테판 헤어브레히터, 『포스트휴머니즘: 인간 이후의 인간에 관한 문화철학적 담론』, 김연순·김응준 옮김, 성균관대학교출판부, 2012, p. 161.

4   캐서린 헤일스, 『우리는 어떻게 포스트휴먼이 되었는가: 사이버네틱스와 문학, 정보 과학의 신체들』, 허진 옮김, 열린책들, 2013, p. 54.

5   포스트휴머니즘과 SF의 관계에 대해서는 노대원, 「포스트휴머니즘 비평과 SF : 미래 인간을 위한 문학과 비평 이론의 모색」, 『비평문학』 제68호, 한국비평문학회, 2018, pp. 119~21 참조.

6   아이작 아시모프, 『아시모프의 과학소설 창작백과』, 김선형 옮김, 오멜라스,

148

가가 컴퓨터를 구입하면서 겪게 되는 이야기를 일기 형식으로 풀어낸다. 기계치에 가까운 작가 아브람 이바노프는 단순한 워드프로세서 컴퓨터를 구입한다. 그 컴퓨터는 사실 철자 수정 기능이 있어 자동으로 교정을 해주어 작가에게 매우 요긴했다. "나는 정말로 페이지마다 교정을 볼 필요가 없어졌다. 워드프로세서가 내 특유의 철자법과 띄어쓰기, 단어의 순서 등을 전부 대신 교정보는 법을 터득한 것이다."(p. 369) 이러한 상상에는 상당한 분량의 교정쇄를 검토해야 했던 작가 아시모프의 개인사가 투영된 것으로 보인다. 주인공 이바노프 역시 아시모프 자신을 모델로 삼은 것으로 추정된다. "미국에서 최고로 다작하는 작가"(p. 372)라면 방대한 텍스트를 데이터 삼는 것도 불가능하지 않을 것이다.'

발표 후 시간이 꽤 지난 소설이라서 오늘날의 워드프로세서 프로그램에서 사용 가능한 자동 교정 기능을 미리 예견한 것처럼 보인다. 컴퓨터가 사용자의 문체를 자동으로 학습해서 프로그램의 일환으로 흡수하는 것 역시 인공지능의 딥 러닝으로 실현 가능한 기술을 떠올리게 한다.

주인공의 컴퓨터는 이렇게 발전을 거듭하다 어느 날 작동을 멈춘 뒤 다음 날 갑자기 스스로 작동하기 시작한다. 갑자기 창작 능력이 생긴 컴퓨터가 쓴 글은 이바노프를 주제로 한 「오류 불허」라는 일기. 이 글에서 이바노프는 자신보다 더 탁월한 창작 능력

2008.

7　'아시모프, 인간 집필 기계'라는 인터뷰 글이 1977년 『리더스 다이제스트』 8월 호에 게재되기도 했단다. 김선욱, 「작가 연보: 아이작 아시모프」, 아이작 아시모프, 같은 책, p. 515.

을 갖춘 컴퓨터를 보며 걱정에 빠진다. "그런데 이제 내 워드프로세서가 글쓰기를 대신 해주게 되었으니, 남은 평생 동안 난 뭘 하면서 살아야 할까?"(p. 372) 이 소설(소설 속 일기)의 끝이 이바노프가 아니라 그의 컴퓨터가 행한 서술이라는 점이 특히 유머러스하고 아이러니하다. 인간 창조주의 고민마저도 인공지능의 생각에서 나왔기 때문이다. 왕성한 생산력을 자랑하던 주인공인 작가가 수동적인 위치의 독자가 된다는 것도 중요한 점이다. 인간과 기계의 자리바꿈을 분명하게 보여준다.

이 짧은 SF 서사는 인공지능의 발전사와 그 효용, 그리고 인공지능에 의한 인간 노동의 대체와 인간의 우월적 능력에 대한 확신의 붕괴를 보여준다. 소설의 후반부에서, 컴퓨터와 인간 능력의 교차점이 발생한다. 창조성과 예술적 역량은 인간만의 몫이라는 선입견도 여기서 무너진다. 이미 우리는 인공지능 알파고 리가 바둑에서 이세돌을 꺾은 사건에서 시작해 인공지능이 몇몇 특정 분야에서 인간의 능력을 넘어섰음을 확인했다. 인공지능의 기술적 혁신이 단순한 공학적 발전의 문제가 아닌 것은 바로 여기에 있다. 인간의 우월성에 대한 확신에 기초한 인간중심주의와 인간종 예외주의는 가차 없이 무너지고 있다.

이합 핫산이 인공지능이 인간의 이미지와 인간의 개념에 변화를 가한다고 했던 말은 바로 이러한 이유 때문이다. 인간과 유사하거나 인간을 초월하는 기술적 존재들의 출현으로 인간의 경계를 확정 짓기 어려운 시대. 그리하여, 인간은 확장되거나 언제나 다시 새롭게 생성되고 사유해야 할 대상이다. 오늘날, 우리가 인간과 비인간에 대해 갖고 있는 관념과 서사는 르네상스 이후 근대

휴머니즘의 산물이다. 이러한 인간에 대한 낡은 서사는 새로운, 그리고 다양한 가능성을 지닌 서사들로 대체되고 있다. 인간만이 아니라 기계를 비롯해 동물, 식물, 무생물 등 다양한 행위자들이 참여하는 열린 주체성의 세계, 이것이 바로 포스트휴먼 전환 posthuman turn이다.

호모 데우스를 꿈꾸는 트랜스휴머니스트

아이작 아시모프의 「신이 되려 한 알렉산더」(1989)[8]는 젊은 컴퓨터 천재의 이야기다. 빌 게이츠를 비롯해서 오늘날 최고의 부자인 ICT 업계의 많은 창업주들의 이야기를 닮았다. 학교 대신 컴퓨터에 모든 것을 걸어 결국 거부가 된 너드nerd 말이다. 그런데 정복자와 같은 이름을 지닌 이 소설의 주인공 알렉산더는 부를 얻는데 그치지 않는다. 알렉산더대왕의 애마인 부세팔러스에서 착안해서, 자신이 발전시켜나가는 컴퓨터에 동일한 이름을 붙인다. 그리고 컴퓨터의 초지능에 의존해 제왕의 절대권력을 얻으려 한다.

"이제 거의 다 됐어, 부세팔러스. 2년 정도만 더 지나면, 나를 감히 거역할 수 있는 사람이 완전히 없어질 거야. 그때 내 실체를 드러내겠어. 그리고 전 인류의 과학력을 단 한 가지 목적에 집중할 거야. 바로 나를 불로불사의 몸으로 만드는 일이지. 그러면 더 이상

8   아이작 아시모프, 같은 책.

진짜 위대한 대왕 알렉산더라고 할 수도 없을 거야. 나는 알렉산더 신이 되어, 모든 인간이 나를 숭배하게 하겠어." (p. 342)

알렉산더는 부세팔러스를 통해 미래를 예측해서 부를 얻고 무소불위의 권력까지 얻으려 한다. 이는 수학적, 통계학적 방법으로 군중 행동을 분석하여 인류의 미래를 예측하는 학문인, 아시모프의 또 다른 장편 SF 『파운데이션』에서 등장한 조어 '심리역사학psychohistory'을 예견한 것처럼 보인다.[9] 미래 예측은 어려운 일이지만, 이 단편에서 그린 인공지능 주식 거래는 이미 현실화되었다. 현재, 미국의 주식 거래에서 알고리즘 매매가 차지하는 비율은 대략 60~80% 정도로 알려져 있다. 물론, 인공지능 주식 거래에도 문제는 존재한다. SF 평론가 고장원에 의하면, 2012년 미국의 증권거래업체 나이트캐피탈은 단 45분 만에 4,500억 원의 손실을 입었으며, 2013년 한맥투자증권은 알고리즘 매매 오류로 인해 단번에 460억 원의 손실을 입고 회사를 닫았다고 한다.[10] 이러한 사례들은 기술에 대한 철저한 낙관이 갖는 위험성을 경고한다. 아시모프의 이 단편에서는 인공지능 컴퓨터 부세팔러스 자신이 예측 불가능한 변수가 되어 미래 예측이 불가능해진 상황으로 치닫는다.

한편, 알렉산더가 꿈꿨던 "불로불사의 몸"은 트랜스휴머니스

9   김선욱, 「작품 해설: 거장의 마지막 선물 보따리」, 아이작 아시모프, 같은 책, p. 478.
10   고장원, 『특이점 시대의 인간과 인공지능』, 부크크, 2016, pp. 70~74.

트의 열망이기도 하다. 트랜스휴머니즘은 인간의 무한한 완전성 unlimited perfectibility을 추구하는 계몽주의 사상에 기초하고 있다. 그래서 '휴머니즘적 포스트휴머니즘humanist posthumanism'이나 '스테로이드 계몽주의the Enlightment on steroids'라 부르기도 한다. 트랜스휴머니스트는 인간의 취약성과 필멸성을 극복하고자 인간 향상human enhancement 기술을 발전시키는 데 적극적이다.[11]

발명가이자 기술자인 레이 커즈와일은 대표적인 트랜스휴머니스트로, 기술적 특이점이 도래하면 인간의 영생불사도 가능할 것으로 예측한다. 영화 「트랜센던스」는 죽은 인간이 마인드 업로딩으로 인공지능 양자컴퓨터에 이식되어 포스트휴먼으로 초월 transcendence해가는 과정을 구체적으로 그리고 있다. 초단타 주식 거래를 통해 단기간에 막대한 수익을 얻고, 첨단의 의학 기술로 질병과 장애를 치료하고, 나노테크놀로지로 오염된 지구환경을 정화시킨다. 수학자이자 SF 소설가인 버너 빈지가 제안한 기술적 특이점을 상기시킨다.

로봇에서 인간으로, 인간에서 로봇으로: 포스트휴먼에 관한 명상

이와 반대로, 아이작 아시모프의 소설을 원작으로 한 SF 영화 「바이센테니얼 맨」은 불로불사의 기계 신체를 버리고 인간이 되

---

11   노대원, 「한국 포스트휴먼 SF의 인간 향상과 취약성」, 『한국문학이론과 비평』 제86호, 한국문학이론과비평학회, 2020, pp. 154~55.

려는 인간형 로봇Android, 앤드류의 이야기다. 기계와 결합한 포스트바디post-body로 신과 같은 인간, 즉 호모 데우스Homo Deus가 되려는 인간, 그리고 불완전하고 취약한 인간을 닮아가려는 인공 존재들. 인간의 기계화와 기계의 인간화. 인간과 비인간 존재는 서로의 위치를 바꿔가며 경계를 뒤흔든다.

이러한 포스트휴먼 SF 서사 가운데 미학적으로 탁월한 사례로 넷플릭스 〈러브, 데스 + 로봇〉의 10분 분량의 단편 애니메이션 「지마 블루」를 꼽을 수 있다. 지마는 초상화를 그리는 화가로 시작해서, 거대한 벽화 작업으로 세계적인 명성을 얻는다. 그는 거대한 벽화 속에 시그니처와 같은 파란 사각형을 남겨두는데, 작품이 커지는 것에 비례해 이 파란 사각형도 점점 커져간다. 하지만 지마는 만족하지 않고, 예술가로서의 욕망은 점점 커져만 간다. 그는 극한의 환경을 견딜 수 있도록 인체 개조pantropy[12]를 해서 자연과 직접 교감하기도 한다. 여기까지는 인간의 한계를 넘어 향상을 추구하는 트랜스휴머니즘의 일반적 서사와 동일하다. 이때까지 '지마 블루'라 불리는 파란색은 신적인 완전성을 향한 욕망의 확장과 같을 것이다.

하지만 지마는 마지막 작품을 보여주기 전에 인터뷰를 통해 자신의 과거를 고백한다. 자신은 수영장 타일을 닦던 청소 로봇이었다고. 그는 점점 개량되어 오늘날 인간의 몸을 갖게 된 것이다.

---

12 팬트로피란 다른 행성이나 건축 주거지 등에서 인간이 살 수 있도록 환경 개조terraforming를 하기보다는 유전공학 등을 통해 인간을 변형시키는 가설적인 과정으로, SF 작가 제임스 블리시James Blish가 창안한 용어이다. (https://en.wikipedia.org/wiki/Pantropy)

마지막 퍼포먼스에서 지마는 사이보그로 개량된 몸을 해체하고 청소 로봇의 원시적인 형태로 돌아간다. 신의 자리를 넘보며 기술과학technoscience의 바벨탑을 쌓아 올리는 인간 종 역시 청소 로봇 지마처럼 푸른 바다를 유영하는 삼엽충이나 아메바처럼 미미한 존재에서 진화했을 것이다.

「지마 블루」에서 인간과 기계 신체의 변신과 순환은 불교적 윤회처럼 행해진다. 지마가 가부좌 자세로 명상을 하는 장면은, 짐짓 인간 향상을 목표로 삼는 트랜스휴머니즘이 자기반성의 순간을 거쳐 휴머니즘을 넘어서는post-humanism 문턱으로 보인다. 컴퓨터가 대신 내밀한 일기를 써주고, 로봇이 우리를 대신해 명상해준다. 넘쳐나는 "사이보그, 하이브리드, 모자이크, 키메라"[13]와 더불어 인간의 자리가 위태로운 시대, 인간이 무엇인지 질문하며 성찰하는 이야기가 바로 포스트휴머니즘의 서사다.

---

13   도나 해러웨이, 앞의 책, p. 78.

포스트휴먼은 고통에서 해방될까?

만약 마법 같은 미래가 온다면?

많은 사람은 SF에서 마법 같은 미래의 과학기술을 기대한다. 그런 기대가 '공상'과학소설이라는 Science Fiction의 오역을 오랫동안 바로잡지 못하는 데 한몫했을 것이다. 하지만 문학 장르가 '규범과 기대의 합'이라는 사실을 떠올려보자. SF 독자들의 기대 역시 문학적 관습과 규약 못지않은 중요한 장르의 요인일 것이다.

SF 장르 자체가 과학기술을 향한 장밋빛 전망 속에서 형성되었다는 점 역시 부정하기는 어렵다. 17~18세기의 일부 서구 사상가들은 과학기술의 발전에 힘입어 인간 능력이 무한대로 향상될 것을 믿었다. 실제로 당시의 SF 작가들은 이런 계몽주의의 꿈을 자양분 삼기도 했고, 어느 누구보다도 그 꿈을 신랄하게 비판하기도 했다. 인간의 완전성이라는 꿈을 과학기술로 실현하겠다는 이 믿음을 신뢰하든 비판하든, SF는 인간의 완전성을 향한 이상에 뿌리를 내리고 있다고 말할 수 있겠다.

게다가 SF는 '만약에~?'라고 묻는 가정의 문학이다. 그러면, 이렇게 묻자. 과학기술이 '마법'처럼 충분히 발달한 미래가 도래했다고 가정해보자. 드디어 그 미래가 오면 인간들은 고통에서 해방될 수 있을까?

우리의 포스트휴먼적 미래

이 질문에 답하기 위해 한 가지씩 생각해보자. 혁신적인 과학기술의 도움을 받아 인간의 지적, 신체적, 정서적, 윤리적 능력이 놀랍도록 향상되었다고 상상해보는 것이다. 예를 들어 IQ가 300이고, 우리가 알고 있는 거의 모든 질병을 이겨낼 수 있고, 타인의 아픔에 공감하는 윤리적 마음을 타고난 사람. 그런 사람은 어딘가 인간답지 않아 보일 것이다. '인간적인'이라는 것은 어딘가 부족하고 흠이 있어서 오히려 인간미가 있다는 말 아니던가. 그러면 그런 우월한 인간은 더 이상 인간답지 않은 인간(?)인 셈이다. 그래서 그런 인간을 인간 이후의 인간이라는 의미에서 포스트휴먼이라고 부른다.

포스트휴먼을 향해 나아가는 과도기의 인간을 트랜스휴먼이라고 부른다. 특히 트랜스휴머니즘의 신봉자들은 과학기술을 낙관하면서 슈퍼휴먼을 만들어내기를 바란다. 그들은 과학기술 연구에 막대한 자본을 투자해서 첨단 의학을 발전시키고 그 결과 늙지 않고 병들지 않고, 결국 죽지 않는 인간이 되려는 욕망을 실현시키고자 한다. 신 같은 인간, 즉 '호모 데우스'가 되고 싶은 이들이 트랜스휴머니스트인 것이다.

재미있게도 실제로 현실의 트랜스휴머니스트들의 청사진은

SF에 기반해 있다. SF를 모델로 삼아 그들은 꿈을 기획하고, 그 실현을 위해 노력한다. 이미 SF와 현실의 간극이 사라진 시대다.

냉동인간이 되면 영생 불사할 수 있을까?

이 시대의 트랜스휴머니스트들은 실제로 영원한 삶을 꿈꾸며 막대한 재산을 투자한다. 그 가운데 가장 대표적인 것이 인체 냉동 보존이다. 이것은 생체 조직이 손상되지 않도록 특별한 처리를 한 뒤에 냉동하여 장기 보존하는 기술이다. 질병으로 죽을 위기에 처한 사람이나 이미 죽은 사람을 냉동 보존한 뒤 의학 기술이 발달한 미래에 해동시켜 치료하거나 소생시키는 방법이다. 당장은 영생 불사할 수 없지만 미래의 기술에 의존하는 전략이다. 실제로 미국 애리조나주에 있는 알코어생명연장재단은 이 기술을 시행하고 있다.

냉동인간은 SF에서 단골로 등장하는 대표적인 아이콘이다. 박민규의 단편소설 「굿모닝 존 웨인」은 이 소재를 중요하게 다룬다. 소설에서 인체 냉동은 "미래에 [……] 인류의 보편적인 생명연장 수단이 될 것이다"라고 하지만 실제로는 "결국 극소수의 특권으로 남게 되었다".[1] 극소수의 권력자와 자본가 들의 천문학적인 지원으로 유지되었다. 실제로 미래학자 도미니크 바뱅Dominique Babin은, 현재에도 인간은 죽음 앞에서 불평등하지만, 불멸성이

1 　박민규, 「굿모닝 존 웨인」, 『더블 side A』, 창비, 2010, p. 225.

주어진다면 첨단 기술 경비가 너무 비싸서 "포스트휴먼 시대의 신新 파라오들"인 극소수 경제적 상위층만 그 혜택을 누리게 될 것이라고 예견한다.

정치경제적 불평등 문제뿐만 아니다. 미래에는 어떨지 모르겠지만, 적어도 지금의 과학으로서는 인체 냉동은 의미 없는 과학적 판타지로 여겨지고 있다. 뇌과학자 승현준 교수는 현재 냉동 기술은 커넥톰connectom을 그대로 보존시키지 못하므로 해동 뒤 부활한 인간이 동일한 정체성을 지닐 수 없다고 한다. 소설 속에서도 초기 해동에서는 이런 문제들이 발생하는 상황이 묘사되어 있다. 또한 인체 냉동 기술과 암을 거뜬히 제거해내는 첨단 의학 기술에도 불구하고, 외계의 바이러스 침입에 인류는 속수무책이다. 실제로 기술철학자 마크 코켈버그Mark Coeckelbergh는 첨단의 의과학이 있다 해도 새롭게 발견될 바이러스나 질병에 우리 인류는 취약할 수밖에 없다고 진단한다.

마인드 업로딩으로 디지털 불멸이 가능한가?

영화 「트랜센던스」에서 천재 과학자 '윌 캐스터'는 인공지능 기술을 적대시하는 반(反)과학단체 'RIFT'의 공격을 당해 죽게 된다. 하지만 연인 '에블린' 역시 뛰어난 과학자로서 윌의 뇌를 인공지능 컴퓨터에 업로드하여 윌을 부활시킨다. 컴퓨터 속에서 윌은 생명을 얻어 놀라운 기술 발전을 이룩한다. 나노 의료 기술로 장애와 질병으로 고통받는 사람들을 치료해주는 등 과학기술을 거의 불사신의 능력처럼 그려내고 있다.

마인드 업로딩을 지지하는 대표 주자는 한스 모라벡Haus Moravec으로, 이러한 상상력은 SF에서는 이미 클리셰가 된 지 오래다. 그러나 캐서린 헤일스는 이러한 상상력을 데카르트적 심신 이원론의 연장으로 보며 비판한다. 현대의 인지과학에 따르면, 우리의 마음은 뇌에 갇혀 있지도 않고 신체나 환경과 언제나 연결되어 있다. 게다가 디지털 불멸의 꿈은 디지털 환경이야말로 얼마나 취약한가를 생각해보면 쉽게 깨어날 수 있다. 디지털 파일 역시 바이러스로부터 안전하지 못하다. 디지털 신호는 물리적 소재 안에 저장되어 있을 텐데 이 역시 어떤 물리적 충격으로부터 완벽하게 차단될 수 없다. 우리가 뇌의 모든 정보를 컴퓨터나 온라인에 업로드하더라도 소프트웨어적인 취약성과 하드웨어적인 취약성을 피할 길이 없다.

아킬레스의 발뒤꿈치를 기억하라

물론, 우리는 과학기술 혁명으로 더 편리해지고 더 강해지고 더 오래 살 수 있을 것이다. 하지만 결국, 온갖 불멸의 노력에도 불구하고 그 모든 것에는 아주 작은 취약점이라도 한 가지는 있기 마련이다. 마치 결코 무적이 아니었던 아킬레스의 발뒤꿈치처럼. 하지만 너무 안타까워하지 않아도 된다. 우리가 이미 알고 있는 것처럼 불멸이 행복과 동의어는 아닐 것이며, 유한성이 반드시 고통과 불행으로 이어지지는 않는다.

이를테면, 윤이형의 단편소설 「굿바이」에는 인체 냉동과 마인드 업로딩으로 기계 인간이 된 화성 이주민들이 등장한다. 그들은 인간의 몸을 버렸지만 "아주 사소한 경험, 그러니까 토사−모래가 손바닥을 따끔따끔 찌르는 느낌, 바다에서 나는 냄새와 바람에 머리카락이 휘날리는 감각, 잘 내린 커피와 담배의 향, 켄터키 프라이드 치킨의 맛, 뜨거운 물에 세척─샤워를 할 때의 느낌, 그리고 연인과의 친밀한 포옹"[2] 같은 지극히 인간적인 감각의 매혹에서 벗어날 수 없었다. 역설적으로, 비루한 육체의 한계와 결함은 인간적인 행복의 근원이기도 하다.

수백 년 전과 비교한다면, 우리는 분명 마법과 같은 과학기술을 활용하고 있다. 비행기와 컴퓨터, 스마트폰만 해도 우리의 조상들은 우리의 삶을 경이롭게 여기지 않을까? 우리는 옛날의 왕들보다 더 풍요로운 식사를 즐긴다. 지금 의학 기술로 보면 너무 가벼운 질병으로 죽어나가던 과거와 달리 첨단의 의료 혜택을 받고 있다. 하지만 과연 우리가 과거의 인간들보다 더 행복하다고 말할 수 있을까? 혹은 더 적은 고통을 받고 있다고 자신 있게 말할 수 있을까? 과학기술은 우리의 삶을 분명 윤택하게 해주었지만 이 질문에 쉽게 답할 수는 없다. 미래에 매혹되면서도 우리가 인간의 삶에 대한 질문을 멈출 수 없는 이유이다.

---

[2] 윤이형, 「굿바이」, 『러브 레플리카』, 문학동네, 2016, p. 69.

포스트휴먼 반려종 소설의 연대기

최초의 반려묘에서 사이보그 고양이까지

반려묘 까맹이의 탄생과 고양이 죽이기 모티프

한국 현대소설에서 동물들은 처음에는 주로 상징적인 의미로 표현되었다. 동물들은 구체적인 삶의 이야기 속에서 온전히 제 몫을 가지고 등장하기보다는 대개 인간의 부정적인 수성(獸性)을 폭로하고 비판하기 위해 동원되기 쉬웠다. 인간의 '짐승 같은' 저열함이나 아둔함, 공격성과 반이성적 행동 및 욕망이 동물에 비유되었던 것이다. 널리 읽힌 작품인, 이효석의 「메밀꽃 필 무렵」에서 동이와 나귀처럼 인간과 동물은 유비적 관계로 짝을 이루기도 했다. 이처럼 우리 소설의 무대에서, 동물들은 주역이거나 인간 옆자리를 얻기 어려웠던 게 사실이다. 다만 때때로 인간 삶의 우화와 비유를 위한 자리에 개(이를테면, 황순원의 「목넘이 마을의 개」의 생명력)와 학(이를테면, 황순원의 「학」의 인간애) 같은 동물들이 언뜻언뜻 고개를 내밀곤 했다.

'한국 문학을 종단(縱斷)하는 고양이들'(이 책의 부제)을 광범 위하게 다룬 문학주제학 연구서 『고양이 한국 문학』[1]에서 이재선 교수는 현대소설 속 최초의 반려묘로 김동인의 단편소설 「송동이」(1929~30)에 등장하는 '까맹이'를 들고 있다. 황 진사의 아들과 자신의 아내를 전염병으로 잃고 상심하던 송 서방(송동이)은 담장 위에 웅크린 검정고양이 새끼를 발견하고 데려와 키운다. "몇 달 만에 처음으로 웃음이 그의 입에 떠돌았다./이리하여 이 집안 식구에 고양이가 한 마리 더 늘었다."² 까맹이라는 이름까지 얻었으니 명실상부한 반려 고양이로 우리 소설사에 존재를 전면에 드러낸 순간이다.

하지만 이 소설에서 고양이 까맹이의 삶 역시 황 진사 집안의 하인 송 서방의 불운한 삶과 포개어진다. 아씨의 손을 할퀴었다는 이유로 복수를 당해 까맹이는 죽임을 당한다. 유일한 반려였던 까맹이를 잃은 송 서방 역시 고양이의 부르짖음에 미친 듯이 따라나선 뒤 자취를 감추고 만다. 그 뒤로도 우리 소설에서 자주 등장했던 '살묘(殺猫) 모티프'가 이 소설에도 나타나고 있지만, 그보다 의미 있게 생각할 점은, 고양이를 "유일한 벗"으로 여기며 생사고락을 함께하는 주인공의 태도에 있다. 소설의 형식적 세련됨은 오늘날의 소설에 미치지 못하겠지만, 적어도 반려 고양이를 애지중지하며 더불어 삶의 끝을 함께할 정도의 동물 애호적인 인물이라는 점은 기억할 만하다.

반려동물 소설의 출현과 새로운 가족의 탄생

1   이재선, 『고양이 한국 문학』, 서강대학교출판부, 2018.
2   김동인, 「송동이」, 『김동인 전집 2』, 조선일보사, 1988, p. 92.

가축에서 애완동물로, 다시 반려동물로. 인간 삶과 문화가 시간에 흐름에 따라 천변만화하는 것처럼, 인간과 함께 사는 동물에 대한 관념도 변모한다. 우리 소설에 등장하는 동물들의 모습도 그런 인식 변화와 더불어 달라졌다. 특별히 최근 반려동물에 대한 폭발적인 관심과 애호 현상은 소설의 지형도마저도 바꾸어 놓고 있을 정도다. 애완동물pet이 동물을 키우는 데서 인간이 느끼는 즐거움을 강조한 것에 비해, 반려동물companion animal은 더불어 사는 친구[伴侶]임을 강조한 말이다. 1983년, 동물학자 콘라트 로렌츠가 인간과 애완동물의 관계를 주제로 한 심포지엄에서 처음 제안한 개념이라고 한다.[3]

동물이 장난감과 같은 사물이 아니라 가족이나 벗이라고 하는 인식은 동물학의 이론이나 동물 해방 담론, 동물권animal rights 논의뿐만 아니라 현대인의 삶의 양식 변화에도 크게 빚지고 있다. 핵가족, 1인 가구, 딩크족(Double Income, No Kids+族)의 증가나 인구의 노령화는 자연스레 가족의 빈자리를 반려동물에게 내어주게 된 것이다. 반려동물은 이제 더 이상 '애완 장난감'이나 '움직이는 사물'이 아니라 가족의 일원이자 정서적 교감을 나누는 한 식구로서 인간의 벗이 되었다. 인간과 동물 관계를 다루는 소설들도 큰 변화의 조짐을 보이기 시작했다.

윤이형의 중편소설 「그들의 첫 번째와 두 번째 고양이」[4]는 오

3   이원영, 『동물을 사랑하면 철학자가 된다』, 문학과지성사, 2017, p. 16.
4   윤이형, 「그들의 첫 번째 고양이와 두 번째 고양이」, 『그들의 첫 번째 고양이와

늘날의 변화된 가족의 의미를 묻는 반려묘 소설이다. 2019년 이상문학상 대상 수상작으로, 이제는 우리 소설의 중심에 반려동물이 있다고 해도 과언이 아닐 것이다. 윤이형의 이 소설은, 가족의 일원이자 동반자인 반려묘가 표제와 서사의 중심에 있다는 점, 그리고 사람살이가 고양이살이와 일정하게 포개어지면서 서사를 이룬다는 점에서 긴 시간을 뛰어넘어 김동인의 「송동이」의 뒤를 잇고 있다.

물론, 김동인의 창작 시대인 일제 식민지 시기의 동물 인식과 이즈음 윤이형 소설에 나타나는 동물 인식은 전혀 다르다. 또한, 두 소설이 가족사의 굴곡을 반려동물 이야기와 함께 다룬다는 점에서 가족관 역시 비교할 만하다. 거의 전근대적인 계급 문화의 잔재가 남아 있던 김동인 소설에서 고양이 역시 인간의 계급화 현상과 함께 종 차별주의적 인식에서 벗어날 수 없는바, 그저 미물(微物)에 불과하다. 아씨의 신체를 훼손한 고양이가 사물처럼 죽임 당해도 항의할 수 없기 때문이다. 하인의 삶이 주인의 권력에 종속되어 있는 것처럼 인간이 기르거나 보살피는 동물들 역시 인간의 처분을 기다리는 종속적인 존재로 인식되었다. 다만 「송동이」에서 송 서방은, 그 시대에 지배적인 사회 현상이자 이념인 인간 계층화와 종 차별에 항거가 아니라, 비극적으로 스스로 자취를 감춤으로써만 예외적인 동물 사랑을 표현할 뿐이다.

윤이형의 「그들의 첫 번째와 두 번째 고양이」에서는 반려동물은 말 그대로 가족의 일원으로서, 이 시대의 변화하는 가족상을

두 번째 고양이: 제43회 이상문학상 작품집』, 문학사상, 2019.

대변하는 주역이자, 사유와 공감을 촉발시키는 의미 있는 역할을 맡고 있다. 윤이형 소설에서 고양이는 한 가족의 탄생과 확대, 해체와 재구성에 이르기까지 함께한다. 반려묘의 죽음에서 출발하여 결혼이라는 제도와 육아의 고통, 이혼 뒤의 가족 분리에 대한 도저한 탐구가 이 소설을 이룬다.

'희은'과 '정민' 부부, 그리고 그들의 아이인 '초록'이 두번째 고양이 '순무'의 죽음을 맞이하는 장면들은 가족 구성원의 한 사람이 죽음을 맞이하는 과정과 거의 다르지 않다. 아니, 오히려 희은의 경우, 가까운 지인의 죽음을 접해본 적이 없어서 반려묘의 죽음은 "(그 죽음이) 모든 것을 바꿔 놓았다"(p.29)고 할 정도로 심각한 충격이었다. 이 소설에선 가족인 고양이들과의 동거 생활보다 결혼이란 제도를 통과해 부부가 되고 육아를 해나가는 과정이 더 낯설고, 감당하기 어려운 일로 여겨진다. 희은이 일하게 되는 연구소에서는 새로운 양육 방식을 실험한다. 연구소 대표는 말한다. "옛날에는, 여자는 말 그대로 인간이 아니었어요. 가축 같은 존재였죠."(p. 83) 여성에 대한 인식 변화는 반려동물에 대한 인식의 변화와 같은 선상에 놓여 있다. Man, 그러니까 남성-인간에 비해 차별받는 타자적 존재로서 동물과 여성은 그 권리를 뒤늦게 인정받았다. 그러니 남성-인간과 함께 살아가는 동물과 여성 들은 필연적으로 달라진 가족 관계 속에서 동등한 존재로서 새로운 삶을 살게 될 것이다.

166

작가와 고양이, 혹은 고양이를 위한 소설

2000년대 이후 한국 소설에서 한 가지 흥미로운 경향을 꼽는다면, 이른바 '테마 소설집'이라 불리는 기획 소설선집이 다양하게 쏟아져 나왔다는 점이다. '고양이'를 소재로 젊은 작가 11인이 집필한 소설집 『캣 캣 캣』[5]이나 '고양이 시점 짧은 소설'을 부제로 삼은 미니픽션 주제소설집 『공공연한 고양이』[6](실제로는 '고양이 시점'의 소설만 다룬 것은 아니다. 주로 고양이 소재를 선택한 소설들이다)를 주목해볼 만하다. 미니픽션 16편을 수록한 주제소설집 『무민은 채식주의자』[7]는 동물권을 주제로 했으니, 동물 소설의 윤리적 성숙도 가늠해볼 수 있겠다.

인간과 친숙하고 충성스러운 애완동물 또는 애교 넘치는 반려동물로 강아지가 오랫동안 사랑을 받아왔다. 소설에서도 강아지는 매우 친숙한 동물 가운데 으뜸이었다. 최근에는 "나만 없어 고양이"라는 새로운 표현이 낯설지 않다. 현대 도시의 싱글 라이프에는 특별히 고양이가 인기를 얻고 있다. 좁은 주거 공간에서도 잘 적응하고 냄새도 잘 나지 않아 목욕이 거의 필요 없고, 독립적인 성격도 현대 도시인들의 삶에 잘 맞기 때문이란다. 요즘 젊은 작가들 가운데 고양이 애호가는 차고 넘친다. 원고 마감을 위해 늦은 밤과 새벽까지 고독과 싸울 때 고양이는 좋은 벗이 된다고

---

5   태기수 외, 『캣 캣 캣』, 현대문학, 2010.

6   최은영 외, 『공공연한 고양이』, 자음과모음, 2019.

7   구병모 외, 『무민은 채식주의자』, 걷는사람, 2018.

고백하는 작가들도 있다.

조남주의 「테라스가 있는 집」(『공공연한 고양이』)도 윤이형의 「그들의 첫 번째와 두 번째 고양이」처럼 가족의 탄생 순간을 포착한다. '유성'과 '지나'라는 두 연인이 결혼과 신혼집으로의 이사를 준비하는 과정을 그린다. 지나는 전세 원룸에서 '테라스가 있는 집'으로 이사 가기로 하는데, 그 테라스에서 고양이 '쿠키'가 비도 맞아보고 자연을 만끽하기를 희망한다. 쿠키가 집을 나가버리자 지나는 결혼을 취소하고 만다. 지나에게 결혼보다 더 중요했던 것은 본래 함께 살던 가족 쿠키였던 것. 그러니까 반려묘 이야기는 이제 단순히 인간-동물 관계가 아니라 가족 관계의 서사로 편입된다고 할 수 있다.

"네 마리의 고양이를 만난 것이 인생의 가장 큰 행운이었다"는 작가, 최은영의 「임보 일기」(『공공연한 고양이』)는 고양이와 함께하는 생활을 실감 나게 그린다. '임보'(임시 보호)나 '꾹꾹이'(고양이가 앞발을 꾹꾹 누르는 애정 표현), '눈 뽀뽀'(고양이가 느릿하게 눈을 감는 애정 표현)와 '골골송'(고양이가 골골 소리를 내는 애정 표현), '아깽이 대란'(봄철 아기 고양이가 대거 태어나서 길에 발견되는 사태) 같은 애묘인들의 은어가 수시로 등장한다. 소설적 인물이나 플롯 구성에 공들이기보다는, 실제의 경험담이나 수기처럼 느껴질 만큼 사실적이다. 또한 고양이와 함께 사는 일의 윤리를 아주 섬세하게 다룬다.

한편, 양원영의 「묘령이백」(『공공연한 고양이』)은 반려동물의 미래가 어떠할지, 그리고 반려동물 소설의 끝 간 데가 어딘지 보여준다. 이 소설은 SF와 판타지의 복합적인 장르의 문법으로 이야기를 풀어나간다(표제에서 드러낸 것처럼 아이작 아시모프의 SF「바이센테니얼 맨」을 패러디한 것으로 보인다). 웹툰에서 영화로 제작된「신과 함께」에서처럼 차사(저승사자)가 일인칭 주인공이다. 그는 '반려동물 영혼 회수반'에서 일하는데, '묘령이백(猫齡二百)'이라는 고양이가 골칫거리다. 이 고양이는 사실 사이보그(cyborg, 생명체와 기계의 결합) 고양이다. 로봇공학자였던 첫 주인이 로봇 고양이의 몸에 고양이의 뇌를 이식했던 것. 그러니 제때 죽지 않고 이백 살이나 살게 되었다. 애묘인의 고양이 사랑을 장르적 상상력으로 표현한 소설이다. 하지만 이 이야기는 언제까지나 소설로만 남지 않을 것이다. 반려 로봇은 이제 현실이 되었다. 포스트휴먼이 된 우리는 정말로 전기 양의 꿈을 꾸게 될까?

미래를 다시 꿈꾸기

글로벌 SF의 대안적 미래주의들과 한국 SF

I. 세계화의 포스트휴먼 조건과 한국 SF

2019년 말에 시작된 코로나바이러스 감염증(COVID-19)으로 인한 팬데믹은 세계가 하나라는 사실을 새삼 일깨웠다. 초기에는 많은 사람들이 중국의 국지적인 바이러스 질병의 유행이라고 간과했지만, 이 바이러스는 순식간에 전 지구를 휩쓸고 종식되지 않고 있다. 이미 팬데믹의 원인에 대한 다양한 견해들이 존재하지만, 이 시대의 '포스트휴먼 조건'이 유력한 설명으로 제시될 수 있다. 즉, "모든 인간뿐 아니라 인간과 (도시, 사회, 정치를 포함한) 인간-아닌 환경 사이의 복잡한 상호 의존 관계망을 창조하는 지구적 상호 연계"[1]는 전 세계 인류를 하나로 묶는다. 모빌리티 기술과 정보화 기술은 지구를 축소시키면서 동시에 인간과 자본, 심지어 정보와 바이러스의 이동까지 급가속시켰다. 기술적으로 매개된 전 지구적 자본주의라는 포스트휴먼 조건이 국가와 지역 간

---

1   로지 브라이도티, 『포스트휴먼』, 이경란 옮김, 아카넷, 2015, p. 56.

의 상호 연결성을 극도로 높이면서, 바이러스가 확산하는 근거가 된 것이다.[2]

한편 문화 영역에서는 넷플릭스 같은 글로벌 OTT 서비스의 출현은 서구발 콘텐츠의 전 세계 안방 시장 장악과 통일이라는 일방향적인 세계화의 결과로 귀결되지 않았다. 오히려 〈오징어 게임〉과 같은 K-드라마의 전 세계적 인기는 서구와 전 세계 문화 수용자들에게 새로운 서사에 대한 각성과 향유의 가능성을 불러일으켰다. 마침 K-팝과 한류와 같은 문화 현상들은 한국 문화의 세계화에 대한 기대를 지속적으로 고무시키고 있었던 차였다. 문화적 다양성에 대한 서구 시장의 요구는 아시아 혐오를 비롯한 인종 혐오가 트럼프 시대 이후 극심해지고 있었던 것과는 상충되는 현상이기도 하다. 혐오와 배제가 문화적 다양성과 정치적 올바름에 대한 요구와 길항하고 서로의 존재 조건이 되기도 했다. 이 상황에서 한국 문화는 세계 무대에서 새로운 위상을 갖추고 존재감을 과시하기 시작했다. 극히 짧은 시간이 경과했지만, 한국 문학의 세계화라는 당위와 희망은 세계 시장과 평단을 향한 문화적 콤플렉스와 인정 욕구[3]를 넘어 또 다른 조건 속에서 검토되어야 할 상황이 되었다.

휴고상 Best Dramatic Presentaion 부문 최종 후보에 올랐던 「승리호」와 같은 SF 영화, 〈킹덤〉〈지금 우리 학교는〉과 같은 좀비

---

2 노대원·황임경, 「포스트휴먼, 바이러스, 취약성」, 『국어국문학』 제193호, 국어국문학회, 2020, pp. 102~3.

3 노대원, 「한국문학의 세계화 담론에 대한 비판적 성찰: 세계라는 타자와의 대화를 위하여」, 『우리말글』 제71집, 우리말글학회, 2016, pp. 411~34.

드라마, 〈보건교사 안은영〉과 같은 학원 퇴마물, 정보라의 소설집 『저주토끼』처럼 세계 문화 시장에서 인기를 얻거나 호평을 얻은 텍스트들의 공통점은 넓은 의미에서의 사변 서사 또는 장르 서사라는 점이다. 하위 장르의 차이가 존재하지만, 이 서사들의 등장인물들은 인간뿐만 아니라 로봇, 좀비, 유령을 포함한 비인간 포스트휴먼nonhuman posthuman이다.[4] 이들이 오락적 장르로서, 진지한 문학의 쇠퇴와 더불어 전 세계적인 인기를 얻는다는 지적도 타당하다. 소비/기술 자본주의하에서 근래의 세계문학은 '글로벌화된 세계'의 가속화와 '(주류) 문학의 쇠퇴'로 요약될 수 있다. 포스트휴먼 조건의 동의어로 포스트휴먼 곤경이 쓰이는 것처럼, 인류세의 (전 세계적, 나아가 전 지구적 즉, 행성적 차원의) 유사-디스토피아 또는 유사-아포칼립스적 조건은 이러한 상상문학 장르의 부상을 낳는 물적 토대이자 시대적 조건이다.[5] 멍티엔 선 Mengtian Sun은 "세계문학이 작품의 집합체가 아니라, 국경을 초월하여 작품을 세계적으로, 그리고/또는 세계와 연결하여 바라보는 접근으로 생각해야 한다"[6]고 제안한다. 그 점에서 각국의 SF들

4 포스트휴먼의 대표적 범주에는 인공지능, 사이보그, 안드로이드, 클론 등 기술공학적 발달에 의해 출현한 존재가 있다. 이 외에도 근대 휴머니즘의 협소한 인간 개념에 의해 배제되었다가 인간 범주의 경계를 교란하는 존재들인 동물, 신, 악마, 괴물까지 포함될 수 있다.(노대원, 「길 위의 포스트휴먼: 박미하일 소설 『예울리』의 포스트휴먼 디아스포라」, 『현대문학이론연구』 제87집, 현대문학이론학회, 2021, p. 267)

5 노대원, 「포스트휴먼 (인)문학과 SF의 사변적 상상력」, 『국어국문학』 제200호, 국어국문학회, 2022, p. 4.

6 Mengtian Sun, "World Literature as an Approach to the Study of Chinese Science Fiction," *SFRA Review*, vol. 51, no. 2 (Symposium: Chinese SF and the World),

은 글로벌 자본주의 시스템하의 세계의 문제 즉, "빈부 격차의 확대, 환경오염과 지구온난화, 이주(국가적, 국제적)와 그에 따른 다양한 문제(예: 이민자) 등"을 다루는 점에서 의미 있는 세계문학으로 이해될 수 있다.

영미권을 중심으로 전개되는 SF 문화와 연구의 최근 특징은 '지구화'와 '다양성'의 추구와 확산이다. 점점 더 많은 비서구 작가들과 영어가 아닌 외국어 SF가 영어로 번역되어 소개되고 있다.[7] 보디사트바 챠토파디야이Bodhisattva Chattopadhyay 등이 이끄는 글로벌 미래주의 (국제적 SF) 연구 프로젝트인 'CoFutures : Pathways to Possible Presents'(노르웨이 오슬로대학교 문화연구 및 동양언어학과)[8] 역시 글로벌 SF 연구로의 방향 전환을 보여주는 중요한 사례이다.

여성 작가 메리 셸리Mary Shelley의 『프랑켄슈타인』이 SF 장르의 근대적 효시로 빈번하게 언급되고 있음에도 불구하고, 과학소설은 대체로 유럽-백인-남성 서사로 인식되어왔다. 실제로 엄밀한 자연과학과 기술이 중심이 되고, 미국의 제국주의적인 남성 영웅이 등장하는 존 W. 캠벨John W. Campbell 식의 미국 SF가 이 장르의 전형이라고 여전히 많은 이들이 생각한다. 물론, 최근에 영어권 SF에서도 백인 중심주의와 인종차별에 반대하는 'Racefail '09' 'Puppygate'와 같은 일련의 논쟁이 벌어졌다.[9] Racefail '09은 다양

2021. (https://sfrareview.org/2021/04/21/sinofuturisms-world-literature)

7 셰릴 빈트·마크 볼드, 『SF 연대기』, 송경아 옮김, 허블, 2021, pp. 474~80.

8 〈CoFutures〉. (https://cofutures.org)

9 Bodhisattva Chattopadhyay, "Manifestos of Futurisms," *Foundation: The International*

한 소셜 네트워크를 기반으로 진행된 팬덤 토론이자 온라인 운동이었다. SF 장르에서 "인종차별적 재현과 비재현의 문제, 팬덤 속에서 나타나는 인종주의적 언행에 대한 비난, 팬 픽션에서의 인종 스테레오타입 등 팬덤과 관련된 인종 논쟁의 전반"[10]을 논의했다. Racefail '09이 주로 창작의 문제를 다루었다면, Puppygate는 SF 출판, 마케팅 및 수상의 다양성에 대한 저항을 다루었다. 이러한 분위기 속에서 2년 이내의 신인 작가들에게 주어지는 존 W. 캠벨상은 2019년 수상자 지네트 웅Jeannette Ng이 수상 연설을 통해 캠벨을 강력하게 비판한 것[11]을 계기로 2020년부터 어스타운딩상으로 이름이 바뀌었다. SF 장르의 출판 산업과 인정투쟁에 관련된 이러한 제도적 변화 또한 진정한 의미의 세계화의 한 양상으로 볼 수 있다.

이 글에서는 글로벌 SF의 다양성과 대안적 미래주의들의 분출을 SF 세계문학의 맥락으로 살펴본 뒤, 한국의 사변 서사 가운데 특히 과학소설 장르에 집중하여 세계문학으로서의 가능성과 그 방향을 타진해보고자 한다.

Review of Science Fiction, Vol. 50, No. 139, 2021, p. 9.

10 이지원, 「케이팝이 만들어가는 인종과 젠더의 새로운 역동성: 방탄소년단의 흑인 여성 팬덤 분석을 중심으로」, 서울대학교 대학원 언론정보학과, 석사학위 논문, 2019, p. 36.

11 지네트 웅은 캠벨을 "제국주의자, 식민주의자, 식민자, 산업가 들의 야망을 높이 평가하는 진부한, 불모의, 남성, 백인"으로 비판했다. (Peter Libbey, "John W. Campbell Award Is Renamed After Winner Criticizes Him", *The New York Times*, 2019. 9. 1. https://www.nytimes.com/2019/08/28/books/john-w-campbell-award-jeannette-ng.html)

II. 글로벌 SF와 대안적 미래주의들의 출현

영미권을 중심으로 하는 SF 장르는 이제 아시아, 아프리카, 남미, 인도 등 다양한 국가와 지역에서 분출하고 있다. SF에서 외계인 타자에 가까웠던 여성과 비인간(탈인간중심주의)에 대한 관심도 이 장르의 심화와 확산에서 다양성의 문화를 강화한다. 소프트 SF는 '자연과학'만이 아니라 인문과학, 사회과학 등 다양한 지식과 논리가 과학소설의 근간이 될 수 있음을 증명하며 SF의 장르적 경계를 확장한다. SF 작가들의 언어적·형식적 실험들과 팬덤 커뮤니티의 상호 작용은 장르 범주를 지속적으로 교란한다. 더욱이 과학이 서구적 근대 자연과학이라는 점에서 문제 제기할 수 있다. 기후 위기와 멸종의 시대에 서구 과학기술은 반성의 대상이 된다. 또한 서구 근대의 과학이 아닌 다양한 지역, 문화, 시대의 앎과 지혜는 '과학'이라는 협소한 단어로 수렴되기 어렵다. 그리하여 오늘날 SF 학자들은 과학소설보다는 '사변소설Speculative Fiction'[12]이라는 용어를 점점 선호하고 있다. 이러한 변화의 큰 방향은 한국 SF와 큰 차이가 없는 것이다.[13]

---

12 사변소설이란 용어는 작가, 독자와 팬, 평론가와 연구자에 따라 다양한 의미로 사용된다. 첫째, 오락적이고 저급한 장르가 아닌 사색적인 고급 장르로서 과학소설. 둘째, 환상소설, 공포소설, 미스터리소설, 과학소설 등 다양한 상상문학을 포괄하는 용어(사변물). 셋째, 마거릿 애트우드의 『시녀 이야기』처럼, 가상의 과학기술이 등장하지 않는 비-리얼리즘 소설. 한편, 과학소설 팬 가운데 일부는 사변소설이라는 용어를 거부하기도 한다. 또한 일부에서는 사변소설이란 역어 대신 추론소설이나 사색소설을 택하기도 한다.

13 대표적인 SF 연구자인 셰릴 빈트 교수 역시 이처럼 언급한다.

동시대 SF 문화의 변화를 상징하는 한 가지는 문화평론가 마크 데리Mark Dery가 제안한 용어 '아프로퓨처리즘Afrofuturism'이다. 마블 SF 영화 「블랙 팬서」는 아프로퓨처리즘의 특징을 분명하게 보여주는 대표적인 사례다. 이 영화에서 아프리카의 '와칸다'는 세계 최빈국으로 알려져 있으나 실제로는 막강한 부와 첨단의 테크놀로지를 자랑하는 비밀스러운 국가로 그려진다. 이 영화에서 확인할 수 있듯이, 아프로퓨처리즘은 아프리카의 전통적인 문화와 가치가 첨단 과학기술과 만나 새로운 미래를 꿈꾸는 예술/문화 운동이다. 백인 중심주의 또는 제국주의에 대한 비판적 관점을 제시하며 대안적인 정치적 관점이 중요한 이념으로 작동한다. 아프로퓨처리즘은 과학소설, 판타지, 역사의 요소를 결합한 사변적인 상상력으로 흑인의 경험을 탐구한다. 또한 아프로퓨처리즘은 때로 인종, 성별 및 계급에 대한 기존의 관습에 도전한다는 점에서 전복적인 미학의 운동이다.[14]

아프로퓨처리즘은 아프리카 디아스포라, 아프리카계 미국인들의 체험을 중시한다. 또한 흑인 공동체가 과학기술을 활용해 스스로 새롭고 낙관적인 미래를 만들어갈 수 있다고 믿는다. 많

---

14 흑인 SF 작가인 새뮤얼 딜레이니는 이렇게 말했다. "과학소설의 가장 강하고 유별난 측면 중 하나는 그것이 주변적이라는 점이다. 과학소설은 주변부로부터 작동할 때—그리고 작동한다고 주장할 때—언제나 가장 정당하고 가장 유효하다. […] 나는 그것이 사람들의 중심, 즉 흑인 민족주의, 페미니즘, 게이 권리, 기술지향주의 운동, 생태주의 운동 또는 이런저런 중심에서 작동하는 것을 보고 싶지 않다.(Dery, 1994: 189)" (Ramon Amaro, "Afrofuturism," Rosi Braidotti, Maria Hlavajova eds., *Posthuman Glossary*, London: Bloomsbury, 2018, pp.17~20; 번역본: https://nomadiaphilonote.tistory.com/129)

은 서구 과학소설이 백인의 미래를 탐구해온 반면, 아프로퓨처리즘은 흑인 공동체의 경험과 관점에 기초한 미래에 대한 새로운 관점을 제공한다. 하지만 단지 미래에 관한 것만이 아니라 과거, 현재, 미래 모두를 다시 상상할 수 있는 방식이다. 아프로퓨처리즘은 흑인의 눈으로 세상을 바라보는 방법이자 서구와 주류에 의해 무시되거나 소외되는 세계를 이해하는 방식이다. 아프로퓨처리즘으로 아프리카계 미국인들은 흑인의 경험이 가치 있고 미래를 긍정적으로 만들어나갈 수 있다고 자신감을 얻는다. 서구 백인의 SF를 비롯해 서사와 문화에서 타자화된 존재로 그려져왔던 흑인의 위치를 바꿀 수 있다는 것이다. 아프로퓨처리즘은 영화나 만화뿐 아니라 옥타비아 버틀러Octavia E. Butler의 SF 문학, 저넬 모네이Janelle Monáe의 팝 음악 등 많은 예술 분야에서 볼 수 있는 경향으로, 21세기에 새로운 문화 운동이 되었다.

최근에 나이지리아계 미국인Naijamerican 작가 은네디 오코라포르Nnedi Okorafor가 2019년에 자신의 블로그에서 제안한 '아프리칸 미래주의Africanfuturism'라는 새로운 용어의 출현으로 아프로퓨처리즘은 더 세분화되었다. "아프리칸 미래주의는 아프리카 대륙과 블랙 디아스포라의 흑인들이 모두 혈통, 정신, 역사, 미래로 연결되어 있다는 점에서 '아프로퓨처리즘'과 유사하다. 차이점은 아프리칸 미래주의가 아프리카 문화, 역사, 신화 및 관점에 구체적이고 더 직접적으로 뿌리를 두고 있다는 점이다. 그다음에는 블랙 디아스포라로 분기되며 서구를 특권화하거나 중심에 두지 않는다. 아프리칸 미래주의는 미래에 대한 비전에 관심을 갖고, 기술에 관심을 갖고, 지구를 떠나고, 낙관적으로 편향되며, 아프리카 혈통(흑인)의 사람들을 중심으로 주로 작성되며 가장 먼저 아프리카에 뿌리를 두고 있다."[15]

사실 두 미래주의 간의 차이는 작가 스스로 자세히 부연하지 못한다고 할 만큼 미묘하다. 하지만 이 용어는 아프로퓨처리즘을 제한하기보다는 확장한다. 미국에 터를 둔 아프리카인만이 아니라 아프리카를 중심에 둔, 나아가 모든 아프리카인의 미래를 향한 것으로 확장하기 때문이다. 이처럼 SF 미래주의들은 특정 지역과 문화, 인종의 중심성에 저항하며 다양성을 지속적으로 추구하여, 분화하고 연대하는 현재적 운동으로 이해할 수 있다.

수많은 민족과 국가, 부족 들이 겪은 디아스포라나 제국주의 지배, 인종차별, 학살, 혐오 폭력의 경험이 존재하는 세계 역사는 서구를 중심으로 한 미래 이야기가 얼마나 보편적이지도 정치적으로 올바르지도 못한지를 알려준다. 이를테면 콜럼버스가 (미국을 발견한 것이 아니라) 미국에 '도착'하기 전에 살던, 토착민 인디언들은 바다 건너에서 도착한 유럽인들에 의해 수탈당했다. 이러한 정치적 문제의식으로부터 토착민 예술가들은 이른바 '토착/원주민 미래주의Indigenous Futurisms'를 통해 자신들의 과거와 현재, 미래를 새롭게 대안적으로 상상해보려고 한다.

토착 미래주의는 "과학소설 및 관련 하위 장르의 맥락에서 미

---

15 은네디는 와칸다가 미국 캘리포니아 오클랜드에 첫번째 전초 기지를 건설하는 것이 아프로퓨처리즘이라면, 와칸다가 이웃 아프리카 국가에 첫번째 전초 기지를 건설하는 것이 아프리칸 미래주의라고 예시한다. (Nnedi Okorafor, "Africanfuturism Defined," 〈Nnedi's Wahala Zone Blog〉, 2019. 10. 19. http://nnedi. blogspot.com/2019/10/africanfuturism-defined.html)

래, 과거, 현재의 원주민 관점을 표현하는 예술, 문학, 만화, 게임 및 기타 형태의 미디어로 구성된 운동"[16]이다. 이 용어는 포틀랜드주립대학교 토착민족연구학과 교수 그레이스 딜런Grace Dillon이 제안했다. 딜런은『구름을 걷다: 토착 과학소설 선집*Walking the Clouds: Anthology of Indigenous Science Fiction*』에서 과학소설이 탈식민화 과정에 어떻게 도움이 될 수 있는지를 설명한다. 토착민 예술가들은 서구적 시각이 아니라 그들의 정체성과 관점, 문화와 역사를 통해 미래를 만들어나가는 상상력을 펼칠 수 있다. 그러나 이 작품들은 미래의 시간만을 다루지 않으며, 과거, 현재, 미래를 동시에 포괄하고 연결하는 비선형적 시간이 전개된다. 제국주의, 식민주의, 대량 학살과 환경문제에 이르는 다양한 역사적 체험들이 검토되고 새로운 시사를 부여할 수 있다. 서사의 이러한 시간적 특성은 아프로퓨처리즘이나 다른 대안적 미래주의들의 공통점으로, 서구적-선형적-진보적 시간관을 넘어서는 의미를 갖는다.

태평양 바다 건너 멀리 하와이에도 이러한 '대안적 미래주의'의 상상력이 존재한다. 서구 제국주의적 침탈의 역사가 바로 근현대 하와이의 역사이기 때문이다. 하와이의 토착 예술가들은 그리하여 '하와이 미래주의Hawaiian Futurism'라는 사변적 상상력을 표출한다. 하와이 예술가 솔로몬 에노스Solomon Enos의 그래픽노블『폴리판타스티카*Polyfantastica*』는 하와이가 서구 제국에 침략받지 않는다는 평행우주 대안 현실Alternate Realities이다. 하와이

16 "Indigenous Futurisms," 〈Wikipedia〉, 3 January 2023, at 14:03 (UTC). (https://en.wikipedia.org/wiki/Indigenous_Futurisms)

를 비롯해서 폴리네시아 지역의 예술인들은 폴리네시안 미래주의Polynesian Futurism[17] 또는 '태평양 섬 주민 미래주의Pacific Islander Futurism'라고 자신들의 예술을 정의한다.

아프로퓨처리즘, 아프리칸 미래주의를 위시하여 걸프/아랍/중동 미래주의Gulf, Arab, or Middle Eastern Futurisms, 라틴 미래주의Latinx Futurisms, 하와이 미래주의와 같은 다양한 '민족미래주의들Ethnofuturisms',[18] SF 미래주의들의 상상력이 여기저기서 분출하고 있다. 대안적 미래주의들의 출현과 성장은 서구 패권주의와 중심주의에 대한 비판이자 비서구 인종과 민족, 부족, 토착민 들의 삶과 문화, 자연과 역사, 영성과 전망에 기초한 미래 기획을 스스로 결정하고 유희적으로 상상하겠다는 의지의 발현이다. 서구 중심의 세계문학이 진정한 세계문학이 아니듯, 리좀 형태로 번져 나가는 미래주의들의 다양체로서의 존재 방식, 혹은 탈영토화와 지속적인 자기 생성/분열과 변주는 오늘날 SF의 세계문학성과 활

---

17 "폴리네시안 미래주의는 폴리네시안 문화와 직면한 특정 문제에 기반한 사변적 과정이다. 이러한 맥락을 사용하여 독특한 미래를 창조하고 폴리네시아인과 현대 세계를 분리하는 대중적인 역사화를 거부한다. 폴리네시아 미래주의는 영화나 소설뿐만 아니라 음악, 엔터테인먼트 또는 미래를 다루는 모든 유형의 문화적 관행에서도 찾아볼 수 있다. 이는 아프로퓨처리즘 및 토착 미래주의와 가장 유사하다." (Gregory C. Loui, "What is Polynesian Futurism?," 〈Polynesian Futurism: Navigating the Future〉. https://polynesianfuturism.wordpress.com/home/what-is-polynesian-futurism)

18 Armen Avanessian, Mahan Moalemi, "Ethnofuturisms: Findings in Common and Conflicting Futures," Armen Avanessian and Mahan Moalemi eds., *Ethnofuturismen*, Berlin: Merve Verlag, 2018, pp. 8~39. '비교 미래주의Comparative Futurism'로 명명되기도 했다. [Mahan Moalemi, "Toward a Comparative Futurism," *The Whole Life*, Haus der Kulturen der Welt(HKW), 2022.]

력을 증명한다.

III. 사변적 아시아와 새로운 문화정치적 패권 경쟁

최근에는 아시아 지역에서도 중국 미래주의China Futurisms, 실크펑크silkpunk,[19] 일본 미래주의Japanese Futurisms 등 다양한 이름들로 불리는 미래주의들이 출현했다. 아시아에서도 테크노-오리엔탈리즘과 서구 중심주의적 SF 문화에 저항하거나 자기 민족과 역사의 관점에서 재해석하고 상상하는 문화적 경향들이 생겨나기 시작했다. 여기서 테크노-오리엔탈리즘techno-orientalism이란, 데이비드 몰리David Morley와 케빈 로빈스Kevin Robins가 처음으로 제안한 용어이다. 1990년대 이후 일본의 과학기술과 경제력이 서구를 압도하여 오리엔탈리즘적 이분법, 즉 '서양-근대-문명-과학' 대 '동양-전근대-비문명-비과학'의 구도가 더 이상 유효하지 않게 되었다. 오히려 동양을 과도한 과학기술 발전, 인간성 상실, 극단적 소비주의 등으로 재현하는 타자화가 지속되었다.[20] 홍콩의

---

19 실크펑크는 과학소설과 판타지의 하위 장르로, 켄 리우Ken Liu가 2015년에 자신의 SF「민들레 왕조 연대기」를 설명하기 위해 스스로 창안한 용어이다. 그에 의하면, 실크펑크는 단순히 '아시아풍 스팀펑크'나 '아시아풍 판타지'가 아니며, 아시아 신화, 역사, 문화에서 영감을 받은 미적 스타일인 실크와 의문을 제기하고, 저항하고 반항하는 펑크적인 성향이라는 두 가지 중요한 요소가 혼합된 장르이다. (Ken Liu, "What is "Silkpunk"?," 〈Ken Liu, Writer〉. https://kenliu.name/books/what-is-silkpunk)

20 테크노-오리엔탈리즘에 대한 설명은 유상근, 「사이버펑크 서울을 넘어 실크펑크 제주로: 사이버펑크 속 동양의 도시 재현」, 『문화/과학』 2022년 가을호,

풍경이 디스토피아적 미래처럼 그려진 사이버펑크 SF 영화 「블레이드 러너」에서부터 아시아인은 타자화된 로봇이나 사이보그로 그려지거나 아시아는 부정적 시공간으로 재현된다. 이러한 테크노-오리엔탈리즘에 대한 반발과 전복의 시도로 아시아 미래주의Asian Futurism의 정치적 상상력, 지정학적 미학이 출발했다.

여러 아시아 미래주의들 가운데 특히 중화미래주의(中华未来主义, Sinofuturism) 또는 중국 미래주의는 각별히 관심을 요한다. 남아시아, 동남아시아 국가들이 여전히 주변부 국가로 존재하는 동안, 중국은 어떤 국가가 되었는가? 과거 중국은 테크노-오리엔탈리즘의 대상이었고 SF의 주변부였으나, 세계의 공장을 거쳐 현재는 첨단의 인공지능 기술국가이자 G2의 강대국으로 발돋움했다. 경제대국이자 기술강국이 된 '신중국neo-China', 다시 말해, 권위주의적 자본주의를 통해서 급격한 속도로 성장하게 된 중국은 과연 새로운 중국으로 불릴 만하다. "인공지능 가상 비서와 벌이는 연애를 그린 SF 영화 「그녀」(스파이크 존즈 감독, 2013)의 무대가 된 근미래 로스앤젤레스 풍경 장면이 실제로는 현재의 상하이에서 촬영된 것이라는 사실은 중화미래주의의 일례로 들 수 있을지도 모른다."[21]

켄 리우의 SF 단편소설 「천생연분」은 지속적인 이윤 창출을 위

---

pp. 78~79 참조.

21 미즈시카 카즈노리, 「미즈시마 카즈노리: 오늘의 에세이-〈중화미래주의〉라는 기괴한 사상」, 김효진 옮김, 〈사물의 풍경〉, 2019. 3. 20. (https://blog.daum.net/nanomat/1277); 다음 원문도 참조: 水嶋 一憲, 「中国の「爆速成長」に憧れる〈中華未来主義〉という奇怪な思想」, 現代ビジネス, 2019. 3. 8. (https://gendai.media/articles/-/60262)

해 개인 데이터를 철저히 수집하고 분석하는 미국 식의 AI 알고리즘 자본주의, 그리고 그 반대 극에서 선 중국 식의 AI 통제 및 감시 사회가 등장한다. "그 시절에 중국 정부는 사람들이 네트워크에서 하는 활동을 모조리 들여다보면서 그 사실을 숨기려고 하지도 않았어요. 그래서 사람들은 미치지 않고 버티는 법을 배워야 했어요. 글의 행간을 읽는 방법이라든가, 감청당하지 않고 할 말을 하는 방법 같은 걸."[22] 인터넷 감시뿐만 아니라 극도로 발전된 AI 감시 사회로서 중국은 악명 높다.[23] 흔히, AI 시대의 석유는 데이터라고 한다. 중국은 개인정보보호나 인권 문제를 무시하고 엄청난 인구가 만들어내는 막대한 데이터-석유를 시추한다. 기술철학자 육휘Yuk Hui는 기술 중심의 경제론이 강조되는 중화미래주의를 "중국의 우주론적 사고에 역행하는 '유럽 현대 프로젝트의 가속화'"[24]에 불과하다고 비판한다. 이런 식의 중화미래주의는 서구 중심주의에 대한 저항과 중국 고유의 긍정적 미래 기획이 아니라 근대 이후 서구 제국주의를 극단적으로 모방하며 추월하고자 목표하는 것이기 때문이다.

지정학적으로도 그리고 국제경제학적으로도, 중국의 미래는

---

22 켄 리우, 「천생연분」, 『종이 동물원』, 장성주 옮김, 황금가지, 2018, p. 61.

23 '중화미래주의Sinofuturism'라는 다큐멘터리 비디오를 발표했던 로렌스 렉 Lawrence Lek은 "AI가 수학을 잘하며 자본 생산과 대량의 데이터 학습에 전념하면서 게임, 도박, 격무에 탐닉하는 중국인이라는 상투적인 이미지와 같은 특징을 갖추고 있으므로 중화미래주의의 상징에 어울릴 만하다"고 말한다.(미즈시카 카즈노리, 앞의 글.)

24 Virginia L. Conn · Gabriele de Seta, "Sinofuturism(s)," *Verge: Studies in Global Asias*, Vol. 7, No. 2, 2021, p.76.

세계 자본주의의 미래와 관련되어 있다. 2014년, 중국은 중국을 세계 각국과 연결하여 중국 식의 경제 세계화를 이루겠다는 일대일로(一帶一路) 경제권 구상을 발표했다. 이처럼 중화미래주의는 테크노-오리엔탈리즘에 대한 비판적 상상력과 동시에 중화주의의 대국굴기(大国崛起)를 욕망하는 제국주의적 상상력이 동시에 공존하는 위험한 사상이다. 중국 정부는 중국 SF의 세계적 인기를 이데올로기를 전달하기 위한 도구로 인식한다. 중국의 기술 과학의 미래에 대한 상상을 강조하는 SF 장르를 활용하여 정부는 서사와 이데올로기를 세계의 청중에게 예술적으로 전파하는 것을 목표로 한다.[25] 류츠신[刘慈欣] 소설 원작, 궈판[郭帆] 감독의 블록버스터 Sci-Fi 영화「유랑지구(流浪地球)」가 그린, 압도적인 상상력은 지구를 움직이는 중국인, 세계를 구하는 중국인이라는 중화주의의 SF적·영화적 표현이다. 이 영화에 나타나는 중국인 가족의 영웅주의는 시진핑이 제시한 '인류 운명공동체' 개념의 구체적인 상상으로 볼 수 있다.[26] 중화미래주의는 중국의 이웃 나라이자 중국보다 더 빠른 국가개발을 이룬, 즉 후진국과 개발도상국의 과정을 거쳐 정보화 강국, 선진국을 꿈꾸는 한국 미래주의의 향방과 관련된 중요한 단서들을 제공해줄 것이다.

중국이라는 정치경제 시스템이 세계적 위상을 얻어가는 동안

---

25   Molly Silk, "The Wandering Earth: A Device for the Propagation of the Chinese Regime's Desired Space Narratives?," *SFRA Review*, Vol. 50, No. 2-3, Spring-Summer 2020. (https://sfrareview.org/2020/09/04/50-2-a13silk)

26   김정수, 「'유랑지구'의 이율배반: '허망'과 '희망'—SF 영화《유랑지구》와 원작 소설 비교를 중심으로」, 『中國語文學誌』 第67輯, 중국어문학회, 2019, pp. 219~20.

중국 SF도 높은 위상을 얻고 있다. 중국계 미국 작가 켄 리우와 중국 작가 류츠신이 휴고상을 수상하는 등 현재 세계적인 명성과 인기를 얻고 있다. 예컨대, 버락 오바마 전 미국 대통령 역시 류츠신이 쓰고 켄 리우가 영역한 『삼체』의 독자였다. 이처럼 중국 SF의 중화미래주의는 자연스럽게 글로벌 SF 무대와 기술 비평의 학술적 분야에서 중요한 의미를 확보하게 되었다. 그러나 도나 해러웨이의 유명한 말과 같이, SF와 현실 간의 구분이 의미 없는 것처럼 중화미래주의 또는 한국의 미래주의 역시 문학과 현실의 구분을 두지 않는다는 점이 더 중요할지도 모른다.

사실 비서구 SF들의 세계 무대 진출은 각국의 문화정치적 패권 경쟁 및 문화경제적 장려 정책과 무관하지 않다. 이슈트반 치체리-로나이Istvan Csicsery-Ronay Jr.는 글로벌 SF에 대해 고찰하면서 아시아 각국의 사례를 제시한다. 즉, 중국이 기술혁신을 촉진하기 위해 과학소설을 읽고 쓰도록 장려했고, 일본 정부는 만화와 애니메이션의 제작, 번역, 유통을 '소프트 파워' 외교의 핵심으로 지원하고 있다. 인도 영화는 친힌두교적 플롯에 미래지향적인 CGI 스펙터클을 수용하고, 한국에서는 '스타크래프트' 프로 게이머들의 플레이가 미디어 경제의 주요 부분이 되고 있다는 것이다.[27] SF 장르를 두고 아시아 각국이 벌이는 문화정치적 각축전 속에서 '대안

27 Istvan Csicsery-Ronay, Jr., "What do we mean when we say "global science fiction"? Reflections on a new nexus," *Science Fiction Studies*, Vol. 39, 2012; Amar Diwakar, "Will Asian and African sci-fi take over our idea of the future?," *The National*. https://www.thenationalnews.com/opinion/comment/will-asian-and-african-sci-fi-take-over-our-idea-of-the-future-1.986197도 참고. 인용 표기 없이 치체리-로나이의 논문 일부를 거의 옮겨 왔다.

적 중화미래주의들alternative Sinofuturisms'은 서구 중심주의나 백인들의 SF 상상력이 아니라 권위주의적 기술·경제대국 신중국 자신을 넘어서야만, 즉 스스로를 성찰하고 지양해야만 가능할 것이다. 또한 이 논평은 글로벌 SF 문학장에서 기지개를 켜고 있는 한국 SF의 현재와 미래에 관해서도 동일하게 적용될 수 있다.

IV. 세계문학으로서 한국 SF, 혹은 Korean Futurism

그렇다면 'Korean Futurism', 한국 SF의 대안적 미래주의는 어떻게 가능한가? 이 글은 세계문학장 속의 SF의 역동적 변화상을 비판적으로 검토하는 데 많은 분량을 할애했다. 본격적인 논의는 후속 연구로 미룰 수밖에 없을 것이다. 다만, 앞서 논의한 글로벌 SF의 동향과 한국 사회문화의 맥락 속에서 몇 가지 단서들을 발견할 수 있었다. 여기서는 제한적이나마 세계문학 속의 대안적 미래주의로서 한국 SF를 논의할 수 있는 가능성을 타진해보기로 하자.

현재 한국은 정치경제적으로 "기술 및 산업 자본의 수출국이자 이주 노동력의 수입국"으로 "준제국적subimperial 지위"[28]에 가깝고, 문화적으로는 영화(「기생충」), 음악(BTS와 K-팝), TV 드라마(넷플릭스 〈오징어 게임〉 등) 등에서 예술적 성취와 더불어 소비 문화 산업에서도 최대의 성공을 거두고 있다. 현재 한국 사회

---

[28] Sunyoung Park, "Decolonizing the future: Postcolonial themes in South Korean science fiction," *Routledge Handbook of Modern Korean Literature*, Routledge, 2020, p. 63.

의 다양한 조건들은 제국주의의 그림자를 씻어내고 즉, 과거 식민지이자 최빈국의 열등감은 지우고, 서구 중심적 문화에 새로운 대안이 될 수 있는 좋은 여건이 된다. 한편, 중화미래주의의 패권적 성격처럼 새로운 제국의 목소리를 낼 수 있는 여건이 될 수도 있다는 점에서 주의를 요한다. 더욱이 '대안적' 미래주의라는 것은 서구/제국주의/근대성에 대한 비판과 대안이자 성찰을 의미한다. 세계화된 자본주의와 기술 자본주의가 주도하는 포스트휴먼 조건 속에서 비판적 대안을 찾고, 기후 재난의 위기를 막기 위한 성찰과 실천이 요구된다.

한국의 대안적 미래주의의 첫번째 조건은 제국주의에 대한 비판이 될 수 있다. 듀나의 「화성의 칼」은 복거일의 『비명을 찾아서』[29]와 같은 대체 역사처럼 시작한다. "1931년 7월 7일은 조선 총독 구로즈미 기요타카가 항일결사조직 불새단 단원들에게 암살된 날이다."[30] 그러나 소설은 이내 H. G. 웰스의 『우주 전쟁』을 패러디한 것처럼, 화성인들의 지구 침략 사건으로 이어진다. 듀나의 대체 역사/패러디 SF의 스토리세계에서, 화성인이 남기고 간 기계들을 불새단이라는 독립운동 결사단이 입수한다. 이 기계는 조선 총독의 암살에 이용된다. 그 후 영국에서 연구 중이던 화성의 인공두뇌와 작은 기계가 연결되어 "반제국주의 세계전쟁"이 시작된다. 소설은 반제국주의에 대한 메시지를 전달하는 것처럼 보였다가 이를 곧 냉소적으로 철회해버린다. 반제국주의 세계전

29   복거일, 『碑銘을 찾아서: 京城, 쇼우와 62년』, 文學과知性社, 1987.
30   듀나, 「화성의 칼」, 『과학동아』 2021년 9월호, 동아사이언스, 2021.

쟁은 1억 명의 희생자를 만들었으나, 세상이 결코 더 좋아진 것은
아니기 때문이다.

「화성의 칼」은 화성인과 소통하기 위해 우주 부대가 출항하
는 장면으로 막 내린다. 화성인들이 '코끼리를 사냥하는 야만인'
인 우리를 좋아할지 모르겠다며, 영국인들의 메시지를 풍자적으
로 언급하면서 소설이 끝난다. 듀나의 이 SF에서 제국주의는 가장
큰 비판의 대상이지만, 그렇다고 민족주의나 반제국주의와 같은
또 다른 저항적 정치 이념 역시 전적으로 긍정적 가치를 지닌 것
은 아니다. 듀나 식의 냉소주의는 대안적 상상력에 대한 확고한
의지를 제시하지 않는다. 그러나 (듀나의 다른 SF에서도 표출해온
것처럼) 동물권에 관심을 표하는 포스트휴머니즘과 탈인간중심
주의 생태 윤리와 연관된다. SF의 대안적 역사와 우주사라는 사
변적 상상에도 불구하고 듀나는 여전히 변하지 않는 것이 무엇인
지 묻는다. 민족사의 향방과 상관 없이 세계사의 향방과 상관 없
이, 심지어 외계인의 침략이라는 조건과 상관 없이 듀나에게는 인
간 종은 서로 죽이며 전쟁을 일삼고 다른 생명 종을 사냥하는 종
이다. 「화성의 칼」의 비판적 포스트휴머니즘은 인간중심주의와
제국과 민족의 허구적 이념 추구에 의문을 제기하며 칼을 겨눈다.
완벽한 대안 서사를 제시하지 못하지만 적어도 기존의 이데올로
기와 거대 서사를 반복하지 않으며 다른 대안적 이념을 모색한다.

Korean Futurism은 그 용어에서 민족-국가의 정체성과 역사,
전통, 문화를 상기시키지만, 그 한계에 갇혀서는 안 된다. 그 상
상력은 때로 민족과 국가 내부의 다양한 지역성과 역사성, 정체
성을 포괄하거나, 포괄하지 못하는 갈등들마저 드러낼 수 있다.

레지나 칸유 왕Regina Kanyu Wang은 지역화Localization와 세계화 Globalization 사이의 딜레마를 지닌 중국 SF의 세계화에 대해 논하면서 중국 SF 속의 도시가 '지역세계화Localobalization'로 나아간다고 했다.[31] 한국 SF의 상상력에도 글로컬화Glocalization 혹은 세방화(世方化)가 더욱 요청된다.

이를테면 하와이 미래주의처럼 '제주 미래주의'의 가능성을 엿볼 수 있다. 고종석의 단편소설 「우리 고장에선 그렇게 말하지 않아!」[32]는, 한국의 영토이지만 오랜 역사적 시간 동안 사실상 '내부 식민지'로서 정치적, 경제적 수탈을 경험해왔던 제주도를 그린다. 이 소설에서 제주도는 홍콩이나 싱가포르처럼 금융을 통해 막대한 부를 축적하고 결국 한국에서 독립하게 된다. 이러한 사변적 상상은 대체 역사가 아니라 미래사future history로서, 기존의 역사적 사건을 뒤틀지는 않지만, 중심과 주변의 권력과 위계를 전복하는 힘이 있다. 한국의 탈식민주의 과학소설은 외부의 제국주의를 극복하기 위한 노력으로부터 내부의 식민주의를 비판하기 위한 다음 단계로 나아간 것이다.

『일곱 번째 달 일곱 번째 밤』은 켄 리우, 왕칸유, 후지이 다이요 같은 외국 작가와 여러 한국 작가들이 참여한 사변소설집으로, '아시아 설화 SF' 소설집을 표방하고 있다. 10편의 소설 가운

---

31 레지나 칸유 왕, 「중국 사이언스 픽션: 중국에서 세계로, 그리고 다시 중국으로」, SF와 지정학적 미학: 제2회 성균 국제 문화연구 연례 포럼, 〈한국어문학 지식공유 위키〉. [http://www.klbksk.com/PDF/Conference_202112/2-3_발표문_레지나칸유왕(국문).pdf]

32 고종석, 「우리 고장에선 그렇게 말하지 않아!」, 『플루트의 골짜기』, 알마, 2013.

데 아흔아홉 골 설화, 설문대할망 신화, 서복 전설, 용두암 설화를 비롯한 제주 설화 7종이 소설들의 선행 텍스트로 활용되었다. 제주 지역을 한국 SF의 문학지리학적 거점으로 안착시키고, 제주 신화와 전설을 한국 SF에 도입한 것은 장르의 확장과 심화에 크게 기여한다.[33] 이 작품집에 수록된 소설들에서 제주 크로노토프 chronotope는 한반도의 주변적 장소가 아니라 미래의 시공간이자 우주적 시공간으로 새롭게 상상된다.

예를 들어, "은하항구 모슬포 터미널은 수많은 별자리를 잇는 광자로의 중심지 중 하나다".[34] 홍지운의 SF 단편소설 「아흔아홉의 야수가 죽으면」에서 서귀포 모슬포는 방어가 많이 잡히는 어항(漁港)이 아니라 우주 터미널로 상상된다. 이 소설집에 수록된 몇몇 SF 텍스트들에 나타난 제주의 미래 상상은 기존 한국 문학의 제주 재현 양상에서 존재하지 않았던 것으로, 매우 흥미롭다. 그러나 이런 SF적인 상상은 아직은 제주의 외적인 지리적 조건, 피상적인 설화 스토리텔링만으로 채워져 있는 것은 아닌가 의문을 제기할 수 있다. 제주의 구체적인 삶이나 수탈과 학살의 역사는 지워져 있고, 단지 현시대의 삶과 고통의 역사에서 거리를 두며 해석된 설화가 제주라는 로컬리티의 형식적 측면에 대한 알리바이로 제공되는 것은 아닌가? 그렇다면, 대안적 미래주의들의 관점에서 제주 미래주의를 포함한 Korean Futurism은 아직은 한

---

33 4부의 「제주 미래주의, 제주 설화와 SF가 만나 새로운 꿈을 꾸다」 참고.

34 홍지운, 「아흔아홉의 야수가 죽으면」, 켄 리우 외, 『일곱 번째 달 일곱 번째 밤』, 박산호·이홍이 옮김, 알마, 2021, pp. 83~84.

계가 존재하는 출발점이므로, 앞으로 더 많은 시도와 상상이 필요하다고 볼 수 있다.

김아영의 「수리솔 수중 연구소에서」

대안적 미래주의들은 영미권 SF이나 테크노 오리엔탈리즘에 대한 정치적 비판 의식은 물론 포스트휴먼 조건에 대한 다양한 대안적 상상력과 서사를 보여줄 수 있어야 한다. 미디어 아티스트 김아영의 「수리솔 수중 연구소에서At the Surisol Underwater Lab」[35]는 현대 한국의 포스트휴먼 조건에 대한 성찰을 바탕으로 미래에 대한 사변적인 상상을 펼치는 미디어아트 영상이다. 팬데믹 이후 근미래의 부산 기장을 스토리세계storyworld로 삼았다. 김아영의 지적처럼, 아프로퓨처리즘의 대표작 「블랙 팬서」에서 아시아인은 주체가 되지 못하고 부산은 그저 "테크노 오리엔탈리즘 활

---

35 김아영 감독, 「수리솔 수중 연구소에서」, 부산 비엔날레, 2020. 작품을 볼 수 있도록 해주신 김아영 선생님께 감사드린다.

극의 배경"³⁶으로 추락하고 만다. 아프로퓨처리즘 가운데 가장 명성을 얻은 텍스트가 어떤 측면에서 이미 주류화되어버린 것이다. 테크노 오리엔탈리즘에 대한 비판적 독해를 시도하면서 김아영의 사변 서사 「수리솔 수중 연구소에서」는 출발하고 있다.

여기서 부산은 단순히 풍경이 아닌 과거, 현재, 미래를 잇는 공간이다. 이 작품에 등장하는 오륙도와 마린시티는 부산의 대표적인 랜드마크이다. 특히, 마린시티Marine City는 본래 수영만 매립지로 불리던 상업지로 해안가를 따라 초고층 주상복합아파트들이 들어선 주거 단지로 스카이라인을 형성했다. 마린시티는 테크노 오리엔탈리즘과 아시아 미래주의를 시각화하기에 적절해 보이는 관습적인 장소로 볼 수 있다.

물론, 「수리솔 수중 연구소에서」는 이러한 클리셰를 전유하되, 부산을 외형적인 측면에서 SF 이미지로만 피상적으로 전시하지 않는다. 영상 시작 지점에 펼쳐지는 오륙도와 그 앞바다의 자연 풍경은 그 점을 분명히 한다. 부산은 인류세의, 전 지구적 기후 위기와 희망이 교차하는 구체적 시공간으로 재탄생한다. 표제에서 나타나는 '수리솔 수중 연구소'는 다름 아니라 바로 다시마를 주원료로 하는 바이오 연료를 연구하는 곳이다.³⁷ 오륙도 인근 바다

---

36 김아영, 「테크노 오리엔탈리즘: 매혹, 공포, 혐오의 아시아 너머」, 『웹진 한국연구』, 2022. 2. 4.

37 "화석연료 사용으로 인한 기후 변화와 자원 고갈의 가속화 후, 지속 가능한 바이오 연료가 주요 에너지원이 된 사회, 거대 해조류macro-algae 다시마를 발효해 생산하는 바이오 연료-해조류 연료가 세계의 주 에너지원으로 쓰이게 된 어느 사회를 상상한다. 한국 부산 기장으로부터 오륙도 근해에 이르는 긴 벨트를 따라 바이오매스 타운이 형성되었고, 다시마 양식과 수질, 해류, 바이오

에 위치하는 것도 아시아 미래주의의 지정학이자 생태지리학의
의미를 갖는다.

실제로 해조류는 지구온난화를 유발하는 온실가스인 이산화
탄소의 흡수량이 열대우림보다 다섯 배 많은 것으로 알려져 있
다. 또한 다시마는 실제로 기후 변화의 위기와 재난 속에서 최첨
단 탄소 포집 및 제거 기술에 활용될 것으로 기대되고 있다. 세계
각국의 과학자들이 자연적으로 탄소를 흡수한 다시마를 심해로
가라앉혀 탄소를 격리하는 기술을 개발 중이다.[38] 해초 연료가 세
계의 주요 에너지원이 되었다는 외삽은 과학기술적 타당성보다
는 비판적 에너지 인문학의 상상력에 더 가깝다.

「수리솔 수중 연구소에서」에 나타난 해양 생태 SF의 상상력
은 '솔라펑크solarpunk'라는 SF의 새로운 하위 장르로서 설명할 수
있다. 솔라펑크는 인류가 지속 가능성, 기후변화 및 오염에 중점
을 둔 주요 현대 과제를 해결하는 데 성공하면 미래가 어떻게 보
일지를 상상하는 장르이자 예술 운동이다. 인류세에 대한 대안
적 서사를 보여주는 솔라펑크는 SF 하위 장르의 하나만으로 이
해될 것이 아니라, SF 팬덤의 실천 공동체와 시민적 상상력civic

매스 공정을 통합 관리하는 연구소인 수리솔 수중 연구소Surisol Underwater Lab
가 오륙도 부근 해저에 자리잡고 있다는 설정이다. (부산 근해의 다시마는 19
세기부터 그 품질과 수확량이 널리 알려져 있다.)" (Ayoung Kim, "At the Surisol
Underwater Lab," 〈Ayoung Kim〉. http://ayoungkim.com/wp/3col/at-the-surisol-
underwater-lab-2020)

38 James Temple, 「다시마 이용한 '탄소 포집' 기술의 성공 조건」, *MIT Technology
Review*, 2021. 10. 15. (https://www.technologyreview.kr/kelp-carbon-removal-
seaweed-sinking-climate-change)

imagination[39]의 가능성으로 보아야 한다. 솔라펑크와 같은 새로운 (생성 중인) 사변적 장르는 게토화된 일부 SF 작가와 팬덤을 위한 관심사를 넘어서 우리의 삶을 솔라펑크로 현실화하자는 시민 예술 운동으로 볼 수 있다.[40]

「수리솔 수중 연구소에서」의 등장인물들은 난민과 인공지능 로봇과 드론, 그리고 다른 무엇보다도 '다시마'와 같은 비인간 존재들이다. 인간과 비인간, 혹은 인간 이하로 취급받는 포스트휴먼의 서사인 것이다. 이 서사에서 예멘 난민 출신의 여성 연구원 소하일라와 인공지능 수리솔, 자동 로봇 드론 부이(Buoys, 부표) 등은 미래의 한국인으로 상상된다. 이들은 비인간, 비국민, 비남성으로서 배제되고 열등한 타자 존재로 간주되었으나 이 서사에서는 주인공으로 격상된다. 또한 이들은 미래의 지구적 생태 위기에 맞서 동료로서 협력하며 문제를 해결해나간다. 그들은 공존과 공생의 가능성을 타진한다.

「수리솔 수중 연구소에서」는 '팬데믹 픽션pandemic fiction'을 표

---

[39] '시민적 상상력'이란, 세계 공동체의 시민으로서 상상력을 통해 "우리 삶에 있는 진정한 간극을 인식하고 세계를 건설하는 대안적 방법"을 찾는 것을 의미한다. 문학, 문화, 기술, 정책 등이 융합되고 현실적 삶을 바꾸는 것을 중시한다. "주변 세계를 다시 상상하도록 해주는 사변소설의 은유를 폭넓게 확장"하는 방법이기도 하다. (헨리 젠킨스, 「사변소설, 팬 액티비즘fan activism, 시민적 상상력: '되돌아보기'에서 솔라펑크까지」, 전혜진 옮김, 오영진 감수, 『웹진 한국연구』, 2022. 2. 21. https://www.webzineriks.or.kr/post/사변소설-팬-액티비즘-fan-activism-시민적-상상력-솔라펑크-되돌아보기-헨리-젠킨스)

[40] Saint Sage, "How We Can Make Solarpunk A Reality (ft. @Our Changing Climate)," ⟨YouTube⟩, 2021. 9. 25. (https://www.youtube.com/watch?v=u-JvyfZVkIM&list=PLGD6AlEx5L7dO-b2HpXPqAX_F3egy0YPU&index=1&t=504s)

방했다. 이 서사에서 가장 큰 갈등 상황으로 재현되는 것은 팬데믹 시기의 트라우마적인 기억이다. 소하일라의 기억 속에서 2020년 이후 코로나19 팬데믹 기간 중, 잊힌 존재가 되어 마스크 대란과 실업, 자발적인 공동체의 봉쇄 등 신데믹syndemic의 고통을 겪는 예멘 난민들을 그렸다. 2018년 제주도를 통해 입항한 예멘 난민인 23세의 소하일라는 공동체 봉쇄가 두 달째 되던 날, 참을 수 없어 공동체 밖으로 나간다. 그녀는 확진자 감압병동에 들어가 자가감염을 시도하여, 확진된다. 격리와 치료 끝에 그녀는 항체를 제공하기로 한다. 팬데믹 시기의 그녀의 행적은 영웅주의의 발로이기보다는, 도저히 참을 수 없어, 탈출구를 찾는 과정에 가까운 것으로 묘사된다. 이 일탈이자 희생은 그녀가 난민 공동체에 피해를 주지 않으면서 공동체 바깥으로 출입할 수 있는 유일한 방법이었을 것이다. 수리솔 수중 연구소 역시 기후 위기 시대의 일종의 피난처이자 대안적 희망을 위한 탈출구처럼 해석될 수 있다. 수리솔 수중 연구소는 어두운 바다 밑에 위치해 있으나, 마린 시티의 저 휘황찬란한 동시에 생명력 없는 사이버펑크 디스토피아 스타일의 스카이라인과 대조된다. SF가 이 시대의 리얼리즘으로 작동한다면, 이 서사에서는 대안적 리얼리즘의 가능성을 보여준다.

한국 SF의 대안적 미래주의는 아직 형체를 분명하게 드러내지 않았다. 다만, 몇몇 사례들에 대한 탐구를 통해서 그 조건과 가능성을 탐구해볼 수 있었다. 특히 한국 SF가 국제적인 관심을 받으며 양적, 질적 성장을 가속하고 있다는 점과 더불어, 포스트휴머니즘, 여성주의, 생태주의와 깊이 상호 협력하면서 전개되고 있다는 측면은 한국 SF의 대안적 미래주의의 확산과 긍정적 미래를 예견해보도록 한다. 챠토파디야이는 '미래주의들의 연대solidarity across futurisms'가 필요하다며, 이러한 운동을 '공동미래들cofutures'로 명명한다. 미래주의들은 각각의 차이에도 불구하고 결속을 요구한다는 것이다.[41] 브라이도티 역시 포스트휴먼 조건과 그 윤리를 "우리는-(모두)-여기에-함께-있지만-하나가-아니고-똑같지도-않다"라는 슬로건으로 제시한다. 세계 SF는 이제야 다양성과 연대를 위한 길로 접어들고 있다. 한국 SF 역시 대안적 미래를 위한 첫 발걸음을 떼었을 뿐이다.

---

[41] Bodhisattva Chattopadhyay, "The Pandemic that was Always Here, and Afterward: From Futures to CoFutures," in Anindita Banerjee · Sherryl Vint, "Thinking Through the Pandemic: A Symposium," *Science Fiction Studies*, Vol. 47, No. 3, 2020.

세계의 끝에서 다시 내딛는 이야기들

팬데믹 이후의 한국 SF

보이지 않는 것들이 지구를 정복했다. 생물과 사물의 경계에 있는 바이러스가 인간들의 삶을 삶과 죽음의 경계로 몰아넣었다. 코로나19 팬데믹은 전 지구적인 재난으로, 인류가 직면한 현대 문명의 '위기' 상황이다. 실제로 '크리시스Krisis'라는 단어는 "원래 의학적인 개념으로 「히포크라테스 선서」에 나오는 표현이며, 중대 질병에 걸린 환자의 생존 여부를 의사가 결정하는 순간을 의미했다."[1] 적어도 인간의 관점에서 바라보면, 코로나19 팬데믹은 삶과 죽음을 가르는 시급한 의학적인 순간이자 급격한 문명사적 전환을 강제하는 티핑 포인트로 작동하고 있는 것이다. 팬데믹은 코로나19 감염병의 의학적, 생물학적인 차원뿐 아니라 기술 포화 시대의 지구적 자본주의 경제 시스템, 동식물 등 자연과 인간의 생태적 관계 등 다양한 측면에서 사유와 성찰을 촉구한다.

인류미래연구소의 닉 보스트롬은 기술에 친화적인 저명한 트

---

1   조르조 아감벤, 『얼굴 없는 인간: 팬데믹에 대한 인문적 사유』, 박문정 옮김, 효형출판, 2021, p. 94.

랜스휴머니스트지만, 새로운 기술 발명품이 문명 붕괴의 위험성을 증가시키는 현대 세계의 역설에 대해서 경고하면서 이를 '취약한 세계 가설(vulnerable world hypothesis, VWH)이라고 명명한다.[2] 새로운 발명품을 만들어내는 것은 가능하지만, 그 발명품을 다시 없었던 것으로 할 수는 없다. 기술 발전과 문명의 취약성은 비례 관계가 될 수 있다는 것이다. 인류세(人類世, Anthropocene) 시대, 기후 변화로 인한 미지의 바이러스와의 조우로 인한 질병 X를 비롯해서, 현대 문명의 취약성 증가는 포스트휴먼 시대에 막강한 능력을 지니게 된 인류의 역설이라고 할 수 있다.[3]

어쩌면 매우 안타까운 사실인 것은, 과학자들과 더불어, SF는 본래부터 팬데믹과 기후 위기를 서사 텍스트로서 경고해왔다는 점이다. SF를 '공상과학'이라고 부르면서 현실과는 분명히 구분되는 허황된 장르로 인식하며, 그 장르에서나 볼 수 있었던 바이러스 대유행이 우리의 삶에서 펼쳐지고 있다면? 소설적 상상이 현실화되어, SF와 현실 간의 경계가 사실상 무화되었다. '사이언스 팩션science faction'이란 용어가 더 적절할 만큼 과학소설science fiction과 과학적 사실science fact 간의 경계는 의미 없어졌다.[4] SF와 과학적 사실, 사회적 현실은 문화적 재현이나 낯선 상상력의 표

---

2   Nick Bostrom, "The vulnerable world hypothesis," *Global Policy*, Vol. 10, Iss. 4, 2019.

3   노대원·황임경, 「포스트휴먼, 바이러스, 취약성」, 『국어국문학』 제193호, 국어국문학회, 2020, p. 97.

4   Stefan Herbrechter, "Critical Posthumanism," Rosi Braidotti·Maria Hlavajova eds., *Posthuman Glossary*, Bloomsbury, 2018, p. 94.

현이 아니라 상호 공존과 상호 피드백의 상태가 되었다. 그것이 이슈트반 치체리-로나이는 '과학소설성science-fictionality' 개념을 통해 SF가 세상을 경험하는 방법이라고 주장하는 이유이다.[5] SF 서사는 기술과학에 대한 반성과 경고의 역할을 수행할 뿐만 아니라 우리 삶의 현실과 사고방식 자체를 형성하기도 한다. 그 점에서 팬데믹 위기와 재난의 시기에 SF를 통찰하는 것은 시의성 있는 진지한 성찰에 값한다.

2020년 코로나19 팬데믹 초기에는 스티븐 소더버그 감독의 「컨테이젼」(2011)과 같은 영화가 화제가 되었다. 바이러스의 최초 확진자 및 사망자 발견부터 전 세계적인 전염병 유행과 백신 개발 과정까지 과학적인 사실성을 잘 살렸기 때문이다. 이즈음, 심지어 소설로는 카뮈의 『페스트』(1947)까지, 이미 오래전에 쓰였지만 전염병을 다룬 고전적인 서사들도 회자되었다. 특히, 출간 당시에는 주목을 받지 못했지만 팬데믹을 사실적으로 그린 SF 소설들이 예언적인 문학으로 불리며 다시 호출되었다. 시간이 지나 우리 문단에서도 코로나19 팬데믹 상황에 적극적으로 응전하는 소설들이 하나둘 출현하기 시작했다. 미래에 대한 경고장 역할을 하던 선지적인 SF도 있었지만, 팬데믹 이후에 새롭게 개발된 '소설적 백신'도 있는 법. 이 글에서는 그 백신들이 우리 시대와 미래를 어떻게 성찰하는지 살펴볼 것이다.

---

5   셰릴 빈트, 『에스에프 에스프리』, 전행선 옮김, 아르테, 2019, p. 287.

크토니아의 귀환: 김보영의 『역병의 바다』

김보영의 경장편소설 『역병의 바다』⁶는 영문학에서 에드거 앨런 포와 더불어 공포문학의 대가로 알려진 H. P. 러브크래프트H. P. Lovecraft의 다시 쓰기 기획Project LC.RC의 일환이다. 인간이 대적할 수 없는 우주적인 존재들에 대한 공포를 그리는 '러브크래프트적 호러Lovecraftian horror' 또는 '코스믹 호러Cosmic Horror'라고 부르는 장르 미학을 추구한 소설이다. 그런 의미에서 뉴 위어드 픽션New Wired Fiction의 한 부류로 볼 수 있다. 여기서, 다시 쓰기의 대상이 되는 러브크래프트의 크툴루 신화Cthulhu Mythos란, 「크툴루의 부름」 등에서 인간 이전에 살던 신적인 사악한 존재가 해저에서 깨어나 재앙을 가져온다는 이야기다. 크툴루 신화는 도나 해러웨이에 의해 '인류세'의 다른 이름인 '쑬루세Chthulucene'로 유희적으로 전유되면서 인류세 담론에 입성했다.⁷

이 소설에서 주요한 플롯은 한센병처럼 얼굴과 몸이 흉측해지는 전염병인 '동해병'에서 출발한다. 이 병은 아마도 정확하지는 않지만 세균을 통한 감염으로 추정된다. 외모가 흉측해지기 때문에 혐오의 정서와 심리를 탐구하는 데 중요하다. 또한 전염병 환자의 취약성과 동시에 전염병과 환자에 대한 혐오 정서를 느끼도

---

6 김보영, 『역병의 바다』, 알마, 2020.

7 크툴루Cthulu는 SF 작가 H. P. 러브크래프트의 소설에 등장하는 인간 이전에 살던 신적인 사악한 괴물로, 해러웨이는 이 "여성혐오적이고 인종차별적인 괴물"(도나 해러웨이, 「인류세, 자본세, 대농장세, 툴루세」, 김상민 옮김, 『문화과학』 제97호, 2019, p. 166)의 이름에서 인류세의 다른 명명인 '쑬루세'(이 번역문에서는 '툴루세')로 전유하고 있다.

록 하는 주요한 요인이 된다. 이 소설에서 전염병 환자와 바다에서 온 '오래된 인간들'은 정상인 즉, 휴먼의 범주에서 이탈해 있다. 그들은 비인간 타자로서 포스트휴먼이다.[8]

그들과 함께하는 인물로 베트남 결혼 이주 여성이 등장하는 것은 우연이 아니다. 그녀는 자신 역시 이주민이면서, 난민이자 타자적 존재인 '괴물'을 보호/사랑하는 인물이다. 그 점에서 기예르모 델 토로 감독의 영화 「셰이프 오브 워터: 사랑의 모양」의 주인공과 유사하며, 이 소설은 인간과 비인간 존재가 친밀한 관계 맺음을 통해 경계가 허물어지는 포스트휴먼 서사라고 할 수 있다.

이 소설에 등장하는 '오래된 인간들'은 타자적인 존재로서 비인간 괴물로 인간 범주에서 이탈한 존재이지만, 어떤 측면에서 인간을 넘어서는 초월적인 신적 존재로 이해된다. 그들은, 불가해하고 인간을 중심으로 한 근대 휴머니즘의 경계를 와해시키는 존재로서, 포스트휴머니즘과 인류세 시대를 맞이한, '억압한 것들의 귀환'이다.

'오래된 인간들'을 동해병의 근원으로 본다면, 형체나 행태의

---

8   포스트휴먼 범주에는 고지능 인공존재, 사이보그, 안드로이드, 클론 등이 포함될 수 있다. 기술공학적 발달에 의해 출현한 포스트휴먼은 아니지만, 근대 휴머니즘의 인간 관념에 의해 비인간 타자로 배제되었다가 복권되어 인간 범주의 경계를 흐리는 존재로 포스트휴먼을 규정할 경우, 그 사례는 더욱 확장된다. "따라서 포스트휴먼 또는 포스트휴먼적이라는 것은 다음과 같다. 인류화 과정에서 배척되었던 모든 정신적인 것을 포괄하고, 인류의 모든 '다른 것'—동물, 신, 악마, 괴물 등 모든 것—을 포함하자는 것이다. 이 두 관점의 공통점은 전통적 인류의 세계상과 인간상이 더 이상 지속될 수 없다는 확신이다." 슈테판 헤어브레히터, 『포스트휴머니즘: 인간 이후의 인간에 관한 문화철학적 담론』, 김연순·김웅준 옮김, 성균관대학교출판부, 2012, p. 22.

분명한 차이에도 불구하고 팬데믹 시대에는 이들을 세균이나 바이러스처럼 미미한 비인간 생물/사물과 견주어볼 수 있을 것이다. 이들은 인간 이전에 지구 생태계에 거주해왔던 미생물들처럼 이미 인간 이전에 크토니아Ctonia, 즉 지하 세계에 은거해왔다. 근대 인간은 인간중심주의 속에서 인간의 시야로 보기에 너무 거대해서 오히려 볼 수 없는 세계를 망각해왔을 뿐이다. 근대적 휴머니즘과 근대적 인간관에 대한 또 다른 전복은 『역병의 바다』의 시작과 끝 부분에 위치한 서신에서 이루어진다.

김보영은 「우수한 유전자」[9]를 비롯해서 SF에서 서신을 탁월하게 활용하는 작가이다. 김보영 소설 속 서신들은, 주로 발신자와 수신자 사이의 물리적·지적·윤리적 거리를 보여주는 동시에 그 거리를 전복하거나 무화시키는 방식으로 활용된다. 예컨대, 『역병의 바다』에서 서신은 일상적인 한국과 비일상적인 격리 지역(소설 속 '동해' 지역), 근대적 시공간과 이를 무화시키는 타자적 시공간, (과학 연구자라는 신분이 상징하는) 근대과학과 신화적·주술적 세계관의 거리와 대립을 두드러지게 만든다. 서신의 작성자는 철저히 근대적 일상 속에 자신을 위치시키고 동해의 역병과 '오래된 인간들'에 대한 적대와 공포를 유지하려 한다. 그러나 정신적 붕괴 속에 그것이 불가능한 일임을 확인한다. 김보영은 그동안 「우수한 유전자」나 「진화신화」 「지구의 하늘에는 별이 빛나고 있다」[10] 등을 통해서 우성과 열성, 정상과 비정상의 관계, 그리

---

9   김보영, 「우수한 유전자」, 『멀리 가는 이야기』, 행복한책읽기, 2010.

10   김보영, 「진화신화」 「지구의 하늘에는 별이 빛나고 있다」, 『진화신화』, 행복한

고 진화의 단선적 진보 서사를 뒤흔드는 서사를 지속적으로 창작해왔다.[11] 『역병의 바다』는 팬데믹 시대에 코스믹 호러 장르를 빌려 근대의 협소한 시각에 사로잡힌 우리들의 사유의 전환을 촉구하는 소설이다.

가이아의 복수: 듀나의 「죽은 고래에서 온 사람들」

문학과지성사의 SF 기획 선집(SF 앤솔러지)인 『팬데믹: 여섯 개의 세계』[12]에 수록된, 듀나의 「죽은 고래에서 온 사람들」은 지구가 아닌 다른 행성을 스토리세계로 삼고 있다. 낮 대륙과 밤 대륙만이 존재하는 이 "바다의 행성"(p. 56)에서 사람들은 떠다니는 거대한 섬인 고래 위에서 살아간다. 이 행성의 1,200년은 지구 달력으로 40년으로 계산된다. 이 낯선 행성의 지리와 생태 크로노토프는 SF 노붐[13]을 이룬다.

특히, 고래의 존재는 소설의 표제에서 드러나듯 가장 중요하다. 수백 미터에서 수 킬로미터에 달하는 거대한 섬에 가까운 고

책읽기, 2010.

11 노대원, 「한국 포스트휴먼 SF의 인간 향상과 취약성」, 『한국문학이론과 비평』 제86호, 한국문학이론과비평학회, 2020, p. 168.

12 김초엽 외, 『팬데믹: 여섯 개의 세계』, 문학과지성사, 2020.

13 다르코 수빈은 노붐을 인지적 낯설게 하기와 더불어 SF 장르 시학의 두 가지 중요한 장치라고 보았다. SF에 등장하는 낯선 새로운 것을 수빈은 '노붐novum'이라고 명명했다. Darko Suvin, *Metamorphoses of Science Fiction: On the Poetics and History of a Literary Genre*, Yale University Press, 1979, p. 4.

래는 사실 수백의 개체가 모여 형성한 군체였다. 지구에서 우주선으로 여행하던 중 이 낯선 바다의 행성에 불시착한 것으로 추정되는 이들은 그 고래 위에서 가까스로 생존을 이어가며 다른 별과 소통할 수 있기를 희망한다. 그러나 고래병 때문에 그들이 살아가는 지반인 고래=섬이 죽어 해체된다.

이 소설에 등장하는 거대한 (우주적) 고래의 이미지는 영국 SF 드라마 〈닥터 후Doctor Who〉의 뉴시즌 5 에피소드 2 '지하의 야수 The Beast Below' 편에 나오는 우주 고래star whale를 연상하게 한다.[14] 29세기, 지구에 인간이 거주할 수 없는 상황이 오자 영국은 지구를 떠나 우주의 난민으로 유랑하게 된다. 국가 전체가 거대한 우주선이 되었던 것이다. 그런데, 우주선 영국호starship UK는 실제로 엔진이 작동하지 않는다.

우주선의 엔진 대신 영국호를 등에 짊어진 우주 고래의 뇌에 전기 자극을 가해 이동하고 있었다. 본래, 어린이들의 울음을 견딜 수 없었던 우주 고래가 자발적으로 영국호를 찾아와 짊어지고 이동했던 것이다. 그런데 영국인들은 우주 고래에 고통을 가하여 그들의 삶을 존속시키고 있었다. 그들은 이 더없이 불편한 진실 앞에서 집단적으로 '저항protest'이 아닌 '망각forget'을 선택함으로써 체제를 유지시킨다. 지구에서 우주로 강제 퇴거당한 미래의 영국인들은 일상을 지속하고 있는 것처럼 보이지만 지구의 황폐화를 경험하고 멸종의 위기에 도달해 있다. 우주 고래는 그들 종

---

14 이 상호 텍스트성은 제주대 국어교육과 현대소설교육론 강의에서 한 학생이 제시한 의견이다.

의 마지막 개체이며, 드라마 시리즈의 주인공인 닥터 역시 타임 로드 족의 마지막 생존자다. 이 에피소드는 현재 지구의 인류세의 위기를 우주의 시공간 속에서 사변적으로 재현한다. 감시 국가가 된 미래 영국의 사회 풍경을 통해 위기 담론을 은폐하기 위한 지배 세력과 정치 권력의 존재를 비판한다.

'지하의 야수'와 「죽은 고래에서 온 사람들」에서 우주의 낯선 생물체인 고래는 생태적으로 해석할 때 지구 행성의 은유이다. 고래로 은유화된 지구는 하나의 유기적 생명체로, 제임스 러브록의 가이아 이론Gaia theory을 상기시킨다. 「죽은 고래에서 온 사람들」에서는 고래병만이 아니라 인간들 사이의 전염병도 존재한다. 이것은 소설 밖 현실, 즉, 지구 행성의 기후 위기와 인간-동물 전염병 유행이라는 이중고 상태와 구조적으로 동일하다. 이 소설에서 해바라기 고래의 거주자들은 장미 고래의 거주자들에게 전염병 보균자로 오인받고 있었다. 장미 고래에서 온 살인자 의사는 고래들에게는 인간들이 전염병이었을지 모른다고 말한다. 이것은 코로나19 팬데믹을 '가이아Gaia의 복수'(제임스 러브록)로 보는 생태학적 관점의 서사화다. 인간들의 삶의 터전인 땅은 살아 움직이는 생명체이며 그들에게 인간의 영향력은 다시금 인간들의 삶을 위협하기에 이르렀기 때문이다.

실제로 '인간이야말로 지구의 바이러스'라는 주장은 바이러스 SF 서사에서 반복되어온 성찰적 전언이기도 하다. "우리는 이 행성에 퍼져서 식민지화, 전쟁, 소모를 일삼는 곰팡이다. 지구는 우리가 감염시키고 있는 세포다. 그리고 자연은 지구의 면역 체계이며 이제 막 위협을 감지하고, 우리의 침략과 반격을 위한 무장을 한다. 바이러스는 지구의 백혈구다. 우리는 지구의 질병이다."[15] 척 호건Chuck Hogan의 소설 『피의 예술가*The Blood Artists*』에 나오는 한 인물의 발언은, 바이러스 SF 특유의 환경주의를 보여준다. 많은 바이러스 SF는 "우리가 여기에서 바이러스"라는 인식을 공유한다.

　인간과 바이러스에 대한 이 역설적 통찰은 코로나19 팬데믹을 계기로 우리 사회에서도 대중적으로 확산되었다. 실제로 우리는 팬데믹으로 인해 공장 가동이 중단되고 인간의 이동이 감소하자 미세먼지가 없이 맑게 갠 하늘의 풍경을 언론 보도로 접했다.[16] 화제가 된 이 뉴스는 팬데믹이 지구적 재난의 근본 원인이 누구에게 있는지 우리에게 묻도록 했다.

취약한 포스트휴먼의 연대: 김초엽의 「최후의 라이오니」

　『팬데믹』에 실린 또 다른 단편을 더 읽어보자. 김초엽의 「최후의 라이오니」는 전형적인 포스트 아포칼립스Post Apocalypse SF 장르 텍스트다. 이 서사 텍스트 역시 SF 관습이나 메가텍스트를 충실히 반영하면서 낯선 크로노토프가 펼쳐진다. 로몬이라는 종족의 일원인 주인공이 다른 행성 3420ED를 탐사하는 과정이 주요

15　Stephen Dougherty, "The biopolitics of the killer virus novel," *Cultural Critique* 48, 2001, p. 17에서 재인용.

16　「팬데믹 때문에 공기 맑아지면서 지구 더 더워졌다」, 『연합뉴스』, 2021. 2. 3.

플롯을 구성한다. 3420ED는 '감염병 D'로 인해 이미 기계를 제외한 사람들이 모두 멸망한 곳이다. 주인공 '나'는 라이오니라는 이름을 찾는 기계 셀을 대면한다. 물론 주인공은 라이오니가 아니지만, 라이오니인 척하며 셀의 죽음을 위로하기로 결심한다. 여기서 3420ED 행성의 과거사가 밝혀지는데, 복제인간과 기계 들은 함께 혁명을 일으켜 감염병으로 쇠락해가는 행성을 탈취하고, 대부분의 복제인간들은 3420ED 밖으로 이주를 감행했던 것이다. 로몬이 바로 거주구 3420ED에 살던 복제인간들의 후예일 것으로 추정된다. 팬데믹이 이곳의 멸종 원인으로 작용했던 것이다.

포스트 아포칼립스 서사 가운데서도 많은 SF가 '인간 없는 지구'를 그리는데, 김초엽의 「최후의 라이오니」를 비롯해서 한국 SF에서도 이 경향은 코로나19 팬데믹 이후로 더욱 가속화되고 있다. 이제 독자들은 이러한 설정을 장르의 관습으로 받아들여 별로 충격을 받지 않을 것이다. 한편, 이것은 우리 시대를 '대멸종'을 앞둔 시대로 점점 더 많은 작가들이 인식하고 있다는 반증이기도 하다. 지구는 역사상 다섯 번의 대멸종 사태를 겪어왔다. 현재 지구는 여섯번째의 대멸종을 앞두고 있고, 그 원인이 다름 아닌 우리 인간들에게 있다는 경고는 더 이상 낯설지 않다. 3420ED는 낯선 우주의 행성으로 그려져 있으나, 우리 지구의 위기 상황에서 외삽된 시공간일 뿐이다. 저 먼 곳의 이야기가 지금 이 땅의 이야기다.

인간 없는 지구나 인류 멸망 이후의 이야기들은 모두 지구 또는 우주에서 유일무이한 종으로서 인간이 지니는 우월성을 내세우지 못한다. '인간 이후'에 대한 사변적 상상력은 인간중심주의에 대한 반성을 촉구하는 성찰적 사유로 볼 수 있다. 인간 없는 세계의 서사는 실험 문학이 아니어도 우리에게 익숙한 것이 되었다. 이 소설에서는 멸망의 기록을 추적하는 데 열심인 로몬이라는 종족의 독특한 성향이 바로 이 멸종의 서사를 이끌어가도록 한다.

우리는 멸망의 현장으로 떠난다. 우리는 본능적으로 죽음의 냄새에 이끌린다. 로몬들은 유능한 유품 정리사이자, 유용한 자원을 놓치지 않는 하이에나이며, 멸망의 단서를 탐색하는 일급 수사관이다. 행성 하나의 생태계가 삶과 죽음의 순환 위에 세워져 있듯이 죽음의 순환을 우주 전체로 확대해보면 멸망의 가치가 드러난다. 어떤 죽음은 다른 삶을 지탱하는 것이다. (p. 20)

로몬들이 멸망의 현장을 탐색하고 자원과 정보를 회수하는 것은 우주적인 규모의 생태적 매개와 순환을 돕는 데 있다. 그 점에서 이 소설은 멸망 이후의 세계를 그리면서도 '로몬'이란 낯선 종족을 통해 생태적 상상력을 새롭게 추가하고 있는 것이다.

한편 「최후의 라이오니」는 주인공의 인물 설정에서 로몬 종족의 공통 특징이라 할 수 있는 이른바 정상성에서 이탈한 소수자 정체성을 강조한다. 이 점에서 김초엽 SF의 장애와 소수자성 minority에 대한 탐구 및 옹호와 연결된다. "가끔 나는 마치 다른 무언가로 태어나 로몬으로 잘못 분류된 것 같다. 거울 앞에서 마주하는 내 외견은 나의 동료들과 아주 흡사한데, 그로 인해 잘못된 몸에 마음이 이식된 것 같다는 감각은 더욱 짙어진다."(p. 22) 15세 소녀의 외양을 한 결함 있는 복제인간 라이오니와 라이오니의 또 다른 복제이자 역시 결함 있는 로몬족인 주인공, 그리고 죽어가는 기계 셸. 이들이 지닌 타자적 비인간으로서의 존재론적 취약성과 타자의 윤리학 및 타자의 정치학이 이 소설의 포스트휴먼 서사 윤리를 이루는 토대이다.

김초엽의 소설은 또한 과거에 3420ED에 살았다는 '불멸인들'이 상처 입을 수 없는invulnerable 포스트휴먼이지만, 그들이 멸망한 것으로 볼 때 실제로는 죽음을 피할 수 없었음을 보여준다. 그들 역시 취약성을 지녔던 것이다. 이것은 불멸과 무한한 완전성 unlimited perfectibility을 추구하는 우리 시대의 트랜스휴머니즘이나 계몽적 휴머니즘"을 비판하는 대목이라고 할 수 있다. 과학기술의 발전이 우리를 죽지 않는 신적인 존재Homo Deus로 업그레이드 해줄 것이라는 기술에 대한 종교적인 신념이 이 시대의 기본값이 되었기 때문이다. 에디슨과 '아이언맨', 테슬라의 일론 머스크에 이르는 '천재의 신화the myth of genius'가 산업적-문화적 기본을 이루는 기술 자본주의의 핵심 국가 미국은 물론, 기술 진보에는 좌우를 가리지 않고 이견을 보이지 않는 우리 사회도 상황이 크게 다르지 않다.

로몬들의 탑으로 복귀한 주인공은 시스템으로부터 자신의 주형에서 "성격적 취약함이 발견되었다는 소식"을 전해 받는다. 그러나 주인공은 이어서 "나에게 주어진 이 태생적 결함이, 사실은 결함이 아닐지도 모른다는 생각"(p. 48)을 한다. 3420ED의 불멸

17 Lisa Yaszek · Jason W. Ellis, "Science Fiction," Bruce Clarke · Manuela Rossini eds., *The Cambridge Companion to Literature and the Posthuman*, Cambridge University Press, 2016, pp. 71~72.

인들의 완전성을 향한 추구는 그들의 반대편에 있는 복제인간들, 기계들, 그리고 결함 있는 로몬족 주인공처럼 유한성과 취약성을 공유하는 이들에 의해 비판된다. 이 취약하고 결함 있는 이들은 유한성과 죽음을 극복하지는 못하지만, 서로 연대함으로써 서로의 마지막을 지켜준다. 기후 위기 상황을 다크 코미디로 풍자한 넷플릭스 SF 영화 「돈 룩 업」에서도 지구 멸망의 날, 서로의 끝을 지켜주며 마지막을 함께하는 이들의 연대와 윤리를 제시한다. 이러한 취약성의 연대는 팬데믹을 관통하는 우리들이 얻은 가장 큰 깨달음 중 하나이다.

詩를 쓰는 사이코패스

신경과학 소설의 서사 윤리—김영하와 정유정의 장편소설

1. 신경과학 시대의 소설

최근 '신경과학적 전환neurological turn'으로도 표현되는 뇌과학의 발전과 부상을 목격하고 있다. 현재 단지 의학과 생물학뿐만 아니라 인문사회과학 전반에서 신경과학은 중심적이고 선두적인 역할을 수행하고 있다. 신경 경제학, 신경 철학, 신경 정치학, 신경 교육학, 신경 마케팅, 신경 수사학 등 '신경neuro-'이란 접두사가 붙은 새로운 연구들이 등장했다. 동시에 뇌과학에 관한 교양 도서와 강연이 인기를 얻으면서 대중적 관심 역시 크게 확산되고 있다. 특히, 소설과 영화, 드라마와 웹툰 등 다양한 대중문화에서 신경과학과 관련된 지식과 주제가 점점 눈에 띈다. 그러나 현재 소수를 제외하고는 국내 문학과 인문학 연구자들의 관심은 독서 대중보다 오히려 부족한 상황에 가깝다. 인지신경과학은 인간의 정신과 문화에 대한 탐구에 최전선에 있으므로 더 이상 문학과 인문학 역시 현대 과학을 외면하거나 별개의 학문으로 존속할 수 없다.

미국의 문학평론가 마르코 로스Marco Roth는 최근 영미 소설에
서 다양한 신경의학적 증후군syndrome이 나타나거나 기억상실, 양
극성 장애 및 다중 인격 장애에 관한 많은 장르 소설들이 등장하
게 된 현상을 두고 '신경과학 소설Neuronovel의 부상'으로 보았다.[1]
이 외에도 문학 이론가들은 '인지적 소설'(Tabbi, 2002), '신경학
적 사실주의'(Harris, 2008), '신경학적 서사'(Johnson, 2008)와 같
은 유사한 용어를 사용하여 이러한 문화적 현상에 대해 논의하기
도 했다. 이러한 동향은 단지 일시적 문화 현상이 아니라 신경학
적, 유전적 요인과 인간 존재의 영향 관계를 결부시킨다는 점에
서 인간과 세계 이해에 대한 패러다임 변화paradigm shift를 보여준
다.[2] 어느 정도 시차는 존재하지만, 한국 소설에서도 영미 문학만
큼은 아니더라도 신경과학적 지식과 상상력을 적극적으로 활용
한 신경과학 소설이 출현하고 있다. 이 소설들은 이미 베스트셀
러가 되어 문학 독자들의 가장 대중적인 인기를 얻고 있으며, 지
속적으로 증가 추세에 있음을 확인할 수 있다.

특히, 한국 문학과 영화에서 사이코패스psychopath 인물이 가
장 쉽게 발견되는 신경과학과 관련된 문화적 소재다. 영화 연구
의 경우, 최근 공포영화와 범죄영화의 대중적 흥행과 더불어 이
인물 유형에 대한 관심도 늘어났다.[3] 그러나 연구자들은 대부분

---

[1]   Marco Roth, "The Rise of the Neuronovel," *n+1*, Iss. 8, Fall 2009. (https://
       nplusonemag.com/issue-8/essays/the-rise-of-the-neuronovel/)

[2]   James Peacock, Tim Lustig eds., *Diseases and Disorders in Contemporary Fiction: The
       Syndrome Syndrome*, Routledge, 2013, p. 5.

[3]   오승현, 「사이코패스 영화에 내재된 정치적 무의식: 〈악마를 보았다〉 〈김복남

대중 장르 서사에서 출현하는 장르적 인물의 일부로 수용하고 있다. 사이코패스는 신경과학과 통합된 신경 문학비평의 관점이나 서사 윤리 비평의 측면에서 논의되기보다는 주로 스릴러소설이나 추리소설의 장르적 연구에 초점이 맞추어졌다.[4]

이 글은 기존 문화 연구처럼 단지 범죄나 악(惡)에 관련된 장르적 분석이나 주제 비평에만 그치지 않는다. 신경과학, 진화심리학을 비롯한 현대 심리학, 윤리학, 서사 비평 등의 서로 다른 분과 학문의 지식과 관점을 입체적으로 사유하는 것을 목표로 삼는 '생물문화적 접근biocultural approach'[5]의 연구이기 때문이다. 이 연구는 인지신경과학과 서사 윤리학narrative ethics의 이론적 관점을 수용하여 초학제적 시각에서 사이코패스 인물과 그 소설의 사회문화적 맥락을 분석한다.

살인사건의 전말〉을 중심으로」, 『문학과영상』 제12권 1호, 문학과영상학회, 2011.

4 오혜진, 「스릴러 소설의 가능성과 전망: 정유정의 『7년의 밤』을 중심으로」, 『우리文學硏究』 제44집, 우리문학회, 2014; 유재진, 「현대사회의 괴물, 사이코패스와 모성 신화: 서미애 『잘자요, 엄마』와 기리노 나쓰오[桐野夏生]의 『I'm sorry, mama』를 중심으로」, 『일본연구』 제39집, 중앙대학교 일본연구소, 2015.

5 생물문화적 접근 또는 생물문화주의bioculturalism는 인간을 생물학적인 존재이자 동시에 문화적, 사회적 존재로 인식하고, 과학적인 관점과 문화적인 관점을 동시에 수용하여 인간과 사회문화 현상을 이해하려는 학술 방법론이다. 문학 연구에 도입된 생물문화적 관점은 신경 문학비평, 인지적 문학비평, 진화비평, 생태 비평, 신역사주의를 포함한 새로운 문학비평 이론들이 대표적 사례이다. 노대원, 「'마음의 신체화' 양상에 관한 인지 서사학적 연구」, 서강대 박사 논문, 2015, pp. 10~13 참고.

2. 사이코패스의 신경과학과 윤리

이 글에서는 신경과학 소설을 마르코 로스의 정의를 참조하되, 신경과학적 지식과 상상력을 작중인물의 형상화 및 사건과 플롯 구성, 주제 구현 등 소설의 전반적인 요소에 적극적으로 활용하는 소설로 새롭게 정의하고자 한다. 신경과학적 지식과 상상력은 이미 대중 독자들에게 확산되어 있으며 많은 관심을 불러일으키고 있다.

현재 신경과학과 범죄심리학의 용어 가운데 사이코패스만큼 대중적으로 널리 알려진 용어는 없다. 실제로 타인의 삶을 파괴하는 '사회적 약탈자'인 사이코패스의 범죄 사건을 언론에서 크게 보도하면서, 대중의 공포심과 불안을 자극하였고[6] 이는 영화와 문학의 상상력으로 반영되기에 이르렀다. 악인(惡人)과 기인(奇人)에 대한 문학의 관심은 오래된 것이지만 그 구체적인 형상화는 인간에 대한 지식과 학문의 변천에 따라, 시대에 따라 변화해왔다. 정신 병리가 나타나거나 정상을 이탈한 독특한 캐릭터의 현대적 형상화는 기존에는 정신분석학이 담당해왔다면, 오늘날 신경과학 시대에 이르러 사이코패스라는 캐릭터의 부상으로 나타난 것이다.

많은 이들이 사이코패스와 소시오패스sociopath 개념의 구분에 관해 궁금해한다. 소시오패스가 장애의 환경 측면과 사회적 조정

---

6   박지선, 「사이코패스에 관한 대중의 인식과 두려움」, 『한국범죄학』 제8집 2호, 대한범죄학회, 2014.

에 관심을 두는 사회학자의 개념에 가깝다면, 사이코패스는 사회 요인뿐만 아니라 유전, 인지, 감정 요인을 포함시키는 심리학자 와 정신의학자의 용어에 가깝다. 심리학자와 같은 전문가들은 때 때로 두 용어의 존재를 부인하기도 한다.[7] 이처럼 사이코패스를 과학적으로 체계적으로 연구하거나 규정하는 일은 쉬운 문제가 아니다. 그럼에도 불구하고 이 분야에 연구 성과가 없었던 것은 아니다. 25년간 사이코패스를 연구해온 권위자인 로버트 D. 헤어 Robert D. Hare는 현재 가장 유명하고 널리 활용되는 사이코패시 판 정 도구인 'PCL-RPsychopathy Checklist, Revised'을 제안하기도 했으 며, 사이코패스의 주요 특징을 다음과 같이 규정했다.

'감정·대인관계' 면에서

■ 달변이며 깊이가 없다 ■ 자기중심적이며 과장이 심하다 ■ 후 회나 죄의식 결여 ■ 공감 능력 부족 ■ 거짓말과 속임수에 능하다 ■ 피상적인 감정

'사회적 일탈' 면에서

■ 충동적이다 ■ 행동 제어가 서투르다 ■ 자극을 추구한다 ■ 책 임감이 없다 ■ 어린 시절의 문제 행동 ■ 성인기의 반사회적 행동 이 있다.[8]

---

7 제임스 팰런, 『괴물의 심연』, 김미선 옮김, 더퀘스트, 2015, pp. 29~30.
8 로버트 D. 헤어, 『진단명: 사이코패스』, 조은경·황정하 옮김, 바다출판사, 2005, p. 65.

사이코패스 인물이 피상적인 감정의 소유자라는 점에 주목해 볼 만하다. 그들은 주장과는 다르게 미묘한 감정의 상태를 제대로 설명하지 못한다. 특히 생물 의학 기록에 따르면, 사이코패스는 일반적으로 공포와 관련된 생리적 반응이 부족하다는 것을 확인할 수 있다.[9] 공포 감정의 부재는 특정한 비윤리적, 부도덕한 행위를 통제하지 못하도록 하는 원인이 된다. 더 구체적으로 설명하자면, 사이코패스는 몸에서 기원하는 감각을 느끼는 데 자주 곤란해하는데, 이것이 죄책감, 양심의 가책, 불안을 느끼지 않는 이유다.[10] 즉, 도덕과 윤리가 신체적, 생리적 원인과 무관하지 않음을 알 수 있다.[11]

또한 사이코패스의 일탈과 폭력 행위 등은 공감의 결여와 관련된다는 점에서 공감의 신경과학을 참조해야 한다. 공감 능력을 측정할 수 있도록 '공감 지수(Empathy Quotient, EQ)'를 개발한 사이먼 배런코언Simon Baron-Cohen은 '악'이라는 비과학적 용어를 '공감의 침식empathy erosion'이라는 용어로 대체하자고 제안했다.[12] 공

9   로버트 D. 헤어, 같은 책, pp. 91~94.

10   샌드라 블레이크슬리·매슈 블레이크슬리, 『뇌 속의 신체지도: 뇌와 몸은 어떻게 결합하는가?』, 정병선 옮김, 이다미디어, 2011, p. 277.

11   노대원, 「인지신경과학과 서사 윤리학」, 『한국문학이론과 비평』 제77호, 한국문학이론과비평학회, 2017, pp. 89~92.

12   배런코언이 정의하는 공감은 인식과 반응의 두 단계가 모두 필수적이다. "(1) 공감은 우리가 관심사에 외골수적single-minded으로 집중하길 중단하고 대신 이심적double-minded으로 집중하는 방식을 채택할 때 일어난다. (2) 공감은 타인이 생각하거나 느끼는 것을 파악하고 그들의 사고와 기분에 적절한 감정으로 대응하는 능력이다." 사이먼 배런코언, 『공감 제로: 분노와 폭력, 사이코패스의 뇌 과학』, 홍승효 옮김, 사이언스북스, 2013, pp. 32~33.

감을 다르게 개념화하는 경우, 타인의 생각이나 느낌에 적응하고 조정하는 인지적 과정에 관여하는 능력으로서 '인지적 공감 cognitive empathy'과 타인의 경험을 대리적으로 공유하고 정서적으로 반응하는 '정서적 공감emotional or affective empathy'으로 구분된다.[13] 공감 능력이 '레벨 0'인 사이코패스의 경우 인지적 공감은 온전히 작동되어도 정서적 공감은 결핍되어 있으며 이것이 도덕적 무능력의 근본적인 요인으로 보인다.

그렇다면 사이코패스는 어째서 나타나는가? 본성nature의 문제인가, 양육nurture의 문제인가? 유전설과 환경설 사이에서 어떤 요인이 더 우세한 것인지 여전히 논쟁 중에 있다. 하지만 사이코패스 성격의 행동은 뇌의 신경학적 구조 손상의 산물이라는 사실은 부정하기 어렵다. 사이코패스라면 편도체가 손상되어 냉정하게 행동할 것이며, 감정기억과 사회, 윤리, 도덕을 바탕으로 한 행동에 관련되는 '뜨거운 인지hot cognition'에 작용하는 복내측 전전두피질ventromedial prefrontal cortex 계통에 기능 저하가 발견될 것이라고 한다.[14] 사이코패스의 뇌를 가진 뇌과학자 제임스 팰런James Fallon은 "사이코패시의 세 요소와 그 상호작용[을,] [……] 안와전두피질과 편도체를 포함한 전측두엽의 유별난 저기능, 전사유전자로 대표되는 고위험 변이 유전자 여러 개, 어린 시절 초기의 감정적·신체적 학대나 성적 학대"[15]로 꼽는다.

---

13   김화성, 「사이코패시: 공감과 도덕적 책임성」, 『범한철학』 제77집, 범한철학회, 2015, p. 309.

14   제임스 팰런, 앞의 책, pp. 71~77.

15   제임스 팰런, 같은 책, p. 128. 부기는 인용자.

3. 사이코패스 소설의 서사 윤리학

3.1. 사이코패스의 문화생태학과 생물문화적 비평

사이코패스는 심리학의 성격 유형인 동시에 특정한 현실 서사와 허구 서사의 중심에 놓이는 인물 유형으로서, 그 자체로서 풍부한 서사를 만들어낼 조건을 갖추고 있다. 사이코패스의 환경적 요인이라고 할 수 있는 폭력적이고 불행한 양육 환경, 성격의 핵심 특징인 양심과 공포의 부재, 매력적인 외모와 달변 능력, 포식자와 희생양들, 이러한 조건들 속에서 만들어지는 일탈과 범죄, 폭력, 그리고 그 사건들이 만들어낼 다양한 정념의 운동. 허구의 사이코패스fictional psychopath만이 아니라 현실의 사이코패스 또한 풍부한 서사성을 지닌 인물이다.

사이코패스를 고전적 사이코패스, 조종하는 사이코패스, 마초 사이코패스라는 세 가지 유형으로 나누기도 한다. 조종하는 사이코패스는 당신의 노후 저축을 앗아갈 것이고, 마초 사이코패스는 당신을 병원으로 보내줄 것이며, 고전적인 사이코패스는 아마 둘 다 할 수 있을 것이다.[16] 이에 따르면, 소설과 영화에서 사이코패스 인물들의 범주는 더 구체화된다. 또한 사이코패스 주인공 옆에도 특정한 인물 유형이 등장할 수 있다. 가령, 직장인 사이코패스corporate psychopath가 주연으로 출현하는 영화라면, 인질과 후원

---

16   Stephen McWilliams, *Psychopath?: Why We Are Charmed By The Anti-Hero*, Mercier Press, 2020, Chap. 2.

자 같은 조연도 필요하다.[17]

소설, 영화, TV 드라마, TV 예능, 웹툰 등 대중문화에서 사이코패스 범죄자에 대한 이야기는 실화와 허구를 가리지 않고 인기를 끈다. 아일랜드의 의사이자 교수인 스티븐 맥윌리엄스Stephen McWilliams는 허구의 사이코패스가 반영웅anti-hero으로 인기를 얻는 이유를 열 가지로 분석하고 '사이코패스 호감 척도Psychopath Likeability Scale'를 제시했다.[18] 사이코패스 서사를 생물문화적 관점에서 바라보면, 나름대로 이 서사가 지닌 효용을 이해할 수 있게 된다. 사회적 동물로서, 우리는 생존과 적응을 위해 사회적 인지social cognition를 진화시켜왔다. 그것은 우리가 이야기에서 주로 작중인물에 주목하는 이유이기도 하다.[19] 진화 비평evocriticism 이론가 브라이언 보이드Brian Boyd는 "한담은 대단히 중요한데, 주로 타인의 도덕적·사회적 위반 행위에 관한 것이 대부분이다. 타인

---

17 폴 바비악·로버트 D. 헤어, 『당신 옆에 사이코패스가 있다』, 이경식 옮김, 알에이치코리아, 2017, p. 195.

18 사이코패스에 우리가 매력을 느끼는 이유는 다음과 같다. "1. 그들은 위험에 직면하여 침착하고 용감하다. 2. 그들은 취약해 보인다. 3. 그들은 비밀로 우리의 매력에 호소한다. 4. 그들은 우리를 그들의 확신으로 인도한다. 5. 우리는 그들의 매력에 매료된다. 6. 우리는 그들이 지루하다고 생각하지 않는다. 7. 그들은 우리가 존경하는 외모, 재능 또는 기술을 가지고 있다. 8. 그들은 나쁘기를 갈망하는 우리 내부 깊은 곳에 호소한다. 9. 그들의 희생자들은 그들을 멋지게 보이게 한다. 10. 배경이 멋지게 보인다." Stephen McWilliams, op. cit., chap.2.

19 작중인물에 관한 생물문화적 관점으로는 노대원, 「서사의 작중인물과 마음의 이론: 인지과학의 관점에서 본 인물 이론」, 『현대문학이론연구』 제61집, 현대문학이론학회, 2015 참고.

의 선행에 관한 한담은 10%에도 지나지 않는다"[20]고 강조한다. 우리는 공동체의 존속과 이익에 반하거나 극단적으로는 우리의 생명을 위협하는 자들에 대해 경계하고 정보를 공유하는 일에 충실하다. 그래서 사이코패스 서사는 인지적으로 우리의 특별한 흥미를 끈다.

한편, 스티븐 아스마Stephen T. Asma는 "괴물의 위협과 영웅적인 정복에 관한 이야기는 우리에게 의식화되고 예행연습이 가능한 현실의 모의실험, 자연의 힘, 다른 동물들의 위협, 그리고 인간의 사회적 상호 작용의 위험을 재현하는 가상의 방식을 제공한다"[21]고 말한다. 공포 장르 서사에 등장하는 괴물에 대한 생물문화적 접근의 기능적 논지는 사이코패스 서사를 이해하는 데 일정 부분 적용될 수 있다. 이야기가 삶을 위한 모의실험 장치라면, 사이코패스 서사 역시 공감 제로의 위험한 '포식자'를 인지하는 예술적 놀이 과정으로, 우리의 생존과 사회적 삶의 안녕을 위한 모의실험simulation이 될 수 있기 때문이다. 사이코패스 서사는 사회 도덕적 질서의 구현인 법 집행에 대한 정당성을 부여한다.[22] 사이코패스가 반영웅 주인공이라면, 그를 통해 사회적 병폐나 취약성이 폭로될 수 있을 것이다. 물론, 사이코패스 반영웅 서사의 대중적 인기는 오락적이고 자극적인 서사의 범람이자 현대사회의 도덕

20   브라이언 보이드, 『이야기의 기원』, 남경태 옮김, 휴머니스트, 2013, p. 240.

21   Mathias Clasen, "Monsters evolve: A biocultural approach to horror stories," *Review of General Psychology*, Vol. 16, Iss. 2, 2012, p. 227에서 재인용.

22   Joseph Grixti, "Consuming cannibals: Psychopathic killers as archetypes and cultural icons," *The Journal of American Culture*, Vol. 18, No. 1, 1995, p. 87.

적 해이 현상의 반영이라고 정당하게 비판할 수 있다. 혹은, 더 중립적인 관점에서, 폭력과 일탈에 대한 대중적 욕망은 사이코패스를 점점 더 우리 시대의 낭만적 영웅으로 받아들이기도 한다.

여기서는, 사이코패스에 관한 신경 윤리학(윤리학의 신경과학)을 기반으로 하여, 김영하의 『살인자의 기억법』[23]과 정유정 『종의 기원』[24]을 중심으로 사이코패스 소설들의 서사 윤리를 분석한다. 먼저 김영하와 정유정의 두 소설은 모두 작가 스스로 사이코패스의 신경생물학적 지식에 관심을 기울였음을 작가 인터뷰를 통해 분명하게 확인할 수 있다.[25] 실제로 작가들은 사이코패스에 관한 상당한 연구를 통해서 실제적인 지식을 확보하고 있음을 알 수 있다. 서사의 모티프motif로서 사이코패스는 서사 창작의 모티브 motive이기도 했던 것이다. 또한 두 텍스트 모두 사이코패스 주인공이 일인칭 서술자로서 등장한다는 공통점이 있어 상호 비교에 적합하다고 판단했다. 서술자로 사이코패스를 설정한다는 것은 사이코패시psychopathy 심리를 단순히 흥미 위주의 인물 형상화에

23 김영하, 『살인자의 기억법』, 문학동네, 2013.

24 정유정, 『종의 기원』, 은행나무, 2016.

25 "박한상은 우리나라 최초의 사이코패스라고 불리죠. [……] 사이코패스가 어떤 사람인가 알기 위해 우리나라의 사이코패스 계보, 100년이 넘는 역사의 외국 사이코패스 기록을 찾아 공부했어요. 보통 사이코패스를 일러 '공감의 부재'라고 하지만 아니에요. 공감에는 두 가지 종류가 있어요. 머리로 이해하는 차가운 공감과, 가슴으로 느끼는 뜨거운 공감이죠. 그들의 차가운 공감 능력은 오히려 일반인보다 더 예민하지만, 뜨거운 공감이 없는 사람들이에요. 남의 고통을 느끼지 못하니 이해를 못 하는 거죠." 박보미, 「소설가의 다섯 가지 일:『종의 기원』 정유정 작가 인터뷰」, 『맥스무비』, 2016. 7. 4. (http://news.maxmovie.com/245073#csidx615302b059ccb1794d901a88bd67784)

활용하거나 범죄와 폭력적 사건을 위한 조건만으로 이용하는 것을 넘어서 인물 내면 탐사를 의도한 것으로 보인다.

3.2.『살인자의 기억법』: 사이코패스의 신경 윤리학과 서사 미학

연쇄살인마와 치매 노인은 비록 소설의 익숙한 유형 인물이지만, 김영하는『살인자의 기억법』에서 그 두 인물 유형을 합쳐놓은 개성적인 인물을 창조하고자 의도했다. 따라서 이 소설은 형식상 사이코패스 연쇄살인자의 자기 고백의 기록이자 퇴행성 알츠하이머병(치매) 환자의 투병기라는 독특한 조합의 구성을 보여준다.

『살인자의 기억법』은 일인칭 서술이기 때문에 특별히 자신을 '사이코패스'라고 명시하고 있지는 않다. 그러나 일인칭 서술자의 생각과 의도, 욕망을 통해서 그가 평범한 감정과 윤리 감각을 지닌 인간이 아니라 전형적인 사이코패시 성향을 지닌 것을 분명히 알 수 있다. 주인공 김병수는 타인과 정서적으로 공감하거나 관계에서 즐거움을 얻지 못한다. 또한 그는 그저 자기 자신의 쾌락만을 위해 행동하고 타인을 일종의 먹잇감이나 사물로서 대한다고 고백한다.[26] 유머와 농담처럼 피상적인 달변의 언어적 능력을 갖고 있다는 사이코패스의 특징 역시 이 인물의 소설적 형상화에 크게 기여하는 점이다.

---

26 "내가 추구하던 즐거움에 타인의 자리는 없다는 것을. 나는 타인과 어울려 함께하는 일에서 기쁨을 얻어본 기억이 없다. 나는 언제나 내 안으로 깊이깊이 파고들어갔고, 그 안에서 오래 지속되는 쾌락을 찾았다. 뱀을 애완용으로 키우는 이들이 햄스터를 사들이듯이, 내 안의 괴물도 늘 먹이를 필요로 했다." 김영하, 앞의 책, p. 92.

또한 이 소설은 인물에 대한 정보를 주인공의 내적 고백에 거의 의존해야 하는 일인칭 서술 상황에서도 신경의학적 지식을 설명하고 있다.[27] 이 소설의 인물 형상화와 상황 설정이 신경과학적 지식에 결정적으로 의존하고 있음을 나타내는 텍스트적 근거이다. 마르코 로스의 지적처럼, 신경과학 소설은 직접적인 생물학적 설명이 필요한 까닭에 논픽션에 근접하는 대목이 나타난다.[28] 그러나 이 소설에는 지식의 생경한 노출은 거의 없는 편이다.

사이코패스 주인공이 시 창작 수업을 듣고 시를 쓰고, 금강경과 반야심경, 몽테뉴의『수상록』을 읽는 독서가로, 문학적 교양이 상당하다는 점이 독특하다. '시를 쓰는 사이코패스' 혹은 '불경을 읽는 사이코패스'라는 개성 있고 아이러니한 인물 설정은 현실성에서 독자에게 다소 의문을 갖게 만든다. 하지만, 사이코패스는 기존 질서와 법규를 벗어나 행동할 뿐만 아니라 창의성도 매우 풍부한 것으로 알려져 있다. 대중의 오해와 달리, 실제로 사이코

---

27 "카그라스증후군이라는 게 있다. 뇌의 친밀감을 관장하는 부위에 이상이 생길 때 발생하는 질병이다. 이 병에 걸리면 가까운 사람을 알아보기는 하지만 더 이상 친밀감을 느낄 수가 없게 된다." 김영하, 앞의 책, p. 17.
"메모지에 '미래 기억'이라는 말이 뜬금없이 적혀 있다. 뭘 보다가 적어놓은 걸까. 내 필체인 것은 분명한데 무슨 뜻인지 아무리 생각해도 알 수가 없다. [……] 답답한 마음에 인터넷을 찾아보니 '미래 기억'은 앞으로 할 일을 기억한다는 뜻이었다. 치매 환자가 가장 빨리 잊어버리는 게 바로 그것이라고 했다." 김영하, 앞의 책, p. 93.

28 Peter Mares & Marco Roth (Transcript), "Marco Roth: The Rise of the Neuronovel," 〈The Book Show〉, 3. Feb. 2010, ABC Radio National. (http://www.abc.net.au/radionational/programs/bookshow/marco-roth-the-rise-of-the-neuronovel/3108400#transcript)

패스는 독서를 즐긴다는 사실이 실험으로 검증되었다.[29] 또한 사이코패스와 성자 성향은 어떤 측면에서 겹쳐지기도 한다. 이를테면, 사이코패스에게 보이는 "금욕, 감정 조절, 현실 중시, 뛰어난 상황 인식, 영웅심, 겁 없음, 심지어 공감 능력 부족과 같은 특성들은 종교적 가르침과 일맥상통한다".[30]

김동인의 「광염 소나타」의 광인 예술가mad artist 백성수는 현대의 관점에서는 사이코패스 캐릭터이다. 사이코패스와 탐미주의 예술가의 결합은 사이코패스 서사의 한 범주로 설정해볼 수 있다. 이러한 시인-사이코패스 인물 설정은 서술자의 냉소적 유머나 냉랭한 진술 방식, 니체 식의 단상과 더불어 『살인자의 기억법』의 형식적 특성을 이룬다. 이것은 서사 윤리(표제에서 드러나듯 사이코패스 '살인자')와 서사 미학('기억법'으로 요약되는바, 단상 스타일과 내용의 문학적 성취) 간의 결합으로 요약될 수 있다.

『살인자의 기억법』에서, 김병수는 니체의 『차라투스트라는 이렇게 말했다』를 인용(pp. 31~32)하거나 "나는 악마인가, 아니면 초인인가, 혹은 그 둘 다인가"(p. 33)라고 자문한다. 실제로 니체의 '초인'(위버멘쉬) 사상이야말로 약자의 르상티망(원한 감정)이나 양심의 가책을 비난하고 '힘에의 의지'를 열렬히 찬양한다는 측면에서는 사이코패스의 철학에 근접한다. 니체가 카이사르와 튀렌, 나폴레옹 같은 유명한 군인과 마키아벨리 같은 정치가—

29　이현수, 『사이코패스: 뿌리 없는 광란』, 학지사, 2019, pp. 33~35.
30　케빈 더튼, 『천재의 두 얼굴, 사이코패스』, 차백만 옮김, 미래의창, 2013, pp. 279~80.

사상가들의 공격적인 목소리를 선호하는 이유가 있다. 신체적-심리적 취약성과 민감함에 고통받았고, 무한한 긍지를 느꼈을 니체가 어떤 인간을 동경했을지 짐작해보는 것은 어려운 일이 아니다.[31] 그는 양심의 가책과 공격 본능의 내면화가 인간을 병들게 한다고 하며, 기독교를 포함한 도덕 체계를 비난했다. 니체는 귀족주의자로 '파리 떼'와 같은 대중들을 혐오하며 민주주의를 반대했으며, 이것이 나치에 니체 사상이 동원될 수 있었던 근거이다.

주인공 김병수가 포식자인 사이코패스이자 동시에 취약한 존재인 알츠하이머 환자라는 아이러니한 상황[32]은 독자에게 윤리의 극단적 상황을 제시하는 일과 같다. 그는 살인자로서 타인의 생명의 존엄성을 무시하지만, 자신의 양녀 김은희를 지키기 위해 목숨을 건 투쟁(살인)을 계획하기도 한다. 실제로는 그가 딸이 아니라 재가 요양보호사인 김은희를 살해했다는 엔딩의 반전은 말 그대로 '삶의 농담'(아이러니)인 동시에 알츠하이머-사이코패스의 '비극'을 의미한다. "오이디푸스가 거울을 보면 내 모습이 거기 있을 것이다"(p. 129)라는 진술은 소설의 반전을 예시하는 것이다. 주인공의 두 가지 신경학적 결함과 질병은 비극적 살인의 원인으로 돌려진다. 그러나 실제로는 김병수가 '시간'을 악보다 더 무서운 것으로 규정한다거나 기억상실이 살인의 직접적 원인이 되었

---

31 니체는 의학으로 전공을 바꾸려고 시도했을 만큼 생물학이나 의학에 대한 관심을 저술에 자주 드러냈다. 노대원, 「식민지 근대성의 '문화 의사 culturalphysician'로서 이상(李箱) 시: 니체와 들뢰즈의 '문화 의사로서 작가'의 비평적 관점으로」, 『문학치료연구』 제27집, 한국문학치료학회, 2013 참고.

32 그의 이름은 병수(病首), 즉 병든 머리라는 명명법으로 해석될 수 있다.

다는 점에서 소설의 해석은 신경생리학적 수준을 넘어선다.

알레고리적 해석의 가능성이 열려 있음에도, 이 소설은 사이코 패스 캐릭터라는 관점을 벗어나 독해될 수는 없다. 독자는 불교 명상가이자 문학 애호가로서 유머러스한 매력을 지닌 사이코패 스 주인공에게 공감과 혐오감을 동시에 갖는다. 더욱이, 김병수 의 잔혹성과 취약성, 특히, 아버지를 살해한 존속 살인자이자 딸 (실제로 딸이 아닐지라도)을 보호하려는 부성애를 지닌 아버지라 는 이중성은 서사 윤리 측면에서 중요한 지점이다. 이것은 스토 리 층위(작중인물과 사건)의 윤리에서 소설 독서/수용의 윤리 문 제로 확장된다.[33] 즉, 독자는 그러한 주인공을 용서하거나 공감할 수 있는가? 나아가, 우리는 어디까지 용서할 수 있으며, 누구에게 나 공감할 수 있는가? 사실상, 작가는 결말의 반전을 제외하면, 이러한 질문에 대한 방향을 거의 안내하지 않는 측면이 있어서 사 이코패스 인물과 그 서술 기법은 작가의 윤리와도 관련된다.

3.3. 『종의 기원』: 사이코패스의 본성에 대한 생물문화적 탐구

정유정은 『종의 기원』뿐만 아니라 『7년의 밤』[34]과 『28』[35]과 같 은 재난·스릴러 장르 소설에서 지속적으로 사이코패스 인물을

---

33 제임스 펠란James Phelan은 서사 윤리를 (1) 말한 것the told의 윤리 (2) 말하기 the telling의 윤리 (3) 글쓰기/제작의 윤리 (4) 독서/수용의 윤리로 나눈다. 이 가운데 작중인물과 사건은 말한 것의 윤리에 속한다. James Phelan, "Narrative Ethics," Peter Hühn et al. eds., *the living handbook of narratology*, Hamburg University, 2014.

34 정유정, 『7년의 밤』, 은행나무, 2011.

35 정유정, 『28』, 은행나무, 2013.

등장시켜온 작가이다. 영미권의 다른 신경과학 소설 역시 스릴러 장르에 주로 신경 증후군이 등장한다는 사실과도 비교되는 지점이다. 특히 사이코패스나 소시오패스 인물이 스릴러소설 및 범죄소설 등 장르 문법과 관련된다는 것은 대중 독자에 관한 분석이 필요하다는 사실을 의미한다. 즉 대중 서사 장르의 캐릭터로서 사이코패스 인물은 공포와 불안, 아이러니한 매혹 같은 불편한 관심을 소구할 수 있는 대상이기 때문이다. 대체로 신경과학 소설은 상업적 소설로 전락하거나 환원주의의 함정에 빠지기 쉽다. 하지만 『살인자의 기억법』과 『종의 기원』은 살인과 범죄와 같은 대중 서사의 흥미 요소에도 불구하고 일정한 문학적 성취를 보여주는 미덕을 지녔다.

정유정은 사이코패스의 서사화를 '악의 탐구'라는 문학적 과제로 기획했음을 밝힌다. 정유정 소설에서 벌어지는 사건과 인물의 한계 상황은 극단적으로 인간 윤리 문제와 폭력성에 관해 질문하는 문학적 방식이다. '종의 기원'이라는 표제는 다윈의 저서를 명백하게 상기시킨다. 기존의 많은 소설이 사회문화적으로 또는 언어적으로 구성된 인간에 대한 관점(포스트모더니즘 또는 사회구성주의)[36]을 고수했다면, 이 소설은 '인간 본성human nature'이라는 용어를 사용하는 현대 과학의 관점, 또는 생물학적 조건과 사회

---

36 과학과 인문학의 학문적 결합을 옹호하는 에드워드 슬링거랜드는 포스트모더니즘의 요체를, "인간은 근본적으로 언어적-문화적 존재이므로, 세계에 대한 우리의 경험이 언어와 문화에 의해 온통 중재된다고 가정하는 문화 연구의 접근법"으로 파악하여 비판한 바 있다. 에드워드 슬링거랜드, 『과학과 인문학: 몸과 문화의 통합』, 김동환·최영호 옮김, 지호, 2015, p. 59.

문화적 조건의 결합이라는 관점을 수용한다.

> [프로이트 독서에서] 실마리는 얻었으나 궁금증은 해결되지 않았다. 오히려 인간 본성의 정체에 대한 근본적인 의문만 얻었다. 내 관심사는 오랜 기간에 걸쳐, 프로이트에서 정신병리학으로, 뇌과학에서 범죄심리학으로, 진화생물학에서 진화심리학으로 범위가 확장되었다.[37]

작가는 '악'과 '악인' '악행'에 관한 탐구를 위해 현대 심리학의 다양한 분야들을 섭렵했다고 말한다. 「작가의 말」의 표제는 "인간은 살인으로 진화했다"로 진화심리학자인 데이비드 버스David M. Buss의 『이웃집 살인마』를 인용하는 것으로 시작한다. 생존과 적응을 위한 진화 과정에서 살인은 그 효율적인 방법이었다는 주장이다. 또한 정신의학자나 의과대학 교수, 프로파일러를 통한 취재 과정은 정유정의 사이코패스 서사화의 근간이 신경과학과 진화론을 비롯한 경험과학에 있다는 점을 보여준다.[38] 이처럼 폭넓게 유포된 신경과학의 문화적 맥락 속에서 이 소설이 출현할 수 있었다. 실제로 소설 『종의 기원』에서는 심리학에서 설명하는 사이코패스의 다양한 특징들이 '유진'이라는 인물의 형상화에 적극적으로 활용되었다.

---

37 정유정, 「작가의 말」, 『종의 기원』, p. 381. 부기는 인용자.

38 인터뷰에서 작가는 진화생물학자 리처드 도킨스의 『이기적 유전자』를 언급하기도 한다. 황혜진, 「돌아온 정유정, 〈종의 기원〉을 말하다 : 사이코패스의 자기 변론서」, 『여성조선』, 2016. 7. 8.

포식자는 보통 사람과 세상을 읽는 법이 다르다고, 혜원이 말했다. 두려움도 없고, 불안해하지도 않고, 양심의 가책도 없고, 남과 공감하지도 못한다고 했다. 그러면서도 남의 감정은 귀신처럼 읽고 이용하는 종족이라고 했다. 타고나길 그렇게 타고났다고 했다. (p. 300)

유진의 이모 혜원은 정신과 의사로 사이코패스에 대한 진단을 통해서 유진의 '악'의 '기원'이 무엇인지 독자들에게 전달한다. 그것은 생물학적 원인, 즉 본성에 있는 것으로 악에 관한 이 같은 견해는 사회적 환경과 조건 등에 관심을 기울이던 기존의 문학의 인간에 대한 견해와 구분되는 지점이다.

사이코패스 인물에 의한 일인칭 서술은 '신뢰할 수 없는 서술자unreliable narrator[39]가 될 가능성이 있다. 앞서 살펴본 『살인자의 기억법』의 경우 사이코패스로서 자기기만과 거짓말에 능하다는 특징과 알츠하이머에 걸려 기억이 온전하지 못하다는 두 가지 신경생물학적 결함으로 인해 서술의 신뢰성이 의문시된다. 『종의 기원』역시 기만적이고 자기중심적인 성향의 사이코패스 서술자인 유진의 진술과 고백을 따라가기 때문에 서술 내용을 신뢰하기 힘들다. 즉 독자 자신이 사이코패스란 무엇이며, 그가 어떤 식으로 사고하고 행동하는지를 체험적인 차원에서 철저히 따라갈 것

---

39   H. 포터 애벗, 『서사학 강의』, 우찬제 외 옮김, 문학과지성사, 2010, p. 151.

을 의도하는 것이다.[40] 더 정확하게는,『종의 기원』은 일인칭 서술자와 주인공의 내면에 동일시하거나 감정이입하는 서사적 공감의 독서 관습과 사이코패스로서 '신뢰할 수 없는 서술자'에 대한 비판적 독해 사이에서 독자를 오가도록 한다. 여기서 신경과학적 지식은 단순히 개성적 인물과 사건의 형상화와 그 서사주제학적 해석을 위한 배경지식만이 아니라 서사학적 독해 차원과도 관련된다는 사실을 확인할 수 있다.

소설 독자는 일인칭 서술자에게 기본적으로 서사적 정보를 제공받는 것은 물론 인물 내면에 동일시하거나 공감하면서 독서를 진행한다.[41] 그러나 서사적 몰입과는 구분하여 사이코패스 서술자와의 공감은 윤리적인가라는 또 다른 서사학적 문제를 발생시킨다. 웨인 C. 부스Wayne C. Booth는 신뢰할 수 없는 작중인물 서술은 윤리적으로 결함이 있는 인물의 표현에 사용되었을 때조차도 공감을 일으키는 경향이 있다고 지적했다.[42] 여기에 유진에 대한

---

40 정유정은 여러 경로를 통해 악(인)의 심층에 도달하는 방편은 결국 그 자신이 되어보는 수밖에는 없으며,『종의 기원』이 그 고민의 소산임을 밝히고 있다. 이를테면『종의 기원』은 사이코패스인 유진 그 자체에 철저히 밀착한 상태에서의 독서를 요구하는 소설인 셈인데, 이는 "유진이로 산다"거나 유진이 "나의 분신이자 내 안에 착상된 수정란"이라고 지칭하는 작가 자신의 표현에서 단적으로 드러난다. 그뿐만 아니라 창작 과정에서 유진의 성장에 대한 대안적인 엄마의 견해를 삭제했던 것에서도 이 소설이 제한된 수준에서나마 사이코패스-되기의 체험을 우선적인 목표로 하는 작품임을 알 수 있다. 황혜진, 앞의 기사.

41 인지신경과학 연구에 의하면 소설 독서 상황에서 독자는 현실 세계에서 서사 세계로 옮겨 가는 몰입을 통해 서사의 상상된 설정과 작중인물에 공감하게 된다. Suzanne Keen, "Narrative Empathy," Peter Hühn et al. eds., op. cit., paragraph 4.

42 웨인 C. 부스,『소설의 수사학』(증보판), 이경우·최재석 옮김, 한신문화사, 1990, 제13장.

작중인물로서의 매력과 간질 환자로서의 취약성에 대한 호소, 유진의 자기 합리화와 거짓말(또는 망각)은, 독자가 그를 도덕적 평가에서 면제해줄 가능성을 높인다.

특히 유진의 어머니는 유진이 "사이코패스 중에서도 최고 레벨에 속하는 프레데터"(p. 259)라는 진단 사실을 알고 그를 약물과 엄격한 규율을 통해 통제하는데, 이러한 양육 방식은 '자유'를 추구하는 유진에게 극도로 억압적인 것으로 서술된다.[43] 모성애와 자유의 추구라는 욕망이 갈등하는 서사는 사이코패스 아들이 결국 자신의 실체를 드러내는 것으로 종결된다. 이 소설의 대다수 독자들은 아마 사이코패스 아들을 둔 어머니의 무력감과 고뇌에 동일시할 수밖에 없을 것이다. 유진의 어머니가 남긴 메모는, 다소 작위적이만, 이 소설이 처한 윤리적 딜레마를 압축적으로 보여준다.

신경과학의 관점으로 다시 돌아가보면, 적어도 사이코패스에 관해서, 작가는 양육에 대한 본성의 우세함을 인정하게 된다. 그 점에서, 이 소설은 인간에 대한 사회문화적 영향력, 달리 말하자면 사회구성주의적 관점에서 탈피해 생물학적 관점을 더욱 수용한 희귀한 사례가 되었다. 이러한 관점에 대해서는 다양한 방식의 평가가 가능하겠지만, 신경과학과 생물학의 영향을 확인할 수는 있다.[44]

---

43 이러한 플롯은 아들을 지키기 위한 어머니의 모성(양육과 교육)과 그 실패(살인자 아들의 탄생)는 한국 교육의 실패를 향한 알레고리적/비판적 독해로 유도하는 측면이 있다.

44 자신이 사이코패스라는 사실을 공개적으로 주장하는 신경과학자 제임스 팰

따라서 정유정의 『종의 기원』은 비교적 사이코패스에 관한 생물학적 지식을 상당히 활용했으나, 사이코패스에 대한 심리학의 설명과 달리, 사이코패스 서술자 유진의 정서에 슬픔과 두려움의 흔적이 남아 있는 것으로 기술되어 있는 점도 있다.[45] 또한, 협소한 정서적 시야를 지닌 서술자의 것이 아니라 분명히 내포작가의 것이라고 해야 할, 다소 문학적인 진술과 혼합되어 있다는 것도 지적해둘 필요가 있다. 물론, 이러한 서술상의 오류나 결함은 주인공이 지닌 비밀(사이코패스)의 전말을 독자에게 지연시키기 위한 전략의 일환에서 빚어진 결과다.

더 중요한 문제는, 이처럼 독자가 주인공-서술자에게 공감하도록 하는 다양한 서사적 기법이 스릴러 장르의 오락적 효과를 위해, 또는 사이코패스 탐구라는 문학적 목적에서 이용될 때 서사 윤리 측면에서 어떻게 평가될 것인가 하는 점이다. 결과적으로 독자는 사이코패스의 자기기만과 부정적 실체를 더 잘 인식하거나 강화하게 되었으므로 괜찮은가? 결국 끝까지 사이코패스의 내면과 자기 합리화를 따라가면서 그를 동정하므로 그 점을 비판해야 하는 것일까? 사이코패스 서사, 특히 일인칭 인물 서술의 서

런처럼, 사이코패스로 태어나서도 훌륭한 양육과 교육을 통해서 파괴적일 정도로 반사회적이지 않고 오히려 성공적인 사회생활을 영위할 수 있다는 주장 역시 사이코패스에 관한 또 다른 과학적 주장의 하나이다. 제임스 팰런의 『괴물의 심연』에 대한 서평으로 노대원, 「사이코패스 뇌과학자의 고백」, 『제주의소리』, 2020. 11. 30. 참고. (http://www.jejusori.net/news/articleView.html?idxno=322976)

45 "수압처럼 무겁고 서풍처럼 싸늘한 두려움이 몸을 조여왔다. 돌아갈 길도, 수습할 여지도 없다는 점에서 절망적인 두려움이었다." 정유정, 앞의 책, p. 216.

사는 그러한 서사 윤리학적 질문을 계속해서 생산한다. 나아가, 그러한 서사 윤리적 질문이 동반되는 독서와 수용이 이루어지지 않을 때, 사이코패스 서사는 단지 폭력에 대한 대중적 호기심을 자극하는 선정적인 오락물로 그칠 가능성이 있다는 점을 경고해야 할 것이다.

4. 사이코패스의 서사적 재현과 그 사회적 의미

사이코패스 인물을 다룬 소설 텍스트의 구체적인 분석뿐만 아니라, 이러한 문학적 재현의 사회문화적 맥락에 대한 비판적 해석도 생물문화적 접근의 문학 연구에 요구되는 중요한 과제이다. 일차적으로 신경과학적 소재의 소설은 과학 지식의 문학적 수용 및 서사적 재현 현상으로 볼 수 있으나, 이러한 문학적 수용이 이차적으로 다시 독자들에게 다양한 영향을 미친다. 즉, 사이코패스 소설은 신경과학의 대중적 수용 현상이자 동시에 그 관심을 다시 확산하고 특정한 방식의 시각으로 유도하는 피드백 과정을 거친다.

특히, 다른 과학 지식의 문학적 수용에 비해 신경과학 지식의 경우, 인간 심리와 인간 본성의 이해, 타인과의 관계의 문제와 관련되어 있기 때문에 큰 중요성을 확보한다. 사이코패스의 존재는 인간의 도덕과 윤리가 생물학적 조건과 무관하지 않음을 결정적으로 증거하는 사안이지만, 이것이 신경적 환원주의 시각에 의해 윤리의 사회적, 문화적 조건을 무시하는 것으로 귀결되어서는 안

된다. 요컨대, 생물문화적 접근은 윤리적 쟁점에 관해서 인간이 명백히 생물학적 존재이자 동시에 사회문화적 존재임을 강조하여 사회·역사적 조건에 대해 민감하도록 요청한다.

박민규의 단편소설 「루디」[46]에는 사이코패스로 명시되지는 않지만 사이코패시 성향을 보이는 한국 소설에서는 그 유래를 찾아보기 힘들 정도로 극도로 잔인하고 폭력적인 인물 루디가 등장한다. 루디가 가한 폭력의 희생자가 다름 아닌 "뉴욕서 작은 금융회사를 운영하고 있"(p. 57)는 미국인 부사장이라는 점은 이 소설의 폭력에 내재한 사회 비판적 의미로 독해된다. 루디가 사이코패스로 직접적인 신체적 폭력을 가한다면, 희생자인 부사장은 세계 자본주의 시스템이 가하는 '구조적systemic' 폭력[47]을 상징하는 인물이라고 할 수 있다. 루디는 주유소 직원들에게 총격을 가해 살해하자 부사장은 "기름값이 있는데… 돈으로 사면 되는데…"라고 말한다. 이에 루디는 "대체 뭔 소리야?/기름은 늘 이런 식으로 얻어온 건데"(p. 68)라고 답한다. 루디의 발언은 미국이 석유를 위해 벌였던 전쟁을 암시한다. 루디는 부사장에게 "러닝메이트"라고 말하며, 일인칭 서술자인 부사장은 "나는 루디와 함께라는 것//그리고 영원히/우리는 함께라는 것"(p. 82)이라고 진술하

---

46 박민규, 「루디」, 『더블 side B』, 창비, 2010.

47 슬라보예 지젝은 명백히 식별 가능한 폭력인 직접적·가시적 폭력을 오히려 주관적subjective 폭력으로 보고, 비폭력 상태 속에서 경험되어지는 상징적 폭력과 구조적 폭력을 객관적objective 폭력으로 본다. 여기서 구조적 폭력은 경제 체계와 정치 체계가 정상적으로 작동할 때 나타나는 파국적인 결과로 규정된다. 슬라보예 지젝, 『폭력이란 무엇인가』, 이현우·김희진·정일권 옮김, 난장이, 2011, pp. 23~24.

며 소설은 끝난다. 결국, 이 단편에서는 루디와 부사장이 서로 '더블'(double, 도플갱어)임이 강조되는 것이다. 소설 텍스트의 표층에서 그것은 루디의 광기 어린 헛소리이거나 독서를 방해하는 기이하고 불편한 미스터리이지만, 독자가 징후적 독법을 취한다면 쉽게 이해되는 지점이다.

실제로 로버트 헤어는 금융계와 경제계에 많은 사이코패스들이 활동하고 있다고 보았다. 가장 효과적으로 돈을 버는 사람은 흔히 사이코패스라는 것이다.[48] 전체 인구의 1%가 사이코패스인데, 관리자의 경우 3%에 해당한다. CEO는 4%가 사이코패스로 추산된다.[49] 전문가들은 월스트리트에서 일하는 부도덕한 사이코패스들에 의해 글로벌 금융 위기가 왔다고 지적하기도 한다. 사이코패스는 개인의 탈선에 그치는 것이 아니라 사회적 문제이기도 하다. 이른바 '성공한' 사이코패스의 위기는 우리 사회가 처한 현 상황을 증명한다.

사이코패스에 관한 문학적, 대중적 관심은 최근 우리 사회가 '공감의 시대'를 표방하며 공감과 소통을 절대적으로 강조하는 풍토를 떠올려볼 때 상반되는 현상이다. 공감 능력이 세속적 성공을 위해서라면 자기 계발의 형태로라도 강권되는 사회적 경향은 아이러니하게도 사이코패스의 신화와 성공에 열광하는 성과주의 사회와 만난다. 언제 어디서 내 이웃과 동료들 사이에 숨은 사이코패스의 희생자가 될지도 모른다는 공포와 불안은 사이코

48　제임스 팰런, 앞의 책, p. 242.

49　이현수, 앞의 책, p. 32.

패스의 냉정한 권력욕으로 사회적 성공과 쾌락을 거머쥐고 싶다는 욕망과 동시에 발현된다. 케빈 더튼과 로버트 헤어는 우리 사회가 과거에 비해 사이코패스 성향이 더 강해지고 있으며 이것은 현대사회가 성공을 위해서 사이코패스적 특징을 요구하고 있다는 사실과 관련된다고 주장한다.[50] 우리에게 당도한 사이코패스 소설들은 공감의 시대이자 역으로 사이코패스 시대의 윤리가 과연 무엇인지를 심문한다.

---

50 케빈 더튼, 앞의 책, p. 190.

Back to the Future

켄 리우 SF 소설의 역사적 상상력

2049년 7월 15일

인류는 마침내 시간을 거스르는 꿈을 실현시켰다. 이제 '시간 항해자Time Navigator'라 불리는 이 혁신적인 타임머신은 미래의 기술과 과거의 신비를 연결하는 마법 같은 문이었다. 시간 항해자는 우주선을 연상시키는 세련된 디자인, 반짝이는 조명, 그리고 복잡한 계기판들로 가득 차 있었다. 탑승객들은 대담한 모험가처럼, 시간의 바다를 항해할 준비를 하고 있었다.

시간 항해자의 내부는 미래주의적인 디자인으로 눈부시게 아름다웠다. 기계의 중심에는 거대한 투명 홀로그램 스크린이 자리잡고 있었고, 이곳에서 과거의 세계가 실시간으로 생생하게 재현되었다. 탐험가들은 각자의 손목에 착용된 작은 장치를 통해 시대를 선택했다. 그들이 중세 유럽 버튼을 누르면, 홀로덱holodeck[1]은

---

1 〈스타트렉〉 시리즈의 홀로덱은 가상현실 기술을 기반으로 한 첨단 홀로그램 시뮬레이션 장치이다. 이 장치는 사용자가 다양한 환경과 시나리오를 체험할 수 있도록 하는데, 이는 실제와 거의 구별할 수 없는 수준의 현실감을 제공한

순식간에 중세의 성곽, 시장, 기사들의 대열로 변모했다. 향신료와 가죽, 새로 짠 직물의 냄새가 공기 중에 가득했고, 기사들의 갑옷이 부딪치는 소리가 울려 퍼졌다. 탐험가들은 각 시대의 거리를 거닐며 중세의 일상과 문화, 그 당시의 삶의 질감을 직접 체험했다.

K는 시간 항해자에 처음 탑승한 탐험가였다. 그는 이제는 사라져버린 한국 출신이었다. 탐험가들 중 아무도 수십 년 전과 같은 가까운 과거에 흥미를 갖는 사람은 없었다. 그는 아무도 선택하지 않은 자신의 망국을 택했다. 조작 실수였는지, 시간 항해자는 오작동을 일으켰다.

K의 이상한 선택이 일으킨 오작동이었을까. 시간 항해자는 자신의 기원이 되는 광범위한 사료 문헌들을 폭포수처럼 쏟아내기 시작했다. 다양한 분야의 논문과 기사, 평론 들이 쏟아져 나왔다. 시간 항해자를 제작하기 위해서 양자역학만 필요했던 것은 아니었다. 시간과 역사, 미래에 대한 문제를 다루기 위해 많은 철학자와 역사학자 들이 필요했다. 때로는 아주 기이하게 보일지 모르겠지만, 시간 여행이 아직은 사변적 상상의 영역이라는 점에서 문학까지 동원되기도 했다.

시간 항해자는 복잡한 데이터 스트림을 내뿜었다. 홀로그램 스크린은 깜빡이며 다양한 파일들을 무작위로 표시했다. 그중 하나의 파일이 눈에 띄었다. K는 당황하기보다 호기심을 느끼며 이 파일을 선택했고, 스크린은 오늘날에는 멸종된 장르인 문학평론으

다. 홀로덱은 교육, 훈련, 오락 등 다양한 목적으로 활용될 수 있으며, 사용자는 이를 통해 가상의 인물들과 상호 작용하거나 특정한 역사적 사건이나 장소를 경험할 수 있다.

로 가득 찼다.[2]

ChronoLit_Discourse_KenLiu_21C_LiteraryAnalysis_ SpecFic_2023_TN-Exp-V4.3.1

1. The Man Who Ended History_KenLiu_21C_LitCritique_SpecFic: 1941년 6월 8일[3]

역사를 직접 체험할 수 있다면, 우리는 어떤 진실을 마주할까? 켄 리우의 중편소설 「역사에 종지부를 찍은 사람들: 동북아시아 현대사에 관한 다큐멘터리The Man Who Ended History: A Documentary」는 이 질문을 깊이 탐구한다. 소설은 과학소설 특유의 가상의 과학기술의 발견으로 시간 여행이 가능하게 된 세계를 다룬다. 그리하여, 과거의 사건들, 특히 일본 제국주의 731부대의 잔혹한 실험을 직접 경험하는 것을 가능하게 함으로써, 역사와

---

2 이 부분은 OpenAI의 ChatGPT 4 또는 GPT-4를 활용한 공동 창작이다. 이 글은 이 외에도 다양한 방법으로 소설 읽기와 평론 쓰기에 ChatGPT 또는 GPT-4를 적극 활용한다. 나는 인간과 AI의 공동 읽기 및 쓰기 작업을 (Close Reading도 Distant Reading도 아닌) Co-Reading으로, 그리고 Co-Writing으로 이름 붙이고 싶다. (물론, 이런 나의 바람과는 달리, 실제로는 'Copilot'이나 'Booster', 보조 도구에 가까웠다.) 이 협력 작업은 어느 연구에서 제안한, (AI와 인간의 작업이 구분될 수 있는) 켄타우로스 방식과 (AI와 인간의 작업이 구분될 수 없이 연결된) 사이보그 방식으로 구분해볼 수도 있겠으나, 이 글에서는 두 가지 방식이 모두 뒤섞여 사용될 것이다.

3 1941년 6월 8일은 이 소설에서 릴리언 C. 장와이어스라는 인물이 731부대의 감방에 갇힌 창이 고모를 보기 위해 시간 여행을 간 시점이다.

기억, 진실과 인식 사이의 경계를 허물어뜨린다.

SFFScience Fiction & Fantasy 작가 켄 리우는 중국계 미국인 작가로서, 중국을 비롯한 동양 역사·문화와 미국 간의 다리를 놓는 소설들도 다수 창작해왔다. 이 소설 역시 가장 탁월한 작품의 하나로 평가받는다. 켄 리우는, 또 다른 중국계 미국인 작가이자 현존하는 가장 뛰어난 SF 작가 중 한 명인 테드 창의 단편소설「외모지상주의에 관한 소고: 다큐멘터리」를 읽고 다큐멘터리 영화 형식의 소설을 쓸 생각을 얻었다고 밝히고 있다.[4] 그는「역사에 종지부를 찍은 사람들」에서 참혹한 장면과 평범한 뉴스 방송, 논쟁적인 상원 청문회, 외교적인 언어를 사용하는 정치인들과 매우 개인적인 인터뷰를 절묘하게 혼합한다. 물론, 소설의 대화주의적 구성에도 불구하고 작가가 역사에 대한 자신의 관점과 태도를 완전히 열어두는 것은 아니다. 오히려 역사를 둘러싼 다양한 의견들과 충돌은 이 소설이 천착하는 비극적인 역사의 심층을 드러내는 데 기여한다.

언어모델 AI는「역사에 종지부를 찍은 사람들」을 다음과 같이 요약한다.

1. 과학적 발견: 주요 인물 중 하나인 아케미 기리노는 시간과 공간에 대한 새로운 이해를 통해 과거를 경험할 수 있는 방법을 발견한다.

4　켄 리우,「역사에 종지부를 찍은 사람들: 동북아시아 현대사에 관한 다큐멘터리」,『종이 동물원』, 장성주 옮김, 황금가지, 2018, p. 559. 이하, 켄 리우의 다른 작품들도 이 책에서 인용.

2. 역사적 배경: 이 소설은 제2차 세계대전 당시 일본 제국군의 비밀 군사 단체인 731부대의 잔혹 행위에 중점을 두고 있다. 이 부대는 전쟁 중 중국인과 동맹국 포로 들에 대해 무자비한 실험을 진행했다.

3. 시간 여행: 실험 물리학자 기리노와 그녀의 남편인 역사학자 에번 웨이는 뵘기리노 입자를 이용하여 사람들이 시간을 거슬러 올라가 과거를 체험할 수 있게 한다. 이 기술은 실제로 과거에 있던 것처럼 느끼게 해주는 것으로 설명된다.

4. 법적, 정치적 논란: 웨이의 작업은 중국과 일본 간의 법적, 정치적 분쟁을 촉발한다. 이는 과거에 대한 통제권 문제와 관련하여 누가 그 지역의 과거에 대한 권리를 가지고 있는지에 대한 논쟁으로 이어진다.

5. 인간적 관계: 기리노와 웨이 사이의 관계는 이야기에 중요한 부분을 차지한다. 그들은 각각 중국과 일본의 문화적 유산을 가진 미국인으로, 과거에 대한 고민과 개인적인 연결 고리를 공유한다.

6. 사회적 반응: 다양한 인물들의 시점에서 본 소설은 과거의 잔혹 행위에 대한 현재의 반응을 탐구한다. 일부는 과거를 묻어버리고 싶어 하고, 일부는 진실을 드러내기를 원한다.

7. 인류의 잔혹함 탐구: 소설은 731부대의 잔인한 실험과 행위를 자세히 묘사한다. 이는 인간의 잔혹함과 전쟁의 참상을 보여주는 강력한 이미지를 제공한다.[5]

---

5   이 요약은 ChatGPT 또는 GPT-4에 켄 리우 작가의 웹사이트에 게시된 영문 소설 파일(https://kenliu.name/binary/liu_the_man_who_ended_history.pdf)을 업로드하여 요청한 답변을 최소한만 수정한 결과이다.

켄 리우의 소설 속 '시간 여행'은 뵘기리노 입자를 통한 실제 역사적 사건의 체험이다. 동시에 이 시간 여행이란, 과학의 경계를 넘어, 역사의 깊은 골짜기와 기억의 미로를 탐험한다는 은유이다. SF 작가이자 수학자인 루디 러커Rudy Rucker 역시 「트랜스리얼리즘 선언문」에서 시간 여행은 기억을 상징한다고 했다.[6] 「역사에 종지부를 찍은 사람들」에서 시간의 흐름을 거스르는 여정은 단순한 과학적 기적을 넘어, 과거의 사건들을 현재의 눈으로 새롭게 바라보고 이해하는 창이다. 과거의 상처와 대면하는 여정은 마치 시간을 넘나드는 정서적 순례처럼, 개인의 내면과 집단의 기억에 새겨진 아픔과 치유의 과정을 그려낸다. 켄 리우는 역사의 진실 앞에서 마주하는 윤리적 고민과 책임의 무게를 다큐멘터리영화 형식이 발휘할 수 있는 대화주의적인 다성악 속에서, 섬세하게 담아낸다.

하지만 이제 우리는 역사에 종지부를 찍기에 이르렀습니다. 저와 제 아내는 역사에서 이야기를 제거하고 역사를 우리 눈으로 직접 볼 기회를 모두에게 제공했습니다. 이제 우리는 기억 대신 이론의 여지가 없는 증거를 손에 넣었습니다. (p. 537)

여기서, 역사를 끝낸다는 말은, 역사가 기록이나 공식 문헌에

---

6   Rudy Rucker, "A Transrealist Manifesto," *The Bulletin of the Science Fiction Writers of America* #82, Winter, 1983, p. 1. (http://www.rudyrucker.com/pdf/transrealistmanifesto.pdf)

의존하는 것이 아니라 실제 체험할 수 있는 것이 되어 종래의 의미에서 역사의 종언이란 의미이다. 또한, 뵘기리노 입자를 통한 역사 체험은 일회적인 사건으로, 그 관찰 대상을 두 번 다시는 체험할 수 없게 함으로써 사료(史料)를 파괴하여, 말 그대로 역사를 끝내는 일이다.

이 소설의 가장 중요한 SF 노붐novum[7]은 뵘기리노 입자의 실험물리학적 발견이자 그것의 역사학적 응용이다. 하지만 과거 사건의 체험이 가능하게 된 미래라는 설정 이외에 소설은 일본 제국이 자행한 잔인한 인체 실험이라는 인류사적 폭력에 집중할 뿐, 과학기술 그 자체에 주목하거나 과학적 진전이 가져오는 서사적 스펙터클에는 큰 관심이 없다. 그보다는 과학적 발명이 추동한 새로운 역사학적 방법론과 그 해석이나 수용의 정당성이 더 중요한 문제로 부각된다. 그러나 실은 뵘기리노 입자를 통한 시간 여행조차도 이 소설이 다루는 역사적 해석의 문제에서 근본적인 것은 아니다. 소설은 역사적 '진실'에 대한 대화주의적 충돌과 토론에 더 많은 지면을 할애한다. 특히 소설의 다큐멘터리영화에서 오스트레일리아, 미국의 평범한 시민들이 출연하여 2차 대전에 대한 역사적 무지나 무관심, 인종차별적 발언을 드러내는 방식은 역사학자들

---

[7] SF 노붐은 새로운 과학기술적 발명 또는 아이디어 정도로 범박하게 이해할 수 있다. 그러나 이 개념을 제안한 다르코 수빈은 비공산주의 마르크스주의자로서, 노붐을 한 공동체에 중요한 의미를 담는 개념적 돌파Conceptual Breakthrough로 이해한다. 그런 의미에서 역사 체험을 가능하게 하는 뵘기리노 입자야말로 공동체의 중요한 변화를 가져오는 노붐으로 인식할 수 있다. (https://sf-encyclopedia.com/entry/novum) 노붐 개념은 에른스트 블로흐의 유토피아 사상에서 영향 받았다.

의 진지한 발언과 대조된다. 이를테면, 오스트레일리아의 고등학교 교사인 한 시민은 시간 여행으로 731부대의 잔혹한 실험을 증언하는 이들에 대해 이렇게 말한다. "그런 이야기를 떠벌리는 사람들은 그냥 관심을 받고 싶은 거예요. 그 왜, 2차 대전 때 일본군한테 납치당했다고 주장하는 한국인 매춘부들처럼."(p. 513)

리우의 소설이 그리는 731부대의 잔인한 인체 실험은 뵘기리노 입자의 발견과 같은 이 SF 소설의 과학적 진전과 극적으로 대비된다. 일본 제국주의가 행한 인체 실험은 "원래 전쟁 중에는 온갖 나쁜 일이 벌어지는 법이에요"(p. 513)라는 한 인터뷰이(미국의 주부)의 말처럼, 혹은 제국의 승전을 위한 목적으로 정당화된다. 과학의 진전은 역사의 사실 또는 진실을 확보하기 위한 증언을 가능하게 하기도 한다. 동시에 과학은, 더 효과적인 살상과 아군의 피해 감소를 위한 전쟁의 수단이 될 수도 있다. 이 소설은 과학의 효용과 그 윤리에 대해서는 특별히 언급하지 않는다. 그럼에도 731부대의 반인륜적 만행은 뵘기리노 입자의 역사적/실천적 쓰임의 대조 속에서 과학기술의 윤리에 대해 독자들에게 질문을 던진다.

리우의 소설은 과학과 역사학의 윤리라는 지적인 탐구 못지않게 개인적인 비극과 역사적 사건 사이의 상호 작용을 깊이 있게 탐구한다. 주인공 아케미 기리노와 에번 웨이는 과학자로서, 역사학자로서 새로운 학문적 시도를 하는데, 이것은 그들의 삶에 깊은 영향을 미친다. 이들의 여정은 과거의 사건이 현재의 인식과 감정에 어떻게 영향을 미치는지를 보여주며, 역사적 사건이 개인과 사회에 끼치는 영향을 그린다. 요컨대, 이 소설은 제2차 세계대전의 역사적 참상을 다루는 동시에 한 부부 학자의 삶을 회고하는 '개인의 역사'다. 리우의 서술은 과거와 현재, 개인과 사회, 기억과 역사가 어떻게 서로 얽혀 있는지를 보여주며, 역사적 사건에 대한 깊은 성찰을 촉구한다. 공식화된 역사나 실증적 문헌 기록보다 역사적 진실의 사적 '체험' 또는 목격과 증언의 중요성을 강조하는 켄 리우의 관점은 에번 웨이의 연설에서 가장 분명하게 나타난다.

> 우리가 홀로코스트나 핑팡의 살육 공장 같은 거대한 잔학 행위를 이야기할 때마다, [……] 부정론자들은 언제나 진실에 '픽션'이라는 딱지를 붙이는 것을 최후의 무기로 삼았습니다.
> 거대한 불의에 관해 이야기할 때에는 조심하지 않으면 안 됩니다. 우리는 이야기를 사랑하는 생물이지만, 한편으로는 개개인의 이야기를 믿지 말라고 배우기 때문입니다.
> 그렇습니다, 어떠한 국가도 어떠한 역사학자도, 진실의 모든 측면을 완전히 아우르는 이야기를 들려줄 수는 없습니다. 그러나 모든 이야기는 만들어진 것이고 그렇기 때문에 진실에서 동떨어졌다는 말은 사실이 아닙니다. 지구는 완전한 구체도 아니고 평평한 원반도 아니지만, 진실에 훨씬 더 가까운 것은 구체 모형입니다. 마찬가지로 어떤 이야기는 다른 이야기들보다 더 진실에 가까우며, 우리는 언제나 가장 인간적이면서도 가장 진실에 가까운 이야기를 들려주려고 노력해야 합니다. (p. 538)

이 소설에서 에번 웨이는 자신의 신념을 밀고 나가지 못하고 결국 자살함으로써 좌절하고 만다. 하지만, "가장 인간적이면서도 가장 진실에 가까운 이야기"에 대한 믿음은 역사뿐만 아니라 소설 쓰기의 의미에 대한 작가의 전언일 것이다.

2. ABrief History Of The TransPacific Tunnel_KenLiu_21C_LitCritique_SpecFic: 쇼와 13년(1938년)[8]

개인의 역사 탐구, 그리고 일본 제국주의에 대한 문학적 비판과 성찰은 「태평양 횡단 터널 약사(略史)A Brief Historty of The Trans-Pacific Tunnel」에서 이어진다. 이 단편소설은 SF의 하위 장르인 대체 역사alternative history로, 가상의 세계사를 배경으로 펼쳐지는 이야기다. 소설은 대공황을 종식시키기 위해 일본이 태평양 터널을 건설하는 가상의 역사를 그린다. 주인공인 찰리는 포모사 Formosa(대만) 출신으로 젊은 시절 터널 건설에 참여한 노동자이다. 소설은 찰리의 현재, 터널을 파는 동안의 회상, 그리고 태평양 횡단 터널의 역사를 설명하는 가상의 책 발췌문 사이를 오간다. 일본 제국이 오랫동안 존속한다는 설정과 가상의 책들 덕분에 여러모로 복거일의 대체 역사 SF 『비명을 찾아서』를 떠올리게 하는 대체 역사 소설이다. 표제로도 사용된 '태평양 횡단 터널 약사(略史)'라는 가상의 책은 태평양 횡단 터널을 이렇게 설명한다.

이 터널은 의심할 여지 없이 인류 역사상 가장 거대한 토목 공사이다. 순전히 규모만으로도 대(大)피라미드와 만리장성이 장난감으로 보일 정도이다. 이 때문에 당대의 평론가들은 터널을 가리켜

8　이 소설에서 태평양 횡단 터널이 완공된 시점이다.

오만한 광기이자 현대의 바벨탑이라고 비난했다. (p. 415)

터널 건설에는 700만 명의 남성이 1929년부터 1938년까지 10년간 참여했다고 한다. 이 소설의 스토리세계에서 터널 건설은 기술적 진보를 촉진시켰다. 이 터널은 상하이, 도쿄, 시애틀에 정차하는 공기압 튜브 기반 이동 시스템으로, 시속 120마일로 아시아와 북미를 연결한다. 상하이에서 시애틀까지 이틀이 걸린다.

20세기 초, 특히 대공황이라는 역사적 전환기를 배경으로 삼아, 리우는 태평양 횡단 터널 프로젝트를 통해 일본 제국주의의 야욕과 그로 인한 사회적, 정치적 영향력을 비판한다. 이 가상의 터널은 단순한 기술적 성과가 아니라, 일본이 국제적인 무대에서 자신의 위치를 확고히 하려는 제국주의 전략으로 그려진다. 이 과정에서 리우는 제국주의가 단지 국가 간의 관계에만 영향을 미치는 것이 아니라, 개인의 삶에도 깊은 영향을 미치는 복잡한 현상임을 드러낸다. 이 소설에서 찰리는 그저 "퇴물 광부"(p. 406)라고 스스로를 인식하는 한 노동자에 불과하지만, 그는 제국주의의 희생자이자 동시에 가해자이다.

욕구를 도저히 참을 수 없는 남자들은 조선 출신 위안부를 찾아갔다. 하루 치 품삯을 지불해야 하기는 했지만.

나는 딱 한 번 갔다. 피차 너무 지저분한 몰골이었고, 여자 쪽은 죽은 생선처럼 꼼짝도 하지 않았다. 나는 두 번 다시 위안부를 찾지 않았다.

동료한테 듣기로 위안부 중에는 자기가 원해서 온 게 아니라 제국 육군에 인신매매를 당한 여자도 있다던데, 내가 산 여자도 그런 경우였던 것 같다. 그 여자한테 딱히 미안한 기분은 들지 않았다. 나는 너무 피곤했으니까. (p. 419)

조선 출신 위안부에 관해서는 그저 삽화처럼 다루었지만, 만주와 중국에서 공산당 봉기를 진압하면서 생겨난 포로들에 관한 일화는, 찰리의 악몽 같은 평생의 트라우마로 남는다. 중국인 공산당 포로라고 알고 있던 노동자들은 그와 같은 포모사 출신의 잡범이었던 것이다. 대체 역사의 형식을 빌렸으나 이 소설은 일제의 강제 징용에 대한 역사적 사실을 에둘러 비판한다. 켄 리우는 짧은 이야기 속에, 아시아와 미국의 대륙을 잇는 태평양 횡단 터널의 제국주의적 규모에 값하는, 비판적인 세계문학을 건축해낸다.

물론, 이러한 평가는 아마도 보편적인 것이 되긴 글렀다. 나는, 이 소설에 관한 정보를 검색하다 우연히 오디오북 리뷰 블로그 웹사이트를 발견했다. 그 리뷰는 이렇다.

[……] 이 이야기를 읽으면서 후버 댐이나 뉴욕의 대형 빌딩과 같은 미국의 초기 건설 현장을 떠올렸다. 이러한 성공에는 인적 비용이 따른다.

This story made me think of some of the early construction in the US, such as the Hoover dam and some of the big New York buildings. There's a human cost to such success.[9]

---

9 https://dabofdarkness.com/tag/a-brief-history-of-the-trans-pacific-tunnel/

전문 평론가는 아닌 것으로 보이는 이 미국 독자는, 동아시아 현대사에 기입된 (혹은 누락된) 일본 제국주의의 폭력과 착취에 대해 무지하거나, 무관심하다. 그는 아마 보편적 휴머니즘의 관점에서 대형 건설 공사에 희생된 노동자에 관해, 그것도 (아마 자신의 나라인) 미국의 건설 현장 속에서 잠시 떠올려볼 뿐이다. 문학적 공감이란 것도 그저 '나의 확장'에 불과할까. 나의 혈연적, 지연적, 민족적, 국가적, 인종적 확장? 내가 조선인 위안부의 이야기에 주목하듯, 소설 속의 찰리가 살기 위해 기어오르던 포모사 동포의 손을 내리찍은 기억을 평생 안고 살았던 것처럼……?

3. GoodHunting_KenLiu_21C_LitCritique_SpecFic: 1912년 4월 12일[10]

켄 리우의 또 다른 단편 사변소설 「즐거운 사냥을 하길Good Hunting」[11]은 넷플릭스 〈러브, 데스 + 로봇〉 시리즈의 단편 애니메이션으로 제작되기도 했다.[12] 단편 분량의 소설이지만, 여러 모로 탁월한 작품이며 과학소설science fiction(또는 사변소설speculative fiction 모두를 가리키는) SF 장르의 최근 경향에 대해 설명할 수 있는 의미 있는 지표다. 이 소설은 중국 전통문화에 바탕을 둔, "사람의 마음을 훔치는 여우 요괴"(p. 78)와 퇴마사가 등장하는 판타

---

10 이 시간대는 소설의 마지막 장면의 시점을 켄 리우 작가가 기입한다고 가정하여 GPT-4에게 제시하라고 요청한 결과다.

11 ChatGPT 4에는 다음 웹페이지를 입력하여 대화했다. http://strangehorizons. com/fiction/good-hunting-part-1-of-2/

12 한국의 애니메이션 회사인 레드독컬처하우스가 제작했다.

ChatGPT
Ken Liu가 "Good Hunting"의 마지막 장면에 특정 연월일을 기입한다고 상상한다면, 소설의 내용과 역사적 맥락을 고려하여 1912년 4월 12일로 설정할 수 있습니다. 이 추정은 다음과 같은 이유에서 나옵니다:

1. **역사적 배경**: 소설의 후반부는 홍콩이 산업화되고 서양 문화의 영향을 받는 시기를 배경으로 하고 있습니다. 이는 20세기 초반, 특히 1910년대의 상황과 부합합니다. 1912년은 중화민국이 수립된 해로, 중국과 홍콩에서 중요한 변화가 일어났던 시기입니다.
2. **소설의 테마와 맥락**: 소설에서 묘사된 동양과 서양, 전통과 현대의 충돌은 이 시기의 사회적, 문화적 변화를 반영합니다. 1912년은 이러한 변화가 두드러지게 나타난 시기로, 소설의 테마와 일치합니다.
3. **문학적 상징성**: 1912년은 새로운 시대의 시작을 상징하는 해로, 소설에서 량과 염이 겪는 변화와 새로운 시작을 상징적으로 나타내는 데 적합합니다.

이렇게 설정된 1912년 4월 12일은 "Good Hunting"의 마지막 장면에 대한 문학적이고 상징적인 날짜로, 소설의 역사적 배경과 테마를 고려한 추정입니다. 그러나 실제 소설에서는 구체적인 연월일이 명시되지 않았으며, 이는 순전히 상상에 기반한 추정일 뿐임을 유의해야 합니다.

그림 3. AI 연구 지원 사이트 <Elicit> (구글 번역 사용)

지소설인 동시에, 증기기관이 고도로 발달한 대안적 서사 세계를 그리는 스팀펑크steampunk SF 장르다. 근래 들어, '과학소설'의 과학은 더 이상 서구 근대 과학기술만을 뜻하지 않게 되었다. 과학소설의 과학이, 비서구적 지식과 지혜로까지 확장되어, 더 이상 과학이란 말로는 감당하기 어려워졌다. 그것이 최근 SF 학자들이 과학소설보다는 사변소설이란 용어를 더 선호하게 된 까닭이다.[13] 과학소설과 판타지의 경계가 점점 더 허물어지는 장르적 변화도 부추긴다.

이 소설은 퇴마사의 아들인 일인칭 서술자 '량(良)'과 여우 요괴 후리징[狐狸精]의 딸인 '염(艷)', 두 주인공의 인생 여정을 그린다.

---

13 노대원, 「미래를 다시 꿈꾸기: 한국과 글로벌 SF의 대안적 미래주의들」, 『탈경계인문학Trans-Humanities』 제33호, 이화인문과학원, 2023, pp. 35~36.

이들의 삶은 전통과 현대, 전근대와 근대, 동양과 서양, 인간과 비인간 사이의 미묘하고 다층적인 관계의 무늬를 그려낸다. 근대 전환기, 중국 농촌과 서구화되어가는 홍콩을 배경으로 삼은 이 소설에서, 전통과 현대성의 충돌은 핵심 사건들을 통해 극명하게 드러난다. 특히, 량의 아버지가 자살하는 과정은 전통적인 삶의 방식이 현대의 변화에 적응하지 못한 비극적 결과로 묘사된다. 그는 한때 존경받는 퇴마사였으나, 산업화와 서양 문화의 도래로 인해 생계가 어려울 정도로 역할과 가치를 의심받게 된다.

한편, 염은 주술적인 전근대 세계 속에 존재하던 여우 요괴인 후리징의 딸로, 본래 자연과 조화를 이루며 살아가는 존재였다. 서양 문명과 기술이 도입되면서, 염은 여우로 변신하기 어려워진다. 염은 사냥하는 것조차 힘들어진다. 근대화 과정은 후리징이나 강시 같은 마술적 비인간 존재들의 힘을 약화시킨 것이다. "내 생각엔 이 땅에서 요술의 힘이 빠져나가는 중인 것 같아."(p. 88)

역설적으로 요괴들에 의존하는 퇴마사의 삶 역시 존속할 수 없게 되었다. 량의 아버지는 요괴 사냥을 하지 못해 삶을 잃고, 염은 동물들을 사냥할 수 없어 후리징으로서의 정체성을 잃고 그저 인간으로 살아야만 한다. "나는 아버지와 아버지가 평생 사냥한 요괴들이 서로 별반 다르지 않다는 생각이 들었다. 양쪽 다 이미 사라져서 돌아오지 않을 낡은 요술의 힘으로 연명하는 존재였고, 그 요술 없이는 어떻게 살아가야 할지 알지 못했으니까."(pp. 93~94)

'즐거운 사냥'이 의미하는 바, 전근대의 주술성과 야생성이 거세되기 시작한 근대 전환기를 압축해서 보여준다. 량 역시 대대로 이어받은 퇴마사의 길을 포기하고, 홍콩으로 나가 서구 근대 기술의 삶, "톱니와 축의 움직임에 매혹당한 삶"(p. 100)을 택해 증기기관차 기술자가 된다.

소설에는 이러한 근대적 전환은 서구 제국주의에 의한 것이라는 작가의 비판적 인식이 엿보인다. 철도의 선로가 땅의 기맥(氣脈)을 막는다는 중국인들의 생각을 무시하며 영국인은 "가장 효율적인 경로를 수정"(p. 90)할 수 없다면서 "이것이야말로 너희가 대영제국과 벌인 전쟁에서 패배한 까닭이다"(p. 91)라고 말한다. 량이 전통적인 생활 방식을 버리고 산업화된 새로운 사회의 일원으로 변모하는 과정은, 서구 근대화와 제국주의가 어떻게 개인의 정체성과 삶의 방식에 근본적인 변화를 가져오는지를 보여준다.

량과 염의 변신 역시 제국주의와 기술 근대주의에 대한 수용이며, 동시에 저항적 전유(專有)이다. 생존을 위해 홍콩으로 나가 인간으로 살아가던, 염은 강제로 사이보그 존재가 된다. 나중에 량의 기술로 기계-여우로 변신하게 된 염은, 다시 사냥에 나설 수 있게 된다. 그녀의 포스트휴먼 신체는 기술-인간-자연-마술의 공존을 의미한다. 염의 이러한 '변신'은 기술과 생체의 융합을 통해 전통적인 인간의 개념을 재고하게 만든다. 소설의 전반부가 서구의 근대 과학기술이 동양의 전통적 세계를 파괴시키는 것을 비판적으로 그린다면, 소설의 후반부는 기술 문명에 대한 일방적 비판을 거두고 인간, 기술, 비인간의 결합에 관한 포스트휴머니즘의 새로운 길을 암시한다. 인간과 기술적 신체 간의 경계를 탐색하며, 전통적인 인간중심주의에 대한 도전장을 던지는 것이다. 량과 염의 상호 작용은 단순히 인간과 비인간의 우정을 넘어, 상호 의존성과 연결의 새로운 지평을 시사한다. 과거의 파괴는 새로운 미래의 출현으로 이어진다. 켄 리우의 역사-과학-소설은 그렇게 과거와 현재와 미래를 뒤섞고, 동과 서를, 마술과 기술을, 인간과 비인간을 그러모아 또 다른 세계를 구축한다.

2023년 11월 21일,

당신은 뵘기리노 입자의 발견 없이도, 시간 항해자 없이도, 시간을 여행한다. 당신이 읽는 소설과 대화하며, 그리고 당신의 마음속에 이미 기록된 삶의 역사로.

대체 역사 SF의 젠더 정치학

복거일, 『비명을 찾아서』

1. 대체 역사 SF의 미학과 정치

복거일의 등단작 『碑銘을 찾아서: 京城, 쇼우와 62년』[1]은 1980년대 후반 한국 소설의 가장 중요한 문학적 결실 가운데 하나다. 이 소설이 출간되어 독서가 이루어질 당시는 대내외적인 사회 현실과 지식-문학 담론 모두 변화를 겪고 있던 과도기이며 혼란기였다. 국내적으로 군사독재 정부의 억압과 폭력에 대항한 사회적 변혁의 열망이 '6월 민주항쟁'을 거쳐 절차적 민주주의로 성취되었으며, 세계사적으로는 탈냉전과 공산주의의 몰락으로 인한 탈이념화가 본격적인 가속도를 얻고 있었다. 국내 문학장 또한 리얼리즘과 모더니즘, 또는 집단의 변혁 논리와 개인의 자유와 문화를 옹호하는 양측의 대립적 문학관이 논쟁하고 있었다. 이와 동시에 서구의 포스트모더니즘이 수용되어 이에 대한 논의가 시작되었다. 이러한 상황 아래서 출간된 『비명을 찾아서』는 신

---

[1]   복거일, 『碑銘을 찾아서: 京城, 쇼우와 62년』, 文學과知性社, 1987.

인 소설가에 의한 도전적인 발상과 형식의 새로움, 그리고 박람한 지식의 충실한 반영으로 기존 소설에 안주해 있던 독자들에게 충격과 기대를 안겨주었다.

그렇다면 독자들은 이 소설의 낯선 형식을 어떻게 받아들였으며, 가상현실을 빌린 현실 비판적 문제 제기에 대해서 어떻게 대답했는가? 출간 후 30여 년이 지난 지금, 기존의 비평과 연구의 성과를 검토해보고 새로운 해석과 평가의 길은 없었는지 모색해보자. 먼저, 출간 당시에는 리얼리즘과 모더니즘으로 양분된 당대 문학장에서 평가절하될 위기에 처한 이 소설을 옹호하여 정당한 위상을 부여하려는 한기의 비평 작업이 선행되었다.[2]

이후의 초기 논의들은 주로 이색적이고 전복적인 형식의 충격에 반응한 결과물이라 할 수 있다. "[한국] 문단이 낳은 최초의 포스트모던 소설"[3]이며 대체 역사 소설이라는 것이다. 소설가 스스로 이 소설에 대해 '대체 역사(代替歷史, Alternative History)' 기법으로 창작했다고 밝혔으며, 실제 소설 안에서도 1980년대 현재에도 일본의 식민 지배를 받고 있는 조선이라는 가상의 시공간 세계를 배경으로 설정하고 있기 때문이다. 소설의 독특한 시공간 배경에 초점을 둔 경우, 자연스럽게 역사소설이나 환상소설, 그리고 SF 소설 등의 소설 장르론의 이론적 틀을 빌려와서 해명하고자 하는 시도들이 대부분이다. 더불어 해당 장르론에 결부되는

---

2 한기, 「식민지적 상황에서의 정신의 모험: 리얼리즘과 모더니즘 넘어서기」, 『서울신문』 신춘문예 당선작, 1988.

3 권택영, 「최근 실험소설에 청진기를 댄다」, 『문학사상』 1992년 7월호, pp. 327~31.

실제와 허구, 역사와 소설 간의 관계를 논의한다든가, 현실 비판과 세태 풍자의 의미를 따져보기도 했다. 그리고 여기서 심화된 논의의 경우는 소설의 시공간과 동일성 문제나 현실 전복적인 환상성의 문제에 대해서 특별히 주목하여 체계적으로 분석하기도 했다. 형식과 내적 구조를 분석하면서 메타픽션이나 액자소설의 구조라는 점, 에피그램epigram 내지 모토motto 등을 포함한 상호텍스트성을 부분적으로 언급한 논문들도 많았다. 이 외에도 이 소설에서 기본적인 발상을 빌려온 SF 영화 「2009 로스트 메모리즈」(2002)와의 서사 비교 분석을 행하고 있는 논문도 있다.

이처럼, 기존 연구들은 낯선 형식에 대한 해명을 『비명을 찾아서』 연구의 주요한 과제로 삼다 보니, 정작 식민주의의 탐구와 그 해결이라는 소설의 핵심 주제 의식은 피상적으로 다루게 된 한계가 있었다. 최근에는 탈식민주의postcolonialism 비평 이론이 도입된 뒤에, 이 소설의 탈식민성postcoloniality에 관한 관심이 증대되고 있다.[4] 이 소설의 도전적 발상과 형식적 충격이, 그리고 형식에 대한 학문적 의문이 어느 정도 가라앉은 이 시기에 주제 의식에 대한 새로운 해석이 가능하리라고 본다. 소설 텍스트의 장르적 문법과 고유한 스타일은 소설적 세계관이나 스토리 내용과 실제로 긴밀하게 연동되는 것이므로 양자에 대한 고려 없이는 온전한 해석에 도달할 수 없기 때문이다.

---

4   김동식은 『비명을 찾아서』가 식민성과 정치적 독재를 통합된 문제로 사고하여 비판한다고 본다. 김동식, 「탈식민성을 사고하고, 포스트휴먼을 상상하는 과학소설들: 복거일의 『비명을 찾아서』와 듀나의 『태평양 횡단 특급』」, 『list』 제20호, 한국문학번역원, 2013.

이 글에서는 『비명을 찾아서』에 나타난 주인공의 피식민지인으로서의 비애와 열패감, 그리고 반식민주의 의식과 민족주의적 각성·저항에 대해서도 탈식민주의 담론을 통해서, 또는 남성성 및 섹슈얼리티의 정치학에 주목하여 비판적으로 독해해볼 수 있을 것이다. 이 외에도 예술가 소설과 지식인 소설의 측면에서 주인공의 서사와 내면을 살펴보거나, 주변화된 하위주체로 형상화된 소설 속 여성 인물들을 페미니즘의 시각에서 복권시켜보는 일 또한 새롭고 독창적인 연구가 되리라 본다. 본고에서는 『비명을 찾아서』에 대한 기존 비평과 연구 성과를 토대로 삼아, 기존 논의들이 간과한 문제들을 새로운 논점을 통해 종합적으로 분석하여 최종적으로 소설의 비판적 해석에 이르고자 한다. 『비명을 찾아서』의 한 에피그램(「도우꾜우, 쇼우와 61년의 겨울」)은 "역사는 씌어지는 것이 아니다. 역사는 고쳐 씌어지는 것이다"(p. 508)라고 말하고 있다. 이 명제가 다시 이 소설의 논의에도 적용될 수 있다면, "소설은 씌어지는 것이 아니다. 소설은 고쳐 씌어지는 것이다"라고 말할 수 있겠다.

2. 현실과 환상의 탈경계로서 트랜스리얼리즘

『비명을 찾아서』의 소설적 세계관, 또는 스토리세계storyworld[5]

---

5   '스토리세계'는 인지 서사학자 데이비드 허먼David Herman의 용어로, 스토리가 펼쳐지는 세상을 의미한다. 서사학자들은 배경이 실제로 인물 및 사건과 구분하기 어렵기 때문에 이 용어를 선호한다. H. 포터 애벗, 『서사학 강의』, 우찬제

는 일본 제국에 의한 식민지 조선의 지배 통치가 여전히 계속되고 있다는 가상의 역사 또는 대체 역사적 상상력으로 구축되어 있다. 1909년 10월 26일 중국 하얼빈역에서 안중근이 전 대한제국 통감이자 일본 추밀원 의장이던 이토 히로부미를 암살하는 데 실패한다는 역사적 가정이다. 이후, 일본 제국은 온건한 대외 정책으로 인해 실제 역사보다 훨씬 큰 번영을 구가하게 된다. 그러나 이러한 대안적 역사와 허구적 가상 세계는 일제강점기라는 한국 근현대사의 실제 역사에서 비롯되었기에 단순한 허구로 간주하기 보다는 역사적, 사실(史實)적 지식의 문학적 재구성이라고 할 수 있다. 또한 『비명을 찾아서』는 식민지 시기의 가상적 연장에 그치지 않고, 1980년대 후반 한국의 정치·사회적 현실을 세태 풍자하고 비판한 알레고리로 볼 수 있을 만큼 당대 현실을 충실히 재현해놓고 있다. 즉, 현실주의에 근거한 환상적 허구가 이 소설의 시공간 배경을 구성하고 있는 근간 원리이다.

제이 래딘은 미하일 M. 바흐친의 장르적 크로노토프chronotope에 관해 이론적으로 논의하면서, SF 장르의 독자는 익숙한 시공간과 다른 크로노토프 유형을 빠르게 확인하는 전문가가 된다고 주장한다. 사실주의 문학의 주요한 관심사 중 하나가 바로 시간과 공간의 균일성이기 때문에 사실주의 독자는 크로노토프에 덜 주목하기 마련이라는 설명이다.[6] 주류 문학의 독자에 비해서

외 옮김, 문학과지성사, 2010, pp. 314~15.

6   Jay Ladin, "Fleshing Out the Chronotope," Caryl Emerson ed., *Critical Essays on Mikhail Bakhtin*, Twayne Publishers, 1999, p. 213.

상대적으로 SF 독자는 크로노토프, 즉 문학적 시공간 인지에 민감한 독서 프로토콜protocol을 보유하고 있으며, 이러한 독자의 조건은 실제로 텍스트 독해에 큰 영향을 발휘하게 된다. 따라서 SF 작가 역시 새롭고 독창적인 크로노토프를 통한 세계 만들기worldmaking에 더욱 열의를 갖고 창작에 임해야 한다.

사이버펑크 작가이자 수학자인 루디 러커는 '트랜스리얼리즘Transrealism'이라고 부르는 SF 글쓰기 스타일을 제안한 바 있다. 트랜스리얼리즘은 이른바 스트레이트 리얼리즘 소설의 대안이지만, SF의 유형이 아니라 전위 문학의 한 유형이다. 러커에 의하면, 환상과 SF의 도구는 리얼리즘 소설을 두껍게 하고 강화시키는 수단을 제공한다. "시간 여행은 기억이고, 비행은 깨달음이고, 대안 세계는 개인 세계관의 엄청난 다양성을 상징하며, 텔레파시는 완전히 의사소통하는 능력을 의미한다. 이것이 '트랜스Trans' 측면이다."[7]

이러한 논의에서 트랜스리얼리즘은 문학적 글쓰기의 한 유형인 동시에 SF 문학 장르의 유효한 독해 방식으로도 수용될 수 있음을 알 수 있다. 트랜스리얼리즘에서 현실과 환상은 분명하게 구분되기보다 상호 의존적이며 그 경계는 무너진다. 트랜스리얼리즘은 현실성reality과 가상현실성virtual reality을 역동적으로 중재하고 매개한다. 이러한 트랜스리얼리티transreality는 현실 세계와 허구적 서사 세계(텍스트 세계) 간의 이행 및 상호 연결 관계와 연

---

7 Rudy Rucker, "A Transrealist Manifesto," *The Bulletin of the Science Fiction Writers of America* #82, Winter, 1983, p. 1. (http://www.rudyrucker.com/pdf/transrealistmanifesto.pdf)

속성을 의미한다.[8]

트랜스리얼리즘 문학으로서, 『비명을 찾아서』는 텍스트상에서 '쇼우와(昭和) 62년'의 1월부터 12월에 이르는 시간을 순차적으로 차분하게 전개시키고 있다. 주인공 기노시다 히데요[木下英世] 또는 박영세가 경험한 1년의 시간을 직선적 플롯으로 제시하고 있는 서사적 의도는 무엇보다도 가상의 식민지에서 경험하게 되는 일상생활everyday life에 대한 관심이다. 중산층 계급의 평범한 회사원으로서 주인공이 지니는 사회경제적 위치와 맞물린 일상성의 부각은, 이 소설의 독자에게 보편적 공감의 기반이 된다.

현대 환상소설의 가장 놀라운 점이 바로 주인공 스스로 그 놀라운 환상적 시공간에 대해서 별다른 놀라움과 망설임을 갖고 있지 않다는 지적[9]은 여기에서도 적용된다. 카프카의 소설 『변신』에서 평범한 일상을 영위하던 영업사원 그레고리 잠자가 갑충으로 돌연하게 변신하는 장면은 독자들에게 자신의 일상과 세계에 대한 의문을 촉구한다. 소설 전체적으로 독자들의 세계와 거의 유사하지만 몇 가지 끔찍한 환상적 요소가 돌출적으로 제시되어, 그 요소를 산출시키게 된 원인인 해당 사회의 모순에 대해서 집중적인 성찰을 하도록 유도하는 것이다.

거의 1980년대 한국의 정치·사회적 현실을 풍자하고 있는 듯

---

8   노대원, 『몸의 인지 서사학』, 박이정, 2023, pp. 111~13.

9   "토도로프는 『변신』에 대한 자신의 해석과 블랑쇼와 카프카의 환상세계에 대한 사르트르의 분석을 토대로, 20세기 환상문학을 기이한 것이 당연한 것으로 여겨지는 '보편화된 환상'의 세계로 규정하기에 이른다." 심진경, 「환상문학 소론」, 서강여성문학연구회, 『한국문학과 환상성』, 예림기획, 2001, p. 13.

한『비명을 찾아서』에서도, 그 사회가 '분단과 독재'로 요약될 수 있는 독립국가 대한민국이 아니라 일본 제국의 한 식민지로 그려지고 있는 까닭은 이와 같다. 스토리의 표면상으로 식민지가 아닌 '지금-여기now-here'의 현실을 소설로 옮겨 왔음에도 그것이 어째서 '반(反)유토피아no-where' 또는 디스토피아Dystopia적 세계인 식민지로 형상화되는가에 대한 강력한 질문을 독자들에게 던져볼 수 있기 때문이다.[10]

이 소설에서 발상을 얻은 영화「2009 로스트 메모리즈」가 대중적 SF를 지향했던 것처럼 SF 소설의 하위 장르인 대체 역사 소설이 쉽게 택할 수 있는 대중적 서사 전개를 택하지 않고, 굳이 흥미와 박진감을 떨어뜨리는 방식으로 12개월에 따른 장절 구성을 택한 이유는 이와 같이 현실에 뿌리박은 문학적 성찰에 가치를 두었기 때문이라고 추측해본다. 그러므로『비명을 찾아서』에 나타난 대체 역사의 환상적 상상력이나 메타픽션 및 지적 담론의 포스트모던적 배치 등의 형식적 측면은 우리 사회의 모순을 집약하고 있는 '식민성'에 대한 사유를 촉발하고 탈식민의 가능성을 타진해보기 위한 것으로 이해해볼 수 있다. 다음 장에서는 본격적으로 이에 관해 분석해보도록 하겠다.

---

10 김영성은 이 글과는 약간 다른 맥락이지만 "『비명을 찾아서』에서 환상은 일차적으로 독자에게 역사가 허구적인 것임을 보여줌으로써 현실의 식민지성을 인식하도록 한다"고 지적한다. 김영성,「환상, 현실을 전복시키는 소설의 방식: 복거일『비명을 찾아서: 京城, 쇼우와 62년』의 경우」,『한국어문』제19권, 한국언어문화학회, 2001, p. 55.

3. 식민지 예술가의 욕망과 남성 정체성 탐색

『비명을 찾아서』의 서사는 이미 여러 기존 논자들이 적절히 지적한 것처럼 '탐색담Quest story'의 구조를 이룬다. 소설의 표제가 지시하듯, 그 플롯 역시 주인공이 상실하고 망각한 것, 결핍되어 욕망하는 것들을 '찾아서' 적극적인 투쟁적 모험을 떠나기 전까지의 일상생활에서의 갈등과 고뇌의 내면 심리와 그 행적을 담고 있다.

탐색자 주인공 기노시다 히데요의 사회적 조건과 역할에 따라서, 그가 추구하고 달성하고자 하는 욕망에 따라서 세부적인 분석을 수행해볼 수 있다. 일단, 선행 연구자인 강운석의 분석적 논의를 따라가보자. 도끼에를 향한 '사랑의 욕망', 회사원으로서 '사회적 욕망', 시인으로서 '예술적 욕망'과, 피지배 민족 조선인 출신으로서 이러한 세 욕망들을 성취하는 데 장애가 되기 때문에 고민하게 되는 '역사적 욕망' 등이다. 이러한 욕망들은 포괄하여 '동일성 획득의 욕망' '자아 탐색의 욕망'이라고 총칭할 수 있다.[11] 주인공인 기노시다 히데요가 남성 주체로서 사랑의 욕망과 사회적·예술적 욕망, 역사적 욕망을 성취하기 위하여 고민하는 과정은 '남성성masculinity'의 문제와 긴밀하게 연결되어 있다. 그러나 기존 연구들은 이러한 점에 착안하여 주체의 심리와 행동을 종합적으로 해명하는 작업을 하지 못했다. 또한 이 소설이 예술가 주인공

---

[11] 강운석, 「혼재된 시공간과 동일성의 담론: 복거일의 『비명을 찾아서』를 중심으로」, 『현대소설연구』 제8권, 한국현대소설학회, 1998, pp. 298~300.

의 자의식과 작품화 과정에 치중하는 예술가 소설의 경향이 있어서, 기존 연구 역시 주인공/주체 중심주의적 분석에 치중해왔다. 이를 반성하여 주인공 중심 수사학에서 타자의 수사학(우찬제, 「타자의 수사학」)으로 분석과 해석을 해볼 수 있다. 특히 탈식민주의적 페미니즘 담론의 도움을 받아, 남성성의 문제를 비판하여 소설 속에서 억압되고 주변화된 여성 하위주체Subaltern의 목소리를 간접적으로 복귀시킬 수 있을 것이다. 타자의 수사학 텍스트 분석 방법은 독자로부터 소외된 타자에게까지 비평적 시야를 확대하여 결국 텍스트를 전체적으로 더욱 두껍게 비판적으로 읽을 사유의 기회를 제공해줄 것이다.

『비명을 찾아서』의 첫 부분인 '일월' 장의 1절은, 주인공 기노시다 히네요의 면도와 목욕 장면으로부터 시작한다. 시간적 배경으로는 1년의 첫번째 날로, 과거와 현재의 자신을 성찰해보고 미래의 계획을 정립해보면서 동시에 독자에게 인물(성격)을 제시하는 기능을 수행하고 있다. 여기서 '거울'에 제 몸을 비추는 행위는 자기 성찰적 행위로, 1년의 첫번째 날의 성찰과 다짐의 서사인 동시에 주인공의 성찰적 지식인-예술가로서의 성향을 암시하고 있다. 주인공 스스로 자신의 삶을 되돌아보고 욕망을 드러냄으로써 앞으로의 갈등을 예비한다. 따라서 이 절의 심층 분석은 소설 전체를 이해하고 해석하는 데 좋은 실마리가 된다.

기노시다는 서른아홉 살로, 청년기에서 불혹의 중년기로 접어들기 시작한 남성이다. 39년이란 시간은 한국 현대사의 시간을 의미한다는 해석이 지배적이다. 물론 기노시다의 삶의 조건은 한국 현대사와 사회적 배경을 함축하고 있다. 그는 황군 장교 출신으로 '한도우 경금속 주식회사'의 과장 직위에 있는 회사원이다. 군부가 막강한 정치적 영향력을 행사하고 있는 『비명을 찾아서』의 세계와 1970~80년대 한국의 군사독재 정치는 정치체제 면에서 유사성을 보인다. 이 소설은 세태 풍자적 기법을 통해서 우회적으로 억압적 정치 현실을 비판하고 있는 것이다. 그러나 이것은 단일한 비판 의식으로만 형상화되지 않는다. 군 출신·중산층 계급·중년·남성·회사원·전통을 중시하는 시인인 보수적인 성격의 주인공에게는 기성 사회에 대한 안주와 동화의 욕망이 공존하고 있기 때문이다. 그러므로 일상생활의 영위자라는 보편적-보수적 측면에, 자신과 사회를 성찰해야 하는 지식인-예술가라는 특수한 조건이 미묘하게 길항하며 주인공 내면 심리의 역동성을 부여하고 있다.

기노시다가 면도를 하는 행위는 기본적으로 신년을 맞이하여 성찰의 의미를 내포한 목욕재계의 의식을 치루는 것으로 파악할 수 있지만, 남성성 측면에서 재해석해볼 여지가 있다. 면도라는 행위는 남성성의 확인인 동시에 남성성의 제거 의식이기 때문이다. 중년의 나이에 제 몸을 확인하는 행위 역시도 남성성과 연관된 일이다. 자기 육체를 살펴봄으로써 자신의 남성성이 위축되어 가고 있지만 "군살은 한 점도 없는 단단한 몸매"(p. 18)에서 다시금 남성성을 재확인하고 시마즈 도끼에를 향한 사랑의 욕망에 대해 생각하게 된다. 군 장교 출신 남성으로서 군대 시절에 대한 향수와 군사 정치에 대한 혐오라는 이중적 감정에 사로잡히는 것 역시 남성성의 양가적 측면이다. 비판적 지식인들은 남북한을 이념의 차이에도 불구하고 공히 '병영사회'로 규정하고 있다. 박정희와 김일성으로 표상되는 양측의 군사적 권위 체계는 가부장적 남성 중심의 사회이다. 이러한 병영사회에서 남성성은 폭력적으로, 부정적으로 구현되기가 쉽다. 소설 속의 세계 역시 남성적 병영사회로 권위와 부패가 특징인 사회로 파악된다.

기노시다가 남성 시인으로서 시적 영감을 얻는 대상 역시도 여성이다. 그는 도끼에를 사랑의 욕망 대상이면서 예술적 영감의 원천인 베아트리체적 여성상과 유사하게 인식한다. "그녀를 사랑함으로써 마흔이 다 된 나이에 애틋한 사랑을 노래하는 풀빛 서정시를 쓸 수 있다는 사실이 그녀를 더욱 소중하게 만든 점도 있었다"(p. 20)라는 진술에서 알 수 있듯이 남성성은 예술적 욕망과 사랑의 욕망 등 주인공의 여러 욕망의 기호들을 고무하고 상호 매개하고 조정하는 기능을 수행한다. 이렇게 주인공은 소설 초반부부터 남성성에 강한 관심과 집착을 보이면서, 다른 사회적, 심리적 문제와 함께 플롯을 엮어나가고 있다. 남성성의 확인으로 인한 자신감과 남성성의 상실로 인한 열패감은 기노시다의 의식과 행동을 규정하고 있기 때문이다.

4. 제국-식민지의 성적 표상과 남성성의 위기

소설 첫 부분에서 기노시다가 남성성의 조심스러운 확인을 통해 자기 삶과 욕망의 가능성을 투시해보았던 것과 달리, 그 이후에는 남성성 상실과 결부된 예술적, 사회적 욕망과 사랑의 좌절을 경험하게 된다. 이는 제국의 지배를 받는 식민지 조선인으로서의 그의 민족적 존재 위치와 같다. 그는 개인적인 노력과 보수적인 생활로 안정적인 삶을 누려왔지만, 피지배 민족으로서의 한계를 뼈저리게 느낄 수밖에 없었다. 비애와 열등감을 체험하는 수난자의 형상은 민족사를 수난사로 서술하는 근대 초기의 국가 기술 방식과 유사하다.[12] 민족의 공통적인 경험과 정서 중에서 수난이 민족의식을 형성하는 데 매우 중요한 역할을 한다는 인문학자들의 지적도 기노시다의 조선인으로서의 비애감과 그에 따른 민족의식의 각성 과정을 해명하는 데 좋은 열쇠가 된다. 한국 역사를 수난사이자 고난사로 서술한 함석헌은 한국사를 '수난의 왕녀' 또는 로댕의 「갈보였던 계집」으로 비유하고 있다.[13] 소설 속에서도 기노시다의 민족의식을 각성하는 데 귀중한 역할을 하는 한용운의 시집 『님의 침묵』 역시 여성 하위주체의 언어로 이루어져 있다.[14] 『비명을 찾아서』의 주인공의 의식과 서사 내용 또한 이러한 수난 의식에서 크게 벗어나 있지 않다. 욕망이 좌절되고 남성성이 상실된 주인공과 유린당한 여성의 몸과 국토의 형상은 소설 속에서 자주 목격된다. 각각의 욕망의 좌절과 남성성의 상실을 분석해보자.

---

12 권명아는 '민족'에 대한 논의를 반영하여 이 소설을 해석한다. 권명아, 「국사 시대의 민족 이야기: 복거일, 『비명을 찾아서』」, 『실천문학』 2002년 겨울호.

13 함석헌, 『뜻으로 본 한국역사』, 한길사, 2001, pp. 436~38.

14 한용운 시의 중요한 연구 경향은 탈식민주의적 해석 방법이다. 엄성원, 「한용운 시의 탈식민주의적 특성 연구」, 『한국문학이론과 비평』 제31호, 한국문학이론과비평학회, 2006; 이민호, 「만해 한용운 시의 탈식민주의 여성성 연구」, 『한국문학이론과 비평』 제31호, 한국문학이론과비평학회, 2006 참고.

서양이 문명의 중심인 지금 세상에서 구주어와는 체계가 전혀 다른 동양의 언어로 써서는, 어쩔 수 없이 변두리 시골의 이름 없는 시인으로 끝나야 했다. [……] 문제는 그것으로 끝나지 않았다. 그는 조선인이었다. 일본 안에서도 궁벽한 시골 문단의 이름이 알려지지 않은 시인이었다. 아직 중앙 문단의 문예지에 작품이 실리지 못한 처지였고, 일본시인협회의 회원도 아니어서, 문부성(文部省)에서 공식적으로 인정하는 시인도 아니었다. 조선시인연맹에 가입한 거진 천 명이 되는 조선 시인들 가운데 시협의 회원인 사람들은 이백 명이 채 못되었고, 그나마 대부분은 내지 대학을 나와 내지 문단에서 추천을 받았거나 지면이 있는 내지인들이었다. 좋은 시만 쓴다면야 중앙 문단에 진출하는 것이 그리 어려운 일은 아니었기 때문에, 그는 별로 괘념하지 않고 있었지만, 그래도 그것은 언젠가는 넘어야 할 장벽이었다. (p. 83)

먼저 시인으로서의 주변 의식을 찾아볼 수 있다. 세계의 주변 (동양)의 주변(조선)에서 창작 활동을 펴는 그는 주변부의 비애 의식을 체감한다. 그는 '자신을 시인으로 규정'했기 때문에 이는 매우 고통스러운 자기 존재 확인이다. 더욱이 이것은 그의 보수적인 전통 중시 예술관에 의해서 비관의 정도가 심화되는 것이라 할 수 있다. 기노시다는 전위적이고 혁신적인 파괴를 옹호하는 현대적 시인이 아니라 '근대 하이쿠 시인'에 자신의 시업을 비교 평가해보는 보수적인 시인이다. 전통문화와 예술의 가치를 높이 평가하고, 제도적 예술의 권위를 좋든 싫든 인정하고 그 중심 안으로 편입하고자 노력하는 예술가에게, 자기 사회의 문화가 주변부이며 피지배 민족에 의해 흔적도 없이 제거되었다는 사실은 고통스러운 사실이다. 이 때문에 기노시다는 제국의 지배 논리에 동화되어 중심으로 편입하려는 이광수적 길과 제국의 논리에 저항하고 민족정신을 일깨우는 한용운적 길 사이에서 머뭇거린다.

> 궁극적으로 그의 문제는 내지인이 주인인 세상에 조선인으로 태어난 죄였다. 이번의 [승진] 좌절은 마흔 해 동안 수없이 만났던 장벽 앞에서 다시 주저앉은 것이었다. (p. 104)[15]

> [……] 내가 잘못한 것은 "나는 조선인이지만, 내 자신의 능력과 노력으로 조선인으로 태어났다는 문제를 해결했다"고 생각했던 것이다. 그리고 다른 조선인들을 외면하고서 살아온 것이다. 조선인의 문제는 개인의 능력이나 노력만으로 해결될 수 없는 것이다. 그것은 모두의 문제이기 때문에. 모두의 문제는 모두의 힘으로 함께 풀어야 하는 것이다. (p. 107)

시인의 명성을 획득하기 위한 상징자본 경쟁이 문화 예술이라는 한정된 정신 영역에서 벌어지는 특별한 소수의 게임이라면, 직장 생활에서의 승진 문제는 생존과 생계가 달린 보편적인 문제이다. 그래서 조선인이라는 민족적 한계 조건으로 인해 승진에서 좌절을 경험한 기노시다는 처음으로 사회적 각성에 도달한다. 개인의 사회적 성공은 개인의 노력 이상으로 민족, 출신과 같은 사

---

15 부기는 인용자.

회구조적 조건에 의해 결정되기 때문이다. 결국 그는 사회적 문제는 사회적으로 해결할 수밖에 없다고 판단하고 있다. 그러나 이러한 사회적 각성은 그의 논리와 내적 결심 안에서만 존재하는 것이다. 다른 조선인들에 대한 연민의 감정 역시 다분히 감정에서 그치고 있다. 금서 입수를 통한 조선어와 조선 문화의 고고학적 탐구라는 행위는 지극히 개인적인 행동에 불과하며 서사상의 행동에서도 끝까지 개인적 영웅주의를 고수하고 있다. 다만 상해로의 탈출/망명이 망명정부와의 접선을 예견케 한다는 점에서 비록 소설의 외부에서이지만 사회적 해결의 한 가능성을 보여주고 있다.

예술적 욕망과 사회적 욕망의 좌절이 민족의식의 각성에 이르게 하는 간접적인 원인이었다면, 사랑의 욕망 내지 섹슈얼리티는 매우 일상적인 방식으로 기노시다를 자극하여 성찰하게 하며 결국에는 격렬하고 직접적인 행동을 하도록 한다.

(1) 하기야 세쯔꼬만 탓할 것은 없었다. 조선인 여자치고 내지인 남자와 결혼하고 싶어하지 않는 사람은 없을 터였다. 여자뿐 아니었다. 조선인 남자에게 내지인 여자는 성공의 기념비였다. '나도 내지인 여자를, 그것도 화족(華族)의 무남독녀를 얻기를 얼마나 간절하게 꿈꾸었나? 만일 내지 명문의 딸이 아니었다면, 내가 도끼에를 이렇게까지 사랑하게 되었을까?' 대답은 나오지 않았다. (p. 59)

(2) 예쁘고 집안 좋은 내지 처녀를 얻는 꿈은 이천 오백만 조선 남자들이 지닌 마음의 성감대였다. 가장 은밀한 곳에 감춰진 가장

보드랍고 짜릿한 성감대였다. 잘생기고 학벌과 집안이 좋은 내지 청년에게 시집가는 것은 이천 오백만 조선 여자들의 그것이었고. (p. 329)

(3) 그리고 브라우넬이 일본 여자와 결혼했다는 사실도 마음에 좀 껄끄러웠다. 앤더슨과 도끼에의 경우도 그랬지만, 서양 사람과 동양 사람 사이의 결혼은 대개 서양 남자와 동양 여자 사이에 이루 어졌다. 내지인과 조선인 사이의 결혼이 대부분 내지 남자와 조선 여자 사이에 이루어지듯이. (p. 345)

(4) 내지인 여자를 대할 때, 자신이 조선인 사내고 상대가 내지 인 여자라는 사실을 먼저 생각하지 않은 적은 없었다. 상대가 매력 적일수록 더욱 그랬었다. 아랫배를 가득 채운 묵직한 욕정과는 다 른 더운 기운이 가슴을 훈훈하게 덮기 시작했다. (p. 365)

(5) "……것이 당연한 거요. 조선 여자들은 내지 남자들에게 봉 사하기 위해 존재하는 겁니다. 누님, 그렇지 않아요?" 혀가 좀 굳어 진 아오끼의 목소리가 들렸다. (pp. 492~93)

위의 여러 인용 부분들에서 직접적으로 언급하고 있듯이, 대 부분의 경우 제국과 식민의 성적 표상은 남성과 여성으로 나타난 다.[16] 실제의 제국과 식민지 현실의 남녀 연애 관계에서도 그렇고

16 박형지와 설혜심의 신역사주의적 학제간 공동 연구서인 『제국주의와 남성성:

일제강점기의 한국 소설에서도 이러한 양상은 반복되어 나타나고 있다는 것을 알 수 있다. 정복자-지배자-식민 본국과 피지배자-식민지의 차별적인 성적 표상이 남과 여로 규정된다는 것은 오리엔탈리즘과 옥시덴탈리즘이 동서양을 성적으로 규정짓는 방식에서도 확인할 수 있는 문제이다.[17] 그것을 소설 속에서는 인용 (3)에서 재확인해볼 수 있다. 동서양 간의 차별적 정치 권력 관계가 차별적 남녀 간의 관계로 연결되듯이, 제국 강점기에는 일본과 조선의 관계가 그대로 일본 남자-조선 여자의 연애 관계로 나타나야 정상적인 면모를 갖게 된다. 제국과 식민의 차별 관계와 남녀 차별 관계가 자연스럽게 결합되기 때문에 이러한 관계를 이탈하는 남녀 관계는 부자연스러운 것이며 비정상적인 것으로 인식되게 된다. 동양과 서양 간 또는 제국과 식민 간의 남녀 관계에 대한 사회적 이데올로기가 기노시다의 사랑의 욕망을 좌절시키는 큰 장애 요인으로 작용하고 있다. 그러나 소설 속에서 흥미

19세기 영국의 젠더 형성』에서는, 제국주의자들은 식민 지배자와 피지배자 사이에 명백한 위계질서를 확립하기 위하여 영국에는 강력한 남성의 이미지를, 그리고 인도에는 연약한 여성의 이미지를 부여했다고 논증하고 있다. 김상수, 「문학과 역사의 만남을 통한 제국주의와 남성성의 해체: 박형지·설혜심,『제국주의와 남성성: 19세기 영국의 젠더 형성』」,『역사학보』제186집, 歷史學會, 2005, p. 310.

17 오리엔탈리즘과 옥시덴탈리즘의 역설적 상호 관계성 속에서 비서양(동양)은 서양이 비서양을 규정하는 방식을 재차용하는 복합적인 면모를 드러낸다. 옥시덴탈리즘에서 서양과 대립되는 비서양(동양)의 표상은 (고귀한) 야만과 미개 혹은 억압과 착취의 대상으로 축조된다. 이런 억압받는 비서양(동양)의 표상은 사회적으로 억압받는 계급—특히 하층계급, 여성, 아동에 의해 구체적으로 형상화된다. 공임순,『식민지의 적자들: 조선적인 것과 한국 근대사의 굴절된 이면들』, 푸른역사, 2005, p. 31.

로운 점은 제국과 식민 남녀 관계의 사회적 모델이 확고할수록, 그 금기를 파기하려는 남녀의 욕망이 자극되고 있다는 사실이다. 식민지 출신의 남녀가 식민 본국의 남녀보다 열등한 사회적 존재로 인식되는 사회에서 식민 본국의 상대 이성과의 결합하는 것은 성공의 징표로 나타나기 때문이다.

특히 인용 (5)에서처럼, 일본 제국주의의 남성적 폭력성을 체현하고 있는 아오끼 소좌의 발언과 그가 기노시다의 아내와 딸을 겁탈하고 성적으로 농락하는 사건은 주목할 만하다. 극단적이고 폭력적인 제국주의적 남성성의 공격 앞에서 기노시다는 식민지인으로서 자신의 무기력을 고통스럽게 인식하고, 가부장으로서의 남성성이 무참히 훼손됨을 목격하는 것이다. 또한 다른 연구자들도 잘 지적한 것처럼 일본 군인에 의한 아내 세쯔꼬와 딸 게이꼬의 수난은 철저히 유린당한 국토의 여성적 수난상과 겹쳐지고 있다. 강압적인 식민 체제에 대해서 어떠한 저항적 대응도 할 수 없는 타자화된 여성 하위주체들을 대신해 기노시다는 아오끼 소좌를 살해하는 극적인 사건을 일으킨다. 상실된 민족성과 함께 위축되었던 남성성을 살인이라는 극적인 체험을 통해서 부활시키고 있는 것이다. 이는 소설 첫 시작 부분('일월' 1절)에서 (면도라는 행위를 통해) 남성성이 상징적으로 거세되어 위축되고 있다가 결말에 이르러 (아오끼 소좌를 살해함으로써) 재생되고 폭발하는 것과 대응된다. 또한 첫 부분에서 아오끼 소좌에 대한 간접적 언급을 통해 드러낸 군사정부에 대한 이중 감정을 완전히 지워내고 군국주의적 제국을 향한 항거를 시작한다. 이것은 기노시다 히데요가 박영세로 진정한 자기 이름, 즉 민족성을 되찾고 더 이상 제국 체제에 안주하는 식민지 노예가 아님을 선언하는 것과 같다. 그리고 1980년대 한국의 시대적 맥락에 비추어 독해하자면, 폭력적이고 부패한 군사독재 정부의 권위 체제에 대한 항거의 의미로 텍스트를 확장해볼 수 있을 것이다.

5. 중심-주변의 경계 해체와 성찰

지금까지 주인공 기노시다의 욕망과 그 좌절, 그리고 남성성의 상실을 통해 그가 역으로 남성성과 민족성을 회복해가는 과정을 분석해보았다. 그러나 그가 아오끼 소좌를 살해하고 상해로 망명을 떠나게 되는 결말부는 작위성과 성급한 해결 방식 등 여러 미학적 결함 외에도 작가의식 내지 이데올로기의 문제와 한계를 노출시키고 있어서, 새로운 비판적 해석의 길을 열어두고 있다.

아오끼 소좌를 살해하고 상해 망명 준비를 하는 기노시다의 행동과 의식을 따라가보자. 아오끼 소좌 살해는 분명히 남성적 폭력이 극적으로 표출된 것이며, 시인과 회사원으로서 기존 체제에 순응해왔던 기노시다의 기존 행동을 뒤엎는 일이다. 이러한 남성성의 회복이 긍정적이지만은 않은 것은, 그것이 폭력에 대항하는 폭력이지만 역시 그것으로 인해 폭력의 주체가 된다는 문제를 야기하기 때문이다. 그가 억압적 제국 및 군사 체제에 폭력적으로 항거했지만, 결국 그는 예전에 그가 장교였듯이 군인의 모습으로 돌아가게 된다. 김밥을 말고 꼼꼼하게 배낭을 챙기며 등산객의 피크닉 기분을 내고 있는 것처럼 보이는 그는, 소설 전체를 통틀어서 가장 유쾌한 심리를 표출할 정도이다. 회복된 남성성에 대해 기노시다가, 그리고 이 인물의 창조자가 얼마나 열광하고 있는지를 증거한다.

'그러고 보니, 면도기를 빼났구나. 면도기는 필요 없지, 칼이 있으니까. 그럴 게 아니라, 차제에 수염을 좀 길러 봐?' 그는 거울 속의 얼굴을 향해 싱긋 웃었다. (p. 505)

그 회복된 남성성은 앞으로 예상할 수 있는 그의 야성적인 생활과 상해 망명정부가 지시하듯 남성의 환상을 자극하는 낭만적 영웅주의와 멀지 않다. 그러나 탈식민주의적 관점에서 이 소설의 남성성 문제를 비판하자면 문제는 더욱 심각해진다. 권명아가 지적하듯 『비명을 찾아서』는 민족의식이나 민족감정을 소극적으로 투영하고 있다기보다는 적극적이고 공격적인 민족주의의 기획을 내장하고 있다.[18] 박영세가 된 기노시다의 상해 망명정부로의 여행은 근대 한국의 새로운 건국신화의 수립으로 볼 수 있다.

그렇다면 이 소설에서도 나타나는 근대 민족주의의 서사가 어째서 남성성과 결부되어 형상화되며, 이것의 한계는 무엇인가? 주인공의 남성성에 대한 열망과 중심부에 편입하려는 열망, 민족성을 회복하려는 열망은 모두 같은 의미망의 체계로 얽혀진다. 주변부 의식에 심하게 빠져 있었던 주인공의 평소 욕망을 생각한다면 이미 예견된 것이라고 할 수 있다. 자신의 주변적 조건을, 그

---

18 권명아, 앞의 글, p. 42.

비애를 자각하는 자는 중심을 욕망하는 자이기 때문이다.[19] 내면화된 식민주의적 근대성은 전체주의와 연결되어 남성성의 발현을 최선의 가치로 여기고 여성을 끊임없이 타자화한다.[20] 상실된 민족성이 여성으로 표상되고 근대적 국가 건립이 남성성의 강화로 나타난다.[21]

여기서 한층 수위가 높은 비판을 하자면, 그는 스스로 중심이 되기 위해서 중심을 파괴할 뿐이다. 그런 의미에서 기노시다는 근대성의 욕망과 한계에 갇힌 자이다. 그가 아오끼 소좌를 살해했을 때 그는 이미 그를 대신해서 군인이 되는 길을 택한 것이다. 제국주의를 타파하기 위해 제국주의의 방법을 모방하고 답습하게 된다. "넓은 만주"와 "더 넓은 지나 대륙"을 상상하는 것은 이러한 제국수의적 욕망의 증거이다. 그의 저항적 민족주의 또는 반식민주의의 의미를 충분히 변호한다 하더라도, 탈식민주의의 논리에 따르면 식민주의의 주체와 타자, 중심과 주변이라는 이분법적 담론 체계 안에 머무는 것에 불과하다. 식민주의의 해체뿐만 아니라 민족주의의 극복이 필요하며, 궁극적으로는 중심과 주변이라는 이분법적 담론의 허구성을 폭로하여 이 구도를 해체하는 것이 최종 목표가 되어야 하기 때문이다.[22]

---

19 흥미롭게도 복거일의 자전적 지식인 소설『보이지 않는 손』의 후기에서 작가는 평론가 김현을 두고서 이와 유사한 발언을 하고 있다.

20 이민호, 앞의 글, p. 59.

21 제국주의, 파시즘, 근대국가와 남성성(섹슈얼리티)의 긴밀한 관계는 조지 모스 등을 비롯한 국내외 학자들에 의해 지적되고 있다.

22 엄성원, 앞의 글, p. 36.

또한 소설 속에 그려지는 여성 인물들(하위주체)의 존재에 대해서도 반식민주의를 넘어서 탈식민주의적 상상력으로 접근해볼 수 있을 것이다. 이 소설 속에 주변화되고 타자화된 여성 인물들은 민족의 상실과 겹쳐지면서 식민지 억압을 은유하게 된다. 유린당한 처녀성으로 여성이 민족을 대신하여 신비화되고 있다. 여기에 이러한 디스토피아적 현실을 구제하고 강건한 남성적 민족국가의 회복과 건립을 염원하는 남성 영웅의 민족주의적 상상력이 포개어진다. 그러나 스피박이, 식민지 하위주체 중에서도 가장 하위에 위치한 식민지 여성은 제국의 남성이나 여성뿐만 아니라 민족주의를 표방하는 식민지 남성으로부터도 이중 삼중의 억압을 받고 있다고 주장한 것을 상기해보자.

기노시다는 평소에 아내 세쯔꼬에 대한 사랑의 감정이 없으며, 그가 사상전향교육을 받을 시절 아오끼 소좌와 아내의 관계는 그의 상상 속에서만 해명될 뿐이다. 결국 세쯔꼬는 식민지의 하위주체로서 가장 고통스러운 억압을 당하고 있는 것이다. 이 소설에서 여성들은 남성 주인공의 욕망의 대상이며 시적 영감의 원천이고, 식민지 조국의 은유로 나타난다. 그녀들의 몸과 섹슈얼리티는 식민지배 담론과 민족 담론 사이에서 희생된다. 그녀들은 자신의 목소리를 주체적으로 발화할 수 없듯이 제 몸을 주체적으로 자리매김할 수 없다. 즉 어떤 남성과 관계 맺느냐에 따라 그 몸의 가치가 정해지기 때문이다.[23] 결국 남성 인물의 편향된 인식에 의해 대상화되고 타자화된 생명력 없는 존재에 다름 아니다.

23   이민호, 앞의 글, p. 66.

이러한 한계는 선구적이고 이색적인 소설 형식에 비해서 그 서사와 이념의 속살은 진취적이지 않기 때문에 발생한다. 제국과 식민, 남성과 여성, 중심과 주변이라는 근대적 이분법에 갇혀서 중심의 자리만을 욕망한다면 기존의 중심의 폭력성과 억압성을 반성하지 못하는 부정적인 결과를 낳게 된다. 복거일은 진정한 자유주의와 소수자의 논리를 옹호해왔던 지식인-작가로 탁월하고 독특한 문학적·지적 작업을 진행해왔다. 그러나 지금 그는 주변부 의식을 재성찰하지 못하고 근대의 신화라 할 수 있는 (사회적) 다원주의, 우승열패의 신화에 경도되었다. 중심과 강자의 논리에 저항하다 보니 그 과정에서 오히려 그들의 담론에 수렴된 형국으로 보인다. 『비명을 찾아서』는 그의 초창기 문학 작업에서 중심과 주변 의식의 대결과 긴장을 보여주고 있다. 이러한 지적 고뇌가 근대성의 반성을 통해서 긍정적으로 전개시키지 못한 것은 복거일 소설의 한계로 인식된다. 더불어 이 한계는 비단 그만의 것이 아니다. 그의 모순을 통해서 이 사회 전체의 모순의 뇌관을 건드리는 창조적 대화로 확장되어야 할 것이다. 『비명을 찾아서』의 식민주의에 대한 반성은 독자들의 현실적 자리로 다시 호출되어야 한다.

사변적 상상력: 포스트휴먼 시대의 소설

미래를 할인가에 판매합니다

신조하 외, 『감정을 할인가에 판매합니다』

하루가 다르게 새로운 첨단 기술이 출현하고 있다. 세상은 급격한 변화의 소용돌이에 휩쓸리고 있다. 이럴 때 사람들은 미래에 대한 예지력을 바란다. SF는 '변화의 장르'로, 현재의 변화 추세를 통해 미래를 상상한다. 이것이 외삽이라고 부르는 SF 장르 특유의 문학 기법이다. 그러니 우리는 SF를 통해 세상에는 없는 상상의 과학기술을, 하지만 어쩌면 곧 출현할지도 모르는 그런 기술을 미리 엿볼 수 있다. 한국에서 SF가 변방의 소외된 장르에서 매력적인 문학 장르가 된 것에는 이런 맥락이 있다.

SF 작가 프레드릭 폴Frederik Pohl은 "좋은 과학소설 이야기는 자동차뿐만 아니라 교통 체증까지 예측할 수 있어야 한다"고 말했다. 만약 중요한 신흥 기술이 출현한다면 기술 자체의 발명으로 끝나지 않는다. 자동차가 발명되자 우리 삶이 어떻게 달라졌는지를 생각해보면 좋을 것이다. 교통사고, 교통법규와 신호등, 자동차보험, 자동차극장, 운전면허, 자동차경주, 자동차 데이트……

이 목록은 더 길어질 수 있다. 기술은 이처럼 긍정적이든 부정적이든 우리의 일상과 문화까지를 바꾸는 계기가 된다. 우리가 기술에 기대하는 것이나 우려하는 것이 있다면 그런 이유 때문이다.

신진 작가 9명이 한 편씩 SF 단편소설을 수록한 『감정을 할인가에 판매합니다』[1]는 근미래를 배경으로, 기술적 조건 속에서 우리의 삶과 문화가 어떻게 달라질 것인지를 상상한다. 각 단편마다 개성이 다르고 작품 수준 역시 차이가 존재하지만, 근미래에 대한 흥미로운 상상을 저마다 담고 있다. 이 단편집에서 가장 많이 등장하는 소재는 인공지능이다. 이 외에도 로봇, 마인드 업로딩, 인공자궁과 같은 SF 메가텍스트(SF megatext, SF의 코드)가 출현한다.

이세형의 단편이자, 이 책의 표제작 「감정을 할인가에 판매합니다」는 SF 작가 필립 K. 딕Philip Kindred Dick의 단편 「도매가로 기억을 팝니다」(1966)를 상기시킨다. 딕의 소설은 아널드 슈워제네거가 주연한 SF 영화 「토탈 리콜」(1990)의 원작으로 유명하다. 「도매가로 기억을 팝니다」는 제목 그대로, 기억을 생성하고 삭제하는 조작 기술이 상업화된 시대를 그렸다. 딕의 전형적인 주제인 현실과 환상의 착종과 붕괴, 그리고 정체성의 혼란을 그린다.

이세형의 SF는 기억의 매매 대신 감정의 매매를 이야기의 중심 소재로 삼았다. 감정을 사고파는 일이 벌어지는 데에는 인공지능 기술의 일상화가 자리하고 있다. 소설의 주인공인 남자와 여자는 의뢰인 대신 이별을 통보하는 대리 알바로 우연히 만나게 된다. 이른바 '감정 대리업'에 종사했던 이들은 '토탈 이모션'이라고 부

---

1   신조하 외, 『감정을 할인가에 판매합니다』, 네오픽션, 2022.

르는 AI 스타트업 기업으로부터 데이터 확보를 위한 직원이 되어
달라는 요청을 받는다.

　두 번의 연이은 성공에 힘입어 '토탈 이모션'은 각종 상품을 출시
했다. 실행과 동시에 사용자의 취향을 분석해 이야기를 생성하는
소셜 앱 '토탈 픽션', 가장 좋아할 수밖에 없는 소리를 팝, 힙합, 로
큰롤, 클래식, R&B, 재즈 등 다양한 장르로 생성함은 물론 ASMR
기능까지 겸비한 '토탈 사운드', 진짜 같은 가짜 사진과 고전적인
서양화 및 동양화부터 포스트모던 추상화까지 그려내는 '토탈 드
로잉' 등이 그 뒤를 이었다.
　그러다가 역대급 작품 '토탈 프렌드'가 나타났다. 언제 어디서든
곁에 있어줄 아바타가 자동으로 생성되는 앱이었다. 가령 혼자 밥
먹으며 드라마를 보다가 '토탈 프렌드'를 실행하면, 핸드폰 카메라
를 통해 AI가 외부를 파악한 후 함께 드라마를 보며 식사 중인 인간
의 모습을 화면상으로 생성해냈다. (p. 158)

「감정을 할인가에 판매합니다」가 그리는 이야기세계는 발전
된 AI 기술이 일상생활을 급격하게 바꾸기 시작한다. '토탈 이모
션'의 첫번째 AI 서비스인 '토탈 텍스트'는 문자메시지를 자동생
성해주는 것으로 사람이 쓴 것처럼 호소력 있는 텍스트를 생성해
서 발송하는 앱이다. 만약, 소설 밖에서 이런 서비스가 있다 해도
그 성공 가능성은 그다지 높아 보이지 않는다. 하지만 '토탈 ARS'
라는 두번째 서비스는 자동화된 상담 전화로, 실제로도 현재 AI
챗봇과 자동응답 서비스가 상당히 많은 인간의 상담 업무를 대체

하고 있다.

'토탈 픽션' '토탈 사운드' '토탈 드로잉' 등의 서비스는 하루가 다르게 발전하고 있는 AI의 예술과 문화 콘텐츠 생성 능력을 볼 때 곧 현실화될 것으로 보인다. 특히, AI가 단순히 수준 높고 흥미로운 문화 예술 콘텐츠를 생성해내는 것에서 그치지 않고, 개별 사용자의 취향을 분석해서 '좋아할 수밖에 없는' 콘텐츠를 만들어낸다는 점이 중요하다.

유튜브나 넷플릭스 같은 OTT 서비스가 사용자의 이용 경력을 분석한 알고리즘으로 콘텐츠를 추천하듯이, 언젠가 AI는 개별 맞춤형 콘텐츠를 생성하고 콘텐츠 이용자는 이를 다시 적당히 조정하여 생성한 뒤 즐기게 될 것이다. 주인공의 세부 사항이나 이야기의 세부가 상이한 수만 편의 또 다른 〈오징어 게임〉을 즐길 날도 올 수 있다. 아니, 이용자들이 완전히 새롭고 다른 이야기들을 즐기게 되면 지금과는 전혀 다른 대중문화가 나타날 수도 있겠다. 창작자와 수용자는 사실상 구분하기 어려워질 것이다.

그리고 이 소설이 예견하듯, AI 예술의 독창성과 주체성을 둘러싼 지금의 미학적, 철학적 논란은 기술 자본에 의한 독점 문제에 비하면 한가로운 토론 주제일지도 모른다. "이제 모든 예술 분야를 AI가 장악한 시대였고, 그래서 인간 예술가가 벌던 돈을 AI 회사가 벌어들이는 시대였다."(p. 161) 또한, 자동화된 시대에는 인간적 감정 경험이 가장 귀중한 시대가 될 것이라는 것이 작가의 중요한 메시지다. 다시 말해 AI는 인간 삶의 가치들을 새롭게 규정하고 재평가하게 될 것이다. 이 단편에서 어떤 대목들은 과장되거나 허술한 상상력도 엿보이지만, AI 기술의 일상화를 그리는 부분들은 꽤 설득력 있다.

변호사 겸 작가인 신조하의 「인간의 대리인」은 이 작품집에서 개인적으로 가장 관심 있게 읽은 단편이다. 무뇌증으로 태어나 인공 두개골과 '투명 뇌'를 장착하며 살아가는 변호사가 주인공으로 등장한다. 판사도 인공지능으로 대체된 지 10년이 지났다. 주인공은 좀비처럼 변해버린 알츠하이머 의약 임상시험 참여자의 '죽을 권리'를 변호한다. 로펌 대표는 수족이 모두 보철prosthesis인 사이보그cyborg이며, 좀비처럼 변해버린 알츠하이머 환자들은 인간인 동시에 인간 이하의subhuman 존재이다. 이처럼 소설의 주요 인물들은 모두 평범한 인간 범주를 벗어난 존재이나, 그렇다고 인간이 아닌 것은 아니다. 이들은 포스트휴먼 주체다. 소설은 포스트휴머니즘의 주제, 즉 '인간이란 무엇인가?' '인간됨의 기준은 무엇인가?'라는 질문을 던진다. 그러한 질문은 포스트휴머니즘 문학의 일반적인 질문이지만, 이를 형상화하는 문학적 방식이 노련하다.

'스키마 리셋터'로 사람들의 스키마를 바꾸려는 실험을 이야기하는 「스키마 리셋터」, 인공자궁을 둘러싼 정치적 암투를 이야기하는 「대통령의 자장가」, 도덕을 파는 미래 사회를 그린 「도덕을 도매가에 팝니다」, 마인드 업로드 실험-연구에 대한 이야기인 「정신의 작용」도 인간 향상이나 생명의학 기술이 가져올 사회적 명암을 상상한다. 휴머노이드와 할머니의 상호 이해를 그린 「나와 올 퓌」, 아이를 위해 희생하는 휴머노이드를 이야기하는 「영원」은 기술적인 비인간 존재와 인간의 새로운 사회적 관계post-relation를 상상한다. SF는 미래를 비추는 거울이다. 이 거울이 우리들의 현재를 더 아름답게 변화시킬 수 있는 지혜가 되기를 바란다.

포스트휴먼 포스트트루스

장강명, 『당신이 보고 싶어하는 세상』

　소설가 장강명은 짧은 기간 내에 다수의 문학상을 휩쓴 것으로 유명하다. 그는 저널리스트 출신답게, 한국 사회의 명암을 빠르게 포착하여 대중적인 서사로 만들어낼 줄 안다. 한편으로, 장강명은 과학소설 장르에 대한 오랜 애정을 가진 작가이기도 하다. 2016년 '알파고 쇼크'로 한국에서도 SF 문학 장르는 독자들의 뜨거운 사랑을 받고 있다. 장강명은 SF가 지금처럼 부상하기 전부터 한국 SF 팬덤 문화 속에서 작가의 길을 준비해왔다.

　『당신이 보고 싶어하는 세상』[2]은 작가가 걸어온 두 길이 만나는 접점에 위치한다. 즉, 언론인 출신으로서 사회 변화를 포착하는 탁월한 감각, SF 소설가로서 미래 기술의 가능성과 그 한계를 서사화하는 재능 모두가 발휘된 단편소설집이다. 특별히, 이 소설집은 '에이전트'라는 미래의 도구에서 사회와 기술의 접점이 발견된다.

　저명한 과학소설 이론가 다르코 수빈은 SF에서 제시하는 새로

2　　장강명, 『당신이 보고 싶어하는 세상』, 문학동네, 2023.

운 과학기술적 발상을 노붐이라고 불렀다. 소설의 핵심을 이야기라고 할 수 있는가? 그렇다면, 과학소설의 핵심은 노붐과 새로운 아이디어다. 그런데 노붐은 단순히 새로운 진기한 발명품이 아니다. 인류 문명사가 증언하듯, 언제나 중요한 기술과 아이디어는 세상을 혁신적으로 변모시켰다. 마르크스주의자인 수빈은, 노붐을 한 사회와 공동체를 변화시키는 것으로 보았던 것이다.

그 관점에서, 이 소설에 등장하는 에이전트는 한 사회에 (긍정적이든 부정적이든) 큰 변화를 야기할 만한 새로운 기술적 도구, 즉 SF 노붐이라고 할 만하다. 에이전트는 웨어러블 컴퓨터로, 구글 글래스와 유사한 장치로 짐작된다. 현실의 풍경에 디지털 정보를 편리하게 호출해 활용하는 장면을 볼 수 있다. 하지만 에이전트는 증강 현실을 위한 단순한 스마트 기기가 아니다. 이 소설의 표제처럼 '당신이 보고 싶어 하는 세상' 혹은 '타인이 보았으면 하는 나'를 보여주는 안경이다. 이런 목적을 가지고, 에이전트는 이용자의 욕망과 행복을 위해 현실을 미화하거나 심하게는 극도로 왜곡하여 전달한다.

미디어 리터러시에 대한 언급이 나오거니와, 근미래를 다룬 이 소설 속 가상 기기인 에이전트는 우선 오늘날 우리가 사용하는 미디어 환경의 SF적인 외삽으로 보인다. 미디어는 일상의 일부가 아니라 우리의 일상적 삶 자체를 구성하고 삶의 방향을 제시한다. 미디어는 이용자의 사고 내용만이 아니라 사고방식에 영향을 미친다.

그런데, 장강명 소설에 등장하는 에이전트는 더욱 강력한 기술의 미디어라는 점이 문제적이다. 증강 현실이나 컴퓨터 게임, 메타버스 기술, 그리고 알고리즘처럼 새로운 미디어 관련 기술은 우리가 보고 싶은 것만을 더욱 제한적으로 제공할 수 있기 때문이다. 에이전트는 우리와 무관한 가상의 기술이 아니라 우리 시대 미디어의 문제점을 증폭해놓은 기술이다.

이 소설에서, 에이전트는 한 무리의 정치집단을 갈라파고스처럼 외딴섬으로 묘사한다. 그들은 자신들이 지지하는 정치인이 대통령으로 선출되었다는 가상의 현실을 만들어놓고 그것을 즐긴다. 자기들만의 세계에 갇혀 행복한 유폐를 경험한다. 이들의 크루즈 여행은 자족적이고 폐쇄적인 미디어 세계에서 허우적거리는 현대인들의 모습과 다르지 않다.

크루즈 선박에 탑승한 이들은 집단의 동일한 정치적 욕망에서 출발했다. 하지만 그들은 계속해서 분열하기에 이른다. 에이전트는 결국 개인의 욕망과 환영에 의지하고 그것을 확대한다. 에이전트는 타인들의 언어와 외양을 순화시키고, 자신의 언어와 외양을 미화시켜 커뮤니케이션의 목적을 달성하려 한다. 그러나 이 기이한 크루즈 여행객들이 보여준 것처럼, 에이전트는 결국 소통 불능으로 이끄는 장치가 되어버렸다.

에이전트는 다시금 우리의 현실로 돌아와 생각하게 만든다. 우리는 광대한 인터넷 네트워크 속에서 이질적인 존재들과 새롭게 만나 자유롭게 소통하리라 꿈꾼다. 그러나 실상은 어떠한가? 폐쇄적인 미디어 생태계 속에서 비슷한 의견을 가진 사람들끼리, 나의 믿음을 반영하는 소식들을 나누고, 다른 목소리는 더 이상 듣지 못하게 된다. 조금이라도 내 심기를 거스른 사람이 있다면, 그를 '차단'해버리면 된다. 사람과 사람 사이의 징검다리가 되어

주기 위해 만들어진 미디어 기술은 폐쇄적인 알고리즘 속에서 자기 자신의 욕망을 메아리처럼 듣게 한다.

근래의 사회·정치적 풍경 역시 장강명의 소설 속에 나오는 크루즈 여행객들과 무관하지 않다. 사람들은 우리 시대를 '포스트트루스post-truth', 즉 탈진실의 시대라 불렀다. 미국의 전직 대통령 도널드 트럼프가 탈진실의 아이콘이었다. '가짜 뉴스'와 '팩트체크'는 불신받는 저널리즘의 현실을 적나라하게 보여주는 신조어다. 미국에서도, 한국에서도 가짜 뉴스와 더불어 정치적 양극단 논리가 장악한 것을 보면, '당신이 보고 싶어 하는 세상'은 적어도 하나가 아니라는 점은 분명하다.

하나로 뭉쳤던 크루즈 여행객들이 사분오열하는 것은 역설적으로 한 가지 깨달음으로 이어진다. 나는 '보고 싶어 하는 세상'만을 보고 싶어 한다. 그러나 타인들이 원하는 세상이 무수히 많다는 사실에 의해 그것은 불가능해진다. 내가 보고 싶어 하는 세상을 위해서라도 타인이 보고 싶어 하는 세상을 남겨두고, 두 세상을 잇는 다리가 요청된다. SF의 다중 우주multiverse는 다른 무엇이 아니라, 무수히 존재하는 다양한 마음과 자아를 의미한다고 한다. 리얼리티는 단 한 명의 사람의 눈으로 보는, 단일한 세상이 아니라, 여러 세상들 사이의 치열한 소통 과정에서 출현하는 동적인 사태일 것이다. 타인의 우주가 탄생할 때 나의 우주도 함께 탄생한다.

소설로 만나는 미래의 일상

김보영 외, 『SF 크로스 미래과학』

과거에 SFScience Fiction는 주로 '공상과학소설'로 번역되곤 했다. 최근에는 이 용어보다는 '과학소설'로 번역한다. 언뜻 보기에 두 단어가 크게 다르지 않아 보인다. 하지만 '공상(空想)'이란 말이 사전에 "현실적이지 못하거나 실현될 가망이 없는 것을 막연히 그리어 봄. 또는 그런 생각"이라고 풀이된 것을 생각해보면, 의미의 차는 상당히 크게 느껴진다. 과학이란, 공상과 달리 이성과 지식에 속하기 때문이다. 과학소설에 공상이란 말이 붙어 불가피하게 '공상과학'이나 '공상소설'이란 의미를 만들어내는데, 이것은 모두 과학이란 단어의 함의와 충돌을 피할 수 없다.

물론, '공상'이란 단어의 뜻이 '허구'나 '상상력'에 가깝게 쓰였다면, SF의 본질적인 한 특성을 잘 나타낸 것이라고 할 수도 있겠다. 실제로 많은 SF 작품들이 환상소설과 경계 짓기가 어렵기도 하다. 그러나 SF에서 비현실적이고 실현될 가망이 없어 보이던 한낱 '공상'이 현실이 되고 실현될 가능성이 점점 높아지자 차라리 '공상'이란 말이 가짜가 되었다. SF만큼 현실적인 문학 장르가 있을까 싶다.

삼성과 애플이 디자인 특허 소송전을 벌일 때, 삼성은 갤럭시 탭이 아이패드를 베낀 것이라는 애플 측 주장을 반박하기 위해 SF 소설을 원작으로 하는 영화 「2001: 스페이스 오디세이」의 한 장면을 증거로 삼았다. 1968년에 나온 이 영화에 오늘날의 태블릿 PC와 거의 비슷하게 생긴 '뉴스패드'라는 영상 장치가 이미 등장하기 때문이다. 삼성 측의 주장이 타당한지 여부를 떠나서 적어도 우리는 SF가 미래를 비추는 거울이라는 사실을 한 번 더 실감하게 되었다.

SF에 등장하는 과학기술과 미래 사회는 공상이 아니라 지금의 현실에서 출발한 미래의 예측도이다. 인공지능, 로봇공학, 사물인터넷, 무인 운송수단, 3차원 인쇄, 나노 기술 등 정보통신기술 ICT을 위시하여 새로운 기술들이 이른바 '4차 산업혁명'을 일으킬 것이라는 주장이 우리 사회에 널리 퍼져 있다. 이에 대해서 과거 창조경제 담론의 되풀이라는 비판도 있고, 외국은 그렇지 않은데 한국에서만 유독 4차 산업혁명이라는 용어를 사용하고 있다는 냉소도 있다. 이 타당한 비판들을 경청해야 할 것이다. 또한 4차 산업혁명론자들의 예견만큼 기술적 발전에 따른 급격한 사회 변화 또는 경제적 이익을 기대하기 어려울 수도 있다.

그러나 굳이 4차 산업혁명이란 용어를 사용하지 않더라도 과학기술의 발전에 따른 사회의 변화는 부정할 수 없는 사실이다. 미래의 과학기술을 향한 기대만큼이나 불안 역시 우리 사회를 잠식해가고 있는 것 역시 사실이다. 미래를 향한 기대와 불안에 기대어 한몫 잡으려는 가짜 장사꾼들을 가려내기 위해서라도 이제는 미래의 과학기술에 주목하지 않으면 안 되는 세상이 도래했

다. 과학기술을 만들고 발전시키는 것은 전문 과학기술자의 역할
에 달린 것인지 모르지만, 과학기술의 긍정적이고 부정적인 영향
력은 모두의 몫이기 때문이다.

『SF 크로스 미래과학』[1]은 이러한 시점에 읽어볼 만한 교양도서
이다. 아마 본래는 청소년 독자를 대상으로 쓰인 책이겠지만 성
인 독자들도 두루 재미있게 읽어볼 수 있다. 책 제목이 알려주는
것처럼, 이 책은 김보영, 김창규, 곽재식, 박성환 네 명의 SF 작가
들이 콩트나 엽편소설(葉篇小說)에 가까울 정도로 아주 짧은 25편
의 SF 작품을 싣고 과학 칼럼니스트 하리하라의 친절한 해설을
덧대는 방식의 구성을 취했다. SF 소품들을 먼저 읽고 여기에 그
려진 미래 과학과 미래 사회에 대해 추가적인 설명까지 읽을 수
있으니 과학기술 때문에 SF 장르가 낯설거나 어려운 독자들도 읽
기에 큰 부담이 없을 것이다.

청소년과 대중 독자들의 눈높이를 고려해서인지 이 책에 실린
SF 작품들은 대부분 아주 먼 미래의 과학기술과 사회상보다는 최
근의 첨단 기술과 사회적 이슈에 관련된 소재들이 많은 편이다.
이를테면, 우리를 위협하는 미세먼지는 과거에는 SF에나 등장하
던 디스토피아적 현실이었지만, 지금은 말 그대로 현실이다. SF
작가들은 지금의 현실에서 어떤 상상력을 발휘할까?

김보영의 「괜찮아, 시골은 안전해」는 미세먼지로 인해 사람들
이 목숨을 잃고 '공해 난민'이 속출하는 근미래 사회를 배경으로
삼는다. 공기 오염이 최악의 상황으로 치닫자 많은 사람들은 살

기 위해서 시골로 피난을 간다. 이른바 '친환경 마을'은 화석연료의 반입이 금지되므로 스스로 온갖 고생을 하면서 에너지를 만들어야 하고 생활의 많은 불편이 뒤따른다. 그러나 사람들은 무조건 '맑은 공기'를 택할 수밖에 없다. "좀 더 아끼고, 좀 더 적게 쓰고, 좀 더 쓰레기를 덜 만들면서"(p. 88) 사는 삶이다. 최악의 미세먼지 문제에 제대로 대응하지 않는다면 너무도 확연하게 예측되는 미래의 현실이다.

그러나 변수가 복합적으로 작용해서 예측이 어려운 사안도 있다. 한 가지 사안에 대해서 한 소설가가 서로 다른 상상을 하기도 한다. 예를 들어, 김보영의 「왓슨 의사 선생님, 셜록 판사님과 친구시죠?」는 인공지능 로봇이 일상에 확산된 근미래 상황을 다룬다. 인공지능 판사는 인간보다 더 공정하다는 평가를 받고, 의과대학에서는 인공지능 의사의 도입 때문에 신입생 수를 대폭 줄이게 되었다. 주인공 민주는 선생님이 되겠다는 자신의 꿈을 생각하며 선생님이란 직업이 남아 있을지, 아니 세상에 남아 있을 직업이 뭐가 있을지 의문에 휩싸인다.

그런가 하면 같은 작가가 쓴 「2025년의 건강 유지법」에서는 인간의 수명이 150~200년에 가까워진 탓에 학계에서 '주기적 의무교육'을 제안하는 상황이 벌어진다. 10년만 지나도 지식이 쓸모없어지기 때문에 50년에 한 번은 학교에서 재사회화가 필요하다는 논리다. 그러면 학교도 두 배로 늘고 선생도 더 필요하지 않겠느냐는 생각에 교사인 주인공은 반가워한다.

두 가지 상상 가운데 과연 어느 쪽이 맞을까? 어쩌면 둘 다 현실화될지도 모른다. 교육은 대부분의 경우 인간 교사 대신 인공지능 로봇이 행하지만, 더욱 질 높고 다양한 교육이 필요한 사회가 되어 여전히, 혹은 오히려 예전보다 더 많은 인간 교사가 필요할지도 모르겠다.

그렇게 우리는 미래를 모른다. 미래는 아직 오지 않은 시간이므로. 그러나 우리는 SF라는 창을 통해 미래를 미리 엿볼 수는 있다. 어쩌면 그 창을 통해 밝은 미래의 가능성을 높일 수 있지 않을까? 밝은 미래의 가능성을 높이는 일만큼 우리를 행복하게 하는 것은 또 없다. SF와 접속하는 일은 그래서 행복하다.

제주 미래주의,
제주 설화와 SF가 만나 새로운 꿈을 꾸다
켄 리우 외, 『일곱 번째 달 일곱 번째 밤』

마블의 슈퍼히어로 영화 「블랙 팬서」는 여느 슈퍼히어로 영화와 다른 점이 있었다. 주인공이 흑인인 데다 그의 고향은 아프리카의 '와칸다'라는 비밀스러운 나라라는 것. 흑인 관객들이 이 영화에 열광적으로 반응했던 것도 이해가 간다. 다른 슈퍼히어로 영화의 주인공은 대부분 미국인이고 그 절대다수는 백인인 경우가 많기 때문이다. 왜 지구와 인류를 지키는 정의의 사도는 항상 미국인이고 백인이어야만 할까? 박민규의 소설 『지구영웅전설』은 슈퍼히어로 서사에 내포된 제국주의를 비판적으로 풍자한 텍스트다. 하지만 이 소설도 비판과 풍자에서 또 다른 대안으로까지 나아가지는 못했다.

「블랙 팬서」와 같은 SF의 경향을 '아프로퓨처리즘'이라고 부른다. 즉, 아프리카의 전통적인 문화와 가치관이 첨단의 과학기술과 만나 새로운 미래를 상상하는 예술적 경향이다. 물론, 아프로퓨처리즘은 백인 중심주의나 제국주의에 대한 비판적인 시선을 지니고 있기에 대안적인 정치적 관점 역시 중요한 문학적 이념으로 작동한다. 아프리카의 기술적, 정치적, 사회적 미래에 대한 상상력 못지않게, 과거의 신화와 역사, 철학이 아프리카의 현실에 대한 철저한 인식 및 대안적인 상상력과 접속하고 결합되어 있다.

그런데 아프로퓨처리즘과 같은 예술 경향 또는 SF의 하위 장르는 아프리카 지역에만 존재할까? 차별과 억압을 받는 민족과 사회는 지구상에 너무도 많다. 수많은 민족과 국가, 부족 들이 겪은 디아스포라나 제국주의 지배, 인종차별, 학살의 경험은 서구를 중심으로 한 미래 이야기가 얼마나 보편적이지 못한지를 알려준다.

이를테면, 미국의 인디언들은 토착민이나 바다 건너에서 도착한 이들에 의해 수탈당했다. 이들은 이른바 '토착/원주민 미래주의'를 통해 자신들의 과거와 현재, 미래를 새롭게 대안적으로 상상해보려고 한다. 태평양 바다 멀리의 하와이는 또 어떤가. 제국주의적 침탈의 역사가 바로 하와이의 역사라고 해도 과언은 아니다. 하와이 예술가들은 그리하여 하와이 미래주의라는 배를 미래의 바다를 향해 띄워 보냈다. 하와이를 비롯해서 폴리네시아 지역의 예술인들은 폴리네시안 미래주의Polynesian Futurism라고 자신들의 예술을 정의한다. '태평양 미래주의'나 '섬의 미래주의'라는 표현도 보인다.

그렇다면 제주의 과거와 현재, 미래를 담는 서사(예술)는 가능한가? 이런 질문을 던져보았다. 제주는 '1만 8천 신들의 이야기'인 신화와 '4·3'과 같은 역사, 다시 말해 과거에 예술적 방향이 집중되고 있는 곳이기 때문이다. 과거와 현재를 이어 제주의 대안적 미래는 어떻게 가능할 것인지? 제주의 젊은 예술가들이 이러한 작업들을 해주기를 마음속으로 기대하고 있었다. 『일곱 번째 달 일곱 번째 밤』[1]은 이러한 평론가의 갈증을 조금은 채워주는 소설집이다.

비록 제주 예술가들의 기획이나 창작은 아니지만, 제주의 설화에서 모티프를 얻은 SF가 주요 작품들이다. 최초의 기획은 제주 설화를 통해 소설 창작을 한다는 의도였는데, 중국과 일본 작가들이 참여하면서 아시아로 그 지역을 확대했다고 한다. 『일곱 번째 달 일곱 번째 밤』은 제주 문학과 한국 SF의 외연을 크게 확장시켰다는 점에서 값진 시도이다. 시간이나 공간적 배경이 확장되는 것만 문학적 시공간의 확장은 아니다. 제주라는 지역이 본격적으로 한국 SF의 장에 출현하고, 제주 신화와 전설의 강에 합류한 것은 문학 장르의 심화에 크게 기여한다. (기자 출신 소설가 고종석의 「우리 고장에선 그렇게 말하지 않아!」(2008)가 제주의 미래를 다룬 적이 있다.)

아흔아홉 골 설화, 설문대할망 신화, 서복 전설, 용두암 설화를 비롯한 제주 설화 일곱 가지가 일곱 작가들의 손에 다시 쓰였다. (세 명의 중국, 일본계 작가들의 작품도 아시아 설화를 바탕으로 한 SF를 선보였다.) 제주 설화를 바탕으로 재창조된 소설들이다 보니 제주의 지명이나 문화가 자연스럽게 녹아 있다. 곽재식의 「내가 잘못했나」는 한라산 백록담에 얽힌 이야기라 한라산을 오르는 남녀 주인공들을 볼 수 있다. 모슬포는 홍지운의 「아흔아홉의 야

---

1   켄 리우 외, 『일곱 번째 달 일곱 번째 밤』, 박산호·이홍이 옮김, 알마, 2021.

하와이 예술가 솔로먼 로버트 누이 이노스의 「폴리판타스티카」에서

수가 죽으면」에서 은하항구 터미널이 위치한 우주적인 지역으로 탈바꿈한다. 남세오의 「서복이 지나간 우주에서」는 제주 해녀가 "산소통만 메고 우주를 유영하며 잔별을 캐는 잠수"(p. 182)로 새롭게 태어난다.

　이 소설집은 '아시아 설화 SF'를 표방했다. 이때의 SF는 과학소설을 의미하기도 하지만, 그보다는 더 넓은 의미에서 '사변소설 Speculative Fiction'의 약어로 쓰일 때 더 정확할 것이다. 사변소설은 과학소설을 지칭하는 다른 용어로 시작했지만, 지금은 현실을 벗어나는 요소가 포함된 다양한 소설들을 의미하기도 한다. 즉, 사변소설이란 용어는 과학소설, 환상소설, 공포소설 등의 장르들을 포함하는 방식으로 사용되기도 한다. 이 소설집에 실린 다양한 소설들은 과학소설이 중심이지만 신화와 소설, 민담에 뿌리를 내리고 있거나, 과학기술에 대한 상상이 환상적인 요소들과 결합해 있다. 더 쉽게는, (공상과학소설이 아니라) 과학환상소설이라 불러도 좋을 것이다.

제주의 설화와 지명, 문화가 SF로 들어온 것은 반가운 일이지만, 앞으로의 일이 더욱 기대된다. 고종석의 소설이 제주의 언어, 정치와 역사를 바탕으로 했지만, 이 소설집에는 설화에 접속한 대신 그러한 역사적, 정치적 인식이 아직은 깊지 않기 때문이다. 제주 미래주의라는 새로운 문학–예술의 미래는 더 넓은 바다로 열려 있다.

유쾌 발랄 퇴마사의 정치적 무의식

정세랑, 『보건교사 안은영』

『보건교사 안은영』[2]을 작가 스스로는 '학원 호러물'로 규정한다. 소설에 유령과 퇴마사가 나오니 정확하게 판타지 장르라고 정의할 수 있다. 더욱이 고등학교를 배경으로 교사와 학생들이 유령적 존재들과 더불어 생활하고 그들과 투쟁하거나 공존하는 이야기란, 우리가 익히 읽어왔던 주류 문학의 소설보다는 만화·애니메이션적 상상력에 더 잘 어울린다. 이것은 물론 캐릭터의 유형, 그리고 서사의 모티프와 구조에서 그치는 것은 아니다. 이를테면, 한 여학생의 시무룩한 모습을 소설은 다음과 같이 그려낸다. "그 순간 혜현의 귀가 축 처지는 게 보여 은영은 마음이 약해져 버렸다."(p. 102) 실제 인간은 시무룩해지면 몸이 처질 수는 있어도 귀가 처질 수는 없다. 그러나 이런 귀여운 표현은 의인화된 동물 캐릭터가 자주 등장하는 만화와 애니메이션에서는 전형적인 표현법일 수 있다. 작가는 은연중에 만화와 애니메이션의 코드나 프로토콜을 사용하고 있다. 소설에 불쑥 등장하는 것이 아직 낯

---

2 정세랑, 『보건교사 안은영』, 민음사, 2015.

설기도 하지만 애니메이션의 캐릭터처럼 묘사된 인물을 떠올리면 슬며시 미소가 지어진다.

　나아가 소설 각 장의 이야기들은, 애니메이션에서 각각의 에피소드로 혹은 어드벤처 게임이나 롤플레잉 게임에서 플레이어가 수행해야 할 하나의 퀘스트quest나 미션mission처럼 느껴진다. 각 장마다 새롭게 주인공의 적대자나 아군이 등장하거나 보호와 치유가 필요한 대상이 나타난다. 안은영이란 주인공은 어떠한가? 그녀는 학교 보건교사이자 퇴마사로 이중적 정체성을 지녔으면서 장난감 칼과 비비탄 총 같은 특정한 영적인 무기를 소유하고 있다. 그 무기들을 사용할 수 있는 시간과 능력은 제한적이며, 주기적으로 기운의 '충전'을 필요로 한다. 효과적인 충전을 위해 그녀는 롤플레잉 게임의 파티party 멤버와 유사한, 동료 한문 교사 홍인표의 도움을 얻는다.

　『보건교사 안은영』은 애니메이션과 게임 같은 새로운 미디어 환경의 깊은 영향 아래 구성되고 쓰였다. 적어도 주류 문학에 한정한다면, 아즈마 히로키가 말한 플레이어 시점의 '게임적 리얼리즘'에 가장 가까운 한국 소설일 것이다. 독자들은, 적어도 젊은 세대의 독자라면 주인공의 활약을 심리적 거리감을 두고 지켜만 보기 어려울 것이다. 이 소설을 읽으면서 그들은 게임 플레이어가 된 듯, 무언가라도 참여(컨트롤/플레이)해야 할 것만 같은 기묘한 심리를 느끼게 될 것이다. 이 소설은 여타의 콘텐츠 지향적 소설들과는 달리 독특한 독서 체험을 가능하게 한다. 이 새로움과 즐거움이 반가운 한편, 의혹과 우려도 없지 않다. 대중문화의 상상력에 가까운 이야기로서 유희적이고 가볍고 때로는 유치한 면도 없지 않은데, 그렇다면 군이 소설로 쓰여야 하는 이유는 무엇일까? 이 소설은 가라타니 고진의 말처럼 지적·윤리적 사유를 가능하게 하는 근대문학이 몰락해버린 또 다른 근거에 불과할까? 그 질문에 답하기 위해서는 보다 면밀한 서사 해석이 필요하다.

평범한 타인들은 갖지 못한 안은영의 초능력은 우선, 보이지 않는 것들을 보는 능력vision이다. "그녀에겐 이른바 보이지 않는 것들을 보고 그것들과 싸울 수 있는 능력이 있다."(p. 13) 환영이나 유령을 보는 것은 분명 놀라운 초자연적인 능력이지만, 이 소설에서는 그리 대단하지 않은 일들로 그려지기도 한다. 유령이 등장하는 호러 장르 대부분에서 유령들은 경악할 만한 공포를 안겨다주거나 산 사람들을 원치 않는 모험으로 끌어들인다. 한마디로 놀라운 사건과 결부되어 있기 마련이다. 하지만 안은영이 만나는 귀신들과 헛것들은 모두 별로 대단한 것이 아니다. 그것들은 거의 초자연적인 세계에서도 하찮은 것들이니 차라리 이중으로 소외된 타자들에 가깝다. 안은영은 그런 하찮은 헛것들을 '봄'으로써 그들의 존재를 '있는 것'으로 인정해준다. 심지어 그것들과 성심성의껏 놀아준다. 그 점에서, 그녀의 역할은 전통적인 무녀(巫女)에 가깝다. 실제로 무녀는 퇴마사인 동시에 치유자가 아니었던가. 안은영은 21세기의 유쾌 발랄한 무당이고 여전사다.

안은영이 퇴마사로서 악귀를 퇴치하는 일만 하는 것은 아니다. 그녀의 중요한 일 가운데 하나는 혼령들을 애도하고 위무하는 것이다. 그녀가 보건교사인 데는 이유가 있는 셈이다. 안은영은, 말 그대로 '유령의 집'이 되어버린 학교에서 학생들을 치유하고 돌본다. "입구부터 쉽지 않았다. 오래된 걸로 보아 졸업생들이 버리고 갔음직한 사념들이 좀 있었다. 폭력성과 경쟁심의 덩어리들, 묵은 반목과 불명예와 수치의 잔여물들이 어두운 곳에 누워 있었다."(p. 22) 대중 서사에서 학교와 교실이 곧잘 귀신 이야기나 괴담과 연결되는 것은 어째서인가? 그곳이 반드시 '억압된 것의 귀환'이 이루어지는 병든 공간이기 때문이다. 병든 공간에서라면, 보건교사의 몫이 크다. 『보건교사 안은영』은 '에로에로 파워'나 '포텐셜'로 대변되는 화사한 젊음과 폭발하는 기운, 그리고 특유의 혼란과 성장통도 함께 겪어야 하는 10대 청소년들의 삶을 따뜻하게 품어낸다.

우리는 이쯤 해서, 사회적 맥락을 강조하며 문학의 환상성을 전복성으로 이해했던 로즈메리 잭슨Rosemary Jackson의 이론을 따라가도 좋을 듯하다. 아니, 이론 이전에 한국의 전통적인 집단의식 속에서, 이미 귀신과 혼령은 원한의 응어리가 아니었던가. 배제와 폭력 아래 말할 권리마저 박탈당했던 그들은 무언가 할 말이 있어 서러움 때문에 저세상으로 건너가지 못한다. 그 점에서, 전반적으로 유머러스한 문체가 두드러지고 긍정과 낙관이 지배하는 이 소설에서 애도의 상상력이 갖는 중요한 의미를 이해할 만하다.

특히, 소설의 첫번째 장의 후반부, 저주받은 연못의 악령이 많은 학생을 공격해서 아이들이 옥상으로 올라 기절하는 등 소동이 벌어지는 장면은, 판타지 장르의 문법으로만 환원되지 않는다. 내게, 그 대목은 세월호 침몰을 떠올리게 했다. 우리가 지키지 못하고 돌보지 못한 어린 영혼들……. 어려서 죽은 혼령들이 자주 나오는 것도 이 소설의 민감한 정치적 무의식을 짐작하게 한다. 그 아이들을 위해, 보건교사 안은영이 있다. 이 소설은 젊은이들

의 감각에 호소하는 유희적이고 대중적인 서사이지만 진지한 작
가의식의 발로다. 중등교육 현장의 역사 교과서 선정 문제를 비
판적으로 다루기도 하고, 눈빛을 반짝이는 미래 세대에게 희망을
건다. 그 희망과 사랑의 원리는 아마, 이렇지 않을까? "서로의 흉
터에 입을 맞추고 사는 삶은 삶의 다른 나쁜 조건들을 잊게 해주
었다."(p. 272)

유쾌한 상상력의 존재 폭발!

배명훈, 『안녕, 인공존재!』

전쟁사를 연구한 사회과학도. SF 문학상을 수상한 뒤 웹진과 장르 문예지를 오가며 폭발적인 생산력을 자랑한 작가. 그리고 무엇보다 SF 연작소설집 『타워』의 작가. '제1회 젊은작가상'을 수상하며 장르 문학 바깥으로도 화려하게 제 이름을 알린, 행복한 소설가. 그가 바로 배명훈이다. SF 장르 안팎으로 소설 독자들을 주목하게 한 『타워』에서 배명훈은 사회과학도 출신답게 가상의 초고층 빌딩국가 '빈스토크'를 통해 주로 정치와 세태 풍자에 열을 올렸다.

이번에 그가 새롭게 쏘아올린 『안녕, 인공존재!』[1]는 사랑에 관한 이야기들이다. 현실의 곤란을 넘어서는 남녀의 사랑(「크레인 크레인」 「얼굴이 커졌다」 「마리오의 침대」)이거나, 시공을 초월한 어떤 타자와의 만남(「누군가를 만났어」)이거나, 혈연으로 맺어지지 않은 엄마(이모)와 딸 사이의 사랑(「매뉴얼」 「엄마의 설명력」)이다. 심지어 집단의 정치학, 집단의 심리학을 우주전쟁의 변신

---

1 배명훈, 『안녕, 인공존재!』, 북하우스, 2010.

합체 로봇에 빗대 재미있게 비판하고 있는 「변신합체 리바이어던」조차 사랑에 대한 소설로 읽을 수 있다. 사랑 이야기라면 지겹지 않은가? 그런데 배명훈의 소설들이 말하는 사랑은 지겹지 않다. 왜인가? 주류 소설에서 사랑이 (과학적인 개념이나 조건을 굳이 떠올리지 않게 하는) 일상적인 상황에서 전개된다면, 배명훈의 소설들은 SF나 환상소설의 문법으로 '사랑에 대해 이야기'하거나, 또는 SF 특유의 기발한 아이디어들을 '사랑과 함께 이야기'한다. 배명훈은 톡톡 튀는 '아이디어 발명가'(주류 소설에서는 김중혁이 있다)이자 '사랑의 이야기꾼'이다.

자, 그러면 이런 질문은 어떨까? 주류 소설과 SF는 과연 무엇이 다른가? 다름 아닌, '독서 프로토콜'의 차이다. 작품의 내용이 아니라 작품을 읽고 쓰는 방식이 다르다는 말이다. 어떤 소설가가 "그녀의 세계가 폭발했다"라는 문장을 썼다고 치자. 주류 소설의 독자들은 '그녀는 격렬한 감정의 폭발을 경험했다'고 읽을 것이다. 그러나 SF 독자들은 '그녀가 살고 있는 행성이나 거주지(우주선 등)가 폭발했다'고 읽을 것이다(SF 평론가 김상훈이, SF 작가이자 평론가인 새뮤얼 R. 딜레이니가 제시한 예를 들어 설명한 것이다). 그러니까 배명훈의 소설은 SF와 주류 소설이 거느린, 아니 그것들을 이루게 하는 독서 프로토콜이 합류하는 지점에 놓인다고 할 수 있다. 예컨대, 그의 소설이 '그녀의 세계가 폭발했다'고 이야기할 때, 우리는 주인공이 겪는 사랑의 심리적 내면 폭발과 더불어 우주선이나 행성의 물리적 외적 폭발을 함께 상상해볼 수 있다. 주류 소설에 익숙해진 독자라면 이 점을 염두에 두도록 하자. 배명훈 소설을 더 즐겁게 읽을 수 있을 것이다.

맨 뒤에 실린 「마리오의 침대」를 보자. 나는 동화풍의 이 SF를 읽으며 감탄했다. 멋진 이야기, 멋진 이야기! 라고. 주류 문학의 완고한 독서 프로토콜에서 벗어날 수 있다면, 기꺼이 즐길 수 있는 이야기다. 사랑과 행복에 대한 이야기인데, 이야기의 갈등 구조는 아주 단순하다. 행복하지 않은 부자의 모티프, 행복과 사랑을 동시에 얻고자 하는 노력이 그것이다. 이 소설의 매력은 이 단순한 갈등의 서사 구조를 중도에 내버리지 않고 이야기의 끝까지 밀고 나가는 데 있다.

추상적인 말들은 그만두고, 구체적으로 이야기해보자. 마리오와 마리아가 살았다. 둘은 사랑했고 결혼했다. 마리오는 시를 썼고 마리아는 옷을 만들었다. 둘은 가난했지만 사랑했다. 둘은 행복했다. 행복한 줄 알았다. 그러나 곧 마리오는 고민에 빠진다. 밤마다 코를 고는 마리아 때문에. 동화를 팔아 부자가 된 마리오는 큰 침대를 사서 마리아의 코 고는 소리를 피해보려 한다. 마리아를 사랑했지만 그녀의 코 고는 소리는 사랑할 수 없었기에. 그러나 마리아가 침대 위를 굴러 마리오를 껴안는 속도도 점점 빨라진다. 마리오는 침대 끝에 겨우 매달려 잔다. 점점 수척해진다. 더큰 침대로 바꾼다. 또 바꾼다……

"침대는 과학입니다." 그 유명한 광고 문안으로부터 이 소설은 상상력의 기지개를 폈던 것일까? 결국 이 이야기의 해결은 '과학의 힘'에 있다. 우주에 새로운 거처를 마련한 마리오와 마리아. 그리고 반지 모양의 우주 침대. 마리오는 이제 더 이상 침대에 매달리지 않아도 된다! 사소해 보이지만 세상에서 가장 심각한 고민을 해결한 마리오의 선택이 깜찍하고 재미있는 것은, 그가 다른 것들은 놓아두고 오직 침대만 생각했다는 데 있다. 마리아를 포기하거나 코골이를 치료해주거나 따로 자거나 효과적인 귀마개를 쓴다든가 하는 다른, 근본적인 해결 방법이 아니라 계속 자신이 시도해왔던 방식으로 갈등을 해결하려 했던 것이다. 소설의 끝에서 마리오는 다만 침대 끄트머리에 매달리지 않고 잘 수 있다는 사실에 환희와 행복을 느낀다(해피 엔딩!). 착하고 단순하고 순진한 마리오. 마리오의 사랑은 더없이 사랑스럽다.

SF는 과학적 아이디어와 상상력을 중시하지만, 배명훈 소설에서 과학이란 첨단의, 최고의, 효율적인, 기능적인, 논리적인 것이라기보다는 이처럼 오히려 엉뚱하고, 황당하고, 때로는 차라리 쓸모없는 것이다. 배명훈 소설의 과학은 우리가 지닌 과학에 대한 선입견과 편견을 뒤집고 차라리 반(反)과학의 상상력을 지향한다. 산골 마을에서 사람과 소를 이동시켜주는 220미터 높이의 크레인(「크레인 크레인」)이라든가, '기능성 제품'이 아니라 '덜Dull'이라는 브랜드의 '존재성 제품'을 만드는 과학자(「안녕, 인공 존재!」)라든가, 각종 기계들을 이용해 유령들을 발굴(탐지)하는 '고고심령학자'(「누군가를 만났어」)라든가, 딸에게 천동설을 주장하는 거짓말쟁이 천문학자 엄마(「엄마의 설명력」)라든가 하는 식이다. 그것은 우리가 알고 있는 과학의 위풍과 거리가 멀지만, 과학이 우리를 위해 있어야 하는 이유, 즉 인간미와 사랑의 온기를 제대로 품고 있는 과학이다. 이 엉뚱한 과학과 황당한 아이디어는 모두 인간과 인간(또는 인간이 아닌 다른 존재들)을 이어주거나 삶다운 삶이 무엇인지 질문하는 데 쓰인다. 과학이나 기술이라기보다 예술이나 철학의 몸짓을 하고 있는 것이다.

물론 이 소설들을 SF의 울타리 안에만 가두고 읽을 이유는 없다. 하지만 배명훈의 문학적 출발점이 SF의 상상력에 있다는 것은 분명하다. 배명훈 소설에서, 환상이나 새로운 과학 개념 또는 전복적인 아이디어가 중요하다는 점, 그리고 그것이 주류 소설 읽기에 더 익숙한 내게는 다소 낯설게 느껴질 수 있다는 점을 수긍한다고 하더라도, 이야기의 개연성에서 다소 힘을 잃고 있는 부분들이 여럿 눈에 띈다. 물론 독자마다 조금씩 달리 생각할 수 있겠지만, 예를 들어보자. 「크레인 크레인」에서 크레인 무녀(巫女), 그리고 「얼굴이 커졌다」에서 저격수라는 이색적인 직업이 주인공의 '가업'으로 설정되는 것은 환상소설의 장르적 특징을 감안한다 하더라도 아무래도 어색해 보인다. 주인공이 이색적인 직업을 선택한 까닭을 너무 쉽게 풀이하려 한다. 「매뉴얼」에서 이야기를 이끌어나가는 '나'가 비혼(非婚)의 처지임에도 죽은 언니의 딸을 자신의 딸로 키우고 싶어 하는 마음은 독자가 충분히 공감할 수 있도록 그려지지 않았다. 이처럼 배명훈 소설들에는 인물과 상황 설정에서 아쉬운 점들이 있다.

한편으로, 여기서 지적해본 이 허점들은 독창적이고 기발한 아이디어에 힘을 쏟는 배명훈 소설의 특장과 무관하지 않다. 배명훈 소설의 유쾌한 상상력에 매료되었기에 그만큼 더 크게 느껴지는 아쉬움을 토로했던 것이다. 어쩌면 이 투덜댐은 SF보다는 주류 소설의 프로토콜에 더 길들어진 한 독자의 읽기에서 비롯된 것일 수도 있다. 그의 소설이 특정 장르의 프로토콜을 뛰어넘어서, 또는 새로운 소설의 프로토콜을 제시하면서 독자들의 마음을 더욱 강력하게 진동시키기를 진심으로 기대한다. 표제작 「안녕, 인공존재!」의 마지막에서 우주의 궤도를 돌던 작은 크기의 인공존재가 대폭발을 일으킨 것을 기억한다. 그처럼 방금, 우리는 한 소설가의 빛나는 '존재 폭발'을 목격했다. 배명훈 소설의 격렬한 존재 증명 말이다.

경이로운 이야기의 세계 제작을 기다리며

배명훈, 『첫숨』

언제부터인가 SF에 등장하는 한국 이름이 낯설지 않게 되었다. 갑자기 국제사회에서 한국의 국가 위상이 높아졌다거나 과학기술의 수준이 높아졌을 리 없다. 그런데 적어도 허구적 상상 세계에서는 그런 일이 벌어지고 있었다. 친숙하고 다정한 한국 이름의 주인공들이 우주 바깥의 삶, 미래의 삶을 꾸준히 열어 보이고 있었다. 소설가 배명훈의 공헌이 자못 크다. 이를테면, 거대한 우주정착지space colony가 '첫숨'이라는 우리말 이름을 가졌다 해도 이제는 크게 놀랄 일은 아니다.

배명훈의 장편소설 『첫숨』¹은 "인구 60만 명을 수용할 수 있는 원통 모양의 도시 구역 두 개로 이루어진 사상 최대 규모의 우주정착지"(p. 65) 첫숨의 이야기다. 규모가 크고 독립적인 정치적·문화적 환경을 지닌 도시 사회를 배경 삼아, 아니 나아가 그 공간 자체를 주제이자 인물hero로 삼아 이야기를 풀어나간다는 점에서, 가상의 초고층 빌딩국가 '빈스토크'의 정치와 세태를 풍자한, 그

---

1   배명훈, 『첫숨』, 문학과지성사, 2015.

의 첫 장편소설 『타워』(2009)를 떠올리게 한다. 배명훈은 「세계 분석을 기다리며」라는 매우 흥미로운 평문에서, '소설은 결국 인물'이라는 명제를 넘어 독창적이고 개성 있는 세계를 구축하는 작업의 중요성을 강조한 바 있다. 더욱이 '틀린 세계' 또는 '틀린 미래'를 흥미롭게 다룰 수 있는 SF의 미학에 대한 그의 각별한 애정이 느껴진다. 『첫숨』은 자신의 소설론에 입각해 쓴 실제 작품으로 보인다.

그간 소설의 배경이나 공간은 말 그대로 인물과 사건에 그늘진 '배경막'에 불과했다. 그러나 요즘 서사학자들은 스토리를 표현할 때 생성되는 세계인 '스토리세계'에 관심을 기울인다.[2] 다르코 수빈 같은 SF 평론가는 은유적 텍스트와 서사적 텍스트의 본질적 차이를, 즉 서사성의 본질로 크로노토프(chronotope, 時空性)를 꼽는다. 미래 세계, 더욱이 낯설고 경이로운 세계를 창조해내는 SF에서 스토리세계의 중요성은 아무리 강조해도 지나치지 않을 것이다. 나는, 사이버펑크 작가이자 수학자 루디 러커의 「트랜스리얼리즘 선언문」[3]이나 미하일 바흐친의 크로노토프론을 참조해서, 현실 세계와 허구적 서사 세계 간의 역동적인 대화 양상을 의미하는 '트랜스리얼리티' 개념을 제안한 적이 있다.[4] 그것은 작가

---

1   배명훈, 「세계 분석을 기다리며」, 『문학과사회』 2014년 봄호.
2   H. 포터 애벗, 『서사학 강의』, 우찬제 외 옮김, 문학과지성사, 2010, pp. 49, 314~15.
3   Rudy Rucker, "A Transrealist Manifesto," *The Bulletin of the Science Fiction Writers of America* #82, Winter, 1983, p. 1.(http://www.rudyrucker.com/pdf/transrealistmanifesto.pdf)
4   노대원, 『몸의 인지 서사학』, 박이정, 2023, pp. 111~13.

의 세계와 인물의 세계와 독자의 세계가 함께 대화하는 소설의 국면이다. 그 대화가 SF처럼 풍요롭고 격렬하게 이루어지는 장르도 없을 것이다.

실제로 배명훈은 우주정착지 첫숨의 개성적인 세계를 선보이기 위해 심혈을 기울인 것으로 보인다. 소설 쓰기와 읽기가 하나의 '세계 만들기' 행위라면, 그는 전통적인 작가의 위상 그대로 첫숨에 '첫 숨'을 불어넣은 창조주이자 설계자인 셈이다. 오닐 실린더O'Neill cylinder 식 인공도시 첫숨의 기술적 구조, 정치와 권력, 국제 관계, 사회 계급과 아비투스, 예술과 문화, 사상에 이르기까지 독자의 현실과 비교할 때 이채롭고 다채로운 측면들을 풍부하게 기술하고 있다. 특히, 작가는 사회과학도 출신 소설가답게 자신의 장기를 살려 첫숨 권력의 지형과 역학을 공들여 설명한다. 또한 기존 단편 「예술과 중력가속도」의 무용 모티프를 확장한다. 무거운 것(권력)과 가벼운 것(무용)의 대비와 조화가 이 소설의 미학과 주제의 한 축을 담당한다. 아닌 게 아니라, 첫숨의 인공중력 자체가 그 토대이자 주제의 반복이다.

하지만 작가의 소설론이나 SF 장르에 적합하게 스토리세계를 정교히 구성하려 노력한 것과는 별개로, 『첫숨』의 이야기로서 재미나 서사적 수사학은 충분히 성공적이지 못하다. 주인공 '최신학'의 내부조사는 매우 더디게 전개되는 것으로 느껴진다. 음모론적 분위기 속에서 첫숨의 비밀이 제시됨에도 불구하고, 그의 조사 과정에서 이렇다 할 서스펜스와 서프라이즈가 적절하게 제공되지 못하기 때문이다. 그러다 보니 어떤 비밀에 대한 탐사를 그리는 소설치고는 긴장감이 다소 떨어진다. 첫숨을 둘러싼 정치 세력 간의 국제적, 아니 우주적 알력을 다룸에도 불구하고 말이다.

　주인공 '최신학'의 조사는 필연적인 사건과 조우하거나 절박한 이유로 시작되는 것처럼 느껴지지 않는다. 차라리 그는 스토리세계 '첫숨'의 전모를 보여주기 위한 작가의 도구적 장치에 가깝다. 주인공이 아닌, 작가야말로 이 소설의 진정한 조사관이다. 작가는 사건의 진행보다는, 스스로 내부조사관이 되어 '첫숨'이란 낯선 세계의 소설적 탐사에 힘쓴다. 굳이 소설의 주인공 이름을 해석하자면, 그의 이름은 '최신 학문'이나 소설의 인물이 지적하는 그대로 '신학'을 연상시킨다. 그가 첫숨의 비밀(새로운 앎)에 접근해가는 것은 실상 우주적 섭리 또는 생명에 대한 우주적(?) 존중과 연대를 향해 가는 여정이다. 실제로『첫숨』의 중심 스토리는 첫숨 사상이라는 일종의 생명주의를 실현시키는 것이기 때문이다.

　다면신에 대한 그런 깨달음은 곧 인간에 관한 발견으로 이어졌다. 인간이란 결국 일면 위를 살아가는 존재라는 깨달음이었다. 둥근 행성의 표면에 살고 있다는 사실을 분명히 알고 있으면서도 일상생활에서는 세상이 평면처럼 생겼다고 가정하고 살아가는 게 인간의 삶이다. 첫숨 또한 그렇게 디자인되어 있었다. 고개만 들면 우주정착지가 갖고 있는 수백 개의 블록, 수백 개의 면이 한눈에 다 들여다보이는 환경인데도, 고개를 들지 않고 아래만 바라보고 있으면 그중 내가 발 딛고 서 있는 단 한 개의 면 말고는 아무것도 보이지 않도록 디자인된 곳이 또한 첫숨이기도 했던 것이다. 수백 페이지짜리 책을 한눈에 다 들여다볼 필요 없이 그저 한 번에 한 페이지씩만 보고 살라는 의도로. (p. 415)

루디 러커는 SF에서 시간 여행은 기억, 대안 세계는 개인적 세계관들의 엄청난 다양성, 반중력과 비행은 깨달음이라는 지각의 상징적 측면들이라고, 매우 흥미로운 주장을 한 바 있다.『첫숨』의 반중력, 즉 '삼면고래'의 첫 숨쉬기(비행)는 깨달음의 비행이며 깨달음의 첫 숨이다. 일면적 삶의 반성이다. 자동적 삶의 이탈과 낯선 세계로의 비행이야말로 SF의 미학적 핵심이자 과녁이지 않던가. 그러므로 이 대목은 트랜스리얼리티에 관한 진술이자 소설의 자기 반영적 순간으로 꼽을 만하다.

　삼면고래의 등장은, 달 무용가 한묵희의 무용과 더불어 이 소설에서 가장 경이로운 장면이다. 그러나 장편소설의 분량을 감안한다면 뒤늦은 느낌이다. SF 장르 특유의 경이감이나 기발하고 신선한 아이디어를 바라는 독자라면 분명 아쉬운 점이다. 나 같은 독자가 배명훈의 장편보다는『안녕, 인공존재!』에 실린 단편들에 더 환호했던 까닭은 바로 그 이유일 것이다. 소설이 스토리 세계의 개성적 표현이라고 할 때, 그 세계는 스토리의 흥미로운 수사학 속에서 펼쳐지거나 환기될 수 있어야 한다. 매력적인 스토리텔링 속에서 경이로운 세계를 제작해 보여줄, 배명훈의 새로운 '첫숨'을 기다린다.

최고의 투자, 최후의 만찬

박민규, 「버핏과의 저녁식사」

　'가치 투자의 귀재'로 불리는 워런 버핏Warren Buffett은 몇 손가락 안에 꼽히는 세계 최고의 부자다. 많은 재산을 기부해왔기에 '오마하의 현인'이라는 또 다른 별명도 있다. 일반인들에게 '버핏과의 점심식사'를 경매에 붙이는 이벤트는 특히 유명하다. 해마다 낙찰가가 치솟아 이제는 수백만 달러에 이르렀으며, 이 돈은 빈곤 퇴치에 쓰인다. 그런데 낙찰자들은 버핏과의 식사에서 무엇을 얻고자 거액을 선뜻 내놓는 것일까? 혹시, 그들은 선량한 자선활동에 동참하면서 버핏의 드높은 명성을 탐내는 것은 아닐까? 아니면, 세계 최고의 투자가에게 듣는 조언 역시 최고의 투자라고 생각하는 것은 아닐까?

　이런 삐딱한 의심들이 피어오르는 자리에 박민규의 단편소설 「버핏과의 저녁식사」⁵가 위치한다. 소설은 버핏의 이름을 그대로 가져올 정도로 워런 버핏을 직접적으로 연상케 하는 어느 투자가의 하루를 그린다. "만사가 귀찮다고"(p. 180) 생각하는 버핏이 비

5　박민규, 「버핏과의 저녁식사」, 『현대문학』 2012년 1월호.

행기 안에서 비서에게 껌을 찾는 장면으로 시작한다. 이때부터 하루 종일 그가 우물우물 씹어대는 껌은 피로와 권태라는 정념의 기호(嗜好/記號)다. 미국 대통령은 버핏에게 "그들이 오고 있다"(p. 182)며 자문을 구한다. 그들이란 누구인가? 외계인들처럼 생각되지만 단 하나 확실한 건 도저히 알 수 없는 존재라는 사실뿐.

'그들' 때문에 이제 버핏의 껌에는 거의 묵시록적인 불안과 초조의 정념까지 들러붙는다. "단물이 빠진 껌"(p. 183)을 여전히 씹어대는 버핏의 무기력하고 불가피한 행위는 세계의 파국과 종말이 예외적인 혼란이 아니라 거의 일상화되어버린 아이러니를 보여준다. 다시 말해, 이미 세계는 파탄과 종언을 고했으니 우리가 해야 할 일은 그것에 대처하는 일이 아니라 그것을 견디며 살아가는 일에 가깝다는 것. 거대한 아스피린이 허공에 떠 있는 묵시록적 상황 속에서도 피로와 권태를 느끼며 묵묵히 일해야 하는 「아스피린」의 인물들과 버핏의 몸짓은 닮아 있다. (평론가 조효원, 강동호는 「끝까지 이럴래?」와 「루디」 등 박민규 소설의 종말론적 상상력을 피로와 권태를 중심으로 읽은 바 있다.)

버핏은 직관력과 혜안을 구하는 대통령에게 "돈을 버는 일 외엔 달리 아는 게 없는 평범한 인간일 뿐"(p. 182)이라고 답한다. 이 '평범한' 진술은 이렇게 해석된다. 즉, 버핏은 미국 대통령이 비상사태를 앞두고 자문을 구하는 특권적인 존재지만, 한편으로 특정한 인간이라기보다는 미국의 현대사, 더 넓게는 황혼과 종말의 위태로운 시기에 도달한 현대 자본주의의 역사, 그리고 '가치'와 '투자'의 어휘로 말해지는 자본주의 이념 그 자체라는 것. 그렇다면, 버핏과의 식사에 초대된 안Ahn은 누구인가? 자선경매에 나선 한국인 부자라면, 기묘하게도 우리는 안철수라는 이름을 떠올리게 된다. 물론 이 단편이 발표된 이후지만 최근 안철수는 기부 재단을 설립하기까지 했으니, 이 기묘함은 더해진다. 그런데 소설의 안은 스스로를 "평범한" "시민"(p. 185)이라고 표현했다. 이제 이 '평범한' 진술은 어떻게 해석돼야 하는가?

안의 정체가 점차 드러나면서 버핏과 비서진들은 곤혹스러워한다. 안은 한국의 젊은 빌 게이츠가 아니라 2대째 편의점 알바였던 것. 그는 경제적, 심리적 불안이 일상화된 불안 노동자Precariat다. 게다가 그는 맥도날드에서 빅맥으로 허기를 때우고 생활복이자 정장인 나이키 트레이닝복을 입고 약속한 레스토랑에 나타난다. 다국적기업이 장악한 이 소비문화 시대의 상표들을 의도적으로 배치한 것은 너무 진부하지 않은가? 그런데 이 진부한 상표들의 익명성과 보편성이야말로 오늘날의 '평범한 시민'을 표지해주는 기호라면 어떤가. 물론, 버핏의 평범함과 안의 평범함은 전혀 다르다. 가령, 식사 전에 빅맥을 먹는 안의 행위는 현실의 워런 버핏이 공개 석상에서 빅맥을 먹는 행위에 빗댄 것이다. 그는 나이키나 빅맥의 주주이므로 빅맥 퍼포먼스는 판매 증대를 위한 일종의 '투자'지만, 안의 빅맥과 나이키는 생존이고 생활이었을 터. 이것이 두 평범함 사이의 좁힐 수 없는 간극이다. (양극에 위치한 두 사람은 직접 소통할 수 없다. 둘을 매개해주는 사람이 통역자 캐리다.)

이쯤해서 '그들'에 대해 다시 묻자. '그들'이 오고 있다는 불안한 묵시록적 경고는 반(反)월가 시위나 버핏과 안의 식사와 전혀 무관할까? 버핏의 더 큰 곤경은 오히려 대통령이 말한 '그들'이 아니라 안과의 식사 시간이나 시위로 인한 교통 체증에 있는 것으로 보인다. 버핏은 투자가답게 '그들'에게도 화폐와 가치 개념이 있는지 궁금해한다. 만약 그렇다면 버핏은 '그들'을 이해 가능한, 거래 가능한 친구로 대할 수 있으리라. 그 의문이 풀리기도 전에 "이해할 수 없는 미래"(p. 187)에서 미지의 타자가 도착한다. 다름 아닌 안이다. 그는 버핏에게 투자에 관심도 없고, 남은 돈도 없다며, "이것도 드세요./다 드세요"(p. 199)라며 음식들을 버핏에게 준다. '가치'를 폭식해온 자에게 먹이는 '빅엿' 메시지다.

버핏은 기부 역시 철저히 투자로 이해했기에 당혹을 감출 수 없었다. 슬라보예 지젝에 따르면, 조지 소로스, 빌 게이츠 등 자유주의적 공산주의자들의 기부는 초콜릿 맛 변비약과 같다. 그들은 극단적인 금융 투기, 이윤 추구로 인한 자본주의의 부작용을 막기 위해 인도주의적 활동을 벌인다. 변비를 고치기 위해 변비를 유발하는 초콜릿을 더 많이 먹으라는 광고 문구처럼, 그들은 기부하기 위해 더 많은 돈을 벌어들여야 한다. 이 소설에서 안은 버핏이 쓰고 있는 인도주의적 가면을 찢어낸다. 마비 상태에 이른 자본주의의 '일방통행로oneway' 위에서 버핏이 "시대가 저무는 느낌"(p. 201)을 받는 것도 무리는 아니다. 「루디」에서 살인마 루디와 금융 회사 부사장 보그먼이 '러닝메이트'였던 것처럼 버핏과 안 역시 '더블double'이다. 빅맥과 나이키 트레이닝복으로 버핏을 당혹스럽게 만든 청년 안은 다름 아닌 버핏이 만들어낸 자기 부산물이기 때문이다.

Wake Up!
게임적 리얼리즘과 판타지 로맨스의 접속

김보영,『7인의 집행관』

1.

SF 작가 김보영의 묵직한 첫번째 장편소설『7인의 집행관』[1]은 온갖 장르 문학의 이종교배 실험장이다. 1막은 암흑가를 배경으로 한 갱스터 소설로 출발하는 듯하지만, 핏빛의 미학 이면에 감추어진 진실에 대한 끝없는 의혹과 추리(또는 추리 불능) 과정이 개입한다. 2막은 매일매일 맹수, 괴물 들과 목숨을 건 혈투를 벌여야 하는 검투사 죄수의 세계. 3막에서는 왕조 시대를 배경으로 흉측한 기형으로 태어나 관군과 마을 사람들에게 핍박받는 인간이 나온다. 막(幕)이 바뀔 때마다 신들의 신화적인 세계나 묵시록적 미래 세계, 무협소설에 가까운 시공간마저 등장하여 소설을 환상적이고 현란한 세계'들'의 전시장으로 창조해낸다. 소설 전반

---

1   김보영,『7인의 집행관』, 폴라북스, 2013.

은 '나'의 시점으로 서술되지만 막이 새롭게 오를 때마다 윤회(輪廻)의 극장에 상연되는 연극처럼 서사 세계와 작중인물들은 변신을 거듭하면서, 말 그대로 다른 차원으로 이동해간다.

4막에 이르러서야 어느 정도 비밀의 윤곽이 서서히 드러나기 시작한다. '나'는 부도국이라는 나라의 왕족이지만 극악무도한 반역과 살인, 전란의 주범 '흑영'이었던 것이다. 그에게 치명적인 피해와 고통을 받아 원한을 갖고 있는 6인인 '무진' '소암' '재사' '수경' '양명' '비영'은 각각 집행관이 되어 이른바 '시스템' 안에 흑영을 가두고 여섯 번의 세계에서 여섯 번의 사형에 처하고자 한다. 그리하여 한 세계가 시작될 때마다 흑영은 자신의 본래 기억을 포함한 모든 정신적·육체적·사회적 조건 등을 철저히 강탈/제거당한 채로 지옥도의 풍경에 가까운 고통스러운 환경 속에서 비극적인 죽음을 맞이하게 된다. 집행관의 처형이 이루어지는 세계마다 시간과 공간, 문명의 조건, 과학과 환상 등 차원이 전혀 다르게 전개되지만 이것을 목격하고 체험하는 '나'의 목소리는 동일하다. 주인공의 자의식(또는 자의식의 혼란)을 따라서 플롯의 욕망을 읽어내자면, 소설을 관통하는 주제는, 결국 가장 현대적이며 가장 일반적인 서사 주제인 '정체성 혼란'과 '정체성 탐색'이다. 주인공의 의식을 각성시키는 의문의 목소리, 소설 전체에서 반복적으로 들려오는 목소리[1]는 바로 "내가 나라면"이다.

---

1   복도훈은 윤이형의 단편소설 「피의일요일」(『셋을 위한 왈츠』, 문학과지성사, 2007)에서 마법사 '언데드'를 각성시키려는 게임 속 또 다른 캐릭터인 '마지막 마린'의 목소리를 '소크라테스적 다이몬daimon과 닮은, 진정성의 목소리'로 표현한 바 있다.(복도훈, 『묵시록의 네 기사』, 자음과모음, 2012, p. 159) 가상현실/

기억을 잃고도, 기억도 성격도, 살아온 환경도 경험도 사고방식도, 지식도 지혜도, 내 힘도 능력도 모두 잃고, 내가 가진 모든 것을 잃고도, 나를 규정하고 증명하는 모든 것을 잃고도, 그럼에도 불구하고 그것이 나고, 내 근원에서 나온 나 자신이라면. (p. 157)

클론과 꿈을 교감하는 실험을 그린 등단작 SF「촉각의 경험」[2]을 비롯해「몽중몽」「거울애」[3]등 김보영의 기존 단편소설에서 반복적으로 쓰인 꿈 모티프와 거울 모티프에서도 자기 탐색의 주제는 발견된다.[4] 다름 아니라『7인의 집행관』은 잠과 꿈에서 깨어나는 것으로 시작해서 잠과 꿈에서 깨어나는 것으로 끝난다. 겹겹으로 포개어진 '몽중몽(夢中夢)'의 구조가 바로 이 소설의 구조를 이룬다. 몽중몽의 모티프는『장자』의 호접지몽(胡蝶之夢)에서 출발하여 영화「매트릭스」, 그리고 그들의 많은 후예들에 이르기까

게임에 빠진 주인공을 각성시키기 위한 초자아적인 목소리의 존재는 가상현실 서사들의 흥미로운 표지가 된다. 그 내면의 목소리가 얼마나 힘 있게 주인공을 각성시키든지 간에, 중요한 것은 포스트모던의 시대, 유동적인liquid 정체성의 시대에는 역설적으로 이데아의 흔들리는 그림자의 그림자의 그림자에 불과한 '캐릭터'를 고정시켜줄 메타 차원의 목소리가 강력히 요구된다는 점이다.

2 김보영,『멀리 가는 이야기』, 행복한책읽기, 2010.

3 김보영,『진화 신화』, 행복한책읽기, 2010.

4 끊임없이 몸을 바꾸게 되는 운명에 처한 주인공의 자기 탐색의 주제는「진화 신화」(『진화 신화』)의 변신 모티프에서 그 단초를 찾아볼 수 있다.『삼국사기』의 기이한 동물 출현 기록을 바탕으로 신화적 상상력과 과학적 상상력을 혼합시키고 있는 이 단편은, 주인공이 인간에서 짐승으로의 계속되는 하강 변신을 체험하다 소설의 끝에 이르러 승천하는 용(龍)이 되어 상승 변신하는 독특한 작품이다.

지 그 형태를 달리하면서도 오래된 상상력의 물줄기를 이어왔다. 『7인의 집행관』이 숱한 몽중몽 서사 또는 가상현실 서사와 변별되는 지점은 시스템 조정자의 존재, 그리고 시스템의 각본과 그 오류에 대한 분명한 의식에 있다. 물론, 다른 가상현실 서사들도 시스템 배후에 의문의 '설계자'가 어른거리도록 하지만, 가상현실 속의 주인공만큼이나 표제에서부터 각본을 짠 자들(=집행관)의 역할을 중시한 것은 『7인의 집행관』의 특징으로 볼 수 있을 것이다. 실제로 작가 김보영은 게임 개발자 출신으로, 단편소설 「스크립터」[5]에서 이미 게임 속의 아바타/플레이어들이 경험하는 허구적인 현실 또는 현실적인 허구의 착종과 혼란, 오류를 소설적으로 천착한 바 있다.

가상현실을 다룬, 다른 픽션들이 대체로 가상현실과 꿈에 빠진 주인공들이 가상현실에서 겪는 각성과 저항, 자유를 이야기한다면, 김보영은 가상의 우주를 창조하는 스크립터scripter로서, 그리고 그 세계에 참여하는 플레이어player로서 이중적인 위치에서 가상현실을 문제시한다. 그러니까, 전자는 (무)의식적으로 가상현실 시스템과 주인공을 신과 인간 또는 간수와 죄수, 주인과 노예의 관계처럼 절대적으로 수직적이고 일방향적인 권력관계, 대화관계로 두었다면, 후자는 스크립터와 시스템 역시 그 자체로 한계와 오류를 지닌 것으로, 그리고 시스템과 주인공의 관계를 양방향적인 것으로 받아들일 수 있는 여지를 두었다. 요컨대, 김보영의 소설은 일방적인 감시가 이루어지는 '파놉티콘Panopticon'

5　김보영, 같은 책.

이 아니라 양쪽에서 상호 간에 감시가 이루어지는 '시놉티콘 Synopticon'의 권력 모델이 작동하는 세계다. 그러한 작가의 인식은 일곱번째 집행관의 존재에 대해서, 즉 '스스로가 자기 삶의 집행관'이라는 실존적인 결론을 향해 나아간다.

다시 말해, 『7인의 집행관』의 주인공이 처한 가혹한 고통과 실존적 고뇌는 이 텍스트 바깥의 포스트모던한 사회 조건 속에서 나날의 삶을 살아가는 게임 플레이어들과 닮아 있다.[6] 흑영을 게임 플레이어 자신으로 볼 수 있다면, 6인의 집행관은 NPC(Non Player Character; 유저가 조종할 수 없는 게임상의 모든 캐릭터)나 다른 게임 플레이어로 볼 수 있는 것이다. 막(=게임)이 새롭게 열릴 때마다 새로운, 낯선 세계가 열리고 그 안에서 생존의 고투를 벌이는 동시에 자기 자신을 상실하지 않는 것. 악전고투의 가상현실의 게임들 역시 하나의 현실로 긍정하고, 현실의 게임에서도 '살아야 하는 이유'[7]를 발견하는 것. 그것이 최종적인 '집행'에 대

6   일본의 평론가 아즈마 히로키는 근대문학 고유의 자연주의적 독법이 아니라 게임, 라이트노벨 등 포스트모던의 텍스트들에 '환경 분석적 독해'를 시도한 바 있다. 이는 텍스트의 무의식을 상상력의 환경으로 보고 그것을 추적해가는 방식이다. 달라진 리얼리티 감각과 미디어 환경 속에서 한국 문학 역시, 그의 비평론에서 참조할 점이 많다. "환경 분석이란 이른바 작가가 말하고자 했던 것, 작가가 이야기했던 것 그 자체를 '해석'하는 것이 아니라, 작품을 일단 작가의 의도로부터 분리시킨 다음, 작품과 환경의 상호작용을 고려하고 작가가 그 작품을 그렇게 쓰고 그렇게 이야기하게 만든 무의식의 역학을 '분석'하는 독해 방법이다."(아즈마 히로키, 『게임적 리얼리즘의 탄생: 오타쿠, 게임, 라이트노벨』, 장이지 옮김, 현실문화, 2012, p. 168) 윤이형과 김중혁 소설에 대한 시론 (試論)적인 환경 분석적 독해는 졸고, 「소설보다 낯선: 이 시대의 픽션·리얼리티·상상력」, 『신생』 2013년 봄호, 전망, pp. 187~201 참고.

7   작가 인터뷰 참고. "이 이야기의 처음 주제는 '너는 죽어야 하는데 왜 죽지 않

한 작가의 궁극적인 결론이다.

결국 이것이 네 판결이다.
네가 준 각본이고 네가 정한 내 죽음의 방식이다. 차이는 없다.
하나뿐인 목숨을 써서 그 운명에 저항해야 한다는 것만은. 하루라
도 한 시간이라도 버티며, 살기 위해 내가 가진 생명을 다 써야 한
다는 것만은.
어느 세계에서든 생은 하나뿐이었고 죽음도 하나뿐이었으니.
(p. 554)

2.

거울과 꿈에 매혹된 자는 무한한 미궁 속에 스스로 갇히기 쉽
다. 거울과 꿈의 주제는 소설의 형식 역시 어지러운 악몽으로 이
끌어간다. 자신의 서사 세계를 제대로 이해하지 못하는 일인칭
주인공에 의해 서사 세계가 묘사되고 서술되어야 하는 제한적인
상황 속에서 어쩌면 이 소설은 본질적으로 난해하고 혼란스러울
수밖에 없는 운명을 타고난 것인지도 모른다. 독자 역시 서술자
의 제한적인 인식을 통해서만 정보를 얻고 추론해야 하기 때문이
다. 또한 부도국을 배경으로 삼는 기본 서사와 그 안에 병렬적인

느냐', 그것밖에 없다고 생각해요. 그게 책의 6장까지 내용이고, '왜 살아야 하
는가'를 찾는 과정이 나머지예요." 「김보영, 김이환, 박애진 합동 인터뷰」, 『환
상문학웹진 거울』 115호, 2013. 1. 31.

동시에 순차적이며 누적적으로 진행되는 각각의 액자 서사들(집행관의 각본과 시스템에 의해 전개되는 서사 세계)은 서로를 보충하고 설명하기도 하지만 서로 충돌하고 기존의 추리를 의문스러운 것으로 만들기에 충분하다. 그러한 난점 탓인지 몰라도 소설은 자주 산만해진다.

내가 느끼기에, 그보다 치명적인 문제점은 감상적인 분위기에 있다. 소설의 각 막마다 서사 세계는 판이하게 다르지만 기본적으로 부도국의 대군, 흑영의 서사는 비극적 성격이 강한 로맨스의 뮈토스mythos에 해당한다. 흑영은 고귀한 왕족 출신이지만 출생 또는 왕권 승계 문제로 인한 불행 때문에 죄악에 빠지고 형벌을 받는 형식으로 나름의 편력과 모험, 투쟁을 겪게 된다. 그의 고귀한 신분과 비극적 생애는 사언스럽게도 비징미와 결부될 수밖에 없으나 때때로 그렇게 주조를 이루게 된 소설적 분위기 탓에 소설은 때때로 상당히 관습적이고 유치한 묘사로 미끄러지기도 한다. 이를테면, 1막이나 2막 등에 등장하는 미모의/의문의 여인에 대한 묘사와 설정은 흑영과 비영과의 관계에서 중요할 수 있으나, 기사도 로맨스의 '불가능한/금지된' 사랑이라는 다분히 감상적인 분위기를 연출한다. 여기에 각 막마다 (모호한 방식으로) 수차례 반복되는 인물 구도의 설정은 소설이 미스터리적 요소를 갖고 있음에도 불구하고 서사적 긴장을 떨어뜨린다.

김보영 작가는 「지구의 하늘에는 별이 빛나고 있다」[8]처럼 정교한 구성과 참신한 아이디어, 맑은 감수성으로 빚어낸 SF 단편들

---

8   김보영, 앞의 책.

을 쓸 때 훨씬 더 매력적인 상상력을 발휘하는 것으로 보인다. 밤하늘에 경이롭게 빛나는 별들처럼 독자의 상상력을 자극할, 작가의 다음 작품을 기대해본다.

마르케스주의자의 종말의 서사시

손홍규, 『서울』

이제 우리에겐 더 이상 어떤 재난도 낯설지 않다. 파국의 서사
도 묵시록의 언어도, 더 이상 허구나 문학의 형태만으로 존재하
는 특정한 방식의 상상력이라고 말할 수 없게 되었다. 이 시대의
혈관에는 불안과 공포의 불길한 기운이 흐르고 있다. 어느새 우
리는 그렇게 되어버린 것이다. 그런 까닭에 손홍규의 장편소설
『서울』[9]은 과도하게 현재적이며 지극히 현실적인 서사로 우리 앞
에 당도했다고 말할 수 있다. 그 소설에 담긴 세계가 완고한 리얼
리즘의 규율이 아니라 '재앙 이후 이야기'나 '포스트-아포칼립스
소설' 혹은 '좀비 소설'의 장르적 발상과 관습을 따르고 있다 해도
말이다.

손홍규의 『서울』은 폐허다. 도시가 폭격을 받았다고 하니, 아
마도 이 재앙은 전쟁의 참혹한 결과인 것으로 추측된다. 하지만
소설이 끝나도 정확한 원인이나 책임을 누구도 알 수 없다. 증오
와 분노, 끊임없는 질문만이 주어질 뿐이다. 이 세상의 모든 어머

---

9 손홍규, 『서울』, 창비, 2014.

니들이 사산(死産)하거나 기형의 아이를 낳으니 전쟁에서의 핵무기 사용이나 전쟁을 방불케 하는 방사능오염을 추정해보아도 크게 틀린 것은 아닐 터. 게다가 신음과 비명을 지르는, 사람 아닌 자들이 대낮을 점령한 듯 거리를 짐짓 쾌활하게 활보하고 있으니, 이곳은 "납득할 수 없는 상태로 변해"버렸고 "현실은 이해의 영역을 벗어났"(p. 30)다.

가까스로 이성적 추론을 수행하던 독자들은 어느 순간 벽에 가로막히고 만다. 소설 밖의 독자들이 아무리 부지런히 음모론을 구성해보아도 도저히 답이 안 나오는 미제의 사건·사고들에 가로막히듯 은폐된 진실 앞에서 답이 나오지 않을 때 모든 추측들이 답이 되어버리는 괴상하고 불편한 상황이 벌어진다. 이처럼, 『서울』의 디스토피아는 모든 징후적·현실적 해석을 끌어안는 동시에 특유의 모호성과 장르적 혼종성 탓에 명쾌한 해석과 독해는 불가능한 소설이 되었다. (이 점이 지금-여기를 환기하는 이 소설의 강력한 수사학이자 약점이기도 하다.)

손홍규의 『서울』은 아비규환의 지옥도다. 이곳은 불타고 무너진 빌딩과 시체가 아니면 학살자와 성난 짐승과 좀비 들이 장악한 세계다. 그리고 그들에게 쫓기는 소수의 생존자들, 곧 소년과 동생, 노인, 여자와 소녀, 개와 말의 세계다. 전적으로 소수자minority만이 살아 있고 그들만이 겨우 숨어 지내는 세계. 그러니 『서울』을 '두려운 낯설음the uncanny'의 세계라고 일컬어도 좋을 것이다. 물론, 이때의 언캐니는 프로이트의 견해를 따라 전혀 낯선 것이 아니라 한때는 익숙하고 친밀했던 것들의 기괴성을 의미한다.

아버지를 비롯해 아버지의 동료들은 어떤 면에서 보자면 모두 타고난 좀비였다. 세상사에 무관심했으나 무관할 수는 없었으므로 세상이 시키는 일만 의무를 수행하듯 꾸역꾸역 치러내면서 아무런 열망 없이—그러나 이 세상이 자신들을 가만히 내버려두면 좋겠다는 간절한 열망만은 잃지 않은 채 살았다. 그렇게 사는 것도 산다고 말할 수 있다면 말이다. (p. 223)

살지도 죽지도 못한 좀비가 자본주의 체제에서 '자유로운' 노예로서의 노동자/소비자를 의미할 수 있다는 것은 널리 알려진 해석이다. "한때는 사람이었으나 이제는 결코 사람이라고 할 수 없는, 그러나 사람과 너무도 흡사하기에 사람이 아닌 다른 무엇으로 부르기에도 어색한 저 새로운 종족들"(p. 197)은 기괴하게 신음과 비명을 지르는 동시에 매우 일상적인 분위기 속에서 분주하게 거리를 활보하는 것으로 특징지어진다. 작가가 보기에, 서울(자본주의적 삶의 시공)의 일상은 고통이며, 그 고통의 나날은 아무렇지 않게도 계속된다.

『서울』은, 그리고 작품 속에서 '서울'이라 통칭되는 동시대의 현실은, 예외적 비정상성이 일상적으로 구현되는 세계다. 이 소설에서 재앙의 원인은 모호하고 은폐되어 있는 반면, 생존자들이 느끼는 고통의 감각만은 지독하게 생생하며 구체적이다. '나는 고통받고 있지만 그 이유는 알 수 없다'는 부조리한 세계감(世界感)과 세계 인식은 『서울』 바깥의 독자들에게도 공통적인 것이리라. 세계에 대한 이해 불가능성이나 불확실성과는 대조적으로, 이 소설 속에서 무참하게 파괴된 지역들은 서울의 특정한 실제 지명들로 명시된다. 이 구체성은 작가와 독자들이 발 딛고 있는, 거대도시 속에서 무심하게 반복되는 일상을 전복하며 그 불안한 이면을 폭로한다.

그 모든 비관과 추악과 고통에도 불구하고『서울』은 시적 울림으로 충만해 있다. 폐허의 아름다움과 숭고처럼 진부한 것도 없겠지만, 생존자들이 폐허를 뚫고 어딘가로 자꾸만 나아가듯, 손홍규의 소설은 이 진부한 미적 구조를 통과해 침묵과 선(禪)적인 언어가 직조해낸 서늘한 아름다움에 도달한다. 언젠가 시를 쓰고 싶어 하는 소년의 동생은 분명 새로운 세계에서의 시작(詩作/始作)을 꿈꾸었을 것이다. 또한 희망과 절망, 종말과 신을 향한 생존자들의 끝없는 질문은 이 종말의 서사시가 단순히 현실에 대한 비관과 공포의 (쾌락을 제공해주는) 극단적 버전만은 아님을 확인시켜준다.『서울』은 환상과 신화를 부조리의 역사극과 공존하게 하고, 반인간과 비인간의 상상으로 포스트휴먼과 신세계의 가능성을 묻던 '마르케스주의자' 손홍규의 소설적 여정과 고투에 이어지는 새로운 한 페이지다. 그것이 설령 사산될 꿈일지라도 기형의 존재로 태어날 꿈일지라도, 작가는 이 폐허의 도시에서 아름다운 종족의 꿈을 수태하고 있다.

'현실반대선언'을 위하여

윤이형, 『큰 늑대 파랑』

    윤이형이라는 이형(異形), 혹은 뉴 타입New Type을 어떻게 읽어
야 할까? 두번째 소설집이 묶인 시점에, 우선 다음 몇 가지 견해
를 제출할 수 있겠다. 가령, 그녀가 몰고 온 『큰 늑대 파랑』[1]이라는
파랑(波浪)은 명백하게 SF와 판타지 장르의 상상력과 문법에 힘
입고 있다. 그런데 이 탈경계의 소설은 주류 소설이 오랜 시간 숙
성시켜온 전통적인 감수성 또한 함께 성취하고 있다. 식물이면서
동물이고 비행 기계인 '루'(「완전한 항해」)와 같이, 지금 그녀의
소설은 다양체의 몸으로 빠르게 창공을 가로질러 날아오르는 중
이다.

    사실, 윤이형의 소설에는 장르의 안과 밖이, 현실과 가상이, 또
는 현재와 미래가, 사실과 환상이 따로 구획되어 있지 않다. 아니,
그것만으로는 불충분하다. 오히려 그녀는 이러한 이분법적 구분
을 격렬하게 의심하고 강력하게 전복시키려는 쪽이다. 그것은 이
미 첫번째 소설집 『셋을 위한 왈츠』에서 엿보이기 시작했다. 그리

---

1   윤이형, 『큰 늑대 파랑』, 창비. 2011.

고, 이제는 더 분명해졌다.

"현실반대선언이라는 말 들어보셨습니까?"

그녀가 고개를 저었다. 나는 설명했다. 그건 세상에는 하나의 현실만 있다는 생각에 반대해 몇 년 전에 제창된 선언이었다. 사람들이 마음을 두고 애착을 갖는 현실은 저마다 다르다. [……] 그가 마음을 둔 곳이 그의 현실이다. 그런데 오랫동안 세계는 하나의 특정한 현실만 존재한다는 생각을 가진 사람들이 지배해왔다. 그들은 자신과는 생각이 다른 사람들을 억압하면서 현실로 회귀하고 관심을 가져야 한다는 당위를 강요했다. (「이스투아 공원에서의 점심」, pp. 159~160)

게임 공간으로 추측되는 호텔 도시 '앤서빌'을 무대로 삼는 한 단편에서 두 인물이 나누는 대화다. 이 장면은 그저 한 허구 속 인물이 그 사회에서 주장되었던 '현실반대선언'에 대해 설명하는 것이지만, 그간 작가가 창조해온 소설 세계에 대한 핵심 메시지, 혹은 이른바 문학적 '밈(Meme, 문화적 유전자)'으로 읽어봐도 좋을 듯하다. 윤이형의 '현실반대선언'을, "비트가 없다면 우리도 없다. 우리가 없다면 세상의 미래도 없다"(「펭귄뉴스」)고 역설한 김중혁의 '펭귄뉴스 선언문'과 함께 나란히 살펴보자. 김중혁이 비트의 음악적 세계로 상징되는 유희와 해방의 정신을 자신의 소설 속에서 계속해서 옹호하고 실현시켜왔다면, 윤이형은 늘 다른 세계의 가능성을 꿈꾸며 다른 현실의 실재성을 끊임없이 탐문해왔다.

윤이형이 SF나 판타지, 게임 서사, 장르 영화에서 소설적 상상력의 에너지를 찾고 있는 것 역시 이 장르들이 다만 낯설고 진기한 이야깃거리를 제공해주기 때문만은 아니다. 이들의 상상력은 획일적이고 지배적인 대문자 현실 인식, 또는 대문자 문학의 현실에 대한 반대로서, 다른 세계들, 다른 현실들, 다른 문학들을 보여주려는 충동으로 넘쳐나기 때문이다. 윤이형 소설에 나오는 사이버스페이스나 미래 세계와 같은 '현실반대'의 다양한 현실'들'은, 포스트모던을 살아가는 젊은 세대에게는, 정치에서 문화로 눈 돌린 자들의 '비현실'적 도피처가 아니라 그 자체로서 살아가는 현실을 이룬다.

「큰 늑대 파랑」은 1996년 즈음에 대학을 다닌 남녀 네 사람의 청춘과 그 삶의 파국을 이야기한다. 이들의 대학 시절은 '시위대의 끝' '쿠엔틴 타란티노 영화' '하이텔' '오에카키'로 말해진다. 여기서 정치적 삶의 끝 물결과 그것이 빠져나간 자리를 대신한 대중문화, 그리고 막 개화하기 시작한 네트워크 문화를 쉽게 읽어낼 수 있다. 그런데 소설에서 미처 말하지 않고 숨겨둔 사건이 있다. 우리는 외환 위기의 시련이 그들의 청춘을 폭격했음을 짐작할 수 있다. 이 집단적 트라우마 혹은 무의식적 불안은 결국 2006년의 어느 날 좀비 바이러스라는 묵시록적인 종말의 세계로 귀환하기에 이른다. 끔찍한 것은 좀비의 출현이 아니라, 바로 그 인물들이, 독자들이 견뎌나가는 나날의 노동과 삶이라는 것을 실감하게 된다. 비인간적인 삶에서 좀비라는 비인간적인 존재가 출현하는 것은 어쩌면 돌연하기보다 자연스러워 보일 지경이다.

그런 의미에서 윤이형의 '현실반대선언'은 "고용주"가 명령하고 강제하는 단일한 '현실원칙'에 대한 항거이기도 하다(이를테면, 고용주: "불복종인가? 찢어버린다."/붓: "듣고 싶지 않아." 「이스투아 공원에서의 점심」, pp. 170, 187). 첫번째 소설집의 「절규」에는 타인의 울분을 대신 풀어주는 '절규 퍼포먼스'가 나왔거니와, 작가는 「큰 늑대 파랑」에서 스스로 대리 절규자가 되어 자기 세대의 비분을 이토록 참혹하게 그려냈다. 오래 기억될 만한 문학적 절규가 될 것이다.

다른 현실들에 대한 지향은 '나'라는 주체의 경계에 대한 근본적인 질문을 던지지 않고서는 불가능하다. 그래서일까. 유난히 이 소설집에서는 '분신(分身, 도플갱어) 모티프'가 강조되어 있다. 사람이 본체와 분리체로 분열되면 목숨을 건 결투로 분쟁을 해결하는 세상을 다룬 「결투」가 대표적이다. 다분히 게임의 설정에 가까운 결투의 발상은 잔인하며, 분신의 출현으로 인한 인식의 혼란이 중심이 되는 분신 모티프 특유의 서사적 특장을 약화시킨 것은 아닌가도 싶다.

그럼에도 「결투」를 지나칠 수 없는 것은, 이 분신 모티프가 윤리적 성찰을 자극하기 때문이다. 소설에는 사라지는 것들을 보면 슬퍼하는 분리체가 나온다. 그녀는 평소 본체에게 희미하게나마 스쳤던 양심적 질문들, 그러니까 "이래도 되는 건가? 이거 사도 되는 걸까? 여기 와도 되는 걸까?" 하는 질문들을 던진다. 본체와 분리체의 기묘한 동거는 '나'와 또 다른 여러 '나'들과의 공생을 의미한다. 또 다른 '나'의 가시적 출현이란, 주체의 불안의식인 동시에 주체의 내면에 살아 있는 윤리의식이다. 양심적인 '나'와의 순간적인 대면으로는 부족하다. 또 다른 '나'와의 사생결단의 결투만이 '나'를 온전한 나로서 존재하도록 한다.

「맘」과「완전한 항해」는 또 다른 삶의 가능성을 찾아 일종의 시간 여행을 시도하는 서사다. 「맘」은 여성 작가 '소현'이 어머니의 실종이란 사건에 직면해 어머니의 삶을 기억으로 재구성하는 점에서 SF판『엄마를 부탁해』라 부를 수 있겠다. 소현은 어머니의 분신과도 같다. 어머니의 삶을 되풀이하지 않겠다고 다짐한 소현이지만 점점 자신의 삶에 어머니의 삶이 깃드는 것을 알게 된다.

「완전한 항해」는 삶을 '완전한 항해'로 만드는 두 가지 인생 사용법에 대한 SF. 두 사람의 삶을 교차시켜 대조적으로 보여준다. 한 사람은 성공한 가구디자이너 '창연'으로 수차례에 걸쳐 '에디션'(또 다른 자아)들을 통합해서 삶을 '튜닝'한다. 그녀는 새로운 지식과 재능, 넘쳐나는 욕망으로 새롭게 거듭나는 삶을 이어나간다. 반면, 사람 눈에 보이지 않을 만큼 작은 루족(族) '창'은 안온한 불멸의 삶을 거부하고 기꺼이 유한의 삶, 모험의 삶을 택한다. 한쪽이 신처럼 되기 위해 끊임없이 다른 자아들을 '통합'한다면, 한쪽은 인간적인 세계를 동경해 신의 삶에서 스스로를 '분리'시킨다. 소설은 '창연'에게 통합되기를 거부한 '창'의 이카로스적 비상으로 끝난다. '창연'이 끝없는 자아의 튜닝으로 '완전한 항해'에 근접해간 것처럼 보이나, 실은 그녀의 미약한 분신 '창'이야말로 제 삶을 끝까지 쏘아 올린 '완전한 항해'를 이룬 것이다.

윤이형의 소설들은 안전하지만 구속되는 삶보다 불안하지만 자유로운 삶을 옹호한다. 「스카이워커」도 핵전쟁 직후 근본주의적 종교가 지배적인 지구를 배경으로, 중력을 벗어나 자유롭게 솟구쳐 오르려는 주인공의 이야기를 다루면서 그 주제를 변주한다. 「로즈 가든 라이팅 머신」 역시, 다양한 '필터'들로 글을 자동으로 바꿔 써주는 프로그램을 두고 번민하는 소설가 지망생들의 모습을 보여준다. '기술복제시대의 예술 작품'을 넘어 '기술창작 시대의 예술 작품'의 가능성을 조심스럽게 예견하면서 예술가의 근본적인 존재 조건을 묻는 소설이다. 윤이형은 작가의 고뇌 없이 말 그대로 '기계적'인 현란하고 세련된 수사학만을 지닌 글은 예술이 될 수 없다는 쪽이다.

윤이형의 '성장과 모험의 서사'(백지연)는 전통 서사의 오래된 탐구 형식이다. 미래의 세계, 미지의 세계를 이야기해도 그녀는 여전히 '낡은 세계와 상징적 질서를 그대로 껴안을 수 있는가?'라고 묻는다. 이 질문의 맹렬함이, 그리고 '현실반대'의 강력한 반항과 탈주의 몸짓이 우리를 뒤흔든다. 윤이형의 소설은 거꾸로 세워진 바벨탑이다. 그녀는 신에 닿는 길이 아니라 불안하지만 한없이 자유로운 지상의 인간을 발견하기 위해 미래를 그린다.

산주검들의 탈출기

김중혁, 『좀비들』

원인을 알 수 없는 좀비들이 갑작스럽게 출현한다. 좀비들이 이웃들을 살육하자 주인공들은 생존을 위해서 좀비들에 맞서 싸운다. 주인공들은 어째서 좀비들에게 습격당해야 하는지 도대체 알지 못한다. 그래서 그들은 더욱 공포를 느낀다. 그들이 인간으로 살아남기 위해서 좀비들에게 행한 무차별적인 폭력과 살육은 오히려 자기 안에 숨겨진 수성(獸性)과 비인간성을 격렬하게 노출시킨다. 괴물과 싸우면서 그들은 이미 괴물이 돼버린다. 친숙했던 이웃과 친구 들이 섬뜩한uncanny 괴물로 변해갈 때의 극심한 혼란, 그리고 어느 순간 누구도 아닌 바로 내가 그 괴물이 될지도 모른다는 긴장과 두려움. 이것이 좀비물의 장르 문법이다.

전형적인 좀비 장르를 기대했다면, 김중혁의 장편소설 『좀비들』[1]은 독자의 그러한 기대를 충분히 만족시켜주지 못할 것이다. 영화와 게임, 즉 시청각적인 효과가 다른 어떤 구성 요소들보다 중요한 장르에서 등장하는 무시무시한 좀비들을 기대해서일

---

[1] 김중혁, 『좀비들』, 창비, 2010.

까? 그렇다면 소설이라면 어떤가. 시체, 부패, 질병의 시각적 이미지로 충만했던, 그래서 "하드고어Hardgore적 상상력"(이광호)으로 명명되기도 했던 편혜영의 초기 단편들과 비교해보자. 「아오이가든」을 비롯한 편혜영의 여러 단편들은 이른바 '괴담'이나 '엽기'로 불릴 만한 끔찍한 묵시록적 상상력으로 충만해 있었다. 윤이형의 「큰 늑대 파랑」 역시 좀비에 습격당한 인물들을 그리고 있다. 2006년 서울을 배경으로 명시한 이 소설에서, 인물들은 갑자기 나타난 좀비의 습격에 차례차례 희생당한다. 좀비에 의해 습격당한 서울의 풍경은 지옥도에 가깝고, 좀비의 확산을 막을 길이 없다는 점에서 역시 부정적인 묵시록으로 읽을 수 있다.

이들 소설에 비한다면 김중혁 버전의 좀비 소설의 명도는 더 밝고 그 상상력은 더욱 발랄하다. 달리 말하자면, 좀비를 내세운 소설로서는 긴장감과 공포심을 유발하는 위력은 약한 편이다. 독자들이 '좀비들'이라는 소설의 표제를 슬슬 잊어가고 있을 즈음, 그러니까 100여 페이지를 넘기고 나서야 겨우 좀비 하나가 출몰한다. 게다가 실상 이 좀비들은 그렇게 위협적인 존재가 아니다. 한 좀비가 '뚱보130'의 목을 물어 그의 생명을 위태롭게 하는 사태가 벌어지고 이 돌발적인 사태는 후반부 서사의 가장 중요한 계기가 된다. 그러나 좀비들은 리모콘으로 어느 정도 통제가 가능한 로봇에 가깝고, 심지어 그들은 군대의 신무기 개발을 위한 가련한 총알받이였다는 사실까지 드러난다.

좀비들의 실체가 드러났으니, 이제 『좀비들』에서 탈(脫)장르적 움직임의 절정, 혹은 장르 변주의 정점을 확인해볼 수 있겠다. 그지점이 김중혁 버전 좀비 소설의 독창성이라 부를 수 있을 터인

데, 그것은 주인공들이 좀비들에 맞서 싸우지 않고 좀비들을 해방시키기 위해 싸운다는 설정에 있다. 물론, 좀비가 아닌 다른 적대자들(군인들)이 존재하고 있기에 이러한 변칙적인 서사가 가능한 것이다. 하지만 동시에, 이는 좀비들과 주인공 인간들 사이에 차이와 대립, 그리고 적대감보다는 유사성과 동질감이 확인되었기에 가능한 것이기도 하다.

살아 있다는 것과 죽어 있다는 것은 0을 기준으로 대칭될 뿐 별다른 차이가 없는 것은 아닐까. 산 것은 플러스의 세계, 죽은 것은 마이너스의 세계이며 두 세계는 균형을 맞추며 이 세상을 움직이고 있는 것은 아닐까. (p. 187)

어머니와 형의 죽음을 목도하며 삶과 죽음의 경계 공간에서 오랫동안 우울하게 머물렀던 주인공 '채지훈'은 "살아 있는 인간처럼 보이지 않았지만 괴물의 모습 같지도 않"(p. 188)은 좀비들, 삶도 아니고 죽음도 아닌 세계에 속하는 이 기괴한 '산주검undead'을 통해서 역설적으로 삶과 죽음 사이에 놓인 깊은 단절을 메울 수 있게 된다. 고리오 마을의 노인들이 '다이토 게임'을 즐기는 것 역시 죽음을 금기와 부정적인 의미 영역 밖으로 끄집어내려는 노력이다. 특히 이 노인들이, 극악무도한 범죄를 저지르고 죽어버린 아들딸들이 좀비의 비참한 상태가 되었을지라도 그들과 재회하려는 까닭은 무엇인가. 그것은 자동차 운행 시의 충격을 완화시키며 LP를 재생하는 턴테이블 '허그쇼크Hug Shock'처럼, 사랑하는 이의 죽음이 일으킨 충격과 고통을 독특한 애도 방식으로 완화시키면서 삶을 계속 이어가기 위한 시도인 것이다.

일찍이 좀비 장르의 많은 서사들은 좀비의 은유를 사회비판적으로 해석할 만한 단서들을 텍스트 안팎으로 제공하고 있다. 좀비들은 전쟁 위기나 에이즈의 위협, 타락한 대중 소비 문화, 유전공학에 대한 공포의 은유로 해석될 수 있었던 것이다. 또한 '억압된 것의 귀환 장정'으로서 좀비(괴물)의 서사는 이방인, 외국인, 주변인, 일탈자 등 타자에 대한 공포와 배제의 시선이 응축된 것[1]이라는 점에서 주목된다. 김중혁의『좀비들』에서는 위협적인 좀비들이 대거 출현하지 않는 대신, 좀비의 비유적인 의미를 더욱 유연하게 확장한다. 김중혁의 좀비들이 본래 환영받지 못한 죽음을 맞이했던 범죄자나 자살자였음을 기억하자. 이 좀비들이 총알받이로 쓰이는 '잉여적' 존재라는 점에 해석의 초점을 둔다면, 이미 잠재적 '호모 사케르Homo Sacer'가 된 현대인들의 운명을 형상화한 것이라 해도 좋을 것이다.

고리오 마을 근처의 군인들이 "솔직히 겉모습만 봐서는 좀비들과 별반 다르지 않게 느껴졌다"(p. 167)는 채지훈의 거듭되는 진술처럼, 좀비들은 단지 살아 있는 시체만이 아닌 자유와 활기를 상실한 인간으로도 이해된다. 소설의 후반부가 친구의 생명을 살리는 동시에 좀비들에게 자유를 찾아주기 위한 모험의 서사로 구성된다면, 소설의 초반부는 좀비와도 같은 삶을 살던 채지훈이 그 삶을 벗어나는 변화의 서사로 구성된다. 다시 말해, 김중혁의 좀비 이야기는 '좀비에서 탈출하기'와 '좀비를 탈출시키기'로, 삶

1　로즈메리 잭슨,『환상성』, 서강여성문학연구회 옮김, 문학동네, 2001.

다운 삶의 회복에 대한 탐색으로 이루어진다.

언제부터인가 새로운 것을 갖고 싶다거나 어떤 사람이나 물건을 완벽히 내 것으로 만들고 싶다는 생각을 해본 적이 없었다. 아마도 형이 죽은 후부터일 것이다. 한 인간이 살아 있느냐 죽어 있느냐를 확인하는 기준은 심장박동이 아닐 수도 있다. 그 기준은 욕망일 수도 있다. 나는 그동안 살아 있긴 했지만 좀비보다 나을 게 없었다. (p. 244)

형의 죽음을 겪고 깊은 우울의 늪에서 벗어나지 못해 방황했던 채지훈의 고백이다. 상실된 대상을 대체할 만한 새로운 대상과 환유적인 욕망의 관계를 맺지 못했기에 그의 애도는 병적인 우울로 치달았던 것이다. 홍혜정과 뚱보130과 함께, 1960년대의 괴짜 밴드 '스톤플라워'에 대한 애정을 공유하는 '취향의 공동체'를 이룬 채지훈은, 비로소 정주할 수 있는 우정의 집을 짓고 삶의 활력을 획득한다. 고독과 우울에 시달렸던 이들이 함께 만나 공감하며 좀비 상태를 탈출할 수 있었던 열쇠는 음악이었고, 채지훈이 진짜 좀비들을 탈출시킬 때에도 다름 아닌 음악이 중요한 역할을 했다. "비트가 없다면 우리도 없다." 작가의 등단작 「펭귄뉴스」에서 보았던 '펭귄뉴스 선언문'은 여전히 유효하다. 김중혁 소설의 4원소인 '음악·수집·발명·놀이'는 이 소설에서도 이야기에 리듬과 숨결을 불어넣으면서, 자유가 없는 저 무기력한 좀비들의 세계에 맞선다. 물론, 『좀비들』의 서사가 다소 긴장감을 잃고 있는 까닭은 우리가 기대했던(?) 좀비의 출현이 늦은 탓도 있겠으나,

좀비보다 더 자주 나타나는 작가의 저 발랄한 마니아적 상상력 때문일 것이다. 문학-발명가 김중혁의 작품 목록에 '비트'에 반응하는 유쾌한 『좀비들』을 추가해야겠다.

호흡 곤란의 세상, 빛나는 상처로 숨쉬기

구병모, 『아가미』

이야기는 누군가의 고백으로 시작된다. 죽음의 순간에 조우한 미지의 존재에 관해서다. 말하자면, '믿거나 말거나' 식의 고백이다. 이야기 바깥에 사는 우리는, 언제나 그러거나 '말거나' 쪽이다. 하나, 이야기를 듣는, 이야기 안에 스며든 우리는 언제나 '믿는' 쪽이다. 이야기를 둘러싼 이러한 신뢰의 규약은 생각보다 소중하다. 이 소박한 약속에 기대어 이야기를 하는 자와 듣는 자가 서로 한통속이 되기 때문이다. 그리하여 이야기를 귀담아 듣는 우리는 어떻게 변신(變身)하고 또 어떻게 변심(變心)하게 되는가? 이야기를 받아들이는 우리는, 닳고 닳은 세상의 한결같은 이치를 벗어난다. 우리는 낯선 눈으로 세상을 다시 보기 시작한다. 낯선 감각으로 다시 느끼고 아파하기 시작한다. 심지어, 이를테면, 어떤 이야기는 우리에게 숨 쉬는 방식을 바꿔보라고 권하기까지 한다. (감히!) 마치 물고기처럼, 아가미로 호흡해보라는 것이다.

구병모의 소설 『아가미』[2]는 숨쉬기에 관한 이야기다. 물론 앞

---

2   구병모, 『아가미』, 이룸, 2011.

에서 이미 말한 것처럼, 이야기는 호흡 곤란으로부터 출발했다. 죽음의 순간, 삶의 긴 터널을 빠져나가는 마지막 순간. 숨 넘어가는, 숨 끊기는 그 순간에 대해 말하는 것으로 이야기는 첫 숨을 내쉬었던 것이다. 이 고백의 주인공은 강물에 빠져 허우적거리는 절체절명의 순간을 말하고 있다. 하지만 사실 그녀는 강물에 빠지기 전에 이미 삶의 수렁에 빠져 허우적거리며 제대로 숨 쉴 수가 없었다. 알 수 없는 누군가가 내민 구원의 손길 덕분에, 그녀는 강물 깊은 곳에서 가까스로 되살아난다. 살아서 계속 숨 쉬고, 결국 우리에게 그 잊을 수 없는 순간의 기억을 재생해 들려준다. 그 순간이란, 바로 그 자체로 죽음과 삶이 서로를 밀쳐내며 피-비린내 나는 싸움을 벌였던, 그리하여 죽음이 죽고 삶이 살아난 기적의 순간이거니와, 아가미와 아름다운 비늘을 지닌 신비한 인어 사내와 조우한 순간이었다.

이야기는 어느새 전환되어 도시의 강에서 한적한 호수로, 우리를 데려간다. "재생 불량성 절망에 빠진 세상의 모든 인간"들이 모여드는 것 같은, "귀신 나오는 호수"(p. 30)라는 오명이 정말로 그럴듯한 '이내호'로. 그러나 소설은 또다시, 여전히, 또 다른 호흡 곤란의 순간을, 불길한 익사의 순간을 우리에게 보여준다. 생의 벼랑 끝에 몰린 한 남자가 아이와 한 덩어리가 되어 끝내 호수에 투신한다. 호수는 산 것들을 검은 아가리 속으로 집어삼키는 유령의 호수가 되고 만다. 그 순간, 이 죽음의 순간은 또다시 구원의 순간으로 변모한다. 이후로도 소설에서 되풀이될 추락과 투신, 그리고 익사(위기)와 구조의 서사가 처음으로 그 자신의 뿌리를 내리는, 기원의 순간이다. 노인은 호수에서 아이를 건져내고 거두어들인다.

훗날 『장자』의 우화를 빌려 '곤(鯤)'이라 이르게 될 아이는 아가미를 지닌 물고기-사람이었다. 아이의 아가미는, 죽음의 순간이 아이를 거칠게 할퀴고 간 고통과 상처의 흔적이다. 동시에 말 그대로 유령의 호수가 아이의 숨통을 끊어놓으려는 찰나 새 숨길을 열어준 기적의 흔적이었다. 그러니 아가미란, 피-비린내의 한 순간을 간직한 삶과 죽음의 격렬한 상징에 다름 아닌 것.

뚝뚝 듣는 물기를 뒤집어쓴 상처가 다시금 꽃잎이 열리듯, 콩껍질이 갈라지듯 살며시 벌어졌다. 석류 열매처럼 드러난 속살이 두근거리는 모습은 명백히 생명의 움직임이었다. 결코 아물어가는 상처가 억지로 쑤셔진 게 아니라, 희박한 산소를 찾아 호흡하려는 태곳적 기관의 발현이자 몸부림이었다. (p. 39)

아이처럼 부모에게서 버림받고 노인의 손에 자란 아이가 또 하나 있다. 노인의 손자인 '강하'다. 강하가 제 또 다른 운명의 형제, 곤을 업고 집으로 돌아온다. 소설 속의 인물들은 이렇게 모두가 몰락한 자, 유기된 자의 운명을 살아가며, 그들 스스로가 수렁에 휩쓸린 자의 삶을 또다시 건져내고 보듬어 감싸안는다. 비극은 되풀이되고 절망은 거듭된다지만, 그 비극을 수습하고 숨통을 죄는 절망의 그늘 아래 간신히 숨겨둔 저 빛나는 상처의 아가미로 뻐끔뻐끔 숨을 쉬는 일. 그것이 소설이 반복하고 강조하고 있는 메시지다. 그래서 곤은 이렇게 생각한다.

사실 그들에게 붙은, 언제 바뀌어도 이상하지 않은 임의의 이름 같은 게 중요하다고 생각해본 적이 없었다. 그들은 모두 살아 있었고, 살아 있는 건 언제 어디서라도 그걸 부르는 자에 의해 다른 이름을 가질 수 있었으며, 곤에게 의미 있는 건 그것을 뭐라고 부르는지가 아니라 그것이 얼마나 오래도록 또는 눈부시게 살아 숨 쉬는지였다. (p. 62)

물론, 곤이 수성(水性)이라면, 강하는 수성(獸性)이다. 여린 아가미와 비늘, 그리고 지느러미를 숨기고 사는 곤에게 강하는 주먹과 거친 입을 놀려댄다. 소설을 '소수자의 커밍아웃에 관한 우화'로 읽는 차미령의 흥미롭고 친절한 독해(『자음과모음』 2011년 여름호)를 참조하자면, 곤은 소수자·약자·비주류·타자의 형상이다. 그의 아가미를 "예쁘다"(p. 131)고 불러줄 누군가가 도래하기 전까지, 기이한 인어의 신체가 뿜어내는 빛은 진귀하고 찬란한 아름다움이 아니라 흉측스러운, 그래서 숨겨야만 하는 기형 혹은 장애의 표지였을 뿐이었다. 그러면 강하는 그를 짓누르는 폭력의 형상이 될 터다. 그러나 강하 또한 그의 이름[江河]이 그런 것처럼 결국 수성(水性)의 사람이다. 강하의 어머니를 살인했다는 죄를 곤이 뒤집어쓰게 될 위기의 순간에, 곤을 쫓아냄으로써 역설적으로 살려낸 이가 그였으니까.

그렇게 소설을 어둡게 색칠하는 몰락과 익사의 이미지는 유영과 비상, 그리고 끝내 구원의 이미지로 거듭난다. 곤의 아가미는 소설이 거느린 지느러미-이야기인 프롤로그와 에필로그가 증언하듯이, 기형과 장애가 아니라 구원과 희망의 또 다른 이름이 된다. "인간은 행복스럽게 숨 쉴 수 있도록 태어난 존재이다." 바슐라르는 꿈꾸듯 말했다. 이제, 나는 이렇게 말해야겠다. 우리가 행복스럽게 숨 쉬기 어려울 때조차, 우리는, 문학의 아가미로 숨을 쉬지 않는가.

우주적인 수다와 망상의 놀이터

김희선, 『무한의 책』

망상과 망상 사이에 놓인 무한한 심연

'무한의 책'이라니, 작가는 이토록 야심만만한 제목을 어떻게 소설에 달 수 있었을까? 물론 이 소설은 한 권의 소설치고 근래 나온 소설들에 비해 매우 긴 분량을 자랑한다. 이야기꾼으로서 활달한 입담을 과시하는 묵직한 책이다. 하지만 그저 페이지가 많다는 이유로 무한이란 단어를 쉽게 사용할 수는 없을 것이다. 우리는 무한을 최대의 양, 최장의 거리, 최고의 높이를 생각한 뒤에 그보다 더 많거나 길거나 높은 그 무엇으로 상상하는 경향이 있다. 그 개념어는 추상적인 단어라서 우리가 손으로 만져보거나 눈으로 본 적이 없기 때문이다. 그러면 500여 쪽의 활자로 작가는 어떻게 무한을 창조하려고 했을까?

먼저, 거울 두 개를 마주 보게 하자. 그러면 한 거울이 다른 쪽 거울을 비추고 그 거울은 다시 마주 선 거울을 비춘다. 결국 두 거울은 서로가 서로를 무한히 비춘다. 두 거울 사이에 무한한 심연의 공간이 생성되는 것이다. 이 심연의 생성을 예술 이론가들은

'미장아빔mise en abyme'이라고 부른다. 두 거울 사이에 영원한 심연abyss을 만들고 나락abyss을 보여주고 혼돈abyss을 일으키는 기법이다. 무한은 거울과 거울 사이의 넓지 않은 공간 사이에도 만들어질 수 있는 것이다.

그러면 『무한의 책』[1]은 어떤 거울을 마주 세워둔 것일까? 미국의 쇠락한 도시에 햄과 소시지 영업사원으로 겨우겨우 살아가고 있는 스티브라는 한 인물에게 전달된 세계 종말과 구원의 메시지가 한 거울에 맺힌 상이다. 어느 날 하찮은 인물에게 세계의 비밀이 전달되고 그는 거의 모든 사람들의 무시와 반대를 무릅쓰고 감당해야 할 구원자, 희생자로서의 역할을 수행해야 한다. 이 이야기는 이미 많은 대중 서사들에서 반복된 바 있다. 이 소설 역시 그런 종밀론의 관습적 서사를 반복하고 패러디한다.

스티브 가족은 이민자 출신의 미국 하층 노동계급으로 미국의 자본주의적 탐욕을 상징할 도축업에 종사한다. 그의 아버지 박영식은 잔인하게 돼지들을 도축하지만 실상 돼지들과 그의 가족들의 처지는 서로를 비추는 거울상이다. 스티브의 가족과 친구 들은 모두 힘겹게 살아가고 있거나 마약에 찌들어 있다. 희망 없이, 그리고 어두운 과거의 기억에 붙들려 살아가는 것은 이미 종말의 시간을 살아가는 것과 다르지 않다. 소설에서 자주 '임계점'을 말하는 것은 그래서일까. 1980년 광주의 폭력적 기억과 가족의 참사와 같은 과거 사건들은 현재와 미래마저도 파괴해버리는 재앙이다.

1   김희선, 『무한의 책』, 현대문학, 2017.

그러면 세계의 종말을 피하고 구원을 얻으려면, 다시 말해 삶의 재앙에서 벗어나려면 어떻게 해야 할까? 로버트 와인버그는 스티브에게 미래로 가는 유일한 방법은 살아남는 것이라고 했다. 그렇다. 하루하루 살아나가는 "삶 자체가 기나긴 시간 여행"(p. 477)이다. 사이버펑크 작가이자 수학자 루디 러커도 SF에서 사실 시간 여행은 회상을 상징한다고 하지 않았던가. 종말과 구원의 비밀도 거창한 곳이 아니라 우리의 삶에서 얻을 수 있는 상징일 것이다.

거울은 리얼리즘의 상징물이다. 사실 그대로 세상을 비추는 것이 거울이니까. 하지만 거울에 맺힌 상은 사실은, 가짜다. 우리는 거울에 맺힌 자신의 얼굴이나 사물을 만지거나 움켜쥘 수 없다. 손을 내밀면 거울의 차갑고 매끈한 한 면이 느껴질 뿐이다. 그렇다고 거울에 맺힌 상이 단순한 가짜는 아니다. 거울의 상은 진짜를 가리키는 가짜다. 거울의 상이 망상이라면, 우리는 망상에 불과한 이야기에서도 진실의 한 면을 건져 올릴 수 있을 것이다.

"마트료시카 인형처럼"(p. 458) 이야기들이 겹겹으로 서로를 감싸는『무한의 책』에서는 이야기와 이야기가 서로를 망상이라고 의심하며 경합한다. 하지만 나중에는 인물들이 자신의 이야기야말로 망상에 불과한 것은 아닌지 혼란스러워한다. 장자의 호접지몽(胡蝶之夢)처럼, 꿈과 현실을 나누는 경계야말로 망상일지도 모른다. 루디 러커의 말처럼 SF의 대안 세계가 개인들이 가진 세계관의 엄청난 다양성을 의미한다면, 망상들 속에 펼쳐진 수많은 우주들은 타인들이 간직한 진실의 숫자와 같을 것이다. 또 텔레파시가 완전한 소통의 상징이라면, 신들과의 문자메시지 교신 역시 자기 삶을 구원하기 위한 의지와 다르지 않을 것이다. 우리들 삶에는 언제나 구원의 환상, 자기 자신을 구하기 위한 이야기가 필요한 법이니까.

말들의 놀이터, 상상의 놀이터

『무한의 책』을 쓴 작가는 때때로 그 이야기의 내용보다는 이야기를 풀어나가는 서술 방식 자체에 흥미를 느끼는 것 같다. 서술자와 인물들은 신나게 떠들어대는 것을 즐기고, 자주 본래 이야기 주제에서 이탈해 횡설수설 끝도 없이 잡담을 해댄다. 노트와 편지, 블로그와 문자메시지, 책 인용문과 신문 기사 등 다양한 매체 양식이 등장하는 것도 이와 무관하지 않다. 이 소설이 이렇게 두꺼운 이야기의 부피를 지닐 수 있었던 것도 이런 수다의 힘에 있다.

물론 동시에 그것은 묵시록적 비밀과 시간 여행, 혹은 그 망상들의 진실을 다루는 서사임에도 불구하고 긴장감이 떨어지는 원인이 되기도 한다. 강림한 신들이 파충류나 티라노사우루스의 외형을 지닌 채 문자메시지로 세계의 구원자를 향해 메시지를 교환한다는 농담 반 진담 반 식의 발상도 어떤 독자들에게는 이 소설의 독특한 재미로 느껴지겠지만 또 다른 독자들에게는 자칫 김빠지는 유머로 여겨질 수 있겠다.

요컨대, 『무한의 책』은 세계의 종말과 구원을 다룬 우주적 스케일의 소설인 동시에 수다와 여담(餘談), 허풍과 과장, 유머와 패러디를 위해 바쳐진 우주적인 스케일의 수다를 선보이는 소설이 기도 하다. 이 소설은 말들의 놀이터이자 상상의 놀이터로 만들 어졌다. 작가는 소설의 놀이는 무한히 계속되어야 한다고 소리쳐 주장하는 것 같다.

『무한의 책』은 '구라'와 시니컬한 유머에서 박형서를 떠올리게 하고, 재기발랄한 유머에 있어서는 박민규를 떠올리게 한다. SF 장르의 진중하거나 명랑한 상상력에서는 윤이형이나 배명훈을 떠올리게 한다. 기발한 문화적 이미지들의 조합 능력에 있어서 최제훈을, 치밀하고 전복적인 이야기 구성 능력에서는 정소현을 떠올리게 한다. 비록 이 출중한 선배 작가들에 비해 아직은 아쉬운 점들도 있지만 『무한의 책』은 그들과 견줄 만큼 활달한 이야기, 개성적인 이야기로 보인다. 이 작가들의 이름을 하나하나 떠올릴 만큼 김희선의 소설적 세계는 넓고 크다. 미래로 가서 그 세계의 멋진 미래를 만나고 싶다.

어두운 포스트휴먼 시대, 새로운 생명의 서사

필립 K. 딕, 『안드로이드는 전기양의 꿈을 꾸는가?』

    필립 K. 딕Philip K. Dick은 할리우드가 사랑한 SF 작가다. 많은 사람들이 「블레이드 러너」「마이너리티 리포트」「토탈 리콜」 같은 영화를 한 편쯤은 보았을 것이다. 그의 소설을 원작으로 한 영화는 15편 이상이라고 알려져 있다. 게다가 딕의 소설에서 영감을 얻거나 아이디어를 차용한 영화까지 친다면 이 목록은 너욱 길어진다고 한다. 20세기와 21세기의 SF 문화에 드리운 딕의 그림자는 길고도 강렬하다.

    필립 K. 딕의 작품 가운데 『안드로이드는 전기양의 꿈을 꾸는가?*Do Androids Dream Of Electric Sheep?*』[2](1968)는 리들리 스콧이 감독한 영화 「블레이드 러너」(1982)의 원작으로 널리 알려져 있다. 「블레이드 러너」 또한 SF 영화사의 고전이다. 「E. T.」에 밀려 비록 흥행에는 참패했지만, SF 영화 팬들에게 영원히 기억되는 이른바 '저주받은 걸작'으로도 유명하다. 이 영화를 다 보지 않았어

---

2   필립 K. 딕, 『안드로이드는 전기양의 꿈을 꾸는가?』, 박중서 옮김, 폴라북스, 2013.

도, 적어도 이 영화의 몇몇 장면들의 이미지를 한 번쯤은 보았을 법하다. 후대의 영화와 애니메이션, 만화와 같은 SF 문화에서 「블레이드 러너」의 메아리는 길게 울려 퍼져나갔다.

영화 못지않게 딕의 원작 소설도 SF의 고전으로 군림하고 있다. 작가는 「블레이드 러너」의 개봉을 앞두고 세상을 떠났지만, 그의 작품은 여전히 독자들과 함께 제 몫을 다하고 있다. 아니, 필립 K. 딕의 소설은 시간이 지날수록 점점 그 예언적 비전에 감탄하는 작품이 되어가고 있다. 우리 일상에 깊이 파고든 컴퓨터와 스마트폰, 인공지능과 로봇. 이제, 우리의 삶이 곧 SF라고 해도 과언이 아니기 때문이다.

『안드로이드는 전기양의 꿈을 꾸는가?』 역시 인공지능의 시대, 포스트휴먼의 시대에 그 서사적 가치가 더 빛난다. 구글의 스마트폰 운영 시스템의 이름은 '안드로이드'이고, 구글 스마트폰 가운데 '넥서스'가 있다. 둘 다 기존에 있던 명사이지만, 이 명칭이 이 소설에 빚지고 있다는 것은 잘 알려져 있다. SF가 우리의 삶에 영감을 주고, SF와 다를 바 없는 기술 포화 사회에서는 다시금 SF의 사변적 상상력과 성찰을 시급하게 요청한다.

소설의 스토리세계는 최종 세계대전 이후로 방사능 미세먼지가 하늘을 뒤덮고 있는 가까운 미래의 샌프란시스코다. 핵무기에 대한 불안과 공포는 냉전 시기 과학소설에서 자주 발견할 수 있는 공통적인 상상력이다. 미래에 대한 디스토피아적 전망은 방사능 낙진처럼 환경 재앙으로 이어졌다. 오늘날, 열강들의 핵전쟁 없이도 지구와 인간, 그리고 모든 종의 종말이 거의 예정된 사실로 받아들여지는 기후 위기의 시대에는 약간의 시차(時差이자 視差)

를 느끼게 한다.

하지만 뉴클리어 포스트아포칼립스nuclear post-apocalypse의 불안한 상상은 재앙의 원인은 다르다 해도, 기후 재앙을 경험하고 있는 오늘날에도 공명하는 바가 많다. 『안드로이드는 전기양의 꿈을 꾸는가?』에는 방사능 낙진으로 많은 사람들이 죽고 많은 생명체가 멸종을 했다. 지구는 생물학적인 재앙의 세계로 그려진다. 그 결과, 살아 있는 동물을 키우는 것이 인간의 인간됨을 확인하는 행위이자 자신의 사회적·경제적 지위를 드러내는 과시 행위가 되었다. 그래서 대부분의 사람들이 어떤 종류든 동물을 키우고 있다. 게다가 전기 동물, 즉 로봇 동물이 아니라 실제로 살아 있는 동물, 가능하다면 더 큰 대형 동물을 키우는 것은 부와 교양의 상징이 된, 낯설고도 슬픈 세계다.

소설의 동물에 대한 특별한 관심과 스토리세계 설정은 영화에서는 잘 표현되지 않은 점이다. 소설의 제목이 의미하는 것처럼, 주인공 릭 데카드는 전기 양을 키우고 있다. 진짜 양을 키우고 있었지만 죽은 뒤에 로봇 양을 키우게 되었고, 이웃집 망아지를 부러워하는 신세가 되었다. 그가 늘 뒤적거리는 '시드니 동물 및 조류 카탈로그'에는 어떤 동물이 얼마의 가격인지 적혀 있고, 또 많은 동물들이 이미 멸종되었음을 알려주고 있다. 릭이 현상금 사냥꾼으로서 식민 행성에서 탈주한 넥서스-6 안드로이드를 쫓아 퇴역시키는 일에 매달릴 수밖에 없는 까닭이다.

카탈로그에 나오는 가짜 동물과 진짜 동물이, 그리고 소형 동물과 대형 동물의 가격 차이가 큰 것처럼, 인간과 안드로이드는 전혀 다른 대우를 받는다. 인간과 안드로이드는 특별한 감정이입

검사(보이트 캠프 테스트)나 사후 실험(골수 분석)만으로 구분될 뿐, 겉모습으로는 전혀 구분할 수 없다. 그럼에도 인간과 안드로이드는 동물과 전기 동물처럼, 생명과 사물로 구분된다.

동물들의 가격이 저마다 다르고, 안드로이드가 인간이 아닌 사물로 취급되는 것처럼, 인간들 사이에도 분명한 등급이 존재했다. 방사능오염 이후 많은 사람들이 지구를 떠나 식민 행성으로 이주했고, 남은 사람들은 오염의 위험 속에서 살아가고 있다. 식민 행성 이민자와 지구 거주자는 이미 등급이 다른 존재라고 할수 있다. 또한 방사능 피해는 사람들을 '정상인'과 '특수인'으로 구분하게 한다. 특수인은 '닭대가리'라고 불린다. 발전된 안드로이드 기술은 특수인보다 오히려 높은 지능의 인간형 로봇을 만들어내기에 이르렀다. 이른바, 기술의 '진보'와 인간의 '퇴화'는 동시에 진행되어 인간과 로봇 간의 우열을 교란하게 되었다.

릭 데카드 다음으로 중요한 등장인물인 J. R. 이지도어는 특수인이다. 그는 정상인에 비해 지능이 떨어지지만, 선량한 인물이다. 탈주한 넥서스-6 안드로이드들은 현상금 사냥꾼으로부터 살아남기 위해 이지도어를 이용한다. 다른 한편으로 이지도어는 적극적으로 그들을 보호하고 돌보려 한다. 하지만 이지도어가 발견한 거미를 애지중지하는 것과 달리 안드로이드들은 호기심 때문에 거미의 다리를 잘라내고 불을 갖다 대고 결국 물에 빠뜨려 죽인다. 인간과 안드로이드 간의 지능의 위계가 역전되지만, 감정이입이 불가능한 안드로이드와의 대조 역시 적어도 이 대목에서는 더욱 분명하게 표현된다.

나치에 관한 소설을 쓰기 위해 준비하면서 인간의 비인간성(잔혹성)에서 지능과 감정이입은 별개의 문제임을 작가는 알게 되었을 것이다. 물론 오늘날의 기준에서 보면, 발전된 인공지능과 로봇 기술 덕분에 인간보다 더 뛰어난 정서 인지와 공감 능력을 갖춘 인공존재의 출현이 임박한 것으로 보인다. 그래서 정서 능력이 인간 고유의 영역이고 인공지능과 비교할 때 인간이 갖춘 우월한 능력으로 간주하는 일은 당장은 위안이 되겠지만, 오래 주장하기는 어렵게 될 것이다.

사실, 소설에서 기분을 조절해주는 '펜필드 인공두뇌 자극' 장치 기술이 있을 정도라면 안드로이드의 감정이입 능력을 포함한 감정 관련 능력 역시 인간을 압도할 수 있어야 적절한 설정이라 생각한다. 이 소설 전체를 두고 보면, 감정이입이 가능한 인간과 불가능한 안드로이드로 구분해서 단순하게 묘사하지 않는다. 로봇보다 더 잔혹한 현상금 사냥꾼이 있는가 하면, 인간과 동물을 살해하는 안드로이드가 있고, 다른 안드로이드보다 더 상냥한 안드로이드도 있다. 이러한 다양한 인물들의 존재는 근본적으로 인간과 안드로이드의 경계에 대해 회의하도록 한다.

소설에서 진짜 동물로 오인한 전기 두꺼비를 릭과 그의 아내 아이랜이 포용하는 것은 이러한 이유에서일 것이다. 안드로이드를 추적해 살해하는 일을 하는 릭 데카드는 안드로이드에 감정이입을 하게 되자 회의에 빠진다. 그는 자신의 일을 그만두려고 하다가 결국 마지막엔 "전기 제품도 제 나름의 생명을 갖고 있으니까"(p. 361)라고 말하는 데 이른다. 이처럼 오늘날 인간과 비인간, 생명체와 사물에 대한 구분과 이해가 근본적으로 변화하고 있는 시대에는 새로운 세계관과 철학이 요청된다. 인간과 로봇, 동물과 사물의 위계가 지워진 시대에 서로가 존중하며 함께 공존하고 공생할 삶의 방식은 앞으로 우리에게 가장 중요한 발명품이 되어야 할 것이다.

무균실 사회에서 불행할 권리를 부르짖다

올더스 헉슬리,『멋진 신세계』

요즘 중년 남성들에게 최고의 인기 TV 프로그램은 〈나는 자연인이다〉라고들 한다. 복잡한 도시 속의 부대낌에 지친 까닭일까? 도시 생활에 대한 반발일까? 그들이 꿈꾸는 미래가 부와 권력을 손에 쥔 자리, 안락한 대저택이 아니라는 사실은 꽤나 흥미롭다. 그들은 세속의 욕망이 그리는 평범한 장밋빛 환상이 아니라 거친 산속의 고독과 낭만을 원한다는 것.

도시의 생활 속에서 남성의 야성을 상실한 그들은 대자연 속에서 누구의 간섭도 없이 자유롭게 남성성을 표출하고 싶었던 것인지도 모른다. 또, 어쩌면 성공과 실패의 기준이 획일적으로 제시되는 도시의 삶에서 벗어나 자기만의 왕국과 삶의 법칙을 세울 수 있는 유일한 곳은 인적이 드문 저 산골밖에 없다는 처절한 인식이 숨어 있는지도 모른다.

그리 즐겨 보는 프로그램도 아닌데, 〈나는 자연인이다〉를 떠올린 것은 올더스 헉슬리Aldous Huxley의『멋진 신세계』[1]때문이다.

---

1   올더스 헉슬리,『멋진 신세계』, 안정효 옮김, 소담출판사, 2018.

반(反)/유토피아 문학의 고전으로 불리는 이 소설은 1932년에 발표되었다. 소설이 그리는 '멋진 신세계'는 A. F.[After Ford: 포드 기원(紀元)] 632년의 세상이다. 소설이 그리는 세계의 사람들은, 1908년 자동차 대량 생산에 성공한 포드를 거의 신적인 존재로 추앙한다. 그들은 신을 부르는 대신(Oh, Lord), '오, 포드여Oh, Ford'라고 부른다.

이처럼 이 소설 속의 '세계국World State'은 먼 미래를 그리기는 했으나, 집필 시기인 1920~30년대의 사회적 조건과 과학기술의 수준을 반영한다. 즉, 과학소설의 중요한 기법인 외삽법을 활용해서, 당시 사회적 상황을 기준으로 삼아 미래의 과학기술의 발전과 사회 시스템의 변화를 상상한 것이다.

널리 알려진 것처럼, 헨리 포드는 컨베이어 벨트를 도입해서 T형 포드 자동차를 대량 생산하는 체계, 즉 이른바 '포디즘'을 최초로 고안했다. 오늘날, 포디즘은 포드사(社)의 공정 체계만을 지시하는 것이 아니라, 대량 생산과 대량 소비로 이루어지는 경제와 산업 사회를 두루 일컫는 용어가 되었다. 이 포디즘이 세계국에서는 어떻게 나타날까? 이곳에서 포디즘을 통해 생산되는 것은 다름 아니라, 인간이다.

소설의 첫 장면은 '부화-습성 훈련 런던 총본부'라는 곳에서 시험관 아기가 마치 공장의 컨베이어 벨트 위의 자동차처럼 '대량 생산'되는 풍경을 묘사한다. 이곳에서는 난자 하나에 96명의 인간이 태어난다. 개성과 자유를 상실한, 획일적인 현대인을 향한 경고였을까. 게다가 그들은 알파, 베타, 감마, 델타, 엡실론처럼, 신체적 조건과 지적 능력에 근거해서 사회 계급이 나뉜다. 한 계급 안에서도 더블 플러스, 플러스, 마이너스처럼 세분화된 계급이 존재한다. 소설 집필 당시, 우생학적 사고에 대한 풍자라고 할 수 있겠다.

하지만 세계국의 시민들이 계급으로 분화되어 있다는 사실이 그들을 불행하게 하지는 않는다. 그들은 아기 때부터 철저히 습성 훈련이라 부르는 조건반사, 반복적인 세뇌 교육을 통해서 자기 계급에 만족하게 된다. 이 대목에서는 당시 인간을 자극에 반응하는 존재로 본 행동주의 심리학의 영향을 엿볼 수 있다. 오늘날에는 그저 우스꽝스러운 장면에 불과하겠지만, 작가가 당대의 최신 자연과학과 사회과학을 얼마나 민감하게 받아들이고 사유했는가를 생각하면 놀라운 일이다.

세계국의 인간들이 불만 없이 살아가는 이유는 세뇌 교육만이 아니다. 그들은 주기적으로 '소마soma'라고 불리는 일종의 마약을 지급받는다. 소마는 세계국의 인간들을 즉시 만족하게 해주고 슬픔과 고통과 고독을 잊게 해준다. 또한 발전된 과학기술이 그들에게 안락한 삶을 제공해주는 것은 물론이다. 심지어 과학기술은 무한한 발전이 아니라 딱 이 사회를 안정적으로 유지할 수준만큼만 제한된다.

또한 세계국에서는 촉감 영화나 장애물 골프 같은 오락과 스포츠가 그들을 항상 즐겁게 했다. 하나 더. 가족이란 얼마나 우리를 고통스럽게 하는 존재인가. 아기 공장과 같은 곳에서 태어나는 세계국의 사람들에게 아버지나 어머니란 성가신 존재가 있을 리 없다. 성관계는 어떤가. "우리의 프로이트 님"(p. 80)이 걱정하지 않도록, "모든 사람은 다른 모든 사람을 공유한다".(p. 82) 성적 억압이 사라진 이 사회에서는 어린 시절부터 자유롭게 누구든 성적 유희를 즐긴다. 소마soma, 스크린screen, 스포츠sport, 섹스sex가 결핍 없이 충족되는 4S의 나라랄까.

그러므로 세계국, 이 '멋진 신세계'에 사는 사람들은 모두 불행과 불만을 모른다. 그들은 고독을 모르고, 죽음에 대한 불안과 번뇌도 없다. 그들은 개성과 실존적 삶이 없으며 집단과 공동체의 품 안에서 만족한다. 그저 '버나드 마르크스'나 '헬름홀츠 왓슨'과 같은 몇몇 극소수의 알파 계급 인간들만 자기 회의와 불만에 휩싸여 있을 뿐이다(버나드 쇼와 카를 마르크스에서 비롯된 이름에 주목하라). 그나마 그들은 의심하는 관리자에 의해 좌천당할 위기에 처해 있다.

불만에 휩싸인 버나드 마르크스가 야만인 보호구역에 여행 갔다가 (본래 세계국 문명인 부모의 아들인) '야만인 존'을 데리고 온다. 그는 야만인이되, 늘 셰익스피어의 거의 모든 작품을 외우는 특별한 인간으로 등장한다. 물론, 신과 고급 문학, 순정한 연애, 죽음의 공포 같은 것들이 모두 사라져버린 지 오래인 이 신세계에서 셰익스피어의 이야기들은 그저 포복절도할 웃음거리에 불과하다. 그는 세계국에서 열 명밖에 없는 통제관 가운데 한 사람인 '무스타파 몬드'와 대화를 나눌 때 이렇게 말한다.

"하지만 난 안락함을 원하지 않습니다. 나는 신을 원하고, 시를 원하고, 참된 위험을 원하고, 자유를 원하고, 그리고 선을 원합니다. 나는 죄악을 원합니다."

"사실상 당신은 불행해질 권리를 요구하는 셈이군요." 무스타파 몬드가 말했다.

"그렇다면 좋습니다." 야만인이 도전적으로 말했다. "나는 불행해질 권리를 주장하겠어요."(pp. 362~63)

존은 '멋진 신세계'의 안락과 쾌락을 기꺼이 포기한다. 아니 오히려 그는 '불행해질 권리'를 요구한다. 그에게, 도시 문명 혹은 과학 문명이 제공해주는 안락은 무조건적인 행복의 다른 이름은 아니었다. 어쩌면 그는 행복이란 말로도 담기 어려운 개성과 자유의 가치를 추구해야 한다고 믿었던 것인지 모른다.

오늘날, 이 시대의 야만인들은 '불행해질 권리'를 새롭게 주장한다. 그들은 아파트 욕실의 온수가 아니라 얼음이 낀 계곡물에 세수를 하면서 포효할 권리를 주장한다. 그들은 정말로 멋진 신세계의 삶은 컨베이어 벨트 위가 아니라 야산과 계곡에서 발견할 수 있다고 믿는다.

『멋진 신세계』의 전체주의적 국가 세계국에서조차 야만인 보호구역과 반역적 사상을 지닌 이들을 좌천시키는 아일랜드라는 구역이 존재한다. 그곳은 마치 동물원이나 유배지 취급을 받는 곳이긴 하지만, 적어도 유토피아에 반하는 이들을 완전히 '멸균'시키지 않았다는 것은 분명하다. 나는 적어도 우리 사회의 미래에 최소한 그런 보호구역과 유배지라도 존재하기를 바란다. 오, 포드여, 그리하여 그들이 마침내 불온한 상상과 불행할 권리를 부르짖을 수 있도록!

인공지능이 인간을 넘어설 때

고장원, 『특이점 시대의 인간과 인공지능』

　인공지능의 시대가 도래했다. 다른 선진국에 비해 한국이 인공지능 전문 인력이 부족하다는 진단을 언론 매체에서 자주 접하게 된다. 한국 사회는 잘 알려진 것처럼, IMF 경제 위기 직후, 초고속 인터넷망을 구축하는 등 IT 산업에 적극적으로 투자했다. 그 결과로 한국은 정보화 강국이라는 명예로운 타이틀을 얻게 되었다. 그런 과거사를 지닌 한국 정부가 인공지능 기술에 뒤처진다는 평가는 견디기 힘들 것이다. 게다가 '빨리빨리'란 말을 좋아하는 한국인들이니, 인공지능이건 무엇이건 새로운 기술문화의 도입에 적극적인 것은 자연스러워 보인다.

　도나 해러웨이는 「사이보그 선언」에서 과학소설SF과 현실 간의 구분은 착시라고 했다. 그 유명한 말은 1980년대 중반에 나왔기에, 평범한 사람들에게는 지나치게 예언적일 만큼 시대를 앞선 것이었다. 인공지능의 시대에는 이제 그 말이 더 이상 이상하게 들리거나 낯설지 않다. 내일의 날씨를 알아보기 위해 일기예보를 살펴보듯, 우리의 미래를 위해 SF를 참조하는 것이 어리석은 일처럼 느껴지지 않게 되었다. 일론 머스크 같은 혁신적인 기업가들이나 미래학자, 오피니언 리더 들이 미래를 예측하기 위한 비법이 SF라는 것은 널리 알려졌다.

『특이점 시대의 인간과 인공지능』[1]의 저자 고장원은 SF 평론가이자 칼럼니스트다. 출간한 책의 압도적인 숫자를 볼 때, 그는 아마 한국에서 가장 많은 SF 평론서와 해설서를 낸 작가일 것이다. 이 책은 이미 열한 권이 나온 고장원의 'SF 가이드 총서' 7번으로 나왔다. 글쓰기의 자유를 위해 작가는 이 총서를 PODPublish On Demand 방식, 즉 주문형 소량 생산 방식으로 출간했다고 한다. 그래서 구입 기간이 다른 책들에 비해 다소 길고, 전문 출판사에서 펴낸 책에 비해 교정 상태나 책 내부 및 외부 디자인 등에서 아쉬운 점들이 있다. 그럼에도 SF 분야에 대한 저자의 풍부한 전문 지식에 접속할 수 있어 반갑다.

이 책에서 다루는 것은 '특이점 과학소설Singularity Science Fiction'이다. 특이점 SF는 SF의 하위 장르 가운데 하나다. 비교적 새로운 용어라 우리에게 낯선 것은 자연스러운 일이다. SF는 '변화의 문학'이라는 특성에 걸맞게 신기할 정도로 새로운 하위 장르가 많이 생겨난다. 하위 장르에 대한 새로운 명명이 팬덤의 유희처럼 느껴질 정도다. 여기서 '팬덤'이란 말은 '팬'과 '킹덤'의 합성어로, 자신들의 공동체를 일컫는 SF 팬들의 용어다.

특이점 SF도 SF 작가의 명명에서부터 시작되었다. 수학자, 컴

---

1   고장원, 『특이점 시대의 인간과 인공지능』, 부크크, 2016.

퓨터 과학자이자 SF 소설가인 버너 빈지는 1993년 3월 미항공우주국 산하 루이스조사센터와 오하이오항공우주연구소가 후원한 심포지움에서 '기술적 특이점의 도래: 포스트휴먼 시대의 생존법'이란 에세이를 발표했다. 그는 여기서 '기술적 특이점'이란 용어를 제안했다.

향후 30년 내에 우리는 인간을 뛰어넘는 지성을 창조해낼 기술적 수단을 갖추게 되리라. 그 직후 인간의 시대는 종말을 고하게 된다. 이와 같은 진보를 과연 우리가 회피할 길이 있을까? 회피할 길이 없다면 우리는 살아남을 수 있게 제반사건을 제어할 수 있을까? (p. 34)

버너 빈지가 제안한 기술적 특이점은 인간을 초월하는 지성의 창조로 인해 인간이 아닌 새로운 존재, 즉 포스트휴먼의 세계가 도래한다는 가상의 시점이다. 특이점이 도래하면, 인간의 시대는 종언을 맞이하고, 현재 우리의 지성으로는 예측할 수 없는 세계가 펼쳐진다. 이러한 가상의 시나리오는 사실 버너 빈지가 용어를 제안하기 이전의 많은 문학 작품, 즉 많은 SF에서 등장해왔다. 하지만 이 용어 덕분에 많은 SF들은 이러한 상상력을 본격적으로 만개시킬 수 있었다. 이러한 소설들이 바로 특이점 SF라고 부르는 것이다.

그런데 특이점이란 용어를 우리는 더 이상 SF 소설과 영화를 두고서 사용하지 않는다. 저명한 기술자나 과학자, 미래학자 들은 그 용어를 자주 입에 올리게 되었다. 가장 유명한 것은 기술자이자 발명가, 기업가인 레이 커즈와일의 『특이점이 온다』[2]이다. 그는 2045년경이면 특이점이 도래해 1천 달러 컴퓨터가 오늘날 인류의 모든 지혜를 모은 것보다 10억 배 더 강력한 성능을 갖출 것으로 보았다. 그리고 커즈와일을 유명하게 만든 것처럼, 그때가 오면 영생불사의 의료 기술을 획득하게 되니 특이점에 이를 때까지 반드시 살아 있어야 한다고 주장한다.

기술적 특이점은 최근 인공지능 기술의 비약적인 발전에 힘입어 점점 큰 논란이 되어가고 있다. 옥스퍼드대학교 철학 교수이자 인류미래연구소의 소장인 닉 보스트롬도 그 논쟁의 중심에 있다. 보스트롬은 슈퍼인텔리전스가 출현하여 인간을 멸종에 이르게 할 파국의 시나리오를 우려한다. 이러한 우려는 SF의 상상력에서 낯선 것이 아니다. SF 서사의 힘과 인공지능 담론의 영향으로 우리는 AI의 미래 시대를 낙관만 할 수는 없게 되었다.

저자 고장원에 의하면, 많은 SF는 특이점의 도래 과정을 세세하게 기술하지 않는다. 그 과정에 대한 과학기술적 추론이 너무도 번거로운 일이기 때문이다. 그래서 특이점 SF에 우리가 익숙하게 기억하는 묵시록과 파국의 서사들이 많아진 것일까. 그 서사들은 먼 미래를 다루고 있어 아직 현실감이 없을지 몰라도, 우리에게 기술에 적합한 새로운 윤리를 비롯해서 새로운 사회를 준비하도록 한다. 저자가 소개하는 한 사례는 소설이 아니라 뉴스에서 온 것이다.

---

2   레이 커즈와일, 『특이점이 온다』, 장시형·김명남 옮김, 김영사, 2007.

2012년 8월 1일 미국의 증권거래업체 나이트캐피탈이 불과 45분 만에 무려 4억 4천만 달러(4,500억 원)의 손실을 입은 사건이 대표적이다. 인공지능에게 맡겨둔 채 관행대로 초단타 매매를 하던 이 금융 회사는 분당 100억 원 이상 투자금이 증발해버리는 통에 한때 파산 직전의 위기로까지 몰렸다. 2010년 잡지 『와이어드』가 "(슈퍼컴퓨터의) 알고리듬이 월스트리트를 지배한다!"고 선언한 이래, 동 사건이 터졌을 무렵 뉴욕증권거래소의 주식 가운데 무려 75% 이상이 인공지능에 의지한 시스템 트레이딩 방식으로 거래되고 있었다. (p. 70)

현재, 미국의 주식 거래에서 알고리즘 매매가 차지하는 비율은 대략 60~80% 정도로 알려져 있다고 한다. 미국뿐 아니라 한국에서도 위와 같은 일이 일어났었는데, 2013년 한맥투자증권은 알고리즘 매매 오류로 인해 단번에 460억 원의 손실을 입고 회사를 닫았다. 이미 우리 현실에 인공지능이 깊숙이 스며들어와 있다. 우리는 특이점을 걱정하기에 앞서, 벌써 인공지능의 편리함과 우려를 동시에 떠안고 살고 있는 셈이다. 그런 당면한 현실의 시급한 문제에 비하면 어쩌면 특이점은 아직은 소설의 이야기에 불과할지 모르겠다. 하지만 그 이야기들이 제시하는 다양한 시나리오들과 사고실험은 우리의 미래를 설계하고 준비하는 데 유익한 참조점이 되리라는 것은 틀림없다.

인공지능은 인류를 종말에 이르게 할까?

장가브리엘 가나시아, 『특이점의 신화』

물리학자 스티븐 호킹, 테슬라의 일론 머스크, 인공지능 연구자 스튜어트 러셀, 인류미래연구소의 철학자 닉 보스트롬, 생명의미래연구소의 물리학자 맥스 테크마크…… 이들의 공통점은 무엇일까? 다양한 분야의 전문가들이지만 모두 인공지능의 미래에 우려를 표한 이들이란 점이다. 물론 이들이 인공지능에 대해 갖고 있는 구체적인 생각들은 모두 다르다. 하지만 적어도 인공지능이 인류를 위협할 수 있기에 미리 대비해야 한다는 생각에서만큼은 일치하고 있다.

인공지능과 관련된 대중들의 호기심과 불안 가운데 하나가 인공지능이 기술적 특이점을 넘어서 인류를 지배하거나 인간의 통제를 벗어나는 일이다. 인공지능 전문가들에게 대중들은 자녀들의 일자리를 걱정하며 미래의 진로를 묻거나, 더 나아가 극도로 발전된 인공지능이 인류를 지배하지 않을까 궁금해한다.

그리고 SF는 사실상 이러한 기술적 미래에 대한 상상력과 불안의 원천이었다. 그리고 여전히 그 상상력을 흥미롭게 확장하는 것은 계속되고 있다. 이러한 상상에서 우리는 단순한 오락적 재미 이상으로 미래 사회를 대비하거나 기술을 발전시키는 동력을 얻을 수 있다. 그래서 기술적 특이점은 단지 SF 문학과 영화라는 울타리 안에 머물지 않는다. 실제로 이러한 기술적 특이점은 과학자와 기업인을 움직이며, 대중들의 마음속에 인공지능의 이미지와 불안을 불러일으킨다.

그 점에서 인공지능 SF와 특이점 SF는 하나의 문학적 장르를 넘어서 우리 시대의 중요한 상상력이자 마스터플롯이 되었다. 마스터플롯masterplot이란 우리 사회에서 반복적으로 표현되면서 우리의 기대와 불안, 윤리와 감정, 욕망을 반영하고 (재)생산하기도 하는 중요한 이야기 단위이다. 마스터플롯은 문학과 영화에서도 찾아볼 수 있지만, 이야기 바깥의 우리의 삶에서도 작동하면서 우리의 삶과 사회적 선택에서 실제적인 힘을 발휘할 수 있다. 이 마스터플롯 개념을 인공지능 담론에 대입해보면, 특이점의 담론과 이야기가 얼마나 우리 시대에 큰 영향력을 갖고 있는지 생각해볼 수 있다.

프랑스의 인공지능 전문가이자 철학자, 인지과학자인 장가브리엘 가나시아Jean-Gabriel Ganascia의 『특이점의 신화』[1]는 인공지능 기술과 산업에 경쟁적으로 투자가 이루어지는 동시에 인공지능의 미래에 대한 대중적인 불안이 인공지능 공포AI phobia로까지 확산되어가는, 변화의 시대를 위한 책이다. 저자는 인공지능 기술과 철학, 디지털 인문학의 다양한 분야에서 활약했기에 경계를

1　장가브리엘 가나시아, 『특이점의 신화』, 이두영 옮김, 글항아리사이언스, 2017.

넘나드는 폭넓은 지식과 식견을 갖춘 학자다.

그의 주장을 요약하자면, 인공지능과 관련된 기술적 특이점 담론은 마치 현대의 신화와도 같아 비판적인 고찰이 필요하다는 것이다. 수학과 과학 용어였던 특이점은 본래 버너 빈지와 같은 SF 작가들에 의해 출발했다는 점을 강조한다. 물론 이 기술적 특이점은 이제는 과학적 연구 대상이 되어, 과학자와 기술자의 실제적인 방향까지 움직이는 큰 힘을 지니게 되었다. 가나시아에 따르면, 이 특이점이란 용어를 중심에 두고 많은 '테크노 예언자'들은 기술의 미래를 예측하려 한다. 그 예측은 주로 무어의 법칙에 근거를 둔다.

> 무어의 법칙에 따르면, 어떤 유형의 집적회로에서나 트랜지스터의 수는 18개월에서 24개월마다 안정적으로 두 배가 된다. 이는 곧 같은 속도로 컴퓨터의 성능, 처리 속도, 기억 용량이 두 배가 된다는 뜻이며, 또한 같은 속도로 비용이 절반으로 감축된다는 뜻이기도 하다. (p. 41)

인텔의 고든 무어가 무어의 법칙이라 불린 미래 예측을 발표한 것은 1965년으로 그 당시에는 예측이 들어맞았으나, 이미 일반화하기 어려운 법칙이라는 지적이 있다. 기술적 발전이 지수함수적으로 이루어질 것이라는 기대는 기술과 산업의 영역을 넘어 SF 작가와 발명가, 연구자 들을 자극했다. 하지만 기술 발전의 법칙역시 예측 불가능하며, 한계를 가지고 있다.

저자 가나시아는 특이점에 대한 예측을 믿는 이른바 특이점주의자들은 그래서 논리보다는 차라리 이야기를 강조하는 면이 있다고 비판한다. 그들이 명철한 과학자나 기술자임에도 특이점 담론은 논리성보다 이야기와 믿음이 결부된다. 그래서 현대의 기술 담론임에도 특이점 담론은 그노시스 사상(고대의 영지주의)과 닮았다고 지적한다. 그노시스는 로고스(논리)보다 뮈토스(이야기)를 중시했고, 정신과 물질을 구분하여 이분법적으로 생각했으며, 대변동을 거쳐 신의 세계가 도래할 것으로 믿었다. 그 점에서 기술적 특이점을 거쳐 디지털 불멸이 가능할 것이라는 레이 커즈와일과 같은 특이점주의자의 생각은 그노시스를 빼닮았다.

또한 기술적 특이점 이후에 인간은 무기력한 존재가 될 수밖에 없다고 우려하는 특이점주의자들의 생각은 마치 그리스비극의 세계와 닮았다. 그 점에서 기술적 특이점은 기술의 상상력을 넘어서 문학적 상상력을 가진 담론이라는 것이다. 저자 장가브리엘 가나시아는 가브리엘 나예Gabriel Naëj라는 필명으로 SF 소설 『오늘, 엄마가 업로드 되었다Ce matin, maman a été téléchargée』(2019)를 창작하기도 했다. 그 점에서 그가 SF를 무조건적으로 비판하는 저자가 아닐 것이라는 것은 분명하다. 그는 오늘날 무분별하게 SF적 상상력이 현실의 기술 담론에 적용되는 것을 비판하고자 한다.

저자는 이른바 'GAFA'(구글, 아마존, 페이스북, 애플)와 같은 하이테크 기업은 모두 특이점의 추종자로 본다. 그들은 인공지능의 장밋빛 미래를 펼쳐 보이면서 인공지능 기술에 적극적인 투자를 하는 동시에 인공지능 기술에 우려를 표하는 데도 적극적이다. 어떻게 보면 참으로 이상한 일로 보인다.

특이점에 대한 선전은 앞서 말한 '방화범인 동시에 소방관'과 같은 양면성을 지닌다. 즉 한편에서는 자신들의 테크놀로지의 발전에 기여하며 일상생활을 향상시키고 있다고 주장하고, 다른 한편에서는 자신들의 추진하고 있는 일이 인간에게 위협이 된다고 외치는 것이다. (pp. 165~66)

극한의 경쟁 속에 기업을 운영하는 이들은 기술에 대한 대중적 관심을 불러일으키는 동시에 기술에 대해 우려를 표하며 윤리적 입장에 서면서 책임감을 면제받고 싶어 한다는 것이다. 저자는 향후 국가보다는 기업이 우리의 기술적 삶을 좌우할 가능성이 높다고 본다. 그 점에서 거대 기술 기업들이 인공지능에 대해 갖는 양면적인 태도에 대해 비판한다. 기술 자본은 인공지능을 중심으로 기술 유토피아와 기술 디스토피아에 대한 우리의 낙관과 불안을 활용하고 있는지도 모른다. 특이점 담론/이야기는 문학과 기술, 정치와 경제가 혼합된 것으로, 인공지능 시대, 욕망의 소용돌이 속에서 상연되고 있다.

SF의 시대에 SF를 더 깊이 읽는 방법

셰릴 빈트, 『에스에프 에스프리』

SF의 시대가 도래했다. 영화 쪽에서야 이미 많은 블록버스터급 영화들이 SF 장르에 속했다. 천문학적인 제작비로 화려한 볼거리를 자랑하는 영화들은 SF일 가능성이 높았다. 하지만 문학 쪽은 그렇지 못했다. 아주 오랫동안 한국 문단에서 SF 소설은 비주류였다. 그런데 최근엔 이야기가 달라졌다. 베스트셀러 목록에서 한국 창작 SF가 상위에 올라가는 것을 어렵지 않게 볼 수 있다. 한국 작가의 SF가 외국에서 호평을 받거나 출간된다는 소식도 자주 듣고 있다.

가뭄에 콩 나듯 출간되던 SF 이론서와 연구서 들도 경쟁하듯 세상에 나오고 있다. 물론, 이런 책들은 대부분 SF 개론서의 역할에서 그치는 경우가 많았다. 셰릴 빈트Sherryl Vint의 『에스에프 에스프리Science Fiction: A Guide for the Perplexed』[2]의 번역 출간은 한국 SF 출판문화가 한 계단을 올라서고 있음을 알린다. 연구와 이론 측

---

2 셰릴 빈트, 『에스에프 에스프리: Sf를 읽을 때 우리가 생각할 것들』, 전행선 옮김, 아르테, 2019.

면에서도 SF 역사와 정전, 주요 소재를 정리한 개론 수준을 벗어나 최근 연구 성과를 충실히 반영한 개념 중심의 단행본이라는 점에서 SF 팬과 연구자 모두에게 유익한 길잡이가 될 것이다. 저자인 셰릴 빈트는 영문학·미디어문화학과 교수이자 SF 분야의 양대 학술지 중 하나인 『과학소설연구Science Fiction Studies』의 현 편집장이기도 하다. 그러니 SF 연구의 최신 동향을 누구보다 민감하게 포착하고 있을 것이다.

저자는 먼저 SF 장르를 정의하는 일의 곤혹스러움을 그대로 드러낸다. 각기 저마다 다른 무늬와 결을 지닌 텍스트들이 모두 SF로 불린다. 이를테면, 누군가는 SF라고 하면 영화 「스타워즈」를 떠올린다. 하지만 SF가 '과학'소설임을 강조하는 어떤 이들은 이 영화는 SF가 아니라 판타지에 가깝다고 주장한다. SF 역사를 길게 보는 사람들은 오래전의 유토피아 또는 환상문학까지 소급하기도 한다. 또한 다른 문학 장르와 마찬가지로 SF 역시 시간의 흐름에 따라 늘 변화를 거듭해오고 있다. 그래서 저자는 SF 장르를 성급하게 정의하기보다는 지속적으로 '범주화 과정'에 있다고 한다. 어떤 텍스트가 SF인가 묻는 질문에 대한 답은 저마다 다를 수 있고 그 답을 둘러싼 협상과 투쟁, 문화적 실천은 계속되고 있다.

그럼에도 불구하고 SF의 장르를 특징짓는 시학적 개념들은 SF를 이해하고 감상하는 데 유용할 수 있다. 초기의 SF 연구에서 가장 유명한 것은 다르코 수빈의 정의다. 그는 SF를 '인지적 낯설게 하기cognitive estrangement'(이 책은 '인지적 소외'로 번역한다. 나는 노동의 '소외' 같은 용법과의 혼동을 피하고, '낯설게 하기' 개념의 제안자인 러시아 형식주의자 시클롭스키의 용어를 환기하기 위해 이 번역어로 쓰려고 한다)로 설명한다.

SF는 '노붐novum'이라 불리는 새로움을 도입하여 현실과 다른 점을 드러낸다. 그러나 이 낯섦은 환상문학과는 달리 과학적으로 설명할 수 있는 것이며, 독자들은 합리적으로 이해할 수 있다. 마르크스주의자였던 수빈은, 진정한 SF란 이상적 사회 변혁을 위해 현실을 반영하는 동시에 현실을 숙고하는 것이어야 한다고 보았다. 수빈의 관점에서 영화 「디스트릭트 9」과 「아바타」를 비교하며 섬세하게 비평하는 대목은 이 책에서 가장 흥미로운 대목이다.

SF는 새로움이나 낯설게 하기만 있는 장르는 아니다. 주서영(이 책에서는 추서영으로 번역)은 오히려 SF는 '사실주의의 강화'라고 본다. 또한 SF는 이 장르를 특징짓는 반복적인 이미지, 소재, 배경, 플롯, 인물, 비유 들이 풍부하다. 이러한 SF 특유의 상호 텍스트성(문화적 저장고 또는 네트워크)을 '메가텍스트megatext'라고 한다. SF 팬은 한 텍스트에서 기존의 유명한 작품의 흔적이나 장르 특유의 관습, 혹은 그 변주를 더 섬세하게 포착할 수 있다. 그래서 그들은 다른 독자들보다 더 재미있게 SF를 즐길 수 있다.

하지만 메가텍스트 역시 고정불변의 항목들은 아니다. SF 연구자들은 그보다는 '포물선'이나 유동적인 것으로 이해해야 한다고 설명한다. 예를 들어, 아이작 아시모프의 로봇 3원칙은 끊임없이 SF에 등장하지만 새롭게 변주되면서 장르에 활력을 불어넣는다. 외계인 메가텍스트도 마찬가지다. 외계인은 제국주의적 침략자에서 인류를 진화시킬 신적 존재로, 다시 인간과 차이가 있지만 그저 동등한 존재로 그려진다. SF 메가텍스트가 과거의 어느 텍스트에서 유래하고 어떻게 변화해나가는지를 찾아보는 일도 SF

를 이해하고 즐기는 좋은 방법이 될 것이다. 그러다 메가텍스트의 새로운 표현 방법을 찾게 되면 독창적이고 멋진 SF 작품을 써낼 수 있는 작가가 될지도 모른다.

오늘날 SF는 이제 더 이상 자연과학만을 토대로 삼지 않는다 (엄밀한 과학적 합리성을 중시하는 SF를 일러 '하드 SF'라고 부른다). 사회과학이나 인문과학처럼 폭넓은 지적 영역을 다루며, 사변적인 사고실험을 중요하게 다루기에 '사변소설Speculative Fiction'로도 불린다. 그래서 SF는 단순히 우주 공간이나 미래에 흥미로운 모험 이야기를 펼쳐내는 장르만이 아니라 진지한 정치적 이념을 표현하는 장르로 발전해왔다. 여성 SF 작가들은 성차별에 반대하여 페미니스트 SF로 젠더와 섹슈얼리티에 대한 인식을 뒤흔드는 이야기를 선보이기도 했다. 또한 SF가 백인 남성들의 전유물이라는 고정관념에 저항해 비백인 SF 작가들은 인종차별이나 오리엔탈리즘을 폭로하는 SF를 보여주었다.

SF는 대중적 문학 예술의 자리에 붙박여 있지 않았다. SF는 기술이 일상화될 만큼 포화된 사회의 문학으로 정의되는 동시에, 기술과학의 일상화에 지대한 영향을 주었다. 이를테면 '사이버공간'은 본래 사이버펑크라고 불리는 SF의 새로운 하위 장르에서 유래했다. 날마다 SNS와 웹 2.0을 일상적으로 사용하는 우리의 현재 삶이 SF 문화로부터 왔다는 것은 기억할 만하다. SF는 무엇보다 '변화의 문학'이라고 부를 수 있다. 새로운 기술과학의 도입으로 인한 우리 삶의 변화를 다루고, SF 장르 자체도 끊임없이 예술적인 변화를 꾀한다. 현기증 나는 변화의 시대 속에서 흔들리지 않고 살아가기 위해서 SF를 가까이할 일이다.

기후 위기는 상상력의 위기인가?

아미타브 고시, 『대혼란의 시대』

 한 인터뷰에서 소설가 마거릿 애트우드는 기후 변화라는 용어가 아니라 '만물 변화the everything change'라고 했다. 인류세는 모든 것이 변하는 것이다. 기후 변화는 세상 모든 것을 바꿔버릴 테니까. 사막화, 산불, 홍수, 잦은 폭염과 태풍, 이상한 장마와 같은 이상기후들은 아마도 우리가 겪게 될 모든 것들의 변화의 극히 일부가 될 것이다.

 물론 이런 추세의 변화가 계속된다면 그 끝은 멸종과 종말이다. 그러면 지구온난화 같은 단어는 지나치게 따뜻한지도 모르겠다. 『대혼란의 시대』[1]의 번역본이 내세우는 부제는 '기후 위기는 문화의 위기이자 상상력의 위기다'이다. 말 그대로 우리는 궁핍하고 무기력한 상상력의 시대를, '대혼란의 시대'를 살아가고 있는 것일까?

 이 책의 저자 아미타브 고시Amitav Ghosh는 인도에서 태어나 국제적인 명성을 얻은 소설가이다. 그는 이 책을 펴낸 이후로도 기

---

[1] 아미타브 고시, 『대혼란의 시대』, 김홍옥 옮김, 에코리브르, 2021.

후 변화에 대한 소설과 논픽션을 한 권씩 더 내기도 했다 한다. (아직 국내에 번역되지는 않았다.) 기후 변화에 대한 문제의식을 손에서 놓지 않은 끈질긴 지식인이라고 평할 수 있겠다.

그가 시카고대학교에 초청되어 연속 강연을 행한 내용을 엮은 것이 『대혼란의 시대』이다. 시카고대학교에는 역사학자 디페시 차크라바르티Dipesh Chakrabarty가 재직하고 있다. 그는 인문학계에 인류세 담론을 도입한, 가장 영향력 있는 학자 가운데 한 명이다. 두 사람은 인도 출신의 탈식민주의적 사유를 중시하는 세계적인 지식인이라는 공통점이 있다. 무엇보다 최근에는 인류세와 기후 변화 담론에 큰 관심을 둔다는 점에서 같다.

디페시 차크라바르티(Dipesh Chakrabarty: 1948~. 인도의 역사가 —옮긴이)는 영향력 있는 자신의 에세이 「역사의 기후The Climate of History」에서, 사가들은 인류세Anthropocene라 불리는 이 시대, 즉 "인간이 지질학적 행위체가 됨으로써 지구의 가장 기본적인 물리 과정을 변화시키고 있는 시대"에 그들이 지닌 근원적 가정과 절차를 상당수 수정해야 할 거라고 주장한다. 나는 거기서 한발 더 나아가 인류세가 예술과 인문학뿐 아니라 우리의 상식적 이해와 그를 넘어선 오늘날의 문화 전반에도 도전을 제기한다고 덧붙이려 한다. (p. 19)

차크라바르티는 인류세 시대에 인간의 역사와 자연의 역사가 더 이상 구분될 수 없음을 역설했다. 고시 역시 근대성, 특히 근대문학이 과학과 문학이 구분되게 된 상황을 돌이켜본다. 브뤼노 라투르가 지적한 것처럼 근대성은 "분할하기partitioning, 즉 자연Nature과 문화Culture의 상상적 간극을 더욱 벌려놓는 프로젝트"(pp. 95~96)와 긴밀하게 관련 있다. 그것이 과학소설이 주류 문학에서 떨어져 나가게 된 이유라는 것이다.

저자는 이 기후 위기의 시대에 더 이상 주류 문학이 과학과 문학으로 구분될 수 없다고 본다. 또한 근대 이전까지만 해도 "비인간의 행위 주체성"(p. 90)이 억압당하거나 배제되지 않았음을 강조한다. 특히 아시아의 서사들이 그렇다. 근대 이전의 이야기들에 인간만이 아니라 다양한 비인간 존재들이 등장한다는 사실을 떠올려보라. 고시는, 오늘날 우리가 대면하고 있는 기후 변화라는 '낯선 기이함uncanny'은 부르주아적 삶과 연관되어 있는 일상성, 있을 법한 이야기를 강조하는 근대 서사의 형식와 불화한다고 본다.

하지만, 저자 자신이 경험한 것처럼 우리의 삶에는 소설이 그리는 것보다 훨씬 우연과 기이함이 넘쳐난다. 그는 1978년 델리 지역에서 예상치 못한 기상이변을 만난다. 나중에야 델리 지역을 강타한 최초의 토네이도였다는 것을 알게 된다. 이 책 또한 그 때 희생당한 저자의 지인에게 헌정되었다. 기후 재난의 현실은 이처럼 우리가 상상하지 않은, 생각해보지 않은 사태들의 연속일 것이다. 그것은 일상성의 유지라는 주류적 근대소설의 안온한 상상력으로 포착될 수 없을 것이다.

고시는 이 책에서 기후 변화에 대한 담론들에 비해 이를 다룬 문학적 상상력이 얼마나 궁핍한지를 비판한다. 하지만 자신이 소개한 것처럼 기후 소설, 즉 클라이파이cli-fi라고 부르는 과학소설의 하위 장르들은 기후 변화를 주된 이야기로 삼아 상상력을 전개해나간다. 그럼에도, 저자는 과학소설이 낯선 시공간에서 펼쳐지는 경이로운 이야기라는 정의를 생각하면, 인류세가 과학소설에 저항한다고 본다. 그 자신이 과학소설의 저자임에도 과학소설에 대한 다소 협소한 정의를 내린 게 아닌가 싶다.

또한 이 책이 나올 때, 이미 많은 기후 소설과 이에 대한 논의들이 많았을 텐데, 그러한 문학적 성과들을 지나치게 과소평가하고 있는 것으로 보인다. 그럼에도 기후 변화에 대한 우리의 상상력은 여전히 부족하다는 저자의 의견에는 같은 생각이다. 한국 문학에는 다행인지, 자연스러운 흐름인지 비인간 행위자와 기이한 낯선 상상력이 더 이상 낯설지 않다. 과학소설SF도 주류 소설MF이라고 해도 더 이상 낯설지 않다. 그러한 변화 가운데 기후 변화에 대한 우리의 상상력 역시 더욱 풍부해지고 있으리라 생각한다.

이 책 덕분에 알게 된 새로운 지식이 상당히 많다. 그 가운데 흥미로운 한 가지. 근대 과학소설의 효시로 자주 언급되는 『프랑켄슈타인』 역시 이상기후의 결과물(?)이라는 것이다. 1815년 4월 5일부터 몇 주 동안 인도네시아 발리섬에서 300km 떨어진 탐보라산에서 기록 역사상 최대 규모의 화산 분출이 있었다. 먼지기둥이 전 세계로 퍼져나간 결과 기온이 섭씨 3~6℃ 떨어지는 등 심각한 기후 교란 사태가 수년간 이어졌다. 1816년은 심지어 '여름이 없는 해'로 알려지게 되었다고 한다. 그해 5월, 시인 조지 고든 바이런과 퍼시 비시 셸리, 그리고 메리 울스턴크래프트 고드윈(메리 셸리) 등은 무서운 폭풍우를 즐기며 귀신 이야기를 써보자고 했다. 그 결과물 하나가 『프랑켄슈타인』이었던 것.

내일 지구의 종말이 온다면
무엇을 하시겠습니까?

클라이브 해밀턴,『인류세』

풍경 하나.

스웨덴의 환경운동가 그레타 툰베리는 '미래를 위한 금요일(Fridays For Future, FFF)'운동으로 유명하다. 고등학생이었던 툰베리는 의회 앞에서 '기후를 위한 등교 거부'란 팻말을 들고 1인 시위를 했다. 이 운동이 청소년들을 중심으로 지금은 전 세계로 번졌다. FFF에서 최근 흥미로운 영상을 하나 업로드했다.[1]

이 영상은 화성 이주에 관한 것이다. 화성에는 전쟁도 없고, 오염도 없고, 심지어 지긋지긋한 팬데믹도 없다. 하지만 화성에는 단 1%만이 이주할 수 있다. 99%의 사람들은 여전히 지구에 남아 있어야 한다. 영상의 제목은 그래서 '1%'이다. 반전을 품고 있는 이 영상은 우리 시대의 위기에 대한 우리의 대응 방식을 꼬집는다.

---

[1] https://www.youtube.com/watch?v=cKha3N7K7Hw

풍경 둘.

오늘날 혁신 기술 기업가의 대표 격인 테슬라의 일론 머스크는
영화 「아이언맨」의 실제 모델로도 유명하다. 그는 에디슨에 이어
오늘날 미국의 개척 정신과 창조 정신을 대변한다. 일론 머스크
는 스페이스 X를 이끌고 있는데, 널리 알려진 것처럼, 이 기업의
목표는 인간의 화성 이주이다.

머스크의 꿈은, 그가 즐겨 읽었던 과학소설이나 애니메이션의
이야기에서 출발한 것처럼 보인다. 그는 진심을 다해 지구의 위
기를 걱정하면서 전기차를 보급하거나 화성으로 이주를 추진한
다. 어느 토론에서, 알리바바그룹을 이끌고 있는 마윈이 화성 이
주 계획보다는 지구를 지속 가능하도록 발전시키는 게 좋다고 하
자, 머스크는 전 세계 자원의 1%만이라도 우주에 투자해야 한다
고 말한다.

인류세, 위대한 인류의 시대 혹은 지구 행성의 마지막 페이지

'미래를 위한 금요일'의 영상이 머스크의 화성 이주 계획을 떠
올리게 했다. 나는 머스크의 기술혁신에 대한 청사진에 환호하는
사람들 중의 한 명이다. 그의 우주 개발과 화성 이주 계획에 대해
서도 지지하는 편이다. 하지만 '1%'라는 간결하지만 호소력 있는
영상의 제목처럼, 극소수의 인원이 아니라면 우리는 지구에 남아
야 한다.

그러나 아직은, 기후 변화로 인한 지구의 종말에 대비해 우리가 화성이나 지구 바깥으로의 대탈출을 대안으로 남겨두어야 한다는 아이디어에 대해서 반대할 생각도 없다. 다만 이 영상이 주는 반성은, 우리가 화성 이주와 같은 기술과 공학에 의한 해결이 가능하다고 낙관하는 한 지구 행성은 더 뜨거워지고 더 망가질 수도 있겠다는 생각이다.

최근, 기후 변화나 기후 위기와 더불어 자주 보게 되는 개념이 '인류세Anthropocene'이다. 이 낯선 지질학 용어는 인간이 지층에 지울 수 없는, 두드러진 흔적을 새겨 넣게 된 시기를 지칭한다. 과연 어떤 흔적인가? 클라이브 해밀턴Clive Hamilton은 『인류세』[1]에서 이렇게 설명한다.

지구과학자들이 홀로세가 끝나고 인류세가 시작되었다고 믿는 주된 이유는 대기 중 이산화탄소 농도의 급격한 증가와 그로 인해 지구 시스템 전반에 미치는 연쇄적인 영향 때문이다. 해양 산성화, 생물종의 멸종, 질소순환의 혼란 등 시스템을 변화시키는 힘들이 이러한 주장에 힘을 실어주고 있다. (pp. 16~17)

노벨상을 수상한 대기화학자 파울 크뤼천Paul Crutzen이 인류세라는 말을 가장 널리 퍼뜨렸다. 인류세란 용어의 시작은 과학자들에 의한 것이었다. 하지만 이 말은 단지 과학자가 자연을 객관적으로 관찰한 결과로 그치지 않는다. 첫째, 인류가 지구 행성 전

---

[1]   클라이브 해밀턴, 『인류세』, 정서진 옮김, 이상북스, 2018.

체의 시스템을 교란시킬 정도로 강력해진 힘을 지니게 된 것이다. 저자는 '지구 시스템Earth System'은 지형, 환경이나 생태계라고 부르는 것을 망라하지만, 그것을 초월하여 과거의 눈으로 바라볼 수 없다고 거듭 강조한다. 국지적인 시선이 아니라 행성 전체를 돌아봐야 할 때이다. 둘째, 그 힘의 결과는 명백한데, 다름 아닌 우리, 지구 생명체의 멸망이다. 그렇다면, 첫째 사실, 즉 인류의 힘이 지구와 자연을 압도했다는 것에 우리는 그저 환호해야 할까? 그리고 둘째, 과학자들의 경고를 우리는 과연 어떻게 받아들여야 할까?

클라이브 해밀턴은 인류세라는 과학적 진단, 혹은 담론과 운동을 비판적으로 논한다. 그는 기후 위기와 인류세 담론을 부정하는 이들도 비판하지만, 인류세 담론의 한복판에 있는 동료 학자들도 (더 거세게) 비판한다. 기후 위기를 허구로 간주하는 (이름을 직접 거론하지는 않지만, 예를 들어 트럼프 유의) 정치적 보수주의자보다는 기후 위기와 인류세 담론에 가세하고 있는 그의 동료들 (예를 들면, 도나 해러웨이처럼 자연과 문화 사이의 구별을 없애는 포스트휴머니스트)이 더 자주 도마 위에 올라온다.

한편, 에코모더니스트ecomodernist는 그가 주로 겨누고 있는 과녁 중의 하나다. 이들에게 인류세는 "자연을 개조하고 제어하는 인류의 능력"(p. 48)을 보여주는 것이다. 이 용어를 처음 들었지만, 봉준호 감독의 영화 「설국열차」의 프롤로그가 떠올랐다. 지구 온난화의 방지책으로 사람들은 새롭게 만든 가스 CW-7을 대기권에 살포한다. 그 부작용으로 새로운 빙하기가 시작된다. 사람들이 살 수 있는 유일한 곳은 윌포드가 만든 호화 크루즈 열차뿐이다. 물론 이 열차에 오를 수 있는 사람들은 제한적이었다.

영화 「설국열차」에서 CW-7을 뿌리며 희망에 부풀어 있던 사람들은 우리의 얼굴이다. 생태계 교란이 아니라 지구 시스템 전체의 기능에 문제가 생길 정도인데, 언 발에 오줌을 누며 낙관하는 자들. 그레타 툰베리의 말로 돌아가면, "우리 집이 불타고 있다". 집이 불타고 있는데, 우리는 저 큰불을 우리의 힘으로 만들어 냈다고 환호할 것인가. 아니면 아무것도 아니라고 부정하거나 미래를 낙관할 것인가.

클라이브 해밀턴의 주장처럼, 인류세는 진보 서사가 아니라 실패의 서사로서 불리한 점이 많다. 하지만 적어도 이 실패의 서사에는 진실이 담겨 있다. 그리고 우리가 최악의 상황만은 모면할 수 있는 가능성을 보여준다고 한다. 그러니 다시 한 번, 묻지 않을 수 없다. 지구와 우리 자신의 종말 앞에서 우리는 무엇을 해야 할까?

취약하고 상처 입은 지구를 위한
SF 공생 가이드
도나 해러웨이, 『트러블과 함께하기』

 지방선거를 앞두고 제주도민들은 제주의 가장 중요한 현안으로 환경과 쓰레기 문제를 꼽고 있다. 아름다운 자연 생태 환경은 제주도의 지역적 정체성이자 핵심적인 경제 자원이다. 그러나 그보다 자연 생태는 삶의 터전 그 자체라는 점에서 어떤 수단이 아니라 제주살이의 시작과 끝이라고 할 수 있다. 한반도에서 기후 위기, 기후 변화로 벌어지는 문제들이 가장 먼저, 가장 심각하게 펼쳐지는 지역이 제주도다. 지구적 생태 위기라는 사태 속에 한반도의 최전선에 제주가 위치한다.
 이 '트러블'의 시대에 『트러블과 함께하기』[2]는 진지하고 유쾌한 사유를 펼쳐내는 '과학-예술적' 스토리텔링이다. 이 책의 저자 도나 해러웨이Donna J. Harraway는 대학에서 동물학, 철학, 문학을 전공하고 생물학 박사학위를 받았다. 그 이후에 1985년 「사이보

2 도나 해러웨이, 『트러블과 함께하기』, 최유미 옮김, 마농지, 2021.

그 선언」으로 이른바 사이보그 페미니즘, 테크노 페미니즘을 출현시키며 세계적인 지식인으로 명성을 얻었다. 과학자이자 페미니즘 사상가, 문화평론가로서 다양하고 이질적인 지식과 사유를 종횡무진 융합하여 새로운 대안적 사유를 제시해왔다. 포스트휴먼 시대의 아이콘인 사이보그는 20세기 말보다는 오늘날 더 와닿는다. 그녀는 확실히 시대를 앞서 나가는 실천적 사상가인 것이다.

해러웨이는 우리 시대를 "어지럽고 불안한 시대, 뒤죽박죽인 시대, 문제 있고 혼란한 시대"(p. 7)로 이해한다. 특히, 우리 시대는 인류세나 자본세Capitalocene, 여섯번째 대멸종으로 불리는 생태적 위기의 시대이기 때문이다. 인류세라는 용어는 방사능과 플라스틱, 닭뼈와 같은 것들이 지금의 지층적 특징이라고 할 만큼, 인류가 지구의 지질학적 힘으로 작용하는 시기를 지칭하기 위해 만들어졌다. 그것은 인간의 위대함이 아니라 인간의 파괴적 힘을 자성하기 위해 제안된 긴급한 용어이다.

나아가 생태적 위기는 근본적으로 자본주의 경제 시스템에 기원한다는 점에서, 인류세가 아니라 자본세라고 불러야 마땅하다는 주장이 있다. 또한 "노예 플랜테이션 시스템이 종종 인류세를 만든 변곡점이라고 언급되는 탐욕스러운 탄소와 기계 기반 공장 시스템의 모델이자 원동력"(p. 292 미주 5)이라는 점에서 해러웨이와 동료들은 플랜테이션세Plantationocene라는 이름을 제안하기도 했다.

인류세라는 용어는 생태 위기의 원인으로 보편적 인류를 상정한다. 그러나 생태 위기를 만들어낸 책임이 모든 인류에게 동일하지 않다는 문제의식도 있다. 실제로 미국, 중국, 한국과 같은 산업 국가들과 저개발 국가가 똑같은 책임이 있는 것은 아니다. 이렇게 인류세 담론은 점점 널리 알려지면서 다양한 의견과 주장이 쏟아지고 있다. 그에 따라 계속 인류세에 대한 대안적인 명명법이 만들어지고 있다. 어떤 이름으로 생태 위기와 기후 위기의 시대를 호명하는가 하는 문제는 위기에 대한 인식과 원인 분석, 대안적 실천을 좌우할 수 있기 때문이다.

그래서 해러웨이는 인류세보다는 자본세나 플랜테이션세와 같은 명명을 선호한다. 게다가 이것도 부족했는지 하나의 이름을 또 제안한다. '쑬루세Chthulucene'라는 이상한 발음과 철자의 이름을. "이것은 그리스어 크톤khthôn과 카이노스kainos의 합성어로, 손상된 땅 위에서 응답-능력을 키워 살기와 죽기라는 트러블과 함께하기를 배우는 일종의 시공간을 가리킨다. 카이노스는 지금, 시작의 시간, 계속을 위한 시간, 새로움을 위한 시간을 의미한다."(p. 8)

쑬루세는 해러웨이가 캘리포니아 삼나무숲에서 만난 피모아 크툴루Pimoa cthulhu라는 거미에서 이름을 따왔다. 이 이름에 '땅'(크톤)이라는 의미가 들어 있고, chthonic(땅에 사는, 지하 신들의)이란 단어의 발음([θánik])을 따른다. 피모아 크툴루의 이름이 호러·SF 작가인 H. P. 러브크래프트의 신적인 괴물 크툴루에서 왔지만, 이 작가의 여성 혐오와 인종주의를 꺼려 살짝 철자를 바꿨다.

쑬루세라는 단어로 해러웨이는 무슨 이야기를 하려는 걸까? 그녀는 인류세와 자본세 문제에 대한 두 가지 방식의 반응에 대해 비판한다. 첫번째는 기술적 해법에 대한 믿음이고, 두번째 반응은 이미 '게임 종료'라는 식의 비관주의이다. 그녀는 이 두 가지 모두 올바른 해법은 아니라고 생각한다. 쑬루세는 인류세의 대안으로서 새로운 실천이자 희망을 담은 용어이다.

쑬루세의 주인공들은 이 땅 밑에 살아가는 존재, 땅에 뿌리박은 것들이다. 땅과 흙은 지구와 자연을 떠올리게 한다. 그래서 해러웨이는 포스트휴머니즘이란 기호 아래 학문적 실천을 해왔지만, 다른 용어를 유희적으로 제안한다. 포스트휴먼posthuman이 아니라 퇴비compost를, 인문학humanities 대신에 부식토학humusities이다. 이 책의 사상을 요약하면 '쑬루세의 퇴비주의'가 되겠다.

> "'대학의 자본주의 구조조정 속 인문학의 미래'에 관한 학술대회가 아니라 '거주가능한 복수종들의 뒤죽박죽을 위한 부식토학의 힘'에 관한 학술대회를 상상하라!"[3]

흙 속에는 뒤죽박죽 여러 생명체들이 뒤엉켜 살아가기와 죽어가기를 거듭하고 있다. 우리는 모두 흙에서 왔다. 이 삶과 죽음은 모노드라마가 아니다. 흙 속에서 벌어지는 드라마는 함께 만들어나가는, 함께 이어나가는 이야기이다. 함께 이어서 새로운 패턴을 만들어나가는 실뜨기 놀이와 같다. "실뜨기는 이야기를 닮았다. 실뜨기는 참여자들이 취약하고 상처 입은 지구에서 살아갈 수 있도록 어떻게든 패턴을 제안하고 실행한다."(p. 21)

해러웨이는 쑬루세 시대의 공생적인(sympoietic; 이 책은 심포

---

[3]   국역본 p. 61을 참조하고 수정하여 원서의 p. 32 내용을 필자가 번역.

이에시스sympoiesis를 '공-산'으로 번역했다) 실천을 다채로운 의미를 함축하는 SF로 명명한다. SF는 해러웨이가 좋아하고 대안적 사유의 원천으로 삼는 과학소설의 약어이기도 하다. (해러웨이는 2011년에 SF연구협회로부터 SF 학술 분야의 평생 공헌에 주어지는 순례자상을 받았다.) 하지만 단순히 특정 문학 장르나 장르 텍스트만을 의미하는 것은 아니다. 이 책에서 SF는 또한 동시에 "사변적 우화speculative fabulation, 실뜨기string figures, 사변적 페미니즘 speculative feminism, 과학적 사실science fact, 지금까지so far"(p. 10)를 의미한다. 과학-예술이자 스토리텔링으로서 쑬루세 시대에 함께 살아나가기 위한 다양한 사유이자 실천을 의미한다.

이 책은 해러웨이의 「사이보그 선언」과 「반려종 선언」에 이은 '쑬루세 선언'이다. 해러웨이는 실천적/유희적 사상가답게 각각의 선언문에 슬로건을 내세웠다. 이번 슬로건은 '아기가 아니라 친족을 만들자Make Kin Not Babies!'이다(이 책은 '자식이 아니라 친척을 만들자!'로 번역했다). 인간들이 넘쳐나 지구 행성 시스템이 고장 나버린 쑬루세의 회복을 위한 대안적 실천 구호다. 여기서 친족이란 혈연관계로 이어진 일가를 의미하지 않는다. 혈연이 아닌 대안적 가족만을 의미하지도 않는다. 지하의, 혹은 퇴비 속에 온갖 생명체들이 뒤엉켜 살아가는 현장을 생각해보자. 지구 행성 위에 우리는 서로에게 반려종들companion species이다. "식탁에서 함께 빵을 나누는Cum panis 반려종."(p. 52) 인간 너머 다양한 생명체들, 그리고 사이보그까지 우리의 친족이자 식구들로 확장된다. 지구적/생태적 '궨당'[4] 만들기가 이 책의 궁리 대상이다.

이 책의 5장 「카밀 이야기: 퇴비의 아이들」은 말 그대로 SF 소설 형식으로 쓴 SF(쑬루세의 실뜨기)의 실천 이론이다. 해러웨이는 이 사변적 상상력을, 과학소설의 팬 픽션이 아니라 공생 소설 sym fiction로 부른다. 이 소설적 이론, 이론적 소설에서, 퇴비의 아이들은 동물 공생자sym-biont를 선택하여 함께 살아간다. 그들은 지구를 위해 인구 부담을 줄이고, 생태적 삶의 실천을 위해 과학과 예술과 사회와 정치를 변화시킨다. 이들의 이야기는 해러웨이가 쑬루세에 스토리텔링이 어째서 중요한지 보여준다. 우리는 뒤엉켜 함께 살고, 함께 죽으며 트러블과 함께 머물기 위해 이야기가 필요하다. 더 멋진, 더 새로운, 더 생명력 있는 이야기가.

4　궨당의 제주어로, 친족과 외척을 아울러 이르는 말.

인간을 넘어서려는 인간, 트랜스휴먼을 만나다

신상규, 『호모 사피엔스의 미래』

최근 들어, 더 정확하게 말하자면 이른바 알파고 쇼크 이후에 '4차 산업혁명'이란 단어는 거의 일상어가 되었다. 지난 대통령 선거에서 거의 모든 후보들이 이 단어를 사용하기 시작하더니 인공지능이 미래의 일자리를 잠식할 것인가 하는 질문은 이제 모두의 관심사가 되었다. 그 단어가 유독 한국에서만 사용된다든가, 창조경제 담론의 허망함을 어쩐지 닮아 있다는 비판이나 반론은 우리 앞에 닥쳐올 미래의 거대한 위협 혹은 희망찬 낙관이 불러일으키는 뜨거운 복합 감정 속에서는 속수무책인 듯하다.

4차 산업혁명만큼이나 최근 학계에 자주 등장하는 단어가 '포스트휴먼'이란 용어이다. 포스트휴먼이란 한마디로 과학기술의 발전에 힘입어 탄생할 미래의 인간, 인간 이후의 인간을 뜻한다. 건강과 수명, 기억과 추론과 같은 인지 능력, 감정적 능력 등이 현재의 인간보다 월등하게 뛰어난 존재를 그대로 인간이라고 부르기 어려워질 것이다.

이를테면, 120세 남짓 될 것으로 추정되는 인간의 수명이 500세나 900세 혹은 거의 영생에 가까워진다면, 우리가 생각하는 인간에 대한 개념과 이미지는 전혀 달라질 것이다. 우리는 그러한 미래의 인간을 포스트휴먼이라고 부른다. 포스트휴먼과 관련된 다양하고 복잡한 담론들이 포스트휴머니즘이다.

『호모 사피엔스의 미래』[5]의 저자인 이화여자대학교 교수 신상규는 한국에서 포스트휴머니즘과 관련된 학술적 담론을 선도적으로 제기하고 주도하고 있는 학자이다. 인간의 개념과 인간의 삶을 변화시키는 과학기술을, 그리고 이 변화 자체를 깊이 사유해야 하는 것이 포스트휴먼 시대의 인문학, 즉 '포스트-인문학'의 존재 이유일 것이다. 미래의 인간과 사회에 대해 진지하게 숙고해볼 사람은 이 책을 먼저 읽어보는 것이 좋겠다.

'트랜스휴먼'은 포스트휴먼으로 가는 중간 형태의 인간, 즉 '과도기의 인간transitional human'을 나타내는 말이다. 트랜스휴머니즘은 인간이 포스트휴먼으로 변화하는 것을 긍정하고 그 변화를 적극적으로 지지하는 지적, 문화적 운동을 지칭한다. 트랜스휴머니즘이란 말은 영국의 생물학자 줄리언 헉슬리가 최초로 사용했다고 한다. 그는 진화론의 보급에 기여한 동물학자 토머스 헉슬리의 손자이다. 또한 그는 흥미롭게도 『멋진 신세계』의 작가인 올더스 헉슬리의 형이기도 하다.

제2차 세계대전 이후에 트랜스휴머니즘적인 주제나 포스트휴

---

5 신상규, 『호모 사피엔스의 미래: 포스트휴먼과 트랜스휴머니즘』, 아카넷, 2014.

먼의 이미지는 주로 SF 작가들에 의해 다루어졌다고 한다. 아이작 아시모프나 아서 C. 클라크, 로버트 하인라인, 스타니스와프 렘과 같은 유명한 SF 작가들은 복제, 유전공학, 인공지능, 안드로이드, 에너지 형태로 존재하는 포스트휴먼과 같은 소재들로 SF의 지면을 채웠다. 아니나 다를까 많은 트랜스휴머니스트들은 실제로 SF에서 주요한 영감을 얻어왔다.

그런데 우리 시대는 더 이상 SF와 현실 간의 경계가 의미가 없어졌다. SF에서나 등장했던 신기한 과학기술이 현실화되고, 더불어 SF의 주요한 사회적 문제들이 바로 우리들이 고민해야 할 의제로 부상한 것이다. 특별히 이 책에서 주목하는 주제는 '인간 향상human enhancement' 기술과 그에 관련된 윤리적 문제이다.

생명공학 기술, 분자나노 기술, 정보 기술, 인지과학으로 불리는 이른바 NBIC(Nano·Bio·Information technology, Cognitive science) 기술들은 인간 이해의 변화를 넘어 인간 본성 자체를 변화시키는 데 크게 기여할 것으로 보인다. 트랜스휴머니스트들은 이러한 신생 기술들을 적극적으로 활용해서 장애, 고통, 질병, 노화, 죽음과 같은 인간의 한계 조건들을 제거하거나 극복하기를 꿈꾼다.

특별히 생명공학 기술과 의료 분야에서 트랜스휴먼 기술의 변화 징후가 가장 먼저 목격되고 있다. 잘 알려진 것처럼 한국은 인구 대비 성형수술 횟수가 세계에서 가장 높은 나라이다. 이 책의 저자가 책의 서문에서 밝힌 일화는 흥미롭다. 한국에서 트랜스휴머니즘 논의가 활발하지 않다는 것에 대해 외국의 다른 학자가 한국 사람들은 대부분 이미 트랜스휴머니스트이므로 과학기술에 대한 입장을 정할 필요가 없다고 했다는 것. 저자의 말처럼, 과도한 일반화이지만 일면 수긍할 측면이 많다. 실제로 한국연구재단은 트랜스휴먼 기술에 관한 연구를 박사과정의 연습 과제로 제시하기도 했다.

불로초를 찾던 진시황 이야기에서처럼 인간은 '트랜스휴먼'이란 말이 없었던 아주 오래전부터 영생불사와 무병장수를 꿈꿔왔다. 하지만 그때와 지금은 다르다. 이제 과학기술은 정말로 무병장수의 꿈을 이루게 해줄 가능성을 점점 높이고 있는 것이다.

그러나 현재 외국에서는 트랜스휴먼 인간 향상에 대해서 격렬한 논쟁이 진행 중일 정도로 단순화할 수 없는 문제이다. 첨단 과학기술로 인간 본성을 변화시키는 것에 대해 많은 사람들은 윤리적인 이유로 걱정을 한다. 프랜시스 후쿠야마가 트랜스휴머니즘이 '세상에서 가장 위험한 사상'이라고 비판했다는 것은 유명하다. 마이클 샌델이나 위르겐 하버마스 등도 윤리적 이유에서 인간 향상에 반대했다. 인간의 존엄성이 무너질 것이라거나, 향상기술로 인해 사회적 불평등이 심해질 것이라거나, 생물학적인 위험이 존재할 것이라는 등의 다양한 논거들이다.

향상은 그 표현 자체가 더욱 나은 인간으로 변화시킨다는 평가적인 함축을 가진 것처럼 보여서 많은 오해를 유발할 수 있다. 많은 사람들이 여러 가지 이유로 인간의 향상에 반대하고 있기도 하거니와, 특정한 인간 능력의 향상이 필연적으로 더 나은 인간이나 더 나은 인간적 삶으로 이어지는 것은 아니다. 가령 마이클 하우스켈러Michael Hauskeller와 같은 철학자는 생명공학적 기술을 이용해 정신적 혹은 육체적 능력을 향상시킴으로써 우리의 삶이 개선될 수 있을 것이라는 전망에 대해서 매우 회의적인 태도를 취하고 있다 (Hauskeller, 2013). 우리는 이 책에서 가능한 한 가치중립적인 의미로 과학기술을 통한 인간 능력이나 특징의 변화라는 의미로 향상이란 표현을 사용하고자 한다. 여기에는 더 나은 인간이나 더 나은 삶이라는 의미는 함축되어 있지 않다. (pp. 66~67)

또한, 트랜스휴먼 인간 향상 기술이 인간의 행복을 그대로 이루게 해줄 것이라는 믿음 역시 지나치게 순진하다. 그러나 저자가 인간 향상에 반대하는 주장들을 충실하게 반박하는 것처럼, 반대 논리들 역시 합리적 비판의 대상이 되어야 한다. 무턱대고 인간 향상에 반대하거나 겁을 먹을 필요는 없을 것이다. 오히려 인간 향상이 불러올 경쟁이나 도덕적 문제가 아니라 왜 우리는 그토록 '경쟁적으로' 인간 향상을 원하는가 물어볼 수 있겠다. 그런 의미에서 저자의 다음과 같은 반론이야말로, 다 같이 곱씹어볼 만한, 이 책의 핵심이라고 생각한다.

—

그런데 도덕적 결의의 훼손이 문제라면, 이는 인간 향상의 추구 때문이 아니라, 향상을 추구하도록 만드는 시장 자유주의나 자본주의적 삶의 태도와 같은 오늘날 우리의 삶의 양식으로부터 기인하는 문제일 것이다. 인간 향상은 도덕적 결의의 훼손에 대한 원인이 아니라 그 결과에 해당한다. (p. 222)

포스트휴먼 시대의 새로운 사유와 인문학

로지 브라이도티, 『포스트휴먼』

'포스트휴먼'이란 용어는 오늘날의 세계를 설명하기 위한 강력한 단어다. 하지만 형용사인 듯 명사인 듯 애매한 용어이기도 하고, 논자들마다 그 의미에 대해 다르게 사유하는 악명 높은 개념이기도 하다. 로지 브라이도티Rosi Braidotti의 『포스트휴먼』[6]은 포스트휴먼 연구 또는 그에 관한 담론과 이론, 사상을 의미하는 포스트휴머니즘의 국내 논의에서 가장 많은 영향력을 행사한 철학서 가운데 하나다.

브라이도티는 오늘날의 세계, 즉 포스트휴먼 시대를 어떻게 생각하고 있을까? 우선 포스트휴먼 시대는 기술적으로 매개된 세계화된 시대다. 인간은 기술과 함께 살아간다. 불이 없다면 오늘날의 인간 신체 구조와 인지 능력은 불가능했을 것이라고 말한다. 기술과 공진화한 존재가 인류이다. 그런데 현대사회는 테크노사이언스라고 불리는 기술과 과학의 융합 속에서 이루어졌다고 해도 과언이 아닐 정도로 과학과 공학에 의존적이다. 이 기술

---

6 로지 브라이도티, 『포스트휴먼』, 이경란 옮김, 아카넷, 2015.

은 지구적 경제, 세계화된 자본주의의 토대이기도 하다.

브라이도티는 "나노 기술, 생명공학, 정보 기술, 그리고 인지 과학이 포스트휴먼을 이끄는 아포칼립스의 네 마부"(p. 80)를 언급한다. 기술에 낙관적인 이들은 이 네 분야의 머리글자를 따 'NBIC'라고도 부른다. 브라이도티는 특히 자본주의의 유전공학 적 구조에 주목한다. 살아 있는 모든 것을 과학과 경제의 틀로 가 져와 상품으로 만드는 글로벌 자본주의는 이 책에서 줄곧 특별한 비판의 대상이 된다. 이 책의 각 장마다 '생명'이란 단어가 들어가 강조되는 이유는 생명공학-자본주의 시대의 생명과 물질, 그리 고 이제 더 이상 그것들과 분리될 수 없는 연속체를 이루는 문화 와 기술을 사유하기 위함일 것이다.

지금은 우리 시대의 과학과 생명 기술이 생명체의 구조와 성질 자체에 영향을 주고 있으며 오늘날 인간에 대한 기본 참조틀이 무 엇이어야 하는지에 대한 우리의 이해를 극적으로 변화시키고 있다 는 사실에 대해 포스트휴먼적 동의가 있음을 강조하려 한다. 모든 생명 물질에 대한 기술적 개입은 인간과 다른 종들을 부정적인 방 식으로 통일시키고 상호 의존하게 한다. (p. 56)

저자는 복제양 돌리나 온코마우스OncoMouse를 포스트휴먼의 아이콘으로 꼽는다. 하버드 마우스로도 불리는 온코마우스는 최 초로 특허를 받은 포유다. 이 쥐는 실험용으로 암세포나 온갖 병 리 실험의 대상으로 활용된다. 인간에 대한 유전자 구조 이해 역 시 과학적 찬탄을 불러일으키는 동시에 생명공학과 자본주의의 결합에 대한 우려를 낳게 한다. 프랑켄슈타인 박사가 괴물을 창조한 것처럼, 포스트휴먼 시대의 생명공학은 새로운 생명체를 창조하고, 그 창조물은 경제적 이익의 수단으로 각광받는다. 누군가에게는 오늘날 포스트휴먼 시대는 『멋진 신세계』의 테크노 디스토피아로 여겨질 것이다. 그러므로 포스트휴먼 조건은 '포스트휴먼 곤경'이기도 하다.

브라이도티가 일방적으로 기술과 과학을 배제하자고 하는 것은 아니다. 오히려 그녀는 테크노사이언스에 개방적이다. 기술 친화적인 동시에 기술 자본주의에 대한 비판적 시선을 유지하는 것이 포스트휴먼 시대의 철학과 인문학의 적절한 태도일 것이다. 이러한 사유를 우리는 비판적 포스트휴머니즘이라고 부를 수 있다.

브라이도티의 (비판적) 포스트휴머니즘은 첫째, 포스트-휴머니즘 즉, 휴머니즘에 대한 성찰적 비판의 기획이다. 유럽에서 출발한 휴머니즘은 인간에 대한 근대적 관념과 이미지를 만들어냈다. 이 휴머니즘의 인간이란 레오나르도 다빈치의 유명한 그림인 「비트루비우스적 인간Vitruvian Man」에서 나타나는 것처럼 유럽 남성의 이미지이다. 휴머니즘은 합리적 이성과 진보에 대한 신념을 추구했다. 이는 자유주의의 해방적이고 긍정적인 측면도 있었지만, 유럽 남성이 아닌 비백인, 여성, 자연을 타자화시켰다. 포스트휴머니즘은 휴머니즘의 인간을 해체하고 새로운 인간 posthuman에 대한 상을 만들어낸다.

브라이도티의 (비판적) 포스트휴머니즘은 둘째, 탈-인간중심주의, 즉 인간중심주의에 대한 비판적 담론이다. 인간 예외주의나 종 차별주의와 같은 휴머니즘의 중심 테제는 오늘날 더 이상

성립하기 힘들다. 인공지능은 '알파고 쇼크'에서 잘 알려진 것처럼 특정한 분야에서 인간의 인지적 능력을 이미 뛰어넘었다. 인간은 신을 닮은 존재로서 만물의 영장처럼 군림할 수 있다는 논리는 더 이상 주장하기 힘들게 되었다. 그 대신 로봇이나 사이보그와 같은 기술적 비인간 존재와 동물, 식물과 같은 자연, 나아가 지구 행성과 같이 더불어 살아가는 삶을 선택하지 않을 수 없다. '여섯번째 대멸종'과 기후 위기, 또는 인류세의 종말의 시대를 살아가는 시대에 인간은 더 이상 우주의 빛나는 중심이 아니다.

브라이도티는 무인 드론 무기와 같은 킬러 로봇의 존재를 언급하며 오늘날 포스트휴먼 시대의 죽음의 방식이 달라지고 있다고 한다. 기술과 자연, 문화가 얽히고설킨 이 시대의 생명과 죽음은 모두 과거와 달라진 것이다. 그런 이유에서 포스트휴먼 시대에는 새로운 조건에 맞는 새로운 윤리적 성찰과 실천이 요청된다. 이러한 사유에 의하면, 대학과 인문학 역시 기존의 틀과 관습을 유지해서는 안 된다. 브라이도티는 포스트휴먼 시대에 맞게 포스트휴먼 대학과 포스트휴먼 인문학으로 변신해야 한다고 주장한다. 포스트휴먼 시대는 경험해보지 못한 곤경과 위기의 시대이지만, 한편으로 새로운 대안과 기회로 열린 시대이기도 하다. 그것이 포스트휴먼 시대를 향한 저자의 긍정의 정치학affirmative politics이다.